MIRA®

Der Preis dieses Bandes versteht sich einschließlich
der gesetzlichen Mehrwertsteuer.

Umwelthinweis:
Dieses Buch wurde auf chlor- und säurefreiem Papier gedruckt.

Weiber on the Rocks

MIRA®

MIRA® TASCHENBUCH
Band 25295
1. Auflage: Juni 2008

MIRA® TASCHENBÜCHER
erscheinen in der Cora Verlag GmbH & Co. KG,
Valentinskamp 24, 20350 Hamburg
Deutsche Taschenbucherstausgabe

Titel der nordamerikanischen Originalausgaben:
No Strings Attached/Striptease

erschienen bei: Harlequin Enterprises Ltd., Toronto
Published by arrangement with
HARLEQUIN ENTERPRISES II B.V./S.àr.l.

Konzeption/Reihengestaltung: fredebold&partner gmbh, Köln
Umschlaggestaltung: pecher und soiron, Köln
Redaktion: Stefanie Kruschandl
Titelabbildung: Mauritius Images, Mittenwald
Autorenfoto: © Walt Stone
Satz: Buch-Werkstatt GmbH, Bad Aibling
Druck und Bindearbeiten: Ebner & Spiegel, Ulm
Printed in Germany
ISBN 978-3-89941-480-6

www.mira-taschenbuch.de

Alison Kent

Cosmopolitan zum Frühstück

Roman

Aus dem Amerikanischen von
Monika Paul

MIRA®

1. KAPITEL

Ein höllischer Lärm brandete Chloe entgegen, als sie „Haydon's Halbzeit" betrat. Sie zuckte zusammen. Woran lag es bloß, dass sich ganz normale Männer unweigerlich in Tiere verwandelten, sobald es um Sport ging? Von allen Seiten hörte man ein Brüllen und Schnauben, als befände man sich mitten im Dschungel.

Der Radau hallte von den Wänden der Bar wider, und Chloe wünschte sich sehnlichst ein Paar Ohrenstöpsel. Außerdem hätte sie mit Vergnügen zwei Flaschen des teuersten Luxusschaumbads gegen eine Dose Raumspray eingetauscht!

Sie fächelte eine Wolke Zigarrenrauch beiseite und kniff, vom grellen Neonlicht geblendet, die Augen zusammen, während sie nach den Schultern Ausschau hielt, die eines Tarzans würdig gewesen wären. *Wenn du nicht da bist, Eric Haydon, bring ich dich um!*

Der Kerl hatte vielleicht Nerven! Ignorierte ihre Anrufe und zwang sie, zu einer absolut lächerlichen Maßnahme zu greifen. Und das an diesem herrlich sonnigen Samstagnachmittag! Heute fand zwar – wie schon die Aufschrift auf der Markise am Parkplatz verkündete – das Saisoneröffnungsspiel der Houston Astros statt, und Haydon's Halbzeit war die angesagteste Sportbar in ganz Houston. Aber wen kümmerte das schon? Chloe hatte Besseres zu tun, als wild gewordenen Fans auszuweichen. Sie konnte sich schönere Orte vorstellen als diesen, wo leere Erdnussschalen, durchweichte Bierdeckel und Weiß-der-Geier-was an den Sohlen ihrer nagelneuen Schuhe festklebten.

Dreistes Volk! Rüpel! Flegel! Was war los mit diesen Leuten? Nur weil die Gäste durch ihre begeisterte Mundpropaganda Haydon's Halbzeit bekannt gemacht hatten, besaßen sie noch lange nicht das Recht, sich zu benehmen, als wären sie im Urwald aufgewachsen. Mannschaftssport, pfui Teufel! Chloe schnaubte verächtlich und schüttelte sich angewidert.

Allein der Gedanke an das Gerangel auf dem Spielfeld! Die albernen Hosen, die kindischen Spitznamen und die blödsinnigen, grellbunten Fitnessgetränke! Eine krasse Verschwendung von Energie, ganz zu schweigen von den Dollars, die der Spaß kostete.

Männer! Also, ehrlich! Manchmal benehmen sie sich wie die Kinder, dachte Chloe. In diesem Augenblick übertönte das schrille Lachen einer Frau das Getöse, und Chloe musste ihren ersten Eindruck korrigieren. Die Kneipe wurde anscheinend doch von Männlein *und* Weiblein aufgesucht.

Die Frauen hier waren allerdings nicht viel mehr als eine Art Dekoration. Die meisten wichen nicht von der Seite ihres Begleiters und feuerten mit geheuchelter Begeisterung seine Lieblingsmannschaft an. Dann gab es noch die Sorte, die sich tatsächlich aus Spaß an der Freude dem Sport verschrieben hatte.

Tja. Sollten sie doch. Wenn es ihnen Spaß machte. Mit einem Schulterzucken wandte Chloe sich ab. Frauen waren eigentlich gar nicht der Grund für ihre tief sitzende Abneigung gegen Sportfanatiker.

Die hatte sie eindeutig Männern zu verdanken. Allen voran den Männern ihrer Familie. Schließlich war es ihr Vater gewesen, der die kleine Chloe – ausstaffiert mit Petticoat und Lackschuhen – dazu verdonnert hatte, ihre Wochenenden auf den harten Stadionsitzen zu verbringen. Um ihren Brüdern beim Spielen zuzuschauen. Denn Daddys kleines Mädchen durfte selbstverständlich nicht den Rasen betreten. Eben weil sie ein Mädchen war.

Männer! Wenn sie mit Frauen zusammen war, spürte Chloe nie diese innere Leere, die sie in der Gegenwart ihrer hoffnungslos unsensiblen männlichen Artgenossen immer überkam. Männer, so wusste sie, sahen Frauen am liebsten auf einem Podest oder laszív im Bett. Liebe, Romantik und all der andere Unsinn waren doch nur Augenwischerei.

Bierseliges Lallen unterbrach ihre Überlegungen. „Aber hallo, ssschöne Frau, Bierchen gefällig?"

Chloe seufzte und musterte den Kerl. Ein Ex-Athlet, dessen Muskeln schwammig geworden waren und der sich Beifall heischend nach seinen drei feixenden Kumpanen am Nebentisch umsah. „Besser nicht", entgegnete sie.

„Wie? Kein Bier? Möchtest du lieber die schärfste Nacht deines Lebens mit mir verbringen?"

Auch das noch! „Kein Interesse!"

„Zier dich nicht so, Schätzchen." Die Augen des Kerls wanderten lüstern über ihr nagelneues Footballtrikot. „Glaub mir, Baby, wenn ich dich nur ein Mal nackt sehen könnte, würde ich als glücklicher Mann sterben."

„Tja, Süßer", Chloe bohrte ihren Zeigefinger in den Bierbauch ihres Verehrers, „wenn ich *dich* nackt sähe, würde ich vermutlich auch tot umfallen. Vor Lachen! Danke, aber es bleibt beim Nein." Sie kümmerte sich nicht weiter um das Gejohle der Männer, sondern trat die Flucht an auf der Suche nach einem Platz, wo sie mehr Luft zum Atmen hatte.

Chloe durchquerte das Lokal und zog sich in die Nähe des Eingangs zurück, während sie unentwegt nach Eric Ausschau hielt. Von diesem günstigen Standort aus ließ sie den Blick durch den Raum schweifen.

Es lag doch auf der Hand: Die Welt von heute brauchte einen zweiten Cary Grant. Einen echten Romantiker. Chloe hatte ihre Mutter nie kennengelernt, weil die noch vor ihrem ersten Geburtstag gestorben war. Aber sie hatte Moms Lieblingsfilme geradezu verschlungen. Wie sehr beneidete sie Ingrid Bergmann um Carys glühende Blicke in „Indiskret". Und was hätte sie nicht alles dafür gegeben, an Stelle von Grace Kelly „Über den Dächern von Nizza" drehen zu dürfen!

Oft fragte sich Chloe, ob ihre Mutter genauso von der wahren Liebe geträumt hatte wie sie. Ob sie sich ebenfalls gewünscht hatte, alles darüber zu erfahren. War das vielleicht der Grund für Moms Liebe zu den romantischen Filmklassikern, oder war sie einfach ein Kinofan gewesen, der sich über eine gut erzählte Story freute?

Chloe wünschte, sie könnte sie fragen. Und zuhören. Und endlich die Wahrheit über das Verhältnis ihrer Eltern zueinander ergründen. Chloes Vater hielt das Andenken an seine Frau in höchsten Ehren. Er stellte sie als leuchtendes Beispiel hin, dem Chloe gefälligst nachzueifern hatte.

Vielleicht sollte Chloe versuchen dahinterzukommen, was genau die Ehe ihrer Eltern zu dieser filmreifen, paradiesischen Lebensgemeinschaft gemacht hatte, von der ihr Vater schwärmte. Dann könnte sie sich womöglich von dem Zwang befreien, einen Helden finden zu müssen, der in ihren eigenen Film passte. Einen Mann, der einer Frau das Gefühl vermittelte, dass sie die Einzige in seinem Leben war. Einen Mann, der sie davon überzeugte, dass er, wenn er sie nicht gleich jetzt in diesem Augenblick besitzen durfte, aufhören würde zu atmen. Einen Mann, der ihre Besessenheit für heißen, tabulosen Sex teilte.

Mit Sex kannte Chloe sich aus. Sex war einfach. Sex bedeutete Macht. Es war dieses unbedeutende kleine Detail namens Liebe, was ihr Kopfzerbrechen bereitete, weil sie nicht sicher war, ob sie es überhaupt erkennen würde.

„Na, du Zuckerpuppe, hast du auch einen Namen?" Chloes neueste Eroberung, ein vierschrötiger Muskelprotz, ging fast auf Tuchfühlung und glubschte aus glasigen Froschaugen unverwandt auf ihren Busen.

„Eiskönigin", antwortete sie frostig.

Der Frosch lachte und rückte noch näher. „Was machst du denn so, wenn du nicht gerade die Unnahbare spielst?"

„Ich verkleide mich als Frau." Noch ehe der Typ darauf etwas erwidern konnte, schlängelte Chloe sich an ihm vorbei und begab sich hastig auf die Suche nach einem ruhigeren Plätzchen.

Männer! Nieten, Langweiler! Ihr Geduldsfaden war inzwischen zum Zerreißen gespannt. Was verlangte sie denn Großartiges? Sie wollte doch nur einen Mann, der sie verstand, total und ganz und gar. Oder war Chloes Bild von einer Beziehung durch ihre – und Moms – Kinofantasien womöglich verzerrt? Sollte es tatsächlich unmöglich sein, einen Menschen so gut zu kennen, dass man einen Satz beenden konnte, den der andere begonnen hatte? Denn nichts weniger erwartete Chloe: vollkommenen Einklang, absoluten Zusammenhalt und – Sex.

Vor der Tür mit der Aufschrift „Jocks" blieb Chloe stehen, blickte sich um und trat dann durch die Tür, die mit „Jills" überschrieben war. Der Raum war klein, aber pieksauber, wie sie zufrieden feststellte, und, wie könnte es anders sein, einer Umkleidekabine nachempfunden. Chloe nickte der braun gebrannten, kurzhaarigen Frau zu, die an einem der Becken stand und sich die Hände wusch, und stellte sich vor das Waschbecken daneben.

Was hatte sie in diesem Laden eigentlich verloren? Was versprach sie sich davon? Da draußen wartete mit Sicherheit kein tollkühner Prinz auf sie, der ohne viele Fragen für ihre Ehre eintreten und den Drachen vernichten würde. Was dachte sie sich eigentlich dabei, Hilfe bei einem *Mann* zu suchen, wo sie doch fünf Freundinnen hatte? Frauen, die sie verstanden und an die sie sich bei Tag und bei Nacht wenden konnte, wenn sie

Trost, eine Berufsberatung oder Schokolade brauchte. Männer! Wer hatte die schon nötig?

„Hübsches Trikot“, schreckte eine überraschend tiefe Stimme sie aus ihren Gedanken auf. Chloe fuhr herum. Die Frau am Nachbarbecken schien mehr als nur das neue Logo der Houston Texans zu bewundern. Waren sie schon so tief gesunken, dass eine Frau nicht einmal mehr auf der Damentoilette in Ruhe gelassen wurde?

Chloe stammelte ein Dankeschön und ging zurück in die Bar. Der plötzlich aufbrausende Applaus und das überschwängliche, von urwaldartigem Getrommel begleitete Gejohle machten noch einmal deutlich, weswegen sie gekommen war. Sie fühlte sich in ihrem Entschluss bestärkt.

Eric war nicht unbedingt der strahlende Prinz, der ausziehen würde, um sie zu retten. Aber hinter seinem großspurigen Gehabe und dem Image des Superathleten, das er sich gern gab, registrierte Chloe gelegentlich eine winzige Andeutung von Kultiviertheit. Das genügte ihr, um die Hoffnung auf einen zweiten Cary Grant nicht begraben zu müssen.

Und es passte genau zu ihrem Vorhaben.

Sie zwang sich, den Lärm und den Qualm zu ignorieren, und schlängelte sich durch den Barraum in das ruhigere Nebenzimmer hinauf. Das weiche, gedämpfte Licht der Messinglampen spiegelte sich in dem auf Hochglanz polierten Parkett. Die hölzernen Trennwände zwischen den rot und grün ausgekleideten Sitzecken boten Chloe ein vorzügliches Versteck, um den ahnungslosen Gegner über die ungedeckte Flanke anzugreifen.

Chloe war sich sicher, dass sie Eric hier antreffen würde. Der schwarze Ford Mustang GT auf dem Parkplatz hinter dem Lokal gehörte ihm. Das Nummernschild mit der Aufschrift „HALF TIME“ konnte man kaum verwechseln. Ein heißer

Schlitten, der die Eitelkeit seines Besitzers widerspiegelte, ein auffälliges, protziges Markenspielzeug für große Jungs, das zudem seinen Zweck erfüllte: Es hatte Chloes Aufmerksamkeit geweckt.

Eric war also hier, und Chloe würde nicht zulassen, dass er sie ignorierte, so wie er ihre Anrufe ignoriert hatte. Wehe, wenn er versuchen sollte, sich in der Küche zu verstecken. Oder wenn er vorgab, sie nicht bemerkt zu haben.

Chloe hatte eine Mission zu erfüllen. Ob es ihr passte oder nicht, sie brauchte einen Mann. Und Eric Haydon – auch wenn er ein Sportfreak war, wie er im Buche stand, und vierundzwanzig Stunden am Tag und sieben Tage die Woche nur an Sport dachte –, war exakt der Mann, den sie wollte.

Mit seinem Sportfimmel würde sie schon fertig werden. Damit kannte sie sich aus. Sie war vier Wochen lang seine Partnerin bei einer Schnitzeljagd gewesen, die ihre Freundin und Geschäftspartnerin Macy Webb für ihre monatliche Internetkolumne gIRL-gAMES veranstaltet hatte.

Inzwischen hatte Chloe den hinteren Teil der Bar erreicht. Sie wich einer Kellnerin im altmodischen Baseballdress aus und erhaschte dabei einen kurzen Blick auf ihr Opfer, das hinter der Bar arbeitete. Unwillkürlich lächelte Chloe. Ihr Bauch kribbelte. Sie hatte Hunger – nach Erics Gesellschaft.

Während der vierwöchigen Schnitzeljagd hatte sie viel mit Eric unternommen: Sie waren zum Essen oder auf einen Drink ausgegangen, hatten gemeinsam über schmutzige Witze gelacht und sich einmal sogar leidenschaftlich und intensiv geküsst. Darauf baute Chloe. Das machte sie zu Freunden, und ein Freund konnte doch nicht ruhig dasitzen und mit ansehen, wie die Karriere des anderen den Bach runterging.

Sie holte tief Luft und lief schnurstracks auf die Bar zu. In diesem Moment wandte Eric sich um. Er trug ein graues T-

Shirt, das seine breiten Schultern und den muskulösen Oberkörper eng umspannte, aber locker um die schmalen Hüften fiel. Sein Körper war ein echtes Kunstwerk, durchtrainiert und fit, und hätte es durchaus verdient, auf einem Kalender verewigt zu werden.

Chloe erklomm einen der rot gepolsterten Barhocker. Sie stützte die Ellenbogen auf den schwarz glänzenden Tresen und das Kinn in die Hände. Er war wirklich etwas fürs Auge, dieser Typ: breite Schultern, knackiger Po und ein Lächeln, das gepflegte weiße Zähne aufblitzen ließ und Grübchen in seine Wangen zauberte. Sein dunkelblondes Haar war frisch geschnitten und so kurz, dass er sich morgens vermutlich sogar die Bürste sparen konnte. Und dann diese blauen Augen und dieser Mund … den er allerdings gern ein bisschen zu voll nahm.

Chloe rümpfte die Nase, als Eric mit schrillen Pfiffen und lauter Stimme eine Spielszene kommentierte, die sich auf dem riesigen Fernsehschirm an der gegenüberliegenden Wand abspielte. Macy hatte schon recht, wenn sie Eric als Tarzan bezeichnete. Chloe sah ihn direkt vor sich, wie er sich von Liane zu Liane schwang, sich mit den Fäusten auf die Brust trommelte, und sein Luxuskörper dabei lediglich von einem knappen Lendenschurz bedeckt war …

Eric trat an die Theke. „Ja, wenn das nicht Chloe Zuniga ist, die schöne Miss Pink höchstpersönlich!“

Chloe schenkte ihm ein honigsüßes Lächeln, aber mit seiner Anspielung auf die Farbe ihrer Garderobe brachte er sie so aus dem Konzept, dass sie die spritzige Einleitung, die sie einstudiert hatte, vergaß. Da stand er nun direkt vor ihr und sah so unglaublich, fast schon verboten gut aus, und sie hatte alles vergessen … Hilflos breitete sie die Arme aus und drehte sich nach allen Seiten. „Kein Fleckchen Rosa, bitte schön, weder sichtbar noch verdeckt!"

Eric zog einen Fußschemel heran, stellte sich darauf und beugte sich weit über den Tresen. Chloe kam ihm entgegen, indem sie das Bein hochreckte, damit er auch ihre Shorts, Socken und Schuhe begutachten konnte. Sichtlich beeindruckt nickte er. „Aber weißt du", meinte er, „mir fehlt beinahe was, wenn ich dich ganz ohne deine Lieblingsfarbe sehe."

„Bist du noch zu retten?", brauste Chloe auf. Nicht einen Ton hatte er zu ihren Trainingsschuhen gesagt. Ganz zu schweigen von dem Texans-Trikot, dem absoluten Renner dieser Saison, wie ihr von dem Teenager, der ihr das Teil verkauft hatte, versichert worden war. Dem Jungen waren schier die Augen aus dem Kopf gefallen, als Chloe mitten im Geschäft in das T-Shirt geschlüpft war, das weit über den Saum ihres Minirocks reichte.

Eric hatte inzwischen eingehend ihr Gesicht studiert. Plötzlich schnippte er mit den Fingern. „Dein Lidschatten ist definitiv rosa!"

„Definitiv nicht! Die Farbe nennt man ‚Laser-Blue', und was du da oben siehst …", sie strich an der Unterseite ihrer Augenbraue entlang, „… heißt bei gRAFFITI-gIRL ‚Stroboskop-Weiß'."

Eric betrachtete sie stirnrunzelnd. Irgendetwas schien ihn zu stören, doch er kam offensichtlich nicht darauf, was es war. Dann begriff er, und seine Miene hellte sich auf. „Hey, ist dir eigentlich klar, dass du ein Footballtrikot trägst? Und Trainingsschuhe? Wenn ich es nicht besser wüsste, würde ich behaupten, du führst was im Schilde."

Chloe überließ es ihm, die Verbindung zwischen den beiden Anrufen, die er nicht beantwortet hatte, und ihrer total untypischen Kostümierung herzustellen, und siehe da, es dauerte nur eine Sekunde, bis der Groschen fiel. Er riss das grüne

Handtuch mit dem roten H für „Haydon's" von seiner Schulter und trocknete sich damit die Hände. „Die Antwort lautet Nein!"

Oje! Chloe hatte ja nicht damit gerechnet, dass es einfach werden würde. Aber gleich zu Beginn in eine Sackgasse zu geraten, hatte sie auch nicht erwartet. „Na, hör mal, Süßer, wie kannst du Nein sagen, wenn du nicht einmal weißt, wie die Frage lautet?"

„Falls du's noch nicht bemerkt haben solltest, Prinzessin", versetzte Eric, „du befindest dich auf feindlichem Territorium. Wenn du mich in irgendeiner Weise bedrängst, kannst du dich auf was gefasst machen."

Chloe tat ihr Möglichstes, um beleidigt und zerknirscht zu wirken. „Es entsetzt mich ehrlich zu hören, dass du mich als Feind betrachtest."

Wider Willen musste Eric lachen. „Ich war vier Wochen lang dein Partner bei der Schnitzeljagd. Du glaubst doch nicht ernsthaft, dass ich dir diese jämmerliche Mitleidstour abkaufe? Bitte entschuldige mich, ich muss mich um meine Gäste kümmern."

Wie, einfach so? Er gab ihr einfach so einen Korb? „Verzeih, aber sitze *ich* etwa nicht an der Bar? Es wird höchste Zeit, dass du dich nach meinen Wünschen erkundigst", erwiderte sie scharf.

Sofort warf sich Eric das Handtuch über die Schulter und setzte eine geschäftige Miene auf. „Was darf ich Ihnen bringen, Gnädigste?"

Irgendwie lief es nicht so, wie Chloe geplant hatte, und daran war nur sie selbst schuld. Sie hätte sich doch gleich denken können, dass Eric keine Sekunde auf ihre Verkleidung hereinfallen würde. Sie hatten immerhin vier Wochen zusammen verbracht. Weder Footballtrikot noch Trainingsschuhe würden

Eric vergessen lassen, wie rechthaberisch und aggressiv Chloe manchmal sein konnte. Natürlich hatte sie Besserung gelobt, was sich auch auf ihr Image als böses Mädchen bezog. Und um das loszuwerden, brauchte sie Eric. Deshalb konnte sie es sich nicht leisten, ihn zu vergraulen. Sie griff nach der auf Hochglanzpapier gedruckten Getränkekarte. „Was kannst du empfehlen?"

Eric stellte ihr eine Schale mit Erdnüssen und ein Körbchen mit Salzbrezeln vor die Nase. „Wirf doch einen Blick auf die Karte. Ich kann dir fünfundzwanzig verschiedene Fassbiere anbieten. Die Barkeeper mixen dir jeden Cocktail, den du dir vorstellen kannst. Ganz nach Belieben."

Chloe verzog das Gesicht. „Jetzt bin ich aber beleidigt. Einen Monat lang waren wir beinahe unzertrennlich, und jetzt fragst du mich, was ich trinken will?"

„Berufsrisiko!" Ohne den Blick von Chloe zu wenden, rief Eric seinem Barkeeper zu: „Jason, servier der Prinzessin bitte einen Cosmopolitan."

Es war noch viel zu früh am Tag für Chloes Lieblingsdrink, und das wusste Eric auch. Aber Chloe ließ es ihm durchgehen. Er lauerte ja nur darauf, dass sie ihn auf seinen Irrtum hinwies. Er erwartete den Vorwurf, dass er es besser wissen und seinen Kopf gebrauchen sollte, anstatt sich wie ein hirnloser Muskelprotz zu benehmen.

Diese Sprüche musste Chloe sich verkneifen. Vorbei die Tage, wo sie sich mit Eric anlegen durfte, sonst konnte sie sich die Hoffnung abschminken, ihn jemals für den Plan zur Rettung ihrer Karriere zu gewinnen. Und weil Eric darin eine Hauptrolle spielen sollte, nippte sie an dem pinkfarbenen Getränk, das man ihr serviert hatte, und lächelte zum Zeichen ihrer friedlichen Absichten.

Eric ließ sie keinen Moment aus den Augen. Kurzerhand

nahm er ihr das Glas mit dem Cocktail wieder ab, den sie, wie er sehr wohl wusste, nicht wirklich haben wollte. „Was führst du im Schilde, Chloe? Es bleibt beim Nein, aber langsam werde ich neugierig, weshalb du hergekommen bist.“

Chloe griff nach einer Brezel und brach sie in der Mitte durch. Eric war richtig niedlich, wenn er sich aufregte. „Ich weiß nicht, ob ich dir das anvertrauen soll, wenn du so hässliche Sachen von mir behauptest.“

„Wusste ich's doch, du hast was vor!“

„Aber ja, schließlich bin ich eine Frau!“

„Genau!“ Eric, der die ohnehin makellose Theke mit seinem Tuch poliert hatte, unterbrach seine Tätigkeit und deutete mit dem Zeigefinger auf sie. „Was bedeutet, dass du von der Sache – was auch immer das sein mag – profitieren wirst, ich aber am Ende mit Sicherheit der Gelackmeierte bin.“

„Das kannst du so nicht sagen!“, protestierte Chloe und spielte mit dem schlanken Stiel des Glases, das sie wieder an sich gerissen hatte. „Ich erinnere mich da an einen Tequila-Kuss, bei dem du ganz schön ins Schwitzen gekommen bist. Erzähl mir bloß nicht, das hätte dir nicht gefallen!“

„Da hatten wir doch beide einen gehörigen Schwips, das weißt du ganz genau.“

„Und stell dir mal vor, was passiert wäre, wenn wir richtig betrunken gewesen wären.“ Darüber hatte Chloe nämlich schon häufig Spekulationen angestellt.

Aber Eric schien das kaltzulassen. „Stell dir lieber vor, was gewesen wäre, wenn wir die Finger vom Alkohol gelassen hätten.“

Chloe horchte auf. „Was denn zum Beispiel?“ Auch wenn sie meistens heftig miteinander flirteten, hatte sie nicht selten das Gefühl, Eric ginge nur aus Gutmütigkeit auf ihre Neckereien ein. Jetzt wollte sie es genau wissen, denn der Gedanke, dass sie für Eric womöglich nicht mehr als eine nette kleine Abwechslung bedeutete, ließ ihr keine Ruhe.

„Jetzt lass mal gut sein!" Eric hantierte wieder auf dem Tresen herum und arrangierte die Schälchen mit den Knabbereien neu. „Ich bin doch gar nicht dein Typ, und das wissen wir beide – zumindest, wenn wir nüchtern sind."

Jetzt war es Chloe, die den Cosmopolitan zur Seite schob. Sie überlegte, ob sie gehen sollte. Andererseits, was hatte sie noch zu verlieren? „Kannst du Jason bitten, mir noch eine Limonade light zu bringen?"

Eric stützte die Hände auf den Tresen und ließ den Kopf hängen. „Ach, Chloe, tu mir das nicht an", seufzte er.

„Was denn, Süßer?" Chloe interessierte sich aufrichtig für die Gründe, die dagegen sprachen, dass sie sich zusammentaten. Schließlich musste sie doch abschätzen, wie dick die Wand war, gegen die sie anrannte.

„Tu doch nicht so, als wäre ich der einzige Mann auf der Welt, der dir weiterhelfen kann." Eric hob den Kopf und breitete die Arme in einer Geste aus, die die Menschen im Nebenzimmer, aber auch die im Barraum umfasste. „Ich werde es dir beweisen: Bitte irgendeinen der hier anwesenden Männer um einen Gefallen. Ich wette, er wird dir mit Freude behilflich sein."

Chloe hob vielsagend die Augenbrauen. „Nur du nicht."

„Du sagst es."

„Aber Eric, mein Süßer, ich sitze jetzt schon zwanzig Minuten hier, und außer dir hat kein einziger Mann auch nur ein Wort mit mir gesprochen." Manchmal musste man sich eben mit einer Notlüge behelfen.

„Weil *ich* dich mit Beschlag belegt habe, ist doch klar."

„In der Tat. Du hast mir deine ungeteilte Aufmerksamkeit geschenkt und darüber sogar die anderen Gäste hier an der

Theke vergessen. Dabei ist heute wirklich keiner von uns beiden beschwipst, oder?“ Wie auf Stichwort erschien in diesem Moment Jason mit Chloes eisgekühltem Getränk. Chloe bedankte sich und trank einen Schluck, aber sie beobachtete Eric unverwandt.

Der schüttelte nur den Kopf. „Leider bin ich nur allzu gern mit dir zusammen. Und dummerweise kennst du mich auch viel zu gut.“

„Das hast du Macy zu verdanken. Vermutlich konnte nicht einmal sie sich vorstellen, welche Auswirkungen diese Schnitzeljagd haben würde.“

„Vermutlich.“ Eric winkte einem Gast, der weiter unten an der Bar Platz nahm. „Ich habe gehört, dass Anton sich von Lauren getrennt hat.“

„*Lauren* hat sich von *Anton* getrennt.“

„Schon gut, schon gut, verdreh die Tatsachen ruhig ein bisschen zugunsten der weiblichen Seite.“ Eric warf Chloe ein selbstgefälliges Lächeln zu. „Ich bleibe bei der männlichen Darstellung der Geschichte.“

Eine endlose Minute maßen sie einander mit Blicken. Um sie herum wogte der Lärm des Barbetriebs. Gläser klirrten, Fernseher plärrten, und die Schwingtüren der Küche ächzten. Chloe strich mit dem Finger über den Rand des Glases. Sie spielte mit dem Strohhalm in ihrem Drink und tunkte einen störrischen Eiswürfel jedes Mal in das Getränk zurück.

Sie war als einziges Mädchen unter fünf Männern aufgewachsen. Sollte Eric Haydon nur versuchen, sie mit Blicken zu bezwingen, am Ende würde doch *sie* ihren Willen durchsetzen, daran zweifelte sie keine Sekunde. Neugierig war er bereits, das hatte er zugegeben. Jetzt hieß es, die Katze nicht zu früh aus dem Sack zu lassen.

Eines wusste Chloe nämlich: Wenn ein Mann etwas unbedingt haben wollte, und es lag im Ermessen einer Frau, ob er es bekam oder nicht, dann wurde er zu Wachs in den Händen dieser Frau. Diese Vorstellung erheiterte sie, und sie beschloss, Eric noch ein bisschen zappeln zu lassen. „Wer gewinnt denn?", fragte sie nach einem beiläufigen Blick auf den Bildschirm, der an der Wand hinter der Theke angebracht war.

„Hm?"

„Baseball! Die ‚Astros'! Wer gewinnt? – Aber guck nicht hin!"

Eric stutzte. Er runzelte die Stirn und versuchte sich ins Gedächtnis zu rufen, was er im Unterbewusstsein von dem Spiel mitbekommen hatte. „Okay, ich geb's ja zu, du hast mich tatsächlich abgelenkt", gestand er. „Bist du jetzt zufrieden?"

„Zufrieden bin ich erst, wenn du ohne Wenn und Aber zugibst, dass du vor Neugier platzt zu erfahren, was ich von dir will."

„Ich habe bereits zugegeben, dass ich neugierig bin."

„Schon, aber du hast es gleichzeitig kategorisch abgelehnt, mir zu helfen."

„Ich bitte dich, Prinzessin, du kannst doch nicht erwarten, dass ich auf der Stelle Ja sage. Wer weiß, am Ende muss ich mich in aller Öffentlichkeit zum Narren machen."

Weiter unten an der Bar feuerten zwei Männer lautstark einen dritten an, der versuchte, ein Glas Bier auf ex zu trinken. Aus seinen Mundwinkeln rieselte ein dünnes Rinnsal zum Hals und über sein T-Shirt und hinterließ einen feuchten Fleck auf seiner Hose. Chloe schüttelte sich. Sie wies auf die Gruppe an der Bar. „Zum Narren machen sich schon andere, dafür brauchst du mich nicht."

„Wozu brauche ich dich dann, Chloe?"

Chloe tat, als müsste sie nachdenken, in Wahrheit aber überschlugen sich ihre Gedanken. Sie hasste es, gezwungen zu sein, die Nummer vom hilflosen Weibchen abzuziehen. Aber über die Jahre hatte sie es in dieser Disziplin zur wahren Meisterschaft gebracht, und ihre derzeitige Lage rechtfertigte mehr denn je den Einsatz drastischster Mittel. Unverdrossen rührte sie mit dem Strohhalm in ihrem Getränk. Doch jetzt vermied sie es, Eric anzusehen. Sie schlug die Augen nieder und lächelte entgegenkommend. „Du hast natürlich recht", gurrte sie und seufzte tief. „Ich habe dir nicht das Geringste zu bieten. Aber *du* könntest mir einen riesigen Gefallen tun."

„Ach, darauf läuft das Ganze hinaus! Ein Gefallen." Eric bedachte sie mit einem misstrauischen Blick und rieb sich die Wangen. „Und ich hatte schon befürchtet, ich soll für dich durch einen brennenden Reifen springen oder so."

Chloe hütete sich, brennende Reifen von vornherein auszuschließen. Erst musste sie ihn dazu bringen, dass er ihr freiwillig seine Hilfe anbot. Wenn sie ihre Karten richtig ausspielte, konnte sie ihn möglicherweise sogar davon überzeugen, dass das ganze Vorhaben, von der Planung bis zur Durchführung, seine Idee war. „Wo soll ich anfangen?", fragte sie leise.

„Versuch's mal mit dem Anfang", meinte Eric lakonisch.

Genau den wollte Chloe lieber überspringen. Die Ursache des Schlamassels, in dem sie steckte, lag ja genau darin begründet. „Oje, ich fürchte, meine, äh, Situation hat keinen richtigen Anfang. Das Problem besteht vielmehr darin, dass andere sie plötzlich zur Kenntnis genommen haben."

„Könntest du dich bitte etwas verständlicher ausdrücken?"

„Es geht um meinen Job und darum, dass ich bekannt dafür bin, gern mal einen deftigen Fluch loszulassen."

Eric konnte sich ein Grinsen nicht verkneifen. „Ich wusste, dass dich dein loses Mundwerk noch um Kopf und Kragen bringt. Hat dir endlich mal jemand die Leviten gelesen?"

„Genau das ist doch der Punkt", entgegnete Chloe streitlustig, denn sie waren bei einem ihrer Lieblingsthemen angelangt. „Warum nennt man es bei einer Frau *loses Mundwerk*, während man von einem Mann im gleichen Fall lobend behauptet, er würde *kein Blatt vor den Mund nehmen*? Wird da nicht mit zweierlei Maß gemessen?"

Eric gab sich größte Mühe, ernst zu bleiben. „Ich könnte mir vorstellen, dass es ziemlich problematisch ist, wie ein Mann zu reden, wenn man für eine Firma namens gIRL-gEAR arbeitet."

„Solange wir Partnerinnen unter uns sind, stört sich kein Mensch daran. Zum Beispiel, wenn wir spätabends noch Meetings abhalten oder uns in Macys Wohnung treffen. Laurens Wohnung sollte ich eigentlich sagen, jetzt, wo Macy sich bei Leo häuslich niedergelassen hat." Chloe versuchte wieder, den Eiswürfel auf den Boden des Glases zu tunken. „Nur wenn … mir im Büro mal so etwas rausrutscht, dann platzt Sydney der Kragen."

„Ich kann mir überhaupt nicht vorstellen, dass Sydney jemals der Kragen platzt."

„Wenn es um die Firma geht, versteht sie keinen Spaß. Das bedeutet allerdings auch, dass alles, was die Partnerinnen tun oder wie sie sich in der Öffentlichkeit präsentieren, auf gIRL-gEAR zurückfällt."

„Soll heißen, du hast einen gewaltigen Rüffel bekommen?"

„Wenn du es so ausdrücken willst."

„*Du* würdest es so ausdrücken."

Jetzt wurde es spannend. Sie waren an dem Punkt angelangt, wo Eric ins Spiel kam. Chloe hielt Daumen und Zeigefinger hoch, sodass sie einander fast berührten. „Na ja, und dann wäre da noch eine klitzekleine Winzigkeit."

„Noch was?" Gespannt beugte Eric sich über die Theke. Er schien ganz wild darauf, zu erfahren, was sie sonst noch auf dem Kerbholz hatte.

Komisch, einerseits wollte Chloe ja, dass er sich für ihre Probleme interessierte, aber gleichzeitig ärgerte sie sich über sein offenkundiges Interesse. Warum konnte sie nicht aus einem anderen Grund hier an der Bar sitzen? Jetzt, wo es darauf ankam, verfluchte sie die Umstände, die sie gezwungen hatten herzukommen. Zu dumm, dass sie es nicht schaffte, sich allein aus der Patsche zu helfen! Sie leerte den Rest ihres Getränks mit einem Zug, und ehe sie Zeit hatte, es sich anders zu überlegen, platzte sie heraus: „Na ja, meine Männergeschichten!"

„Meinst du die Tatsache, dass du Männer konsumierst wie Limonade?" Eric ließ das leere Glas auf der Theke kreisen. „Der erste Schluck schmeckt köstlich, aber ist das Eis erst mal geschmolzen, verschwindet auch das Prickeln?"

Chloe warf ihm einen düsteren Blick zu. „Hundertprozentig stimmt das natürlich nicht!"

„Dann nenn mir doch bitte die genaue Zahl! Ich kann es drehen und wenden, wie ich will: Wir haben erst April, und ich habe dich dieses Jahr schon mit so vielen Männern gesehen, dass ich sie nicht mal mehr an den Fingern abzählen kann."

Waren es wirklich so viele gewesen? Offenbar hatte Chloe irgendwann den Überblick verloren. „Ich mag Männer eben", verteidigte sie sich, „und ich gehe gern aus. Schließlich braucht es kein Psychologiestudium, um zu merken, dass man nicht zusammenpasst."

„Moment mal!" Eric hob abwehrend die Hände. „Verstehe ich dich richtig? Jedes Mal, wenn du mit einem neuen Kerl ausgehst, testest du ihn, ob er zu dir passt? Du versuchst gar nicht erst, dich mit ihm anzufreunden? Oder dich einfach ein bisschen zu amüsieren?"

„Für Freundschaft oder um miteinander Spaß zu haben, muss man zusammenpassen, Süßer." Hatte nicht jede Frau insgeheim Träume und Fantasien? Was spielte es denn für eine

Rolle, wenn Chloe nicht bereit war, Abstriche zu machen?

„Wie sieht's denn mit uns aus?", fragte Eric plötzlich. „Passen wir deiner Meinung nach zusammen?"

Sie hatten viel miteinander gelacht, und Chloe betrachtete Eric zumindest als Freund. Das war immerhin ein Anfang. „Na ja, wir haben einen ganzen Monat lang unsere Nasen in die Angelegenheiten des anderen gesteckt. Trotzdem bin ich heute hier, nicht wahr?"

Im ersten Moment war Eric wie vor den Kopf gestoßen. Wenigstens deutete Chloe seinen verdutzten Gesichtsausdruck so. Aber sie hatte sich getäuscht. „Hatten wir nicht gerade festgestellt", entgegnete er, „dass du hier bist, weil ich dir einen Gefallen tun soll? Nicht, um herauszubekommen, ob wir zusammenpassen."

„Du musst mir helfen!", platzte Chloe heraus. „Ich brauche einen ständigen Begleiter." Insgeheim hoffte sie, dass der Schock Eric total aus dem Gleichgewicht bringen und ihn zur Kapitulation zwingen würde.

„Soll ich vielleicht eine Umfrage starten, wer von meinen Gästen deine Kriterien erfüllt?" Eric warf einen kurzen Blick durch den Raum und sah Chloe dann herausfordernd an. „Oder möchtest du lieber, dass ich von einem meiner Kumpel eine Gefälligkeit einfordere? Ein Spitzensportler als Leibeigener, wie wär's?"

„Nein", rief Chloe laut, „ich will dich!"

Unwillkürlich machte Eric einen Satz nach hinten. „Was soll das heißen?"

Jetzt beugte sich Chloe über die Theke. „Ich möchte dich als meinen ständigen Begleiter!"

„Damit du immer jemanden um dich hast, mit dem du dich kabbeln kannst?"

„Deine Schlussfolgerungen sind völlig aus der Luft gegriffen, Süßer", protestierte Chloe, aber sie spürte, wie ihre Augen brannten. Sie hatte es vermasselt.

„Aus der Luft gegriffene Schlussfolgerungen, abgelehnte Anträge – ich verstehe schon, warum ich genau der richtige Mann für dich bin."

Chloe war sich dessen allerdings nicht mehr sicher. Jedenfalls nicht, solange er so verbittert wirkte. Dass sie das nicht früher bemerkt hatte! Sie suchte in ihrem kleinen Rucksack aus rotem Leder nach der Geldbörse, um die Rechnung für den Cosmopolitan und die Limonade zu begleichen. Männer! Nie wieder!

Plötzlich berührte Eric sanft ihre Hand. Sein grimmiger Ausdruck war wie weggewischt, seine Stimme klang weich. „Komm mit in mein Büro", sagte er, „dort reden wir weiter."

2. KAPITEL

Eric legte den Arm um Chloes Mitte und lotste seine hartnäckige Besucherin an den Schwingtüren zur Küche vorbei durch einen schmalen Korridor bis an eine Tür, auf der fett gedruckt zu lesen stand: „Zutritt nur für Berechtigte oder Inhaber eines Endspieltickets!"

Chloe besaß eine bemerkenswert schmale Taille. Diese Frau mochte zwar ein loses Mundwerk haben und auch sonst ziemlich forsch vorgehen, aber Junge, Junge, die Rundungen dieser Kleinen …! Schwer zu sagen, ob man sie anbaggern oder adoptieren sollte.

Nur eines wusste Eric genau: Egal was für einen aberwitzigen Plan sie sich ausgedacht hatte, unter keinen Umständen würde er sich dafür hergeben. Wenn sie ihn nur brauchte, um ihre eigene Haut zu retten, dann konnte sie ihm gestohlen bleiben. Er hatte gelernt, sich nicht ausnutzen zu lassen.

Sollte sie ruhig in dem Glauben bleiben, dass sie aus der vierwöchigen Schnitzeljagd als Siegerin hervorgegangen war. Aber Eric war auch nicht faul gewesen. Er hatte bei seinen Erkundigungen so manches über Chloe erfahren, was sie vermutlich selbst nicht wusste. Unter ihrer harten Schale verbarg sich ein äußerst verwundbarer Mensch. Wovor sie sich mit ihrem burschikosen Gehabe schützen wollte, hatte er zwar nicht herausgefunden, trotzdem war er gern bereit, ihre Komödie mitzuspielen, wenn sie sich dadurch sicherer fühlte.

Wenigstens würde er so lange mitmachen, bis er erfahren hatte, was sie herführte. Denn ohne einen verdammt guten Grund wäre eine Chloe Zuniga niemals wie eine Kreuzung aus Covergirl und Fußballjunkie verkleidet bei ihm hereingeschneit. Sie wollte mehr als einen ständigen Begleiter!

Eric drückte die Klinke herunter. Er legte die Hand auf

Chloes Schulter und schob sie vor sich her. Mit Erstaunen stellte er fest, dass sie für eine Frau, die jede Art von körperlicher Aktivität verabscheute, ziemlich kräftige Schultern hatte.

Die Inneneinrichtung des Büros ähnelte der der Bar. Chloe würde sich mit Sicherheit hier genauso unbehaglich fühlen wie dort. Trotzdem gab Eric ihr einen Pluspunkt – für ihre enormen Anstrengungen. Und sie hatte sich alle Mühe gegeben. Er konnte sich nicht erinnern, sie je zuvor in Trainingsschuhen gesehen zu haben.

Während Chloe die lange Wand mit Autogrammfotos inspizierte, versuchte Eric sich vorzustellen, wie sie wohl aussah, wenn sie so richtig ins Schwitzen geriet. Es wollte ihm nicht gelingen. Nie hatte er gesehen, dass sich auch nur ein einziges ihrer blonden Haare selbstständig gemacht hätte, es sei denn, sie hatte ihre Frisur absichtlich ein wenig zerzaust, um besonders sexy zu wirken.

Mehr als einmal hatte Eric beobachtet, wie sich nüchterne, vernünftige Männer beim Anblick ihrer blonden Mähne und ihrer großen veilchenblauen Augen in stammelnde Idioten verwandelten. Eric schmunzelte. Er stand auf getönte Kontaktlinsen. Ihm gefiel die Vorstellung, Chloes Frisur einmal richtig zu zerrupfen. Sie sah klasse aus in Sportsachen, fand er, und sie machte sich hervorragend in seinem Büro.

Er lehnte sich an den ausladenden Schreibtisch aus massivem Holz, den er auf einer Auktion in einer kleinen Schule auf dem Land ersteigert hatte, verschränkte die Arme vor der Brust und wartete. Viel Zeit hatte er ja nicht. Jason brauchte sicher bald Unterstützung an der Bar. Aber irgendwie hatte Eric das Gefühl, dass sich das Warten lohnen würde – selbst wenn er dafür eine Meuterei des Personals in Kauf nehmen musste.

„Bagwell, Biggio, Olajuwon, Lipinski, Campbell, Ryan, Lewis." Laut las Chloe die Namen der Houstoner Sportgrößen aus Vergangenheit und Gegenwart vor. Vor einem gerahmten Foto, das von den anderen abgesetzt war, hielt sie abrupt inne. Sie drehte sich zu Eric und warf ihm, wie die meisten Leute, die diesen handsignierten Schrein zum ersten Mal sahen, einen schrägen Blick zu. „Anna Kournikova?“

Eric zuckte mit den Achseln. „Sie spielt doch Tennis, oder?“

Chloe kommentierte diese Erklärung mit einem verächtlichen Schnauben und setzte ihre Besichtigungstour fort. Auf die Autogramme folgten, gerahmt oder in Schaukästen, die Eintrittskarten zu allen Sportveranstaltungen, die Eric seit seinem ersten Stadionbesuch im zarten Alter von fünf Jahren gesammelt hatte. Natürlich hatte er nicht alle Tickets zu allen Veranstaltungen gerahmt. Die meisten hatte er nach dem Zufallsprinzip an die Wand gepinnt.

Eric beobachtete, wie Chloe sich vorbeugte oder auf die Zehenspitzen stellte, um das eine oder andere Ticket zu lesen. Er beobachtete, wie sie stumm die Lippen bewegte, wie sie lächelte, die Stirn runzelte oder seufzte. Er hätte sie gern gefragt, welches Souvenir welche Reaktion hervorrief, andererseits wollte er sie nicht stören. Es faszinierte ihn, das geschmeidige Spiel ihrer Wadenmuskulatur zu beobachten, die Art und Weise, wie sich der Jeansstoff ihrer Shorts um ihren knackigen Po schmiegte und sich ihre Schultern unter dem Trikot abzeichneten.

Entweder hatte sie in der letzten Zeit eine Menge Eisen gestemmt, oder er war bei den paar Gelegenheiten, als er sie im Arm gehalten hatte, mit Blindheit geschlagen gewesen. Besonders auf Antons und Laurens Party, als sie zusammen getanzt hatten ... Chloe hatte eine Prise Salz in ihr Dekolleté geschüttet, Eric hatte es von ihrer Haut geleckt, einen Schuss Tequila gekippt und den Saft der Limone, die Chloe zwischen den Lippen hielt, ausgesaugt. Die Frau konnte küssen, so viel stand fest.

Auf einmal drehte Chloe sich um und ertappte Eric dabei, wie er ihre Rückenansicht bewunderte. Prompt ließ sie sich auf Erics Bürocouch sinken, die plüschige Interpretation einer Trainerbank, angefertigt von einem hiesigen Designer. Chloe lehnte sich zurück, schloss die Augen und massierte sich die Schläfen. „Ich weiß wirklich nicht, was ich hier verloren habe“, murmelte sie.

Die Worte waren mehr an sie selbst gerichtet, aber Eric antwortete trotzdem. „Du wolltest mir ein Angebot unterbreiten, das ich unmöglich ablehnen kann.“

Chloe betrachtete ihn argwöhnisch. „Du hast doch schon Nein gesagt.“

Hatte er tatsächlich, aber zu dem Zeitpunkt hatte sie nicht so niedergeschlagen dreingeschaut wie jetzt, und der Drang, sich als ihr Retter anzubieten, war noch nicht so stark gewesen. Eric hoffte, dass er eines Tages doch noch zur Vernunft kommen und nur noch streunende Hündchen statt verirrter Frauen von der Straße auflesen würde. Vorerst aber … vorerst fasste er im Vollbesitz seiner geistigen Kräfte den wahnwitzigen Entschluss, Chloe anzuhören. Mit den Konsequenzen würde er sich später befassen – wenn er bereits tief in die Sache verstrickt war. „Da du weder Kosten noch Mühen gescheut hast, um meine Aufmerksamkeit zu erregen, Prinzessin, brauchst du mich vermutlich für Dinge, von denen ich nur träumen kann.“

„Eher für Dinge, die mir selbst im Traum nicht einfallen würden.“

Autsch, das saß! „Dann erzähl doch dem guten Onkel Eric schnell, worum es geht, ehe Jason ihn wieder an die Bar zurückpfeift.“

Chloe richtete sich kerzengerade auf und rutschte bis an die Sofakante. Sie sah ihm freimütig in die Augen. „Also, pass auf: Ich liebe meine Arbeit, wirklich! Ich kann mir nicht vorstellen, dass ich anderswo so glücklich sein könnte wie bei gIRL-gEAR. Um nichts in der Welt würde ich meinen Job hergeben, und ich werde alles daransetzen, damit das nicht passiert."

„Warum machst du dir darüber Gedanken? Du bist eine der Teilhaberinnen, nicht jemand, der ganz oben auf der Abschussliste steht."

„Von Kürzungen oder Entlassungen kann auch nicht die Rede sein. Sydney hat den Laden viel zu gut im Griff. Wir schreiben so fette schwarze Zahlen wie nie zuvor." Chloe zögerte, dann sprudelte es aus ihr hervor: „Es geht um mich, um meine vorlaute Klappe und … darum, dass ich mich mit jedem einlasse, der mich um eine Verabredung bittet."

„Aber hallo, jetzt habe *ich* allen Grund, beleidigt zu sein", empörte sich Eric mit einem Augenzwinkern. „Ich wollte mit dir ausgehen, aber *mich* hast du abblitzen lassen."

„Anscheinend habe ich ein bisschen übertrieben. Ich lasse mich nicht mit *jedem* ein." Chloe warf Eric einen tiefen Blick zu.

„Dann mit jedem außer mir." Eric merkte, dass er sich ein bisschen zu krampfhaft an der Platte des Schreibtischs festklammerte.

„Weil … Dafür habe ich meine Gründe. Wir hatten immer so viel Spaß zusammen …" Sie stockte und schien zu überlegen, wie viel sie preisgeben wollte. Schließlich gestand sie leise: „Ich wollte es mir mit dir nicht verderben."

„Man geht doch mit jemandem aus, weil man sich amüsieren möchte. Und ein Date mit mir wäre garantiert ein Heidenspaß", erwiderte Eric schärfer, als er beabsichtigt hatte.

Chloe musterte ihn herablassend. „Darauf werde ich sicher einmal zurückkommen."

„Tu das!", erwiderte Eric, weil ihm nichts anderes einfiel.

„Und was passiert, wenn wir Schluss machen?" Chloe wartete auf eine Erwiderung. Als die ausblieb, fuhr sie fort: „Deine Freundschaft möchte ich nämlich auf keinen Fall verlieren."

Eric schluckte. Waren sie tatsächlich so gute Freunde? Und warum traf ihn ihre Andeutung so hart, dass sie eines Tages Schluss machen könnten? Natürlich hatte Chloe vollkommen recht. Eine gemeinsame Zukunft konnte er sich auch nicht vorstellen, aber es gefiel ihm überhaupt nicht, es nicht wenigstens versuchen zu dürfen. Was genau willst du denn versuchen, du Spinner, meldete sich seine innere Stimme. Brauchst du einen Beweis dafür, dass dich diese Prinzessin genauso eiskalt abservieren kann wie jede andere Frau?

„Hilf mir doch bitte auf die Sprünge, Chloe. Welche Art von Unterstützung benötigst du von Erics Begleitservice?" Im Stillen hoffte er, dass er ihr vielleicht doch auf eine andere Art behilflich sein konnte. Denn so sehr er Chloes Gesellschaft auch genoss, die Rolle ihres Begleiters wollte er auf keinen Fall übernehmen.

Chloe war aufgesprungen und tigerte vor dem Sofa auf und ab. Wild gestikulierend erzählte sie: „In den kommenden Monaten wird gIRL-gEAR in etlichen überregionalen Zeitungen porträtiert. Sydney will uns ganz groß rausbringen. Sie versucht gerade, ein paar bekannte Designer anzuwerben, außerdem plant sie, mit der Firma an die Börse zu gehen. Das heißt natürlich, dass wir alle auf dem Präsentierteller sitzen. Sie hat angeordnet, dass wir in unserem Privatleben aufräumen. Mir speziell hat sie ans Herz gelegt, alle Leichen aus dem Keller zu entfernen und den Raum gründlich zu desinfizieren."

„Wow, das ist hart!", murmelte Eric, dem allerdings immer noch schleierhaft war, wo seine Begleiterdienste ins Bild kamen.

„Was? Der Börsengang oder …", Chloe kniff die Augen zu schmalen Schlitzen zusammen, „… meine Leichen?"

„Wenn du tatsächlich Leichen im Keller liegen haben solltest, dann hast du sie hervorragend verpackt. So etwas nennt man dann *Mumien,* verstehst du? Verpackte Leichen."

„Ich finde das überhaupt nicht witzig."

„Ach, Chloe, du darfst nicht so schwarzsehen!" Eric warf einen Blick auf den zur Uhr umfunktionierten Basketballkorb, der an der Wand über Chloes Kopf hing. „Wir unterhalten uns jetzt seit ungefähr einer halben Stunde."

„Ja, und?"

„Und ich habe – vorausgesetzt, es ist mir keines durch die Lappen gegangen – noch kein einziges Schimpfwort aus deinem Mund gehört."

„Und wenn schon." Chloe vergrub die Hände tief in den Taschen ihrer Shorts und betrachtete die Spitzen ihrer Laufschuhe. „Das liegt nur daran, dass ich jedes Wort auf die Goldwaage lege."

Eric beugte sich zu ihr herunter und atmete den frischen Duft ihres Haars ein. „Mach weiter so, du schaffst das schon!"

„Damit hättest du eines meiner Probleme gelöst. Aber ...", Chloe reckte zwei Finger in die Luft, „... da wäre immer noch mein Ruf als Mädchen von zweifelhafter Moral. Und dann ist da Poe."

„Poe?"

„Eine unserer Einkäuferinnen. Ihr wirklicher Name ist Annabel Lee, und sie würde ihre Seele verkaufen, um sich meinen Job unter den Nagel zu reißen."

Ohne genauere Informationen konnte Eric diese Bombe nicht entschärfen. Chloes Ruf dagegen kannte er, und vielleicht gelang es ihm, sie wenigstens in diesem Punkt zu beruhigen. „Du meinst also allen Ernstes, dass man deine Moral für fragwürdig hält?" Er schüttelte den Kopf. „Davon kann ich leider nur träumen."

Chloe lächelte zaghaft. „Sieh an, du träumst schon wieder."

Eric überging den Kommentar. „Man sieht dich in ständig wechselnder Begleitung, aber darüber zerreißt sich kein Mensch das Maul. Wenn du von einem Bett ins andere hüpfen würdest, dann wüsste ich das."

„Was heißt: Dann wüsstest du das?"

Vorsicht jetzt! Als Barkeeper unterlag Eric zwar keiner Schweigepflicht, aber er gehörte nicht zu den Menschen, die leichtfertig Klatsch verbreiteten. „Wir bewegen uns doch in den gleichen Kreisen, Chloe, und ich besitze eine Bar. Ich nehme mindestens genauso viele Beichten ab wie ein Priester. Du kannst mir ruhig glauben, wenn ich dir versichere, dass dein Ruf bei mir in den besten Händen ist." Kaum hatte er diesen Satz beendet, wurde ihm klar, dass er sich soeben sein eigenes Grab geschaufelt hatte.

Chloes Miene hellte sich nämlich schlagartig auf. „Ich hatte gehofft, dass du das sagen würdest", frohlockte sie und lächelte spitzbübisch.

Eric gab sich geschlagen. Das hatte man davon, wenn man versuchte, nett zu sein. Wenigstens war er schlau genug, den Mund zu halten, ehe er bis zum Hals in der Grube steckte.

„In den nächsten Monaten muss ich an drei sehr wichtigen Veranstaltungen teilnehmen", erläuterte Chloe in diesem Moment. „Geschäftlich natürlich. Es gibt keine Möglichkeit, mich davor zu drücken, und selbstverständlich muss ich dabei die Firma repräsentieren."

„Fein." Eric ahnte bereits, worauf es hinauslaufen würde. Er gratulierte sich noch einmal, weil er Chloes Bitte von vornherein abgeschmettert hatte. Als schmückendes Beiwerk an Chloes Arm zu hängen – wie entwürdigend! „Ich bin sicher, dass du einen Begleiter findest. Oder besser noch, du schlägst den Klatschbasen ein Schnippchen und gehst allein hin."

Chloe schüttelte den Kopf. „Allein kann ich mich da nicht blicken lassen."

„Wieso nicht?"

„Denk doch an mein Image."

Diese Art von Logik kapierte Eric beim besten Willen nicht. „Ich hoffe, du machst Witze. Hat nicht gerade dein Ruf den ganzen Schlamassel erst verursacht?"

„Du musst das nicht verstehen, du bist ja keine Frau. Es ist nun mal so: Ich kann mich nicht allein blicken lassen, ich brauche männliche Begleitung. Und ich wäre dir wirklich äußerst dankbar, wenn du mir aushelfen könntest."

Eric versuchte, das betörende Flattern ihrer Wimpern zu ignorieren. „Unter *aushelfen* verstehst du vermutlich …"

Sie nickte.

Er schüttelte den Kopf. „Wirklich, Chloe, ich habe keine Lust, eine Zahl in deiner Statistik zu werden."

„Würdest du doch nicht! Das ist rein geschäftlich! Völlig unmissverständlich! Wenn ich nämlich bei allen drei Terminen mit dem gleichen Partner auftauche, dann reiße ich den Klatschmäulern in der Branche den Boden unter den Füßen weg."

Eric hatte zwar das Gefühl, dass sich der Knoten langsam zu entwirren begann, aber … „Das funktioniert nie und nimmer. Die finden immer ein Opfer, und am Ende bin ich das. Und ich hab wirklich keine Lust, dass irgendwelche Klatschtanten sich an mir den Schnabel wetzen." *Andererseits …*

Chloe packte ihn am Arm. „Kapierst du's nicht? Genau darauf will ich doch hinaus! Wäre doch schön, wenn man sich zur Abwechslung mal etwas Nettes über mich erzählt. Du würdest einen positiven Einfluss auf mein Image ausüben. ‚Partygirl in festen Händen' oder so."

„Eben wolltest du mich nur als ständigen Begleiter, und plötzlich soll ich als Imageberater fungieren? Dein Vertrauen in allen Ehren, aber so viele Wünsche auf einmal kann nicht mal ich erfüllen.“ Eric hatte sich vom Schreibtisch entfernt, aber immer noch kribbelte die Stelle auf seiner Haut, wo Chloe ihn berührt hatte. Er hatte so gehofft, ihr einfach den Rücken zukehren zu können, aber er brachte es nicht fertig. Warum bloß?

Jetzt stand Chloe schon wieder vor ihm, vor Begeisterung sprühend. „Überleg es dir noch mal, Eric“, drängte sie. „Drei Dates, mehr nicht.“ Sie zählte sie an den Fingern ab, eins, zwei, drei. „Drei Abende in meiner Gesellschaft, ein bisschen Süßholzraspeln mit den Medien und Designern. Und Supermodels.“

Sie hatte ihn Eric genannt, nicht Süßer. „Sagtest du Supermodels?“

„Für dich würde ich das Gleiche tun.“

Aber klar doch! „Supermodels? Pass auf, Chloe, ich schlage dir einen Handel vor.“

Zu Chloes Ehre musste er zugeben, dass sie seinen Vorschlag nicht von vornherein ablehnte. Chloe war eben ein sehr aufgeschlossener Mensch. Oder ein sehr verzweifelter. Wie weit sie wohl gehen würde, um ihre Karriere zu retten? Auf einmal packte Eric größte Lust, sich auf das Abenteuer einzulassen.

„Was denn? Was für einen Handel?“

„Du kriegst deine drei Dates.“ Auch Eric hielt drei Finger hoch. „Und ich kriege drei …“

„Nein!“ Chloe schüttelte so vehement den Kopf, dass ihre Frisur durcheinandergeriet. Jetzt sah sie tatsächlich zerzaust aus – und es stand ihr unheimlich gut.

„Legst du nicht zweierlei Maß an? Ich darf nicht Nein sagen, aber du lehnst meinen Vorschlag ab, ohne mich überhaupt ausreden zu lassen.“

„Ich will den Rest überhaupt nicht hören. Nicht, wenn es um Sex geht.“

Eric ließ den Kopf hängen und blickte höchst bekümmert drein, um zu vertuschen, dass sie den Nagel auf den Kopf getroffen hatte. „Erst heißt es, Freunde seien füreinander da, und nun das? Du enttäuschst mich, Chloe."

„Sag bloß, du hast es nicht darauf abgesehen, mich in dein Bett zu locken?" Sie warf ihm einen strengen Blick zu.

„Um unsere wunderbare Freundschaft zu zerstören? Wo denkst du hin?" Wohlweislich verschwieg er ihr, welche Gedanken ihm beim Anblick ihrer verstrubbelten Frisur durch den Kopf gingen. Ohne diese seltsamen Sportschuhe und die Shorts konnte er sich Chloe Zuniga durchaus in seinem Bett vorstellen. Nur mit Strümpfen und dem Trikot bekleidet, das ihre Schenkel und diesen knackigen kleinen Po bedeckte …

„Na schön", hörte er Chloe plötzlich sagen. „Welche drei – wohlgemerkt rein platonischen – Gefälligkeiten erwartest du denn als Gegenleistung für deine geschätzte Begleitung?"

„Dann ist es abgemacht?"

„Es hängt ganz davon ab, was du von mir willst."

O nein, so nicht, nicht mit ihm! Um einen Eric Haydon festzunageln, musste man schon früher aufstehen. „Keine Angst, mir fällt schon was ein."

„Wie? Du weißt noch gar nicht, was du willst? Open end sozusagen? Ich soll so lange auf Abruf bereitstehen, wie du mich hinzuhalten gedenkst?" Chloe hatte sich in Rage geredet, und bei der letzten Frage überschlug sich ihre Stimme beinahe.

„Nun, wir könnten ein zeitliches Limit setzen."

„Worauf du dich verlassen kannst! Ich wäre ja total dämlich, wenn ich uneingeschränkt für deine perversen Fantasien zur Verfügung stünde."

Aha, das war endlich wieder die Chloe, die er kannte und … nun ja, natürlich nicht liebte. Aber er war scharf auf sie, das musste er zugeben. „Meinetwegen, sagen wir einen Monat?

Oder sechs Wochen?"

Chloe zog einen winzigen Organizer aus ihrem Minirucksack. „Die ‚Wild Winter Woman Fashion Show', die letzte meiner Veranstaltungen, findet Mitte Mai statt. Ich schlage vor, dass wir die Sache spätestens an dem darauffolgenden Feiertag, dem Memorial Day, abschließen."

Blitzschnell überlegte Eric, wie sein Kalender in dieser Zeit aussah, und er grinste übers ganze Gesicht.

„Worüber freust du dich denn so?", fragte Chloe misstrauisch und schob sich die Riemchen ihres Rucksacks über die Schulter.

„Ach, ich habe schon immer davon geträumt, dass mir eines Tages eine gute Fee drei Wünsche gewährt. Und schwupp, dann tauchst du plötzlich auf."

Chloe saß auf ihrem Trimmrad und wünschte, ihre Beine wären nur ein Stückchen länger, damit sie sich selbst einen kräftigen Tritt in den Hintern verpassen könnte.

Stattdessen trat sie noch ein bisschen fester in die Pedale, ließ die Beine auf und ab schnellen wie die Kolben eines Motors. Sie nahm die Hände kurz von der Lenkstange und wischte sich die Stirn mit einem Handtuch ab. Ihr Schweißband klebte tropfnass an ihrem Kopf, aber Chloe war so in Fahrt, dass sie es unmöglich gegen ein trockenes austauschen konnte. Nicht jetzt, wo sie ihren Rhythmus gefunden hatte und noch so viel Frust abzubauen war.

Über den Bildschirm in der Ecke des Zimmers, das sie als private Fitness- und Folterkammer eingerichtet hatte, flimmerte das Video „Shakespeare in Love". Aber nicht einmal Williams wildromantisches Liebeswerben um die schöne Viola konnte Chloe von dem Fiasko, das sie gestern erlebt hatte, ablenken.

Zum Teufel mit Eric Haydon, diesem eingebildeten Kerl!

Vollgequatscht hatte er sie, bis sie genau dort angelangt war, wo er sie haben wollte. Drei Wünsche sollte sie ihm erfüllen. Und sie dummes Huhn hatte sich tatsächlich beschwatzen lassen. Na ja, dumm vielleicht nicht. Sie war einfach so verzweifelt gewesen, dass sie sich so verhalten hatte, als besäße sie nicht für einen Cent gesunden Menschenverstand ... oder ein Gedächtnis wie ein Sieb.

Eric lag nämlich total daneben. Gestern, gleich nachdem sie vom Haydon's nach Hause zurückgekehrt war, hatte sie in ihrem Terminkalender nachgesehen. Er hatte sich getäuscht. Sechzehn waren es, nicht zwanzig. Seit Jahresbeginn war sie mit sechzehn verschiedenen Männern ausgegangen. Acht davon waren Versager, Nieten, die es nicht einmal wert waren, dass sie ihnen ihre Handynummer gab. Was täte eine Frau heutzutage ohne Rufnummern-Identifizierung?

Während sie keuchte und hechelte, überlegte Chloe, dass sie sich, wenn sie jemals glücklich bis ans Ende ihrer Tage werden wollte, dringend eine neue Strategie für ihre Dates einfallen lassen musste. Also versuchte sie, den Ablauf eines typischen Dates beziehungsweise ihrer bislang erfolglosen Verabredungen kritisch zu durchleuchten: Sie war nicht besonders wählerisch, aber sie ging keineswegs mit jedem aus, der sie einlud. Aus einem unerfindlichen Grund eilte ihr aber gerade dieser Ruf voraus. Mit dem Ergebnis, dass sie von vielen Männern eingeladen wurde. Nur nicht von Cary Grant.

Sie stellte auch keine besonderen Ansprüche, aber sie erwartete, dass ihre Partner nicht vergaßen, dass sie eine Frau war. Viel zu viele Männer allerdings verstanden das als Aufforderung, ihr an die Wäsche zu gehen. Wieder andere versuchten, sie zu hätscheln und zu tätscheln und vor sich selbst zu retten.

Natürlich trug Chloe ihre Wünsche nicht auf einem großen

Pappschild vor sich her. Die Männer fragten, und sie antwortete, und schon war das Chaos perfekt. Je nach Veranlagung und Frauenbild des jeweiligen Kerls stand sie dann entweder als reine Unschuld oder als Schlampe da, als Flittchen oder als Lady, immer aber in einer extremen Position. Was war bloß mit dem Mittelfeld geschehen?

Klar, ihr Aussehen war ein Problem, ihre Ausdrucksweise ein zweites, aber sie war nun einmal ein Produkt ihrer Erziehung. Man hatte sie auf ein Podest gezwungen, wo sie meilenweit über dem echten Leben gethront hatte. Ihr Vater hatte darauf bestanden, dass sie sich vom gemeinen Volk distanzierte, aber sie hatte sich gerächt. Sie war herabgestiegen und hatte sich die Hände schmutzig gemacht. Behütet, aber rebellisch, wie sie war, sah das so aus: ein derber Wortschatz, absolute Kompromisslosigkeit, hemmungslose Vergnügungssucht und leidenschaftliches Streben nach Macht. Gewiss keine unkomplizierte Lebens- und Liebesphilosophie, aber ausgesprochen zweckmäßig.

Chloe hatte begriffen, dass ein braves Mädchen nie das bekommt, was es will. Sie hatte ebenfalls kapiert, dass sie das, was die meisten Männer ihr boten, gar nicht haben wollte. Sie brauchte nur mit dem kleinen Finger zu winken, schon kamen sie angerannt und überschütteten sie mit Blumen, Pralinen, irgendwelchem Tand und so kitschigen Liebesschwüren, dass ihr schlecht wurde.

Sie bekam Aufmerksamkeit, Zuneigung, alles, was eine Frau sich wünschte – aber nichts davon war echt. Kein Mann hatte sich je die Mühe gemacht herauszufinden, dass sie gern Thriller von Tom Clancy las. Dass sie jedes Stück Schokolade liegen lassen würde für eine Zitrone. Oder dass sie in ausrangierten Whiskeyfässern auf der Veranda zwar ihre eigenen Tomaten züchtete, aber jede *Blume,* die sie einpflanzte, dem Untergang geweiht war. Männer! Triebgesteuerte Wesen, keiner besser als der andere.

Chloe wollte Ritterlichkeit! War denn dieses Wort wirklich so veraltet? War die Vorstellung so altmodisch? Und sie wollte Respekt, Respekt für ihre Person, aber auch für ihre Ideen und für ihre Ansichten. Okay, sie war blond, sie war gut gebaut, und sie machte sich gern hübsch und sah nicht ein, dass sie deswegen ein schlechtes Gewissen haben sollte. Aber sie hatte auch Grips! Sie mochte Männer, aber sie war nicht leicht zu haben. Sie war kein Flittchen. Warum nur war das so schwer zu begreifen?

Immer schneller, immer fester trat sie in die Pedale. Ihre Muskeln brannten, aber sie schloss die Augen und machte weiter.

Im Grunde glaubte sie nicht, dass ihr Ruf oder ihr Mundwerk Sydney ernsthaft in Verlegenheit brachten. Aber Chloe liebte gIRL-gEAR, die ständige Herausforderung in ihrer Position als Vizepräsidentin, das Auf und Ab der Modebranche. Und ihre Partnerinnen, die fünf Frauen, die seit der Zeit in Austin, an der University of Texas, ihre besten Freundinnen waren.

Herrje, sie hatte sogar für Poe etwas übrig, auch wenn der Ehrgeiz dieser Frau sie noch mehr nervte als ein kaputter Bügel an einem nagelneuen BH. Die Gute litt an chronischer Selbstüberschätzung, und es wurde höchste Zeit, dass jemand sie auf den Boden der Tatsachen zurückholte. Sie mochte Chloe ja fünf Jahre voraus sein, aber Chloe hatte Herz, und das fehlte bei Miss Annabel Lee.

Chloe war so in Fahrt, dass sie nur wenig langsamer strampelte, als das Telefon in ihrem Schlafzimmer klingelte. Erst als der Anrufbeantworter ansprang und sie Eric Haydons Stimme hörte, bremste sie. Kerzengerade saß sie im Sattel und lauschte den Worten, die aus dem anderen Raum zu ihr herüberdrangen.

„Hi, Chloe! Es geht um den ersten Wunsch. Wir treffen uns Samstag früh am Haydon's. Um Punkt neun. Ach, und zieh die Sachen an, die du gestern getragen hast."

Dann legte er auf. Chloe traute ihren Ohren nicht. Das war alles? Ein paar auf den Anrufbeantworter gesprochene Anweisungen, und er erwartete, dass sie sie befolgte? Und was bezweckte er mit dieser Kleiderordnung? Er wusste genau, dass sie sich nicht ein zweites Mal in diesem Aufzug blicken lassen würde. Erst recht nicht, weil er es so angeordnet hatte. Oder doch? Immerhin hatte sie in ihrer Einfalt versprochen, ihm drei Wünsche zu erfüllen.

Für heute hatte sie auf jeden Fall genug. Vom Training und von diesem anmaßenden Eric Haydon. Chloe schwang sich vom Rad und machte sich auf den Weg in die Dusche. Pinkfarbenes Lycra und Spandex flogen durchs ganze Bad. Erst als das heiße Wasser ihre verkrampften Muskeln lockerte, bekam sie auch den Kopf wieder frei.

Abgesehen davon, dass sie Sex ausgeschlossen hatte, hatte sie Eric keine Einschränkungen bezüglich seiner drei Wünsche auferlegt. Ein gutes Geschäft, fand sie. Eric wusste, dass er sie zu offiziellen Terminen begleiten sollte. Und Chloe wusste, dass sie alles tun würde, worum Eric sie bat – außer nackt in sein Bett zu klettern. Sie seufzte. Eigentlich jammerschade!

3. KAPITEL

Eric war nur wenige Minuten vor Chloe vor dem Haydon's eingetroffen. Er lehnte lässig, mit verschränkten Armen und übereinandergeschlagenen Beinen an seinem Wagen und beobachtete, wie Chloe in ihrem limonengrünen VW Beetle auf den Parkplatz einbog. Mehr als fifty-fifty würde er nicht wetten, dass sie das trug, was er sich gewünscht hatte. Aber sie war gekommen – und das hieß doch schon was.

Sie nahm die Sonnenbrille ab und stieg, halb zornig, halb gespannt, aus dem Auto.

„Wow! Das haut mich um", rief er ihr entgegen. „Eine Frau, die tut, was man ihr sagt." Lächelnd zwinkerte er ihr zu. Sie in Sportkleidung zu sehen, war der Höhepunkt dieses Tages. „Ich glaube, ich könnte mich fast in dich verlieben."

„Bloß keine leeren Versprechungen", entgegnete Chloe. Sie verstaute Sonnenbrille und Autoschlüssel in ihrem Rucksack und warf ihn über die Schulter.

„Das ist kein Versprechen, sondern eine Feststellung." Eric ging um seinen Wagen herum zur Beifahrertür und öffnete sie einladend. „Es sei denn, du willst, dass ich mir überlege, wie ich es einlöse."

Chloe tat natürlich, als hätte sie nicht verstanden. Sie rührte sich nicht vom Fleck, nur ihr Blick wanderte zwischen Eric und seinem Mustang hin und her. „Darf ich das als Aufforderung auffassen, einzusteigen?", fragte sie schließlich.

„Korrekt."

„Könnte ich vielleicht endlich erfahren, wo's hingeht und was mich dort erwartet? Und vor allem, warum ich noch einmal diese lächerlichen Klamotten tragen muss?"

Aha, wieder die Chloe, die er zwar immer noch nicht liebte,

die ihm aber von Tag zu Tag besser gefiel. „Wie wär's, wenn du erst einmal einsteigst? Alles Weitere wirst du erfahren, wenn die Zeit reif ist."

„Wenn *du* meinst, sie sei reif", murrte Chloe, aber sie ließ sich anstandslos auf dem Beifahrersitz nieder.

Eric schloss die Tür und lief um den Mustang herum auf die Fahrerseite, wobei er es sich nicht verkneifen konnte, mit der flachen Hand auf den Deckel des Kofferraums zu schlagen. Das ging ja schon gut los! So groß konnte Chloes Angst um ihren Job bei gIRL-gEAR nicht sein, wenn sie glaubte, ihn derart schnippisch behandeln zu können, obwohl sie ihn gerade erst um Hilfe gebeten hatte. Chloe gehörte zu den Gründungsmitgliedern der Firma. Man sollte meinen, dass sie das automatisch unersetzlich machte. Nein, es steckte etwas anderes dahinter. Aber er würde sie noch nicht danach fragen.

Eric stieg ein, zog die Tür zu und ließ die zweihundertsechzig Pferdestärken unter der Motorhaube von der Leine. Er setzte ein wenig zurück, wendete und bog dann mit quietschenden Reifen in den Richmond Drive in Richtung Westen ein.

Chloe warf ihm einen vorwurfsvollen Blick zu. „Steht die Gummimenge, die ein Fahrer auf dem Asphalt zurücklässt, in direktem Verhältnis zu seinem Selbstbewusstsein?"

„O nein." Eric grinste. Wäre das der Fall, könnte er es sich nicht erlauben, runderneuerte Reifen zu fahren. „Ich habe nur die Zügel schleifen lassen. Einmal am Tag müssen die Pferdchen sich ja austoben."

„So? Wieder mal typisch Mann! Das Auto wird besser behandelt als das Date."

Eric schaltete zurück, weil eine Ampel weit voraus auf Rot gesprungen war. „Wie darf ich das verstehen?"

„‚Zügel schleifen lassen' und ‚Pferdchen austoben lassen'", imitierte Chloe ihn und suchte nach der Sonnenbrille. Die Sonne stand zwar in ihrem Rücken, aber sie spiegelte sich in den Windschutzscheiben der entgegenkommenden Autos. „Aber dein Date kriegt noch nicht einmal 'ne klare Antwort über das Ziel dieses Ausflugs."

Frauen! Da will man sie überraschen, und wie danken sie es einem? Mit Misstrauen und schnöden Verdächtigungen. Gut, in diesem besonderen Fall war ein gewisser Argwohn nicht ganz unberechtigt, das musste Eric zugeben. „Glaub mir, Prinzessin", beschwichtigte er sie, „ich weiß, wie man ein Date behandelt. Und wenn du mein Date *wärst,* dann würde ich dir selbstverständlich zeigen, was dir bisher gefehlt hat."

„Ich weiß genau, was mir gefehlt hat", murmelte Chloe, und Eric hätte schwören mögen, dass sie ganz leise hinzufügte, „Cary Grant".

Die Frau braucht wirklich Hilfe, dachte er verwundert. „Eines verstehe ich nicht", fragte er dann. „Wenn du keinen Mann findest, mit dem du gern zusammen bist, warum lässt du die Dates dann nicht sein, anstatt dich jedes Mal einer neuen Enttäuschung auszusetzen?"

Chloe schwieg und starrte stumm aus dem Fenster. Erst als Eric schon einlenken und ein unverfängliches Thema anschneiden wollte, meinte sie: „Ich bitte dich, ich rechne doch nicht von vornherein damit, enttäuscht zu werden! Ich gehe nicht zu einem Date und hoffe, dass es ein mieser Abend wird." Sie zuckte die Schultern. „Es ergibt sich halt so."

Kein Mensch erlebte nur Reinfälle, mochte Chloe behaupten, was sie wollte, das war einfach ausgeschlossen. „Bist du sicher? Ich meine, jetzt zeigst du dich ja auch nicht gerade von deiner Schokoladenseite."

„Du musst reden", fauchte Chloe. „Dies ist kein Date, schon vergessen?"

„Trotzdem, ich habe den Eindruck, dass du mit einer total

negativen Einstellung an das Ganze herangehst."

Mit einem scharfen Ratsch schloss Chloe einen Reißverschluss an ihrem Rucksack. „Besten Dank! Du kannst mich jederzeit rauslassen. Ich finde zum Auto zurück."

Prompt riss Eric das Lenkrad herum und steuerte wieder auf das Haydon's zu, aber er fühlte sich wirklich elend dabei. Er war gern mit Chloe zusammen, vorausgesetzt, sie benahm sich wie immer, also so wie vor dieser Persönlichkeitskrise. Chloe war intelligent, und sie hatte Humor. Ihre spitze Zunge konnte einen Mann in Stücke zerfetzen. Sollte er danach noch nicht genug haben, würden ihn ihre Blicke erdolchen. Aber sie konnte verdammt gut küssen, insofern war dann alles wieder in Butter. Sie besaß ein ungeheures Temperament, das war nun mal ein zweischneidiges Schwert. Es bereitete Eric durchaus Vergnügen, die blitzende Klinge zu betrachten, er hatte aber keine Lust, deren Schärfe zu spüren zu bekommen. Die allmorgendliche Rasur bereitete ihm schon genug Probleme.

Schwungvoll bog er auf den Parkplatz vor der Sportbar ein und brachte den Wagen überraschend sanft zum Stehen. Sofort fuhr Chloes Hand zum Türgriff, aber Erics betontes Räuspern stoppte sie. „Wolltest du was sagen?"

„Ich möchte dich noch einmal an unsere Abmachung erinnern. Gleiches Recht für alle und so weiter. Wenn du mir den ersten Wunsch nicht erfüllst, sehe ich nicht ein, warum ich zu deinem ersten Termin erscheinen sollte." Eric legte eine effektvolle Pause ein. „Wann war das doch gleich?"

„Morgen, die Open-House-Veranstaltung von gIRL-gEAR."

„Was, morgen? Ich glaube kaum, dass ich mich so kurzfristig freimachen kann."

„Ich überlege selbst noch, ob ich hingehen soll", erwiderte Chloe nachdenklich. Sie war theatralisch in ihrem Sitz zusammengesunken, lehnte den Kopf an die Scheibe und schloss die Augen.

Oje, dachte Eric. „Weiß Sydney, dass du dich drückst?"

„Es ist doch noch gar nicht entschieden. Ich frage mich nur, ob sich die Mühe überhaupt lohnt."

Nicht, wenn du deine Einstellung nicht änderst, hätte Eric am liebsten ausgerufen. Stattdessen sagte er: „Ich verstehe immer noch nicht, warum du meinst, du müsstest dir das alles antun."

Chloe winkte ab. „Lass gut sein. Ich bin heute einfach nicht gut drauf. Gestern war einer dieser besonders schwarzen Freitage."

„Wie? Schon wieder ein verpatztes Date?"

„Nein. Der Abend war klasse. Ich bin allein zu Hause geblieben und habe mir alte Videos reingezogen. Man sollte meinen, dass ich nach sechs Stunden Lieblingsliebesfilmen bessere Laune hätte."

„Nur, wenn du das Zeug magst. Mir wäre speiübel."

„Du hast vermutlich irgendein Ballspiel angesehen oder einen Boxkampf oder was immer gerade Saison hat", entgegnete Chloe anklagend und riss sich die Sonnenbrille vom Gesicht.

Eric konnte sich nur mit Mühe ein Grinsen verkneifen. „Falsch geraten. Ich hatte ein Date."

Chloe sah ihn aus großen Augen an. „Dann lass hören."

„Was soll ich da erzählen? Ein Date eben."

„Essen? Kino? Und danach ins Bett?"

Jetzt warf Eric ihr einen verwunderten Blick zu. „*Das* verstehst du unter einer Verabredung?"

„Ich doch nicht! Aber das wird mir meistens offeriert."

Kein Wunder, dass Chloe Männer so schnell verschliss wie Eric Joggingschuhe. „Dann gehst du mit lauter Nieten aus. Warum machst du das?"

Chloe betrachtete ihn schweigend. Ihre Augen schimmerten in diesem außergewöhnlich kühlen violetten Ton, der Eric an einen Sonnenuntergang erinnerte, und sie hatte sehr lange Wimpern. Das fiel ihm jetzt besonders auf, weil sie so träge blinzelte.

Er hatte sie noch nie ohne perfektes Make-up gesehen und versuchte sich vorzustellen, was sie darunter wohl versteckte. Ob sie so unschuldig wirkte wie in seiner Fantasie? Allein bei dem Gedanken machte sich ein sonderbares Gefühl irgendwo in der unteren Hälfte seines Körpers bemerkbar.

Aber auch mit Make-up sah Chloe hervorragend aus, besonders wenn man bedachte, dass sie sich stärker schminkte als viele andere Frauen. Zum ersten Mal bemerkte Eric, dass die Farben hervorragend zu ihr passten. Sie wirkte sanft und feminin wie eine der Wildblumen, wie sie jetzt überall im Stratton Park aufblühten.

Dorthin hatte er nämlich fahren wollen, ehe Chloe eine Laus über die Leber gelaufen war. Sicher war es nicht unbedingt fair, sie gewissermaßen zu kidnappen, aber sie hatte seine Bedingungen akzeptiert. Er hatte sich so darauf gefreut, sie einmal aus allen Poren schwitzen zu sehen. Es hätte ihr gut getan, den ganzen Stress, der sich in ihr angestaut hatte, abzubauen. Und ihm hätte es gut getan zuzusehen, wie sie schmollte, wenn sie erfuhr, dass sie Ball spielen sollte. Es konnte nicht schaden, von Zeit zu Zeit daran erinnert zu werden, dass sie einfach nicht zusammenpassten. Chloe brachte zwar sein Blut in Wallung, aber Essen, Kino und danach ins Bett – nein, das entsprach nicht Erics Vorstellung von einem netten Abend.

Er fand es toll, wenn eine Frau seine Begeisterung für körperliche Aktivität teilte. Mit Frauen, die sich gern im Freien aufhielten und bewegten, verstand er sich auch beim Sex am besten. Die kümmerten sich nicht um eine zerrupfte Frisur und hatten auch keine Angst davor, dass ihr Make-up in der Sonne zerfließen könnte. Diese unbändige Energie und Ausdauer – und nicht zuletzt gut trainierte Oberschenkel – zeigten sie dann auch im Bett. Womit er bei der Frage nach Chloes Ausdauer angelangt war. Und bei ihren Oberschenkeln. Plötzlich bemerkte er, dass Chloe ihn immer noch eindringlich musterte. „Und?"

„Ich gehe nicht absichtlich mit Nieten aus, das darfst du mir glauben."

„Besitzen nicht angeblich alle Frauen eine Art hormongesteuertes Radar, das die Wahrscheinlichkeit, auf einen Versager hereinzufallen, verkleinert?"

„Haben denn Männer so was? Und wenn ja, funktioniert es jederzeit zu hundert Prozent zuverlässig?"

Nachdenklich streichelte Eric das Lenkrad. „Das ist die Preisfrage, nicht wahr? Mein ‚Spaßradar' arbeitet absolut einwandfrei. Was das andere angeht ..."

Chloe drehte sich so, dass sie ihn besser sehen konnte. „Was meinst du?"

„Na ja", Eric grinste, „du weißt schon, diese ... kleine Antenne, die mir meldet, ob ich eine Nummer landen kann."

Chloe schnitt eine Grimasse. „Das ist ja wohl der sexistischste Spruch, den ich je gehört habe."

Eric zwinkerte ihr zu. „Sag bloß, du hättest nicht auch gern so ein Ding."

Sie zuckte verächtlich mit den Schultern. „Brauch ich gar nicht! Ich kann jederzeit eine Nummer landen."

„Na, wer ist hier sexistisch?"

„Realistisch bin ich! Oder soll ich mir etwas vormachen? Soll ich leugnen, dass die Männer mich sexy finden? Vergiss es!" Sie lächelte abschätzig. „Dabei bin ich die Erste, die zugibt, dass sie ein echtes Biest sein kann. Aber das hat noch keinen Mann davon abgehalten, sich vor mir auf die Knie zu werfen und mir den Himmel auf Erden zu versprechen."

„Das ist dann der Zeitpunkt, wo du ihn zum Teufel jagst?"

„Wenn das so einfach wäre." Mit einer ungeduldigen Bewegung schob Chloe eine lose Haarsträhne hinters Ohr. „Ich kapier es einfach nicht. Entweder besitzen diese Burschen ein unverwüstliches Selbstbewusstsein, oder es handelt sich um spezielle Abfuhrfetischisten."

Während Eric das Problem von allen Seiten betrachtete, studierte er auch Chloes zarte Ohrmuschel. Er umklammerte das Lenkrad. „Treten, Schlagen und Zu-Kreuze-Kriechen? Na ja, manche Männer fahren darauf ab."

„Aber dir käme so was nie in den Sinn?"

Höchste Zeit, ein paar Dinge zu klären. „Ich sage niemals nie, denn absolute Gewissheit gibt es im Leben nicht. Eines jedoch steht fest: Aus mir wirst du nie herauskitzeln, was mir im Bett gefällt oder nicht. Das kannst du nur auf direktem Weg erfahren. Dann allerdings, das darfst du mir glauben, werde ich dir ganz schnell verraten, was ich mag und wo und wie."

Schnell biss sich Eric auf die Zunge, ehe er sie zu einer Reise in seine Fantasiewelt einladen konnte. Denn in seinem Kopf spielten sich heiße Szenen ab, und alles, was sie darüber wissen musste, würde er ihr lieber live und in Farbe beibringen.

Lange Zeit herrschte Stillschweigen, das nur durch das gedämpfte Tuckern des Motors und Chloes hastige Atemzüge durchbrochen wurde. Sie wirkte aufgewühlt. Eric stellte sich vor, wie ihr Herz raste. Sie schien alle Optionen im Geiste durchzuspielen. Wie würden sie zusammenpassen? Wollte er sie lieber auf oder unter sich? Aktiv oder passiv? Würde er zuerst kommen? Würde er sie zum Höhepunkt bringen?

Er schmunzelte. Nicht, weil er ein erstklassiger Liebhaber war, sondern weil es ihn immer wieder überraschte, wie viele Frauen die Hoffnung auf einen Höhepunkt schon aufgegeben hatten. Und wie viele Männer nicht mehr Manns genug waren, sich die Zeit zu nehmen und herauszufinden, was eine Frau mochte. Schließlich waren sie ja nicht alle nach dem gleichen Schema gestrickt. Wo die eine nur angetippt werden wollte, musste man eine andere ein wenig stupsen, und eine dritte wollte ordentlich geknufft werden. *Mann* brauchte nur zu fragen – und wissen, wie man es anstellen musste, um eine Antwort zu erhalten. Frauen waren wirklich ganz erstaunliche Wesen.

Schließlich räusperte sich Chloe. „Eric, Süßer, ich weiß gar nicht, was ich sagen soll. Es würde mich natürlich brennend interessieren, was du im Bett leistest. Aber da ich das nie selbst herausfinden werde, muss ich wohl oder übel als unerfüllte Frau sterben."

Immer musste sie das letzte Wort behalten, immer! Keine andere Frau schaffte es jedes Mal aufs Neue, ihn scharf zu machen, wenn er gar nicht damit rechnete, und ihn dann, wenn er so richtig heiß war, am Boden zu zerstören. „Denk an meine Worte: Sag niemals nie."

Chloe fächelte sich Luft zu. „Findest du nicht, dass es hier drinnen ganz schön stickig wird? Könntest du vielleicht mal die Klimaanlage anschalten?"

Eric warf den Kopf in den Nacken und lachte schallend, während er den entsprechenden Knopf betätigte. „Hätte ich längst getan, wenn ich gewusst hätte, dass du mir noch eine Weile die Ehre gibst. Eben noch warst du ganz versessen darauf, zu deinem Auto zurückzukehren."

„Ja, war ich auch."

„Jetzt nicht mehr? Woher der plötzliche Sinneswandel?"

Chloe drehte den Kopf weg und setzte schnell wieder die Sonnenbrille auf. Doch die kurz in ihren Augen aufblitzende

Anerkennung hatte sie nicht verbergen können. „Was schon? Ich habe versprochen, dir drei Wünsche zu erfüllen. Ein Wort ist ein Wort."

Eric beglückwünschte sich. „Ein ganz privater Flaschengeist! Kann's losgehen?"

„Als hätte ich eine andere Wahl", seufzte Chloe.

„Was redest du da? Es gibt immer Alternativen", widersprach Eric, fuhr aber vorsichtshalber schon los, verließ den Parkplatz und schlug erneut die Richtung zum Stratton Park ein.

„Tolle Alternative: Entweder rette ich meinen Job, oder ich überlasse ihn kampflos Poe."

Poe, das erste Problem, das Eric anpacken würde. Vielmehr würde er Chloe dazu bringen, es selbst anzupacken. Frauen redeten gern. Durch die Bewegungen ihrer Lippen und Kiefer löste sich anscheinend die Blockade in ihren Köpfen, und sie fanden von selbst den richtigen Weg. Sie brauchten lediglich einen geduldigen Zuhörer, dann kamen sie ganz gut allein zurecht. Eric hatte zwar keine Ahnung, wie das funktionierte, aber das war ja auch egal. „Vor allen Dingen solltest du dir darüber klar werden, ob der Job einen Kampf wert ist."

Vor ihnen hatte eine Ampel auf Rot geschaltet, und Eric ließ den Wagen ausrollen.

Chloe fuhr herum, so weit es der Sicherheitsgurt erlaubte. „Hey, tickst du noch richtig? Ich *bin* gIRL-gEAR! Hier ist meine Karriere, meine Zukunft. Ich wüsste gar nicht, was ich sonst mit meinem Leben anstellen sollte."

Dieses Temperament! Ob Chloe sich dessen überhaupt bewusst war? Es kostete sie sicher eine ungeheure Kraft, sich immer zu zügeln und sich auf die Zunge zu beißen, wenn sie doch so viel zu sagen hatte.

Aber es war nicht nur ihr Mundwerk, selbst ihr Make-up passte zu ihrem Wesen. Das und die Art, wie sie ihre Partner auswählte, diese aggressive Suche nach … Ja, wonach eigentlich? Was genau trieb Chloe an?

„Okay, das beantwortet meine Frage. Obwohl ich es übertrieben finde, wenn du behauptest, du wärst gIRL-gEAR."

„Das muss ausgerechnet Mister Sportbar sagen!"

Eric stutzte und überdachte diesen Vergleich. „Das ist doch nicht dasselbe. Eric Haydon – Haydon's Halbzeit. Chloe Zuniga – gIRL-gEAR. Passt einfach nicht, völlig andere Liga."

„Pah", schnaubte Chloe, „da siehst du mal! Keine zwei Sätze bringst du heraus, ohne in deinen Sportlerjargon zu verfallen."

So hatte Eric es noch nie betrachtet, aber vermutlich hatte Chloe recht. Er dachte in dem Jargon. Sport und Wettkämpfe gehörten zu seinem Leben, kein Tag verging ohne das eine oder das andere. Genau wie kein Tag verging, ohne dass er aß oder schlief.

„Wenn ich in Bezug auf gIRL-gEAR übertreibe", fuhr Chloe fort, „dann spiegelt das nur meine Persönlichkeit wider. Ich schieße in vielen Dingen übers Ziel hinaus, das sollte sich inzwischen herumgesprochen haben. Meine lästerliche …", sie malte Gänsefüßchen in die Luft, „… Ausdrucksweise, meine Probleme mit Poe, alles, was ich tue, braucht einen Dämpfer. Hat Sydney jedenfalls behauptet, als sie mir neulich einen Dämpfer verpasste."

Eric schmunzelte und setzte den Blinker. „Wie lange arbeitet deine Freundin denn schon bei gIRL-gEAR?"

„Von wegen Freundin! Sie hat vor etwas über einem Jahr als Assistentin von Sydney angefangen, arbeitet jetzt aber als Einkäuferin. Als diese Position frei wurde, hat sie die Krallen ausgefahren und bekommen, was sie wollte. Es gefiel ihr wohl nicht, dass ihre Vorgesetzte deutlich jünger war als sie. Sie hat jetzt auch viel mehr Verantwortung." Chloe drehte die Lüftungsdüse von sich weg.

Sofort regulierte Eric die Einstellung der Klimaanlage. „Wie alt ist sie?"

„Dreißig, schätze ich. Sie wäre in einer der alteingesessenen Firmen viel besser aufgehoben. Nicht, dass sie spießig wäre, aber … Bei gIRL-gEAR herrscht einfach eine total lockere Atmosphäre. Ich könnte sie mir gut in Leo Reddings Kanzlei vorstellen. Allerdings kann Macy sie nur unbedeutend besser leiden als ich."

„Wie das?"

„Ich kann es schwer beschreiben. Du müsstest sie einmal in Aktion erleben. Ich muss immer an den Film ‚Tiger and Dragon' denken. Sie wirkt sehr ruhig, geradezu unerschütterlich, aber man spürt förmlich, dass sie nur auf die Gelegenheit lauert, dich anzuspringen. In ihr brodelt es, wenn du verstehst, was ich meine."

Eric, der gerade den Verkehr im Rückspiegel beobachtete, grinste. „Da beschwert sich genau die Richtige."

„In mir brodelt es nicht", protestierte Chloe und richtete sich empört auf, „ich koche bereits über!"

„Wieder übers Ziel hinausgeschossen", warf Eric ein und unterstrich seine Aussage mit einer Handbewegung.

„Genau!", bekräftigte Chloe.

Sie schien so stolz auf ihre Heißblütigkeit, dass Eric sie nur ungern auf das Nächstliegende hinwies. „Meinst du nicht, dass dein Hang zur … nennen wir's mal Aggressivität, etwas mit deinen Problemen mit dem anderen Geschlecht zu tun haben könnte?"

„Unsinn! Ich überrolle die Kerle ja nicht mit dem Auto oder kicke sie übers Tor." Bei den letzten Worten grinste sie Eric verschmitzt an.

Auch Eric lachte herzhaft. „Ich hätte es einfach nicht besser ausdrücken können."

„Übertreib mal nicht. Es soll nicht zur Gewohnheit werden, auch nicht deinetwegen."

„Bringt es dir Spaß, die Männer scharf zu machen und dann fallen zu lassen?"

„Das tu ich doch gar nicht!"

Eric hätte sie gern aufgefordert, ihre Behauptung zu beweisen. Aber er sagte nur: „Chloe, wenn du deinen Verehrern immer sagst, was sie hören wollen, dann werden sich die meisten einbilden, sie könnten alles von dir haben, was sie sich wünschen."

„Nur weil ich höflich sein will und mich interessiert zeige, auch wenn mein Interesse vorgetäuscht ist?"

„Wie, du machst die armen Burschen nicht nur scharf, du machst ihnen außerdem noch was vor? Die wissen doch gar nicht mehr, ob sie gerade kommen oder gehen!"

„O doch", entgegnete Chloe. „Wenn sie gehen, sind sie klein, wenn sie kommen, sind sie groß."

Eric verschluckte sich fast bei dem Versuch, ein Lachen zu unterdrücken. „Mit dieser Art von Gossenwitzen wirst du dich allerdings ganz schnell um Kopf und Kragen reden."

„Weil ich eine Frau bin. Wären wir beide Männer, dann dürfte ich mich ungestraft über jede x-beliebige körperliche Funktion auslassen, ohne befürchten zu müssen, dass es mich den Job kostet."

„Erstens, kein Mann, den ich kenne, würde so einen Witz erzählen."

„Wenn nicht den, dann einen anderen in der Art."

Eric schüttelte den Kopf. „Nicht bei der Arbeit, wenn er nicht riskieren will, dass man ihn wegen sexueller Belästigung drankriegt."

„Zu deiner Beruhigung: Ich besitze genug Anstand, um solche Witze nicht im Büro zu erzählen. Normalerweise verbietet es mir sowieso die gute Kinderstube, über so was zu reden." Wie Chloe das sagte, klang es nach einer Mischung aus Verteidigung und Entschuldigung.

Jetzt wurde Eric ärgerlich. „Aber wenn du mit mir zusammen bist, dann kannst du getrost auf die gute Kinderstube verzichten, wie?"

Chloe ließ sich in den Sitz zurückfallen. „Wenn ich mit dir zusammen bin, kann ich mich entspannen. Ich muss nicht jedes Wort auf die Goldwaage legen. Aber ich weiß sehr wohl, was im Geschäftsleben annehmbar ist und was nicht."

„Für deine Dates gilt das offenbar nicht."

„Im Gegenteil, ich halte mich für sehr versiert auf dem Gebiet der Dating-Etikette."

„Ach, richtig, wir beide haben ja kein Date."

„Nein, das hier ist glatte Erpressung."

Eric holte tief Luft und konzentrierte sich auf den Verkehr. Er war nahe dran, etwas zu erwidern, was er hinterher bereuen würde. Er tat sich überhaupt keinen Gefallen, wenn er sie gegen sich aufbrachte. Im Grunde hatte sie recht: Das hier war kein Date, sondern ein Deal, und es würde keinem von ihnen weiterhelfen, wenn er jetzt den Beleidigten spielte. Aber obwohl er wusste, dass er damit das Messer nur in der Wunde herumdrehte, fragte er: „Und morgen, ist das ein Date? Ich will bloß sicher sein, dass ich meine Rolle richtig spiele und dich wie mein Date behandle, falls du mein Date bist. Oder wie einen alten Kumpel eben, mit dem ich schmutzige Witze reißen kann."

Chloe schien sich plötzlich mehr für den Asphalt zu interessieren, der unter dem Mustang vorbeizog, als für ihr Gespräch. Eric hätte das Gesagte am liebsten wieder rückgängig gemacht, aber ein anderer, schadenfroher Teil seiner Persönlichkeit war froh um jedes einzelne Wort, auch wenn Chloe auf einmal kerzengerade und stocksteif neben ihm saß, die Beine zusammenpresste und den Gurt ihres Rucksacks fest umklammerte.

„Bilde dir nur nicht ein, ich wüsste nicht, was das Ganze soll. Ich weiß, worauf du hinauswillst", zischte sie plötzlich. „Du versuchst mir vorzuschreiben, wie ich mich deiner Ansicht nach benehmen sollte. Ich habe die Nase gestrichen voll von diesen Konventionen! Wo steht denn bitte geschrieben, dass Mädchen Rüschenkleidchen anziehen und brav auf der Tribüne hocken müssen? Sag mir, wo?" Sie senkte die Stimme zu einem Flüstern. „Eines will ich dir sagen: *Ich* hab es satt, immer nur auf der Tribüne zu hocken."

Eric hatte keine Ahnung, ob sie das wörtlich meinte oder wieder seinen Sportlerjargon nachahmte. Jedenfalls war er neugierig geworden. Er wollte mehr über Chloes Leben erfahren. Es interessierte ihn brennend, wie sie es schaffte, diesen verführerischen Körper mit dem Engelsgesicht und ihr kesses Mundwerk zu vereinbaren. „Dann bist du hier genau auf dem richtigen Dampfer. Wenn nämlich die Haydon's Halbzeit Hammers gegen die Big Boy's Bad Boys antreten, um die inoffizielle Mixed-Volleyball-Meisterschaft der Houstoner Sportbars auszutragen, dann bleibt keiner auf der Tribüne sitzen."

„Ich soll Volleyball spielen? In einer Schlammgrube?"

„Man sagt *Spielfeld,* nicht Grube, und es handelt sich um sehr sauberen Sand, nicht um Schlamm." Eric saß auf dem Rasen neben einem mit schwarzen Gummiquadern abgegrenzten Spielfeld und schnürte seine Basketballschuhe auf. „Mach schon, Chloe, zieh die Schuhe und die Socken aus, sonst stolperst du im Sand über deine eigenen Füße."

Pah, gestolpert war sie längst, in eine Falle nämlich! Chloe konnte es nicht fassen, dass der Sportfreak Eric sich für seinen ersten Wunsch ausgerechnet auf Volleyball versteift hatte. Volleyball! Pfeif auf die Karriere, dachte Chloe grimmig. Heute Morgen wärst du besser gar nicht erst aufgestanden.

Sie hatte ihren Rucksack gleich im Mustang gelassen, nachdem sie festgestellt hatte, dass nicht einmal Umkleidekabinen, geschweige denn Duschen vorhanden waren. Und jetzt sollte sie Socken und Schuhe ausziehen und ihre frisch pedikürten Füße dem rauen Sand aussetzen? Nein, dergleichen stand nicht im Vertrag! Volleyball! Da konnte sie nur den Kopf schütteln.

Andererseits hatte ihr das Gespräch mit Eric während der Fahrt hierher allerhand Stoff zum Nachdenken geliefert. Sie durfte ihn nicht vergraulen. Sie brauchte Erics Begleitung, und sie schätzte ihn als interessanten Gesprächspartner.

Nun, hieß es nicht, Rache ist süß? Widerstrebend ließ sich Chloe neben Eric ins Gras sinken. Andere Spieler trafen ein und schrieben sich auf der gegenüberliegenden Seite des Spielfeldes unter einem gestreiften Sonnensegel in die Mannschaftslisten ein. „Ich habe ganz vergessen, dich zu fragen, ob du einen Smoking besitzt?"

Eric, der gerade mit einem komplizierten Knoten kämpfte, hätte sich beinahe total verheddert. „Ich hoffe, du erwartest nicht, dass ich bis morgen einen Smoking auftreibe. In diesem Fall müsstest du auf meine Begleitung verzichten."

Chloe streifte einen Schuh ab, schlüpfte aus dem Socken und wackelte mit den Zehen. „Natürlich nicht, Süßer. Den Smoking brauchst du erst für die ‚Wild Winter Woman Fashion Show'."

„Die Show mit den Supermodels?"

Männer! Chloe schnitt eine Grimasse, aber sie nickte.

„Ist das Termin Nummer zwei oder Nummer drei?", fragte Eric und musterte verstohlen Chloes glatte, feste Wade.

Sie hatte sich soeben des zweiten Schuhs entledigt, die Socken ausgezogen und sorgfältig in den Schuhen verstaut und begann, sich aufzuwärmen. Erst beugte und streckte sie die Zehen, dann die Füße, dann fing sie an, die Muskeln von Oberschenkeln und Waden zu dehnen.

Die Hälfte ihres Warm-ups hatte sie bereits durchexerziert, als ihr auffiel, dass Eric sie nicht aus den Augen ließ. Jetzt ging es an die Bauch- und Rückenmuskulatur. „Nummer drei. Deinen zweiten Auftritt hast du anlässlich der Wahl des gIRL-gEAR-gIRLs. Dafür genügt ein schicker Anzug. Ich wollte dir nur rechtzeitig Bescheid geben, damit du dich darauf einstellen kannst. So wie ich, als du mich für heute Morgen zum Haydon's bestellt hast."

Eric besaß so viel Anstand, den Blick von ihren Beinen zu lösen und eine schuldbewusste Miene aufzusetzen. „Ich hatte Angst, dass du nicht mitkommst, wenn ich dir verrate, was ich vorhabe", gestand er und streckte die Hand nach Chloes Schuhen aus.

„Mit gutem Grund." Chloe erhob sich und klopfte sich ein paar lose Halme von der Hose. Sie fühlte das frisch gemähte Gras unter ihren Zehen. „Bubbling Parfait" von gRAFFITI-gIRL war eine geniale Farbe, und ihre Füße fühlten sich genauso gut an, wie sie aussahen.

„Sei mal ehrlich, Chloe, wie kommst du bloß zu solchen Wadenmuskeln?", fragte Eric, der immer noch am Boden saß.

Chloe blickte an sich hinunter und beguckte ihre Beine ausgiebig von allen Seiten, während sie sich ausmalte, was Eric wohl zu den Gerätschaften in ihrem privaten Fitnessstudio sagen würde. „Die da?", fragte sie unschuldig. „Die sind angeboren, Süßer."

„Wenn die halten, was sie versprechen, dann werde ich

meine Meinung über Mädchen wie dich ganz schnell ändern müssen."

Chloe stemmte die Hände in die Taille und warf ihm einen herausfordernden Blick zu. „Was soll das heißen: Mädchen wie mich?"

„Du weißt schon", meinte Eric und rappelte sich auf, „Puderquaste, Zuckerwatte, Marshmallows und so."

Marshmallows? „So, du vergleichst mich also mit einem Marshmallow?"

„Nicht mehr, nachdem ich deine Beine gesehen habe."

„Du müsstest mich schon früher in Shorts gesehen haben, auf jeden Fall im Rock."

„Schon, aber nicht aus dieser Perspektive." Er deutete auf den Boden. „Da erschließen sich ganz neue Dimensionen."

„Ach so, dann mach dich jetzt auf was gefasst!" Während sie sprach, hatte Chloe das Trikot aus dem Bund der Shorts gezupft. Sie packte es am Saum und zog es sich mit einem Ruck über den Kopf.

Eric wusste erst nicht, wohin mit den Blicken. Zunächst heftete er sie fest auf Chloes Gesicht. Seine Unsicherheit rührte sie. Mit einem kurzen Nicken erteilte sie ihm die Erlaubnis, sie eingehend zu mustern. Nach einem beiläufigen Blick auf ihren Sport-BH betrachtete er ihren nackten Bauch. Der Bund der Shorts ließ Chloes Nabel frei und entblößte so feste Bauchmuskeln, wie man sie sonst höchstens in Musikvideos zu sehen bekam. Eric stieß einen anerkennenden Pfiff aus. „Mädchen, wo hast du dich denn bisher versteckt gehalten?"

„Ich war immer da, Süßer, direkt vor deiner Nase."

„Kann nicht sein, ich hätte deinen Duft bemerkt." Er musterte sie noch einmal mit ungläubigem Staunen. „Nein, du hast dich unter viel zu vielen Lagen Stoff verborgen."

„Ach ja?" Chloe schob die Hände in die Gesäßtaschen der

Shorts und reckte die Brust vor. In dieser Pose trat sie zwei Schritte auf ihn zu. „Wie würde es dir gefallen, wenn ich noch mehr ablege?“

Betont langsam warf Eric die Schuhe durch das geöffnete Verdeck auf den Rücksitz des Mustangs. „Ich hätte gern, dass du alles ablegst“, meinte er und baute sich direkt vor Chloe auf. Genau wie Chloe steckte er die Hände in die Gesäßtaschen.

Aus dieser beinahe intimen Nähe gesehen wirkten seine Schultern sagenhaft breit. Aber nicht die Schultern waren es, die Chloes Aufmerksamkeit erregten, sondern seine Augen. Sie waren blau wie die von Paul Newman.

Leider waren blumige Komplimente noch nie Chloes Stärke gewesen. Meistens war das sowieso nur verschwendete Liebesmüh. Außerdem ließ sich das, was sie empfand, wenn sie in Erics Augen sah, nicht beschreiben. Dazu erstickte das dumpfe Dröhnen ihres Herzens, das in ihren Ohren widerhallte, die Worte, die sie aussprechen wollte, im Keim. Sogar mit einem Kompliment würde sie sich vermutlich in Teufels Küche bringen.

Nur standen sie jetzt schon eine ganze Weile so da, und langsam kam Chloe sich ein wenig komisch vor. Irgendetwas musste sie sagen. Also sagte sie etwas: „Sind deine Augen wirklich so blau, oder trägst du Kontaktlinsen?“

Einen Augenblick lang starrte Eric sie fassungslos an, dann legte er den Kopf in den Nacken und brach in schallendes Gelächter aus. „Und ich hatte mich schon darauf gefreut, dass du wenigstens dieses eine Mal nicht bloß große Töne spuckst, sondern zu deinem Wort stehst, Prinzessin!“

„Nette Art, mir zu sagen, dass ich jetzt besser die Klappe halte.“

Eric legte den Arm um Chloes Schultern und drehte sie so, dass sie zum Spielfeld blickte. „Das kommt daher, weil ich ein richtig netter Bursche bin.“

Dagegen konnte Chloe kaum etwas einwenden. Sie wusste genau, jeder andere hätte verlangt, dass sie zu ihrem Angebot stand. Trotz der warmen Aprilsonne auf ihrem Rücken und Erics Arm um ihre Schultern fröstelte sie. Widerstrebend musste sie sich eingestehen, dass Eric nicht wie die anderen war, und das jagte ihr eine Heidenangst ein.

4. KAPITEL

Hab ihn!“ Von einem Fuß auf den anderen tänzelnd, brachte sich Chloe in der linken hinteren Ecke des Spielfelds in Stellung, um den Aufschlag des Gegners abzufangen. Der Ball prallte genau im richtigen Winkel von ihren Handgelenken ab, flog zu Eric, der spielte weiter zu Jason, und dieser schmetterte das Leder übers Netz. Haarscharf zischte es an der Faust des Verteidigers vorbei und landete im Sand der gegnerischen Spielhälfte.

Unter dem ausgelassenen Jubel der „Haydon's Hammers“ rückte Chloe in die linke Netzposition vor, während Lizzie, eine von Erics Kellnerinnen, zum Aufschlag nach hinten wechselte. Zwei weitere seiner Angestellten vervollständigten die sechsköpfige Mannschaft, der es gelungen war, die ersten beiden Spiele zu gewinnen. Jetzt, im dritten Satz des dritten Spiels, des letzten des Tages, ging es um den Turniersieg.

Chloe war anstandslos zum Wettkampf zugelassen worden, obwohl sie in keiner nennenswerten Verbindung zum Haydon's stand. Es war ihr schleierhaft, welche Voraussetzungen man erfüllen musste, um sich als Spieler in einem der teilnehmenden Teams zu qualifizieren. Wer wusste schon, was für eine Geschichte Eric dem Preisgericht erzählt hatte, als er ihren Namen auf die Meldeliste des Haydon's gesetzt hatte.

In Wahrheit war es ihr völlig egal, was für einen Bären er den Organisatoren aufgebunden hatte. Sie würde Eric zwar niemals die Genugtuung geben und es offen eingestehen, aber den heutigen Tag hätte sie um nichts in der Welt missen mögen. Sie hatte riesig viel Spaß und amüsierte sich tausendmal mehr als auf jedem anderen Date, seit … tja, seit sie denken konnte.

Natürlich zählte die Verabredung heute nicht wirklich als

Date, denn im Grunde waren sie und Eric ja kein Paar. Wie auch immer, er hatte ihren Geschmack genau getroffen.

Chloe merkte, dass Eric ihr aus der gegenüberliegenden Ecke des Feldes zuzwinkerte. Verflixt noch mal, dachte sie, der Kerl weiß ganz genau, dass ich das Match und seine Gesellschaft in vollen Zügen genieße.

„Aufgepasst!“, rief Jason, als Lizzies Aufschlag über das Spielfeld segelte. Ein Pass, ein Schlag, und schon sauste der Ball nur wenige Zentimeter über dem Netz in ihr Feld zurück, direkt auf Jason zu. Er blockte, und das Leder landete erneut im Sand der gegnerischen Spielhälfte.

Das Team vom Haydon's bejubelte den Punkt, und Lizzie bereitete sich auf den nächsten Aufschlag vor. Diesmal schmetterte der Verteidiger der anderen den Ball postwendend zurück, und Eric warf sich ihm mit einem Hechtsprung entgegen. Der Ball prallte in einem ungünstigen Winkel von seinem Handgelenk ab und raste auf Chloe zu, die gar nicht wusste, wie ihr geschah. Doch ihre Reflexe und das Adrenalin ließen sie nicht im Stich. Geistesgegenwärtig machte sie einen Schritt nach vorn, beugte die Knie, schwang die Arme in die Höhe und sprang. Sie ballte die Hand zur Faust, hieb mit ganzer Kraft gegen den Ball und … wumm! Kein Schmetterschlag wie aus dem Lehrbuch, aber ein Schmetterschlag. Nur Sekundenbruchteile später dämmerte ihr, dass sie gepunktet hatte, und sie registrierte das Freudengeheul ihrer Teamkameraden. Wow! Wenn das nicht cool war! Dabei war Schmettern nie ihr Ding gewesen.

Jason stürmte auf Chloe zu und klatschte ihr begeistert auf die Handflächen, Lizzie strahlte übers ganze Gesicht und reckte den Daumen nach oben. Und Eric? Mit weit ausholenden, energischen Schritten kam er über den Platz. Chloe blickte ihm gebannt entgegen. Sein marineblaues T-Shirt zeigte dunkle Schweißflecken am Hals und auf der Brust. Er lächelte triumphierend, und seine Augen funkelten. Chloes Blutdruck kletterte in schwindelerregende Höhen, aber nicht etwa, weil ihr der Erfolg zu Kopf stieg. Ihr Körper reagierte auf den Ausdruck in Erics Augen. Er erinnerte sie an ein Raubtier auf der Pirsch – und sie selbst war die Beute und konnte es kaum erwarten, verschlungen zu werden.

Dumm nur, dass er ihren wunden Punkt entdeckt hatte. Sie wünschte sich einen Mann, der sich nach ihr verzehrte wie nach dem Licht am Ende eines Tunnels. Eric kam, ohne sich dessen bewusst zu sein, diesem Idealbild von Mann sehr nah.

Chloe hatte gerade noch Zeit, tief durchzuatmen und sich den Schweiß von der Stirn zu wischen, als Eric auch schon vor ihr stand, die Arme um ihre Taille schlang, sie hoch in die Luft hob und im Kreis herumwirbelte.

„Lass das, Eric, hör auf!“, kreischte sie und krallte die Finger in seine Schultern, um nicht das Gleichgewicht zu verlieren. Es gefiel ihr, seine Kraft unter ihren Händen zu spüren. Noch besser aber gefiel ihr, wie sein warmer Mund die nackte Haut ihres Bauches kitzelte. „Mir wird schwindlig! Wenn du nicht aufhörst, spuck ich dir mein ganzes Frühstück über den Rücken.“

Eric lachte, ließ Chloe aber an sich heruntergleiten. „So, wie du spielst, möchte ich bezweifeln, dass von deinem Frühstück noch was übrig ist. Du hast mehr als nur ein paar überschüssige Kalorien verbrannt“, meinte er und hielt sie ganz fest.

Chloe blickte in seine wunderschönen blauen Augen. Ihre Brustspitzen richteten sich auf, als sie Erics herausforderndes Lächeln bemerkte und den Hunger in seinen Augen. Da Eric sie so fest an sich drückte, konnte ihm diese Regung ihres Körpers kaum verborgen bleiben. „Willst du damit etwa andeuten, dass ich dick bin und jede Menge überschüssiger Kalorien zu verbrennen habe?"

„Du könntest selbst eine Marmorstatue zur Verzweiflung treiben, Chloe. Ich wollte dir zu diesem Punkt gratulieren. Wenn du Komplimente nicht verträgst, gibt es eigentlich keinen Grund, dass ich noch länger hier herumhänge. Obwohl ... das, was sich da unter deinem Trikot abzeichnet, könnte mich glatt umstimmen." Er zwinkerte ihr vergnügt zu und joggte an seinen Platz zurück.

Chloe streckte seinem Rücken die Zunge heraus. Männer, jämmerliche Kreaturen! Da stand sie, erhitzt und mit klopfendem Herzen, aber mehr wegen des Gefühls, das Erics Hände hervorgerufen hatten als wegen der körperlichen Anstrengung. Und was tat er? Ließ sie mit ihren Gefühlen allein und kümmerte sich nur um seinen Sport! Und was hast du erwartet, fragte sie sich. Dass er dich in den Sand wirft und dir die Kleider vom Leib reißt? Wir stellen hier nicht die Strandszene aus „From Here to Eternity" nach.

Wirklich idiotisch, dass sie jedes Mal, wenn sie an Eric dachte, automatisch beim Sex landete. Die Frage, wie er wohl im Bett war, beschäftigte sie mehr, als gut für sie war. Mit ihm zu schlafen hieße unwiderruflich, auf den ganzen Spaß, den sie vielleicht noch zusammen haben konnten, zu verzichten, denn Chloe verabscheute die „Morgen danach"!

Verdrossen kehrte Chloe auf ihren Posten zurück, aber das Spiel fesselte schnell wieder ihre Aufmerksamkeit. Sie musste den Ball im Auge behalten, Lizzies Aufschläge, Erics Blocks, Jasons Pässe, das Zuspiel und die Schmetterbälle der übrigen Teammitglieder verfolgen. Sie war ständig in Bewegung. Sie lief, sie hüpfte, sie sprang. Sie flitzte durch den Sand, hechtete dem Ball nach, sie half, wo sie konnte, und sie punktete. Sie schwitzte, und der salzige Schweiß brannte in ihren Augen und auf ihren Lippen.

Der letzte Satz. Chloe rannte ans Netz, kauerte nieder, lauerte – und schnellte hoch zum rettenden Block. Sie spürte noch das abgewetzte Leder unter den Handflächen, dann landete sie wieder im Sand. Sie hatte den Ball mitten im Schwung gebremst. Er flog mit knapper Not übers Netz und plumpste saft- und kraftlos direkt vor den ausgestreckten Armen des gegnerischen Verteidigers auf den Boden. Chloes Teamkameraden jubelten, und auch Chloe musste grinsen.

Für einen kurzen Augenblick fühlte sie sich in die Vergangenheit zurückversetzt. Sie sah ihren Vater im Trainingsanzug, wie er seine Söhne anfeuerte. Ihretwegen war er hergekommen, auf sie war er stolz, sie konnten sich durch ihre sportlichen Leistungen seine Zuneigung erwerben. Chloe saß an Dads Seite, spendete zurückhaltend Beifall und lächelte, ganz die kleine Schönheitskönigin, die perfekte Tochter. Und sie biss die Zähne zusammen, um ihrer Verbitterung nicht Luft zu machen. Eine Dame grollte nicht, deshalb versteckte sie ihre Empfindungen tief in ihrem Herzen, um nicht das bisschen Aufmerksamkeit zu verspielen, das der Vater ihr entgegenbrachte. Sie hatte gelernt, sich nichts daraus zu machen. Sie redete sich ein, dass sie ja nichts verpasste.

Aber sie hatte sich ja so geirrt! Jetzt wusste sie, was ihr entgangen war – das Gefühl dazuzugehören, gemeinsam etwas erreicht zu haben. Vor allen Dingen aber die erstaunliche Erkenntnis, dass sie sich selbst treu geblieben war, dass sie einmal nicht das getan hatte, was sich schickte, sondern alles auf eine Karte gesetzt hatte.

Die Mannschaftskameraden stürmten auf sie ein, und Chloe strahlte übers ganze Gesicht, besonders als sie das stolze Funkeln in Erics Augen bemerkte.

Tja, Daddy, dachte sie. Schau dir dein kleines Mädchen jetzt mal an: verschwitzt, dreckig, total aufgelöst – und so glücklich wie lange nicht mehr!

Chloe war zum ersten Mal bei Eric. Sieh mal an, er lebt in einem richtigen Haus, stellte sie anerkennend fest, als sie ihren Rucksack auf der antiken Kommode im Eingangsbereich ablegte. Keine Eigentumswohnung, kein Loft oder etwas ähnlich Trendiges, auch wenn die zweigeschossige Holzkonstruktion, die in einem kürzlich renovierten historischen Viertel am Rande der Houstoner City lag, durchaus in die Rubrik „schickes Stadthaus“ fiel.

Chloe war ganz automatisch davon ausgegangen, dass Eric in der Nähe des Haydon's lebte, da diese Gegend die junge Houstoner Singleszene anlockte wie verschüttete Cola die Fliegen. Es gefiel ihr, dass er nicht mit den Fliegen schwärmte, sondern sich von der Masse abhob.

Ihre Gedanken drifteten nach oben ins Bad, unter die Dusche, zu seinem einzigartigen Körper ... Aber sofort pfiff sie sich zurück. Na schön, er war gut gebaut. Aber es war ja nicht der erste Waschbrettbauch, der ihr unterkam. Und zählte es nicht mindestens genauso viel, dass Eric Köpfchen besaß?

Chloe schätzte Individualität, Ideenreichtum, ungewöhnliche Ansichten. Zur Hölle mit Selbstgefälligkeit und Konformität! Eric hatte es offensichtlich erfolgreich vermieden, der Lemming-Mentalität zu verfallen, die selbst Männer mit guten Anlagen in Klone verwandelte. Er war der einzige Mann, den sie kannte, der ihr sofort Paroli bot, wenn sie ihm dumm kam. Weshalb sich Chloe mehr denn je anstrengen musste, um immer noch eins draufzusetzen.

Eric hatte sich für ein traditionelles Zuhause entschieden, in das er eine Menge Geld investiert hatte und in dem er offensichtlich zu bleiben gedachte. Diese Tatsache verriet mehr über sein Selbstverständnis als alles, was Chloe bisher über ihn erfahren hatte. Er wusste, wer er war, und das war etwas, worum sie ihn beneidete.

Außerdem war er der allererste Mann, der sie dazu gebracht hatte, überhaupt an einem sportlichen Event teilzunehmen. Eine beachtliche Leistung, wenn man Chloes Einstellung zum Mannschaftssport und ihre Gründe dafür bedachte.

Sieben Jahre lang, während ihrer gesamten Zeit an der Highschool, hatte Chloe Formulare angeschleppt, die ihr Vater unterschreiben sollte, damit sie mit dem Volleyballteam der Schule an überregionalen Wettkämpfen teilnehmen konnte. Sieben Jahre lang hatte er ihr diese Erlaubnis strikt verweigert. Das hatte weder Chloe daran gehindert, bei den schulinternen Wettkämpfen alles zu geben, noch hatte es ihre Trainer davon abgehalten, sich persönlich für sie einzusetzen.

Aber ihr Vater blieb eisern. Männer bevorzugten elegante und kultivierte Frauen, behauptete er, und er würde es nicht dulden, dass seine Tochter diesen Quatsch von der Gleichberechtigung der Frau nachbetete und aggressive Verhaltensweisen an den Tag legte wie ein Mann.

Bei so viel Verbohrtheit konnte Chloe jede Chance auf ein Sportstipendium vergessen. Sie schrieb sich an der Uni für einen Studiengang in Modedesign ein, eine Wahl, die ihr Vater – auch finanziell – unterstützte, weil sie, wie er meinte, dem weiblichen Charakter entsprach. Allerdings hatte Chloe seitdem die Nase gestrichen voll vom anderen Geschlecht.

Außerdem hatte sie die Nase voll von allem, was mit Mannschaftssport zu tun hatte. Jeder Wettkampf erinnerte sie an die verlorene Chance, an den Traum, den sie hatte aufgeben müssen. Oft fragte sie sich, wozu sie überhaupt irgendetwas tat. Das änderte sich erst in ihrem letzten Jahr an der Uni, als sie bei ihrem Nebenjob in einem Starbucks Melanie und die anderen kennenlernte.

Chloe war immer darum bemüht gewesen, gute Noten zu bekommen. Das hatte ihren Vater bei Laune gehalten und ihr seine regelmäßigen Schecks gesichert. Aber während der gesamten vier Jahre ihres Studiums hatte sie sich nicht ein einziges Mal dazu durchringen können, eine Sportveranstaltung zu besuchen.

Und nun war sie durch Eric sogar zum Mitspielen bewegt worden – und er ahnte nicht einmal, was er vollbracht hatte.

Nach dem Volleyballturnier war er nicht wie selbstverständlich bei sich zu Hause vorbeigefahren, sondern hatte sich höflich erkundigt, ob Chloe etwas dagegen hätte. Er wolle sich frisch machen, bevor er ins Haydon's zurückfuhr, um seinen Assistenten abzulösen, ehe der samstägliche Ansturm der Gäste einsetzte, hatte er erklärt.

Natürlich hatte er ihr angeboten, sie zu ihrem Wagen zurückzubringen – gar kein Problem, wirklich! Da er aber auf halbem Weg zwischen Stratton Park und dem Lokal wohnte, würde ihm die andere Lösung eine Menge Zeit ersparen. Entscheiden sollte selbstverständlich Chloe.

Die hatte ohnehin nichts Besseres vor. Außerdem interessierte es sie brennend zu sehen, wo er wohnte. So erklärte sie sich einverstanden und hoffte, dass man ihr die Neugier nicht an der Nasenspitze ansehen konnte. Und nun, wo sie schon einmal hier war und Eric oben unter der Dusche stand, würde sie in aller Ruhe im Erdgeschoss herumstöbern.

Das Haus war geräumig und großzügig geschnitten. Offenbar hatte Eric ein Labyrinth von kleineren Zimmern in vier annähernd gleich große Räume umgewandelt. In der Mitte des Eingangsbereichs erhob sich die Treppe, die in den ersten Stock führte. Die beiden Zimmer, die Chloe als das offizielle Wohn- und Esszimmer identifizierte, befanden sich links und rechts von der Eingangstür und gingen auf die Straße hinaus. Sie waren bemerkenswert nüchtern eingerichtet. Die Möbel hätten, wenn auch von guter Qualität, aus dem Ausstellungsraum jedes x-beliebigen Kaufhauses stammen können. Nirgends fand sich eine Andeutung von Erics ganz persönlichem Geschmack.

Das machte Chloe neugierig. Blieben nur die Küche und der vierte Raum, die Hinweise auf den Besitzer geben konnten. Und tatsächlich: Das vierte Zimmer wirkte bewohnt, hier verbrachte Eric wohl die meiste Zeit. Eine Polstergruppe mit einem Bezug aus blauem Cord bildete einen Halbkreis um einen riesigen Fernsehapparat. Etwa ein Dutzend gerahmte abstrakte Drucke, bunte, vom Computer verfremdete Visionen von Sportlern in Aktion, schmückten die Wände. Auf einem niedrigen quadratischen Beistelltisch stapelten sich alte Ausgaben von Men's Health und anderen Sportillustrierten. Hinter dem Sofa befand sich Erics privates Fitnessstudio: ein futuristisch angehauchtes Laufband, eine Kraftmaschine mit allen Schikanen und eine Stereoanlage von enormen Ausmaßen.

Chloe lächelte. Das konnte sie nachvollziehen: Bei lauter, fetziger Musik fiel es einem viel leichter, sich bis an die Grenzen des Erträglichen zu schinden.

Aber die Küche, die sie als Nächstes erkundete, entsprach überhaupt nicht dem, was sie bei einem Mann in Erics Alter erwartet hätte. Zu Eric allerdings passte die luxuriöse Edelstahlausstattung. Chloe wusste, dass er für viele der Spezialitäten auf der Speisekarte des Haydon's verantwortlich zeichnete, auch wenn er seinen Bekannten ständig damit in den Ohren lag, für ihn zu kochen. Nein, es brauchte gar keine große Fantasie, sich vorzustellen, wie er hier mit seinen Messern und Töpfen hantierte.

Von einer solchen Küche konnte so mancher Chefkoch nur

träumen: Arbeitsplatten aus weißem Marmor, schwarz schimmernde Fronten an Schubladen und Schränken, chromblitzende Gerätschaften und nirgends auch nur der kleinste Fleck. Nicht einmal Chloes Küche konnte da mithalten, obwohl sie den riesigen Raum nur selten für mehr nutzte, als ein paar Bagels zu toasten oder ein bisschen frisches Gemüse zu schnippeln. Sie müsste dringend ihren Speiseplan aufpeppen, aber irgendwie fehlte ihr dazu immer die nötige Zeit.

Vielleicht kann ich Eric überreden, demnächst mal für mich zu kochen, überlegte Chloe, während sie den Inhalt des Kühlschranks inspizierte. Sie hatte das Mittagessen übersprungen und ihre Energiereserven mit einem Fitnessriegel, den sie während des Turniers hastig hinuntergeschlungen hatte, aufgeladen. Ein kleines Häppchen konnte jetzt nicht schaden. Ihr Körper gierte nach Nahrung.

„Na, findest du was, das dir gefällt?", erklang plötzlich eine Stimme hinter ihr.

Langsam richtete Chloe sich auf und drehte sich um. Sie hatte eigentlich vorgehabt, Eric zu fragen, ob die Zeit reichte für einen verspäteten Lunch beziehungsweise ein frühes Abendessen. Aber da stand er nun mit nassem Haar und nichts als einem knielangen Handtuch um die Hüften. Ihr Hunger war plötzlich wie weggeblasen, aber ihr Appetit war geweckt.

Chloe entdeckte so manches, was ihr gefiel. Eric hätte direkt einem ihrer Wunschträume entsprungen sein können. Sein Haar stand zerzaust um seinen Kopf, als käme er frisch aus dem Bett. Sein leicht gebräunter Oberkörper wirkte wie gemeißelt. Ein paar Wassertropfen glitzerten einladend auf der Haut, und Chloe lechzte danach, sie wegzuküssen.

Diese Reaktion überraschte sie. *Dafür* war sie doch noch gar nicht bereit. *Das* hatte sie doch auf jeden Fall vermeiden wollen. Aber jetzt, da Eric halb nackt vor ihr stand, wollte ihr kaum mehr einfallen, warum eigentlich.

Bei dem vermeintlichen Handtuch handelte es sich um einen Streifen Frottee, der von einem Klettband zusammengehalten wurde. Chloe stellte sich vor, wie der Verschluss aufriss, und ihre ohnehin gereizten Nerven begannen zu prickeln. Sie deutete auf den Kühlschrank, dessen Tür weit offen stand. Der Lufthauch kühlte ihren Rücken. Das war gut, eine Abkühlung hatte sie bitter nötig. „Da sieht einiges recht verführerisch aus“, meinte sie. „Ich glaube, ich würde mich für die Philadelphiatorte mit Zitrone entscheiden.“ Oder für den Schokoladensirup – und deine Haut, ergänzte sie im Stillen.

Eric trat einen Schritt näher. Er strahlte, und seine weißen Zähne blitzten. Seine bloßen Füße verursachten ein klatschendes Geräusch auf den schwarz gesprenkelten, hellen Bodenfliesen. Die Augen unverwandt auf Chloe geheftet, kam er bis auf einen Zentimeter an sie heran, sodass sie mit jedem Atemzug seinen Duft einsog. Sie erschnupperte Shampoo und Seife, aber darüber hinaus nahm sie auch seine Wärme wahr.

Er streckte den Arm aus und nahm eine Flasche Wasser aus dem Kühlschrank. Dabei streifte sein Mund ganz dicht an Chloes Ohr vorbei, und er flüsterte: „Wie du duftest ...!“

„Du hast sie wohl nicht alle“, schimpfte sie. Sie war total verschwitzt.

Eric schüttelte den Kopf und grinste. „Es riecht nach frischer Luft und Sonnenschein“, widersprach er und schraubte die Flasche auf.

„Und nach klebriger, salziger Haut.“ Mit einer gewissen Erleichterung dachte Chloe daran, dass sie ihr Trikot vor dem Spiel ausgezogen hatte. Jetzt verbreitete wenigstens das noch einen einigermaßen frischen Duft.

„Tja, Prinzessin, vielleicht hättest du dich auch erkundigen sollen, was mich anmacht, damals, bei Macys Schnitzeljagd, als du alle meine Geheimnisse ausspioniert hast."

Wieder beugte Eric sich vor, diesmal, um eine Stelle unterhalb von Chloes Ohrläppchen zu beschnuppern. Sie spürte seinen warmen Atem auf ihrer Haut, als er sachte darüber pustete. Unvermittelt zog er sich wieder zurück, zwinkerte ihr zu und trank einen kräftigen Schluck aus der Flasche.

Wie gemein! Während er schon genüsslich trank, erholte sich Chloe erst ganz allmählich von der zärtlichen Liebkosung und dem Duft seiner sauberen Männerhaut. Er hatte sie nur ärgern wollen, indem er ihre Sinne bis ins Unerträgliche reizte. Ihr war völlig klar, dass seine Berührung nicht das Geringste zu bedeuten hatte.

Außerdem war ihr klar, dass sie schleunigst den Kühlschrank zumachen musste, ehe die darin aufbewahrten Lebensmittel verdarben, weil sie zu lange der Raumtemperatur und der Hitze von Chloes Körper ausgesetzt waren. Andererseits fühlte sich der kalte Luftzug auf ihrem Rücken an, als würde ein Eiswürfel über brennend heiße Haut gestrichen. Und sie konnte alles gebrauchen, was half, um ihre innere Glut zu löschen.

„Was dich anmacht?", wiederholte Chloe atemlos.

„Ich mag Frauen, die nichts dagegen haben, mal ordentlich zu schwitzen. Ich mag den salzigen Geschmack auf ihrer Haut." Eric trank noch einen kräftigen Schluck. Ein paar Tropfen liefen daneben, und Chloe verfolgte gebannt den Weg des schmalen Rinnsals über Erics halb nackten Körper bis zu der Stelle, wo die Feuchtigkeit von dem Frottee aufgesogen wurde. Aber sie gestattete sich nicht, den Blick noch tiefer wandern zu lassen.

„Du machst das absichtlich, nicht wahr?"

„Was denn?", entgegnete Eric mit Unschuldsmiene und setzte die Flasche noch einmal an.

Unwillkürlich fuhr sich Chloe mit der Zungenspitze über die Lippen. Sie fühlte sich plötzlich wahnsinnig durstig. „Na das! Du spritzt alles nass. Meinst du vielleicht, ich wische das auf?"

Eric stellte die Flasche ab, riss ein Blatt von einer Rolle mit Küchenkrepp, die an einer Wandhalterung neben dem Herd aus Edelstahl befestigt war, und reichte es ihr. Chloe ergriff es. Du bringst dich in Teufels Küche, schoss es ihr dabei durch den Kopf. Ganz offensichtlich fühlten sie sich beide zueinander hingezogen. Ihr Körper war völlig ausgehungert, und Eric besaß so viel Ähnlichkeit mit Cary Grant ... Trotzdem winkte sie Eric näher. Sie faltete das Küchentuch und begann, ihn vorsichtig abzutupfen, wobei sie darauf achtete, dass ihre Finger seine Haut nicht berührten. Es fiel ihr ungeheuer schwer, sich zu beherrschen. Wahnsinnig gern hätte sie die Muskeln berührt, die sie bisher nur unter einer Stoffschicht ertastet hatte. Stattdessen gab sie ihm das benutzte Papier zurück.

„Das war eigentlich für dich gedacht", meinte er und warf ihr einen neckenden Blick zu. „Damit du dir den Mund abwischen kannst, wenn du getrunken hast."

„Wenn ich dich trocken *lecken* soll, müsstest du mich auch mit etwas Appetitlicherem locken", entgegnete Chloe. Die Worte waren ihr einfach so herausgerutscht, aber im Nachhinein sah sie keinen Grund, die Herausforderung zu bereuen oder sie zurückzunehmen.

Daher schwieg sie selbst dann noch, als Eric sich noch einmal über sie beugte und die Flasche mit Schokoladensirup aus dem Kühlschrank holte, die bereits ihre eigene Fantasie beflügelt hatte. Nur ihr Blick wanderte von der Flasche, die Eric auf die Arbeitsplatte gestellt hatte, zu Erics harmlos wirkenden blauen Augen und zurück zum Kühlschrank.

Wortlos fügte sie eine Dose Sprühsahne und ein Körbchen

frisch gewaschener Erdbeeren hinzu. Das müsste reichen, überlegte sie mit klopfendem Herzen und schloss die Kühlschranktür. Sie hatte sich schon immer gewünscht, einmal ihre eigene Version der berühmten Szene aus „9 ½ Wochen“ zu spielen.

Eric warf nur einen kurzen Blick auf Chloes Beitrag zum Speiseplan. „Erdbeertörtchen“, stellte er fest und lehnte sich betont lässig gegen die Arbeitsplatte. Er gab sich große Mühe, ruhig und gelassen zu wirken, aber Chloe ließ sich nicht täuschen. Schadenfroh bemerkte sie, dass sich sein Brustkorb in rascher Folge hob und senkte.

Allmählich bekam er Appetit. Sein Handtuch schmiegte sich längst nicht mehr so glatt um seine Hüften. Er war erregt, das konnte man sehen. Auch Chloes Nerven flatterten, und sie spürte ein lustvolles Prickeln auf der Haut.

Sie schnappte sich die Sahnedose und schüttelte sie ausgiebiger als vorgeschrieben. Natürlich ging es ihr dabei weniger um die perfekte Konsistenz der Sahne als darum, Eric so richtig auf die Folter zu spannen. Schließlich sprühte sie eine Probe auf die Spitze ihres Zeigefingers und leckte sie genüsslich auf. Sie wiederholte die Prozedur, aber diesmal bot sie die Kostprobe Eric an.

Ohne Chloe aus den Augen zu lassen, öffnete er den Mund, gerade weit genug, damit Chloe den Klecks Sahne auf seine Zunge streichen konnte. Seine Augen blitzten, als sie den Finger zurückzog, ihn an die eigenen Lippen führte und den letzten Rest der Creme ableckte.

Dann trat Chloe ganz nahe an ihn heran. Mit der Zungenspitze benetzte sie ihre Lippen, öffnete den Mund weit und sprühte eine Portion Sahne hinein. Den zuckrigen Schaum drückte sie mit der Zunge gegen den Gaumen, bis er schmolz. „Hmm“, schnurrte sie und hielt Eric die Dose einladend hin.

Als er die Zunge herausstreckte, spritzte sie ein Wölkchen Sahne darauf. Langsam zerging die Creme auf seiner Zunge. Unverwandt brannte Erics Blick auf Chloe. Plötzlich schüttelte sie die Sprühdose – und malte einen Halbmond aus Schaum quer über Erics Brust. Dann griff sie zur Sirupflasche. Sie füllte die kleine Mulde an seinem Hals, bis der Sirup überquoll und sich mit der Sahne vermischte.

Beim ersten Kontakt mit der eiskalten Soße hatte Eric kurz nach Luft geschnappt, jetzt zuckte er mit keiner Wimper. Seine Finger umschlossen die Kante der Arbeitsplatte, und eine kleine Ader an seiner Schläfe pulsierte verräterisch. Mehr brauchte Chloe nicht. Der Ausdruck in seinen Augen verriet ihr, was sie entdecken würde, wenn sie den Blick senkte. Sie tat es nicht. Stattdessen kam sie noch einen Schritt näher.

Nur wenige Millimeter trennten sie voneinander. Aus dem Körbchen wählte Chloe die dickste Erdbeere, die sie finden konnte. Sie stippte sie mit der Spitze in die mit Schokolade überzogene Sahne. Dann öffnete sie die Lippen und leckte mit aufreizend langsamen Bewegungen die süße Creme von der reifen Frucht. Mit einem herausfordernden Lächeln schob sie die Erdbeere zwischen die Lippen, um auch noch das letzte Tröpfchen Sirup zu ergattern.

Die Sehnen an Erics Unterarmen zeichneten sich reliefartig ab, so heftig klammerte er sich inzwischen an der Arbeitsplatte fest.

Sehr schön, dachte Chloe. Lasziv senkte sie die Lider, ließ die Erdbeere wieder zwischen ihren Lippen erscheinen, stippte sie ein weiteres Mal in Sahne und Schokolade und bot sie dann Eric an – die Beere, die sie bereits im Mund gehabt und mit Lippen und Zunge liebkost hatte.

Als Eric in das saftige Fruchtfleisch biss, streiften seine Zähne Chloes Finger. Sie zog ihn weg, fuhr damit sanft die

Konturen von Erics Lippen nach, strich über sein Kinn und seinen Hals. Dann tauchte sie den Finger erneut in die Mulde an seiner Kehle und durchbrach schließlich den Sahnedamm.

Ein Rinnsal Sirup bildete eine Spur auf Erics Oberkörper und rann bis an den Rand des Frotteetuchs, das er um die Taille geschlungen hatte. Chloe hakte einen Finger in das Klettband und zog. Eric zuckte und hätte sich beinahe an der Erdbeere verschluckt. Aber irgendwie gelang es ihm, die Frucht hinunterzuwürgen, und er schaffte es auch, reglos stehen zu bleiben, nackt und ohne ein Wort zu sagen.

Und Chloe? Sie hätte am liebsten sofort nach unten geschaut, um endlich einen Blick auf das zu werfen, was ihre Finger kurz gestreift hatten. Schon diese kurze Berührung hatte sie ziemlich umfassend über den Grad von Erics Erregung informiert. Sie erschauerte vor lustvoller Erwartung, wollte aber noch abwarten und die Spannung erhöhen.

Noch einmal tauchte sie den Finger in die Sahne und zeichnete damit einen besonders ausgeprägten Muskel auf Erics Brust nach. Dann tauchte sie die Zunge in den süßen Brei und suchte nach der empfindlichen Brustspitze. Eric erbebte, ein Schauer lief über seinen ganzen Körper. Chloe hatte ihr Ziel erreicht. Blind tastete sie nach dem Körbchen, wählte eine neue Erdbeere und zog sie genüsslich durch die Mischung aus Schokolade und Sahne. Anschließend malte sie damit eine Linie von Erics Oberkörper bis zu seinem Nabel.

Jetzt war sie es, die erbebte. Ihre Brüste prickelten, die Spitzen drängten sich hart gegen den Stoff von BH und Trikot. Chloe sehnte sich nach Erics Berührung. Ein Wort von ihr hätte genügt, aber sie war noch nicht fertig mit ihm.

Sie begann Erics Oberkörper vom Schlüsselbein abwärts zu küssen. Sahnekleckse und Sirup, der auf seiner Brust klebte, leckte sie auf. Langsam sank sie in die Knie, ließ dabei die Erdbeere zwischen ihren Lippen tanzen und strich damit um Erics Nabel.

Sie fuhr mit den Händen über seine Hüften und umfasste fest seine muskulösen Pobacken, während ihre Lippen immer tiefer wanderten. Der Ansatz des krausen schwarzen Haars führte sie zwischen Erics Schenkel, und sie blies ihren warmen Atem über ihn.

Wenn Chloe schon halb wahnsinnig war vor Lust, wie musste es da erst Eric ergehen? Er gab sich zwar äußerlich ruhig, aber er nahm Chloes Kopf zwischen die Hände und lenkte ihn sanft.

Als ob sie Anweisungen nötig hätte! Chloe wusste genau, wie sie einen Mann glücklich machen konnte, sei es mit dem Mund oder mit dem ganzen Körper. Allerdings waren bisher nur einige wenige in den Genuss gekommen, den sie Eric gleich angedeihen lassen würde. Diese spezielle Intimität behielt sie sich für den seltenen Fall vor, dass sie mit dem betreffenden Mann etwas ganz Besonderes verband.

Was das über ihre Gefühle für Eric aussagte, darüber wollte Chloe im Moment lieber nicht genauer nachdenken. Stattdessen öffnete sie die Lippen und nahm ihn in den Mund. Eric sog den Atem scharf ein und blieb bewegungslos stehen. Halt suchend umklammerte er die Arbeitsplatte, er zitterte am ganzen Körper.

Jetzt hatte ihn Chloe da, wo sie ihn haben wollte. Sie würde sich Zeit lassen. Ganz fest hielt sie ihn zwischen den Lippen und zog sich langsam wieder zurück, während sie ihn mit der Zungenspitze liebkoste.

Ein Schauer rann durch Erics Körper. Chloe sah auf. Er hatte die Augen geschlossen und den Kopf zurückgelegt. Eric atmete laut und stoßweise ein und aus. Lange, das merkte Chloe, würde er sich nicht mehr beherrschen können.

Also ließ sie ihre Finger wandern. Sie spielte mit seinem Körper, erforschten alle Stellen, die sie interessierten. Eric ließ sie gewähren.

Eine ganze Weile noch reizte sie ihn. Sie spielte mit ihm, erfreute sich an seinem Duft, seinem Geschmack und seiner Reaktion. Dann war es Zeit. Chloe spürte es im selben Augenblick, als Eric sie stoppte. „Wenn du nicht sofort aufhörst, komme ich!“, keuchte er.

Aber es war schon zu spät. Eric stöhnte auf, ein heftiger Schauer schüttelte ihn. Chloe konzentrierte sich ganz auf den Rhythmus ihrer Bewegungen. Sie trieb ihn bis auf den Gipfel, dann hielt sie ihn fest, bis er wieder ruhiger wurde.

Als sie ihn endlich freigab, reichte er ihr das feuchte Papiertuch, mit dem sie kurz zuvor seine Brust abgetrocknet hatte. Dann umfasste er ihre Schultern und zog sie hoch.

Zum ersten Mal wusste Chloe in Erics Gegenwart nicht, was sie sagen sollte. Ihr ganzes, schier unerschöpfliches Repertoire an Floskeln für die Zeit *danach* war verschwunden. Sie fühlte sich … befangen. Das war kein gutes Zeichen, im Gegenteil, es ließ das Schlimmste befürchten!

Eric sah sie unter schweren Lidern an und lächelte. „Komm mit nach oben“, bat er. „Wir duschen.“

Chloe schüttelte den Kopf. Sie musste weg von hier. „Geh nur“, meinte sie. „Ich dusche lieber zu Hause.“

Das hatte Eric anscheinend nicht erwartet. „Sicher?“, fragte er.

Sie nickte. „Klar. Ich brauche doch frische Klamotten, Make-up und alles Mögliche. Aber ich warte auf dich.“

Diese Erklärung schien ihn zufriedenzustellen. Mit dem Frotteehandtuch bedeckte er die strategisch wichtigsten Stellen und machte sich auf den Weg nach oben. Auf der untersten Stufe zögerte er, als ahnte er, dass Chloe sich aus dem Staub machen würde, sobald er die Badezimmertür hinter sich zugezogen hatte.

Sie tat ganz lässig und lächelte, im Stillen allerdings rechnete sie damit, dass er ihre Absichten durchschaute. Na, mach schon, flehte sie leise.

„Fünf Minuten, okay?“ Eric betrachtete das klebrige Zeug auf seiner Brust. „Na ja, sagen wir lieber zehn.“

„Lass dir Zeit.“ Mit einer Handbewegung scheuchte Chloe ihn nach oben und begann, die Lebensmittel in den Kühlschrank zu räumen. Sie blickte nicht mehr zur Treppe, bis sie sicher wusste, dass er verschwunden war. Kaum war er fort, raste sie in die Diele, raffte ihren Rucksack von der Kommode und stürmte zur Tür hinaus.

Zum Glück fuhr der Stadtbus fast unmittelbar an Erics Haus vorbei, aber Chloe wusste, dass sie nur einen sehr knappen Vorsprung hatte. Ihr Auto stand vor dem Haydon's. Es war durchaus möglich, dass Eric, wenn er seinen Pferdchen die Sporen gab, trotz Dusche vor ihr dort eintraf. Aber vielleicht war ihr das Glück hold, und sie würde nicht lange auf einen Bus warten müssen.

Mit noch mehr Glück würde Eric ja auch einsehen, dass sie ihre Gründe haben musste, wenn sie einfach davonrannte, und ihr gar nicht erst nachjagen.

Leider würde ihre Glückssträhne spätestens morgen versiegt sein, denn beim Open House von gIRL-gEAR begegnete sie Eric auf jeden Fall. Sie schuldete ihm eine Erklärung, sie musste ihm versichern, dass es nicht an ihm lag, sondern dass sie das Abenteuer in der Küche genossen hatte.

Und sie hatte es genossen! Ihr Körper prickelte und brannte noch immer. Wenn sie daran dachte, dass Eric sie mit unter die Dusche eingeladen hatte …

Chloe erreichte die Bushaltestelle nur wenige Augenblicke,

bevor der Bus eintraf. Sie kletterte die Stufen hinauf, warf eine Dollar-Münze in den Fahrkartenautomaten und ließ sich in den erstbesten blauen Plastiksitz sinken. Vor ihren Augen war alles verschwommen. Sie blinzelte kräftig, aber es half nichts.

Sie hatte kein Problem damit, dass sie einen derart intimen Akt mit einem Mann vollzogen hatte, der nicht mehr war als ein Freund. Nein, was sie beschäftigte, war die Tatsache, dass es ihr ausschließlich darum gegangen war, *ihn* zu befriedigen. Keinen Augenblick lang hatte sie an ihre eigenen Bedürfnisse gedacht. Die Art, wie er auf ihre Zärtlichkeiten reagierte, hatte sie tausendmal mehr erregt als alle Liebkosungen ihrer bisherigen Verehrer.

Aber jetzt gehörte das unkomplizierte Verhältnis zu Eric der Vergangenheit an, und schuld daran war nur sie selbst. Doch auch das war nicht der Grund, warum sie auf einmal in Panik geriet. Was ihr wirklich Angst einjagte, war die Entdeckung, dass Eric mehr geworden war als nur ein Freund. Viel mehr sogar!

5. KAPITEL

Obwohl die Open-House-Veranstaltung erst für vier Uhr nachmittags angesetzt war, saß Chloe bereits um die Mittagszeit im Büro und arbeitete den Posteingang durch.

Die detaillierte Marketingstudie über die Erweiterung der Palette von medizinischen Hautpflegeprodukten für gRAFFITI-gIRL benötigte mehr Aufmerksamkeit, als Chloe heute erübrigen konnte. Auch die Laborberichte über die Parfümtests mussten mindestens bis morgen warten. Alle anderen Memos ging sie rasch durch und versah sie mit kurzen Anweisungen für ihre Assistentin.

Anschließend rief Chloe ihre E-Mails ab. Sie vermerkte in ihrem Terminkalender, dass die nächste Konferenz der Geschäftsleitung auf die kommende Woche verlegt worden war und in Laurens Apartment stattfinden sollte.

Ob die ganz Großen der Branche ihre Geschäfte auch auf so unkonventionelle Art und Weise führen wie wir bei gIRL-gEAR, überlegte Chloe. Nun, selbst wenn gIRL-gEAR eines Tages den Bruchteil des Erfolgs dieser Firmen erreichen sollte, war es ziemlich unwahrscheinlich, dass sie selbst dann noch mit von der Partie wäre, um ihren Anteil an Ruhm und Reichtum einzustreichen. Nicht, wenn sie sich nicht angewöhnte, ihr Köpfchen zu benutzen anstatt ihres Mundes. Ihre Ausdrucksweise war *eine* Sache. Aber das, was sie in Erics Küche gemacht hatte ...! Und ausgerechnet mit Eric, dem Mann, der sich bereit erklärt hatte, ihren Ruf zu retten!

Dieser Deal mit Eric – drei Veranstaltungen gegen drei Wünsche – war sowieso nur Zeitverschwendung. Bei der erstbesten Gelegenheit hatte Chloe doch bewiesen, dass sie überhaupt nicht vorhatte, ihr Image als unartiges Mädchen abzulegen. Und fünf Termine standen noch an. Zweifellos hatte Eric ihren anderen Opfern alles brühwarm berichtet, und alle amüsierten sich herzlich auf ihre Kosten. Sie hörte direkt, wie die Leichen in ihrem Keller sich vor Lachen ausschütteten, bis die Knochen klapperten.

Halt, nein!

Es klopfte an der Tür. Verdutzt sah Chloe auf und rief: „Herein!"

Herein kam ein Mann: groß, breitschultrig, attraktiv. Sein Haar war ein paar Nuancen dunkler als Chloes.

Chloe sprang auf, stürmte um den Schreibtisch herum und fiel ihrem Bruder um den Hals, noch ehe er den Raum richtig betreten hatte. Sie drückte ihn an sich, er drückte sie noch fester. Sie hätte nicht sagen können, wessen Herz da so laut klopfte. Dann blickte sie auf, und plötzlich schien es nicht mehr ganze vier Jahre her zu sein, seit sie ihn zuletzt gesehen hatte. Er strahlte, sie lächelte selig. Sie hatte ihn ja so vermisst!

„Was machst du hier?", japste sie, als Aidan sie hochhob und herumwirbelte. „Woher wusstest du, wo du mich findest?"

Behutsam ließ Aidan sie herunter, bis sie wieder fest auf dem brombeerfarbenen Teppich stand. Stirnrunzelnd sah er sich in dem Raum um, der in Bonbonfarben dekoriert war. „Hier arbeitest du?", fragte er. „Und du kriegst dabei keine Magenschmerzen?"

Chloe versetzte ihm einen kräftigen Hieb auf den Arm. „Hör auf, über mein Büro zu lästern! Erzähl mir lieber, was dich herführt. Ich kann's gar nicht fassen, dass du hier bist." Es war einfach herrlich, ihn wiederzusehen. Der zehn Jahre ältere Aidan war immer schon Chloes Held und ihr Verbündeter gewesen. Zugleich war er der erklärte Liebling ihres Vaters.

„Du hättest Blau wählen sollen, Chloe. Ich finde, du übertreibst es mit all dem Pink." Kopfschüttelnd ließ Aidan, der eine sportliche Tweedjacke, verwaschene Jeans und ein Paar echte Cowboystiefel trug, sich von Chloe bei der Hand nehmen und folgte ihr zu einem Besuchersessel.

Nachdem sie sich gesetzt hatten und Chloe die Schuhe abgestreift und die Füße untergezogen hatte, holte Aidan eine zusammengefaltete Zeitung aus der Jackentasche. Es war der Wirtschaftsteil des Houston Chronicle, in dem ein Artikel über gIRL-gEAR erschienen war. Chloe fragte sich, ob der Rest der Familie den Artikel wohl gelesen hatte. Und sie fragte sich, warum sie sich das fragte.

„Ich hätte lieber aus erster Hand erfahren, dass mein Schwesterherz zur lokalen Prominenz gehört", meinte Aidan und warf ihr einen tadelnden Blick zu.

Chloe tat die Rüge mit einem Achselzucken ab. „Also bitte, prominent bin ich noch lange nicht."

Aidan tippte mit dem Finger auf das Papier. „Du musst schon etwas geleistet haben, damit dein Name in dieser Zeitung erwähnt wird, nicht in einem der Revolverblätter."

Wenn Aidan wüsste, dass sie nahe daran war, der Boulevardpresse eine Titelstory zu liefern: „gIRL-gEAR-Partnerin schießt Karriere in den Wind!" Sie ergriff Aidans Hand. „Es läuft ganz gut, aber erzähl doch lieber von dir. Was machen die Pferde? Furchtbar schlecht kann es um dich nicht bestellt sein. Die maßgefertigten Stiefel, die du trägst, sehen aus, als hätten sie ein ganzes Bündel Heu gekostet."

Aidan antwortete nicht sofort, sondern sah sie durchdringend an. Diese Musterung machte Chloe nervös. Aidan war der einzige Mensch, der ihre Tarnung durchschaut hatte und wusste, dass sich hinter dem Dauerlächeln der mustergültigen Tochter ein kreuzunglückliches Mädchen verbarg. Kaum anzunehmen, dass er sich *jetzt* von ihrem Lächeln täuschen ließ.

„Die Stiefel sind ein Geschenk", erklärte er schließlich ein wenig verlegen. „Von einem Cowgirl, das nicht genug von mir bekommen konnte."

Chloe verdrehte die Augen. „Dann hast du dich wirklich kein bisschen verändert. Früher waren es Cheerleader, jetzt sind es Cowgirls. Welche Frau könnte deiner sanften Stimme und deinem Charme widerstehen?"

„Nur meine Schwester", behauptete Aidan. Chloe versuchte, ihm ihre Hand zu entziehen, aber er ließ sie nicht los. „Jetzt aber mal im Ernst, Chloe. Was soll denn das? Ich habe dich zum letzten Mal gesehen, als du mir auf deiner Examensfeier mit dem Diplom in der Hand zugewinkt hast."

Er hatte recht. Chloe hatte sich von der Familie – der *ganzen* Familie – abgeschottet, sowie sie das Diplom in der Tasche gehabt hatte. Damals war sie überzeugt gewesen, sich so am leichtesten abnabeln zu können. Als ihr jetzt aber Aidan gegenübersaß, erkannte sie, dass sie die Familienbande vorschnell gekappt hatte. Hilflos zuckte sie die Schultern. „Ich habe getan, was ich für richtig hielt."

„Aber es war falsch! Ich bin dein *Bruder,* Chloe, ich bin nicht wie unser Vater. Genauso wenig wie Colin, Richard oder Jay. Er hat keinen von uns verschont. Aber es stimmt schon", setzte er hinzu, als er bemerkte, dass Chloe protestieren wollte, „mit dir ist er am härtesten umgesprungen."

Das tat er, weil er wollte, dass ich werde wie *sie,* dachte Chloe bei sich. Sie spürte, wie der alte Groll in ihr hochstieg, aber sie wollte sich diesen Tag nicht verderben lassen. „Schön, dass du es bemerkt hast", meinte sie knapp.

„Natürlich habe ich es bemerkt, das weißt du genau." Aidan legte die Hand auf ihre Wange. „Ich war immer auf dem Laufenden, selbst nachdem ich von zu Hause ausgezogen war. Die Jungs haben mir alles berichtet. Ich wusste Bescheid."

Chloe wandte das Gesicht ab. „Du wusstest nur, was sie

dir erzählt haben, aber du kannst nicht nachvollziehen, wie es wirklich war. Wie ich mich bemüht habe, ihm zu gefallen. Wie ich es ihm nie recht machen konnte."

Aidan beugte sich vor und ergriff Chloes Hände. Aufmerksam betrachtete er ihre Finger mit den kurzen, pink lackierten Nägeln. Am liebsten hätte sie ihm die Haare zerzaust, so wie er es früher bei ihr getan hatte. Aber dazu hätte sie ihn loslassen müssen, und das wollte sie nicht.

Aidan blickte auf. „Hör zu, Chloe, ich weiß wirklich, wie es war. Colin, Richard und Jay waren viel zu jung, um sich daran zu erinnern. Aber ich habe mitbekommen, wie Dad mit Mom umgesprungen ist. Immerzu, die ganzen zehn Jahre lang, die ich sie hatte." Er umklammerte Chloes Hände so fest, dass es fast schmerzte. „Mit dieser Schuld habe ich jahrelang gelebt."

Chloe bekam es auf einmal mit der Angst zu tun. Sie riss sich von Aidan los und sprang auf. Ihre nackten Zehen bohrten sich in den weichen Flor des Teppichs. „Wovon redest du eigentlich?"

Aidan betrachtete sie unverwandt. „Davon, dass ich bei der erstbesten Gelegenheit von zu Hause weggegangen bin und zugelassen habe, dass Dad es mit dir genauso machte wie mit Mom. Davon, dass Fantasie und Wirklichkeit sich selten decken. Unsere Mutter entsprach nicht annähernd dem makellosen Ideal, das Vater immer gezeichnet hat. Er hätte sie gern so gehabt, klar. Aber seine Wunschvorstellungen hätte nicht einmal eine Heilige erfüllen können. Und ich kann dir versichern, sie hat es versucht."

Chloe war wie betäubt. Sie konnte nur stumm den Kopf schütteln. Ihr ganzes Weltbild war erschüttert. Es kam ihr vor, als befände sie sich in einem Spiegelkabinett, in dem die Welt, wie sie sie kannte, grotesk verzerrt abgebildet war.

„Das ist die Wahrheit, Chloe!"

Sie winkte ab und presste die Hände auf die Ohren, damit sie sich nicht noch mehr anhören musste. „Das macht doch keinen Sinn“, protestierte sie. „Er hat sie angebetet. Siebzehn Jahre lang wurde mir immer wieder vorgekaut, dass sie vollkommen war.“

„War sie auch“, bestätigte Aidan. Seine Stimme klang belegt, und seine Augen schimmerten. „Für mich war sie es. Aber für Dad …“ Hart fügte er hinzu: „Sie konnte es ihm doch gar nicht recht machen. Schließlich war sie auch nur ein Mensch, so wie du.“

Chloe begann im Büro auf und ab zu gehen. Sie war verbittert und musste ihren Gefühlen Luft machen. „Jedes Mal, wenn wir uns über Volleyball gestritten haben, hat er mir vorgehalten, dass Mutter seine Entscheidungen nie angezweifelt hätte. Als ich mich für die Ausbildung zur Diplom-Sportlehrerin einschreiben wollte, warf er mir vor, dass *sie* nie eine derart undamenhafte Betätigung ausgeübt hätte, nicht einmal, wenn es ihr in den Sinn gekommen wäre, einen Beruf zu ergreifen. Das hätte sie natürlich nie gewagt, denn ihre Sorge galt einzig und allein dem Wohlergehen der Familie. Sie hat nie die Stimme erhoben, hat nicht geraucht und selbstverständlich keinen Tropfen Alkohol angerührt. Das hat er mir unter die Nase gerieben, als er mich eines Tages beim Rauchen, Trinken und Fluchen erwischt hat.“

Aidan packte Chloes Handgelenk. „Wenn sie aufbegehrt hat, dann hat er ihr einfach die Autoschlüssel weggenommen. Als er merkte, dass sie gelegentlich einen Schluck von seinem Whiskey trank, hat er ihre Kreditkarten zerschnitten. Als sie ihm erzählte, dass sie sich für einen Fortbildungskurs in Wirtschaft eingeschrieben hat, meinte er, dass sie doch nur mit Pauken und Trompeten durchrasseln würde. Warum also hätte sie sich weiter so demütigen lassen sollen?“

Chloe hatte kein Gefühl mehr in der Hand. Ihr ganzer Körper war wie taub. Nur ihr Herz spürte sie noch. Es schmerzte so heftig, dass sie hätte schreien mögen. „Das hast du alles miterlebt?", stammelte sie.

„Ich habe es mit angesehen und mit angehört. Dass man so etwas als ‚seelische Grausamkeit' bezeichnet, habe ich allerdings erst verstanden, lange nachdem ich diese gestörte Familie verlassen hatte." Aidan ließ verlegen ihre Hand los. „Ich weiß, dass das nach einer lahmen Ausrede klingt, aber etwas Besseres kann ich zu meiner Entschuldigung leider nicht vorbringen."

Chloe sank wieder auf den Sessel und murmelte: „Verdammter Mist!"

Schweigen. Dann begann Aidan leise zu lachen. „Nett ausgedrückt, Schwesterherz, wirklich nett."

„Warum zum Teufel ist sie denn bei ihm geblieben?"

„Dafür hatte sie fünf gute Gründe, nehme ich an, alle damals noch keine zehn Jahre alt."

Fünf Kinder und einen Mann, der das Unmögliche von ihr erwartete. Kein Wunder, dass ihre Mutter für Cary Grant geschwärmt hatte. Sie musste todunglücklich gewesen sein in einer Ehe, in der sie gezwungen war, ihre Persönlichkeit zu verleugnen. Keine Kontrolle über ihr Leben zu haben, das doch in erster Linie sie selbst bestimmen sollte – welch furchtbare Vorstellung.

Chloe seufzte inbrünstig und schloss die Augen. War es nicht eine Ironie des Schicksals, dass auch sie sich zuletzt den Wünschen ihres Vaters gebeugt hatte? Sie war in die Rolle ihrer Mutter geschlüpft und hatte ihre Persönlichkeit aufgegeben, um sich seine Liebe zu verdienen. Ja, später war sie ausgebrochen, aber was war aus ihr geworden? Eine Frau, die nicht einmal Chloe besonders gut leiden mochte.

Sie gab sich einen Ruck und drängte die Tränen zurück.

„Ich kann mich damit jetzt nicht befassen. Das ist nicht der richtige Moment“, murmelte sie. Sie musste erst diese Open-House-Veranstaltung überstehen, ehe sie auch nur daran denken konnte, sich das, was sie von Aidan erfahren hatte, gründlich durch den Kopf gehen zu lassen.

„Wohnst du im Doubletree?“, fragte sie. Soweit sie wusste, schlief Aidan nie im Haus seines Vaters, sondern stieg immer im Hotel ab, wenn er von seiner Ranch bei San Antonio nach Houston kam.

Er stand auf und gab ihr seine Zimmernummer. „Sieben Uhr?“

„Passt hervorragend. Und pack deine Koffer. Du übernachtest bei mir.“

Geschlagene fünfzehn Minuten lang stand Eric nun schon zwischen den Besuchern der Open-House-Veranstaltung im Foyer von gIRL-gEAR herum. Allmählich hatte er die Warterei satt. Also machte er sich auf die Suche nach seinem Date, das keines war.

Er fand sie in ihrem Büro im Erdgeschoss. Sie stand mit dem Rücken zum Schreibtisch am Fenster, hatte die Arme um die Taille geschlungen und starrte mit leerem Blick auf den Kirby Drive hinaus. Eric lehnte sich an den Türrahmen, schob die Hände in die Taschen seiner kakifarbenen Hose und stieß einen Seufzer aus.

Nicht im Traum hätte er damit gerechnet, dass er für Chloe jemals etwas anderes empfinden würde als platonische Zuneigung. Ihre Flirts waren ihm bisher harmlos und ganz natürlich erschienen. Doch auf einmal empfand er mehr für sie. Was genau, darüber wollte er lieber gar nicht nachdenken, weil er sonst wie ein Trottel dastünde.

Wenn er nur an ihre Lippen dachte, wurde er schwach. Dabei wollte Eric eigentlich nicht bloß oberflächlichen Sex. Er suchte eine echte Beziehung, eine Frau, mit der ihn mehr verband als der rein körperliche Aspekt. Leider war er sich nicht sicher, ob Chloe diese Frau war. Nicht, solange sie alle Männer als Feinde betrachtete.

Wenn sie einander nur Wortgefechte lieferten, sich in versteckten Andeutungen ergingen und ein bisschen Sex hatten, dann musste er Chloe recht geben: Bei ihren Verabredungen handelte es sich um einen reinen Freundschaftsdienst. Dabei hatte Eric so gehofft, es sei mehr als das. Lange schon drängte es ihn herauszufinden, wieso zwischen ihnen ständig die Funken sprühten.

Die Büroräume von gIRL-gEAR gingen nicht direkt auf den Kirby Drive hinaus, sondern lagen an einer Seitenstraße. Eric konnte also ausschließen, dass Chloe darauf wartete, dass sein Mustang in den Parkplatz einbog. Er hätte zu gern ihre Gedanken gelesen, denn auch wenn sie ihm den Rücken zugewandt hatte, ihre Haltung verriet, dass sie sehr nachdenklich war.

Sie trug ein Kleid mit Blumenmuster – natürlich in Pink. Der fließende Stoff schmiegte sich eng um ihre Taille und ihren Oberkörper und fiel weich und locker um die Hüften. Trotzdem wurden ihre beeindruckenden Kurven eher angedeutet als betont. Der Rock endete knapp oberhalb der Knie. Die verspielten Rüschen am Saum wiederholten sich am Ausschnitt. Sie trug keine Strümpfe. Das kam Eric wie gerufen.

Er hatte beschlossen, sich für das gestrige Abenteuer in der Küche zu revanchieren. Als er zum zweiten Mal frisch geduscht, diesmal aber vollständig bekleidet heruntergegangen war, hatte er fest vorgehabt, ein klärendes Gespräch mit Chloe zu führen. Als er feststellen musste, dass sie das Weite gesucht hatte, hatten sich Erleichterung und Enttäuschung die Waage gehalten. Er war jedenfalls nicht wirklich überrascht gewesen.

Nach dem Turnier hatte sie sich ziemlich seltsam benommen, richtig kratzbürstig. Auf dem Nachhauseweg hätte er sie beinahe gefragt, welche Laus ihr schon wieder über die Leber gelaufen war. Das Volleyballturnier hatte ihr nämlich riesigen Spaß gemacht, das wusste er bestimmt. Er hätte es ihr auch nicht abgenommen, wenn sie etwas anderes behauptet hätte.

Aber sie hatte nichts gesagt. Sie hatte mit einem ganz eigenartigen Gesichtsausdruck aus dem Fenster gestarrt. Vielleicht hatte sie krampfhaft versucht, sich in Erinnerung zu rufen, warum sie Mannschaftssport eigentlich hasste. Oder sie hatte ihre Gründe dafür noch einmal aufgelistet und festgestellt, dass keiner auch nur einen Pfifferling wert war.

Früher oder später würde er schon herausfinden, warum sie so überstürzt gegangen war. Außerdem würde er herausbekommen, warum sie erst so erpicht darauf gewesen war, Sex aus ihrem Deal auszuklammern, wenn sie ihm, kaum waren sie zum ersten Mal allein, mitten in seiner Küche die Kleider vom Leib riss. Wie dem auch sei, heute war er hier, um den ersten Teil der Abmachung zu erfüllen – und ein Versprechen einzulösen, das er sich selbst gegeben hatte.

„Eine Frage, Chloe!"

Chloe schreckte hoch, als er sie ansprach. Sie schnappte hörbar nach Luft, aber als sie sich herumdrehte, hatte sie sich bereits wieder völlig in der Gewalt. Sie begrüßte ihn mit ihrem gewohnten hinreißenden Lächeln und stützte die Hände auf die Rückenlehne ihres Schreibtischstuhls. „Was hast du auf dem Herzen, Süßer?"

Eric fand es sehr bezeichnend, dass sie sich hinter diesem Stuhl verbarrikadierte.

Aus Stolz rührte er sich ebenfalls nicht vom Fleck. Sollte Chloe doch den ersten Schritt tun. „Wie kann ich dir helfen, dein Image aufzubessern, wenn du dich in deinem Büro versteckst, statt dich unters Volk zu mischen und den Pressefritzen Stoff zum Schreiben zu liefern?“

Hinter ihrer Deckung neigte Chloe den Kopf zur Seite, sodass die Spitzen ihrer Pagenfrisur ihre Schulter streiften. „Na ja, ich stehe gerade vor der schweren Entscheidung, ob es nicht das Klügste wäre, gar nicht runterzugehen. Ich könnte ohnehin nur sehr zaghafte Schritte unternehmen. Meine Füße müssen sich von der gestrigen Behandlung mit dem Sandstrahler erst mal erholen.“

Eric schnaubte verächtlich. „Von dem bisschen Sand lässt sich jemand, der so taff ist wie du, doch nicht unterkriegen. Das glaubst du doch selbst nicht!“

Chloe kniff die Augen zusammen, bis nur noch ein schmaler Streifen Violett zwischen ihren Lidern und den dichten Wimpern hervorleuchtete. „Ich bin nicht taff.“

„Prinzessin, ich kenne niemanden, der so knallhart ist wie du. Du lässt dir von niemandem etwas gefallen. Du weißt, was du willst, und nimmst es dir ohne Rücksicht auf Verluste.“ Wenigstens hatte sie das in seiner Küche getan, dachte Eric und stockte unwillkürlich. „Und beim Volleyball schmetterst du, dass dem Gegner Hören und Sehen vergeht. Das kann man von einem Marshmallow nicht behaupten.“

„Der letzte Treffer war pures Glück, das weißt du ganz genau“, widersprach Chloe, doch sie verzog wenigstens andeutungsweise die Lippen.

Aber Eric wollte, dass sie lächelte, so wie sie es gestern auf dem Spielfeld getan hatte, so glücklich und voller Leben, wie er sie noch nie gesehen hatte. „Vielleicht, vielleicht auch nicht. Auf jeden Fall kannst du mir nicht länger weismachen, dass du Sport so verabscheust, wie du immer behauptest.“

„Täusch dich mal nicht.“ Chloe hatte begonnen, den Stuhl

hin und her zu drehen. „Nur weil ich eine Abneigung gegen Volleyball hege, muss das noch lange nicht bedeuten, dass ich das Spiel nicht beherrsche."

„Und wie du es beherrschst! Ich war dabei, wie du dich vielleicht erinnerst." Wenn er den Kerl je zu fassen bekäme, der Chloe den Spaß am Sport so gründlich vermiest hatte, konnte der sein blaues Wunder erleben, das schwor sich Eric. „Könntest du dir vorstellen, dich meiner Mannschaft anzuschließen?"

„Auf Dauer?"

„Warum nicht? Wir, die Sportbars und Restaurants von Houston, haben eine Art außerordentliche Liga gegründet. Wir konkurrieren in aller Freundschaft. Das hat nichts mit dem Geschäft zu tun, es geht nur ums Vergnügen. Wir treffen uns zum Volleyball, Softball oder Bowling, und wer verliert, spendiert das Bier."

„Autsch! Zweifacher Schlag!"

„Was hast du gesagt?" Eric hatte nicht zugehört. Er kämpfte noch damit, den Begriff *auf Dauer* mit Chloe in Verbindung zu bringen.

„Ich werd's mir überlegen", antwortete Chloe. Sie zögerte einen Moment, dann fragte sie: „Müssen die Spieler denn nicht irgendeinen Bezug zum Haydon's haben? Unter welchem Vorwand hast du mich denn gestern eingeschmuggelt?"

„Ich habe dich als meine Geliebte ausgegeben."

„Was hast du?"

Eric schob die Tür hinter sich zu, schloss sie aber nicht ganz, um Chloe nicht das Gefühl zu vermitteln, dass sie in der Falle saß. Ob es ihr passte oder nicht, es war höchste Zeit, die Aussprache, vor der sie sich gestern gedrückt hatte, nachzuholen. „Wenn du es genau wissen willst: Ich habe ihnen erklärt, dass wir zusammen sind. Stimmt ja auch, besonders wenn man die jüngsten Entwicklungen ...“ Eric beendete den Satz nicht. Chloe würde natürlich abstreiten, dass sich ihre Beziehung verändert hatte.

Aber da hatte er sich getäuscht! Nur nachdenkliches Schweigen und ein abschätzender Blick unter dunkelblau und pinkfarben geschminkten Lidern. Chloes Iris schimmerte tief violett. Ihre Pupillen hatten sich geweitet. Sein Instinkt verriet ihm, dass sie im Geiste wieder auf dem Küchenboden vor ihm kniete. Der Gedanke ließ ihn erbeben, so wie er in den vergangenen vierundzwanzig Stunden jedes Mal erbebt war, wenn er daran gedacht hatte. Aber so reagierte er eigentlich immer auf Chloe, lange vor dieser Geschichte. Das, was gestern geschehen war, hatte die immense Spannung, die zwischen ihnen herrschte, nur noch verstärkt.

Chloe schob den Stuhl an seinen Platz, kam um den Schreibtisch herum und setzte sich an der Ecke auf die Tischkante, die am weitesten von Eric entfernt war. Sie verschränkte die Arme und ließ ein Bein baumeln. Dass dabei ihr Rock ziemlich weit über ihre Oberschenkel hinaufrutschte, beeinträchtigte Erics Konzentrationsfähigkeit ziemlich heftig. Aber er biss die Zähne zusammen und sah ihr fest in die Augen.

„Was meinst du mit *jüngste Entwicklungen?*“

War das jetzt ernst gemeint, oder verschleierte Chloe ihren Sarkasmus nur geschickt? In jedem Fall aber spielte sie mit ihm, anstatt ihm eine Antwort zu geben. Fein, wenn sie spielen wollte, war sie bei Eric an der richtigen Adresse. Er würde so lange mitmachen, bis sie um Gnade flehte. Eric trat einen Schritt auf sie zu. „Willst du wirklich, dass ich diese Frage beantworte?“

„Kommt drauf an, Süßer.“ Chloe hatte die Stimme gesenkt und sah ihn unter gesenkten Lidern herausfordernd an. „Glaubst du, du kennst die Antwort?“

Eine oscarreife Darbietung, aber eben doch nur Schauspielerei! Eric war nicht gewillt, ihr das durchgehen zu lassen. Sie konnte nicht so tun, als wäre nichts passiert. „Die Antwort liegt doch auf der Hand. Schließlich darf nicht jede x-beliebige Frau, die zufällig in meine Küche spaziert, von meinen Erdbeertörtchen naschen."

Chloe zuckte nicht mit der Wimper. „Genau das kann ich kaum glauben."

„Wieso? Meinst du, nur weil ich ein Mann bin, könnte ich nicht Nein sagen?" Nicht, dass er das schon getan hätte, aber theoretisch ... Nur hätte er nicht seine Hand dafür ins Feuer gelegt, dass es ihm bei Chloe auch gelingen würde.

„Du bist ein Mann. Du kannst nicht anders, du musst Ja sagen." Immer noch saß Chloe mit verschränkten Armen auf der Tischkante.

Erstaunlich, auf welche Ideen diese Frau kam! „Auch wenn du es dir kaum vorstellen kannst, Chloe, nicht alle Männer werden von ihren Hormonen regiert."

„Das ist mir klar." Chloe strich sich die Haare aus dem Gesicht. „Natürlich gebraucht ihr manchmal euren Verstand, allerdings höchst selten. Mach dir keine falschen Vorstellungen, Süßer. Ob in Washington, Hollywood oder Houston: Männer sind und bleiben nun mal Männer."

Jetzt verschränkte auch Eric die Arme vor der Brust. „Du scheinst das wirklich ernst zu meinen. Traust du uns Männern wirklich nicht zu, dass wir unsere niederen Instinkte beherrschen?"

„So viel Kontrolle wie wir Frauen besitzt ihr nicht."

„Über die eigenen Instinkte oder die des Mannes?"

Chloe warf ihm einen kühlen Blick zu. „Beides."

„Dann ist es also einfacher für eine Frau, einen Mann zu verführen, als umgekehrt?" Chloe sah ihn an, als hätte er den

Verstand verloren. „Vergiss es“, verbesserte er sich. „Ich will sagen: Glaubst du wirklich, dass eine Frau einen Mann schneller dazu bringt, die Selbstbeherrschung zu verlieren, als andersherum?“

Chloe winkte verächtlich ab. „Männer und Selbstbeherrschung! Dass ich nicht lache! Ich habe noch keinen Mann getroffen, den ich nicht ganz schnell in die Knie gezwungen habe.“

Das erschien Eric ziemlich wahrscheinlich, deshalb ließ er sich auf keine Diskussion ein. „Aber du beugst vor keinem Mann das Knie?“

Sie streckte ihr Bein aus und untersuchte die Haut auf ihrer Kniescheibe. „Nein! Siehst du? Kein bisschen Hornhaut.“

„Und woher stammt dann das da?“ Eric legte den Finger auf eine winzige Sommersprosse. „Von den Fliesen in meiner Küche womöglich?“

Chloe zog die Brauen zusammen. „Zugegeben, ich lag auf den Knien, aber vergiss nicht, ich hatte die volle Kontrolle.“

Erwischt! Es war unstreitig, dass er sich total hatte gehen lassen. Eric begann Chloes Knie zu streicheln. „Ich hätte noch eine Frage, Chloe.“

Chloe sagte kein Wort, sondern betrachtete interessiert die Stelle, wo Eric sie berührte. Eric wertete das als stumme Erlaubnis, die Finger ein Stück an ihrem Oberschenkel hinaufwandern zu lassen. „Wegen der Sache in der Küche: Wozu das ganze Gerede, von wegen kein Sex, wenn du nicht die Absicht hattest, deinen Teil des Abkommens einzuhalten?“

„Mein Teil des Abkommens besteht darin“, begann sie nach kurzem Zögern, „dir drei Wünsche zu erfüllen, die nichts mit Sex zu tun haben. Das heißt, du sagst mir, was du willst. Und? Hast du mich vielleicht darum gebeten, deine … äh, Erdbeertörtchen zu kosten? Das hatte mit unserem Deal überhaupt nichts zu tun.“

Ihre Logik ließ schwer zu wünschen übrig, aber Eric hatte keine Lust nachzuhaken. Es amüsierte ihn, ihr zuzuhören. Sie sprach hastig und nervös, ihr Atem ging immer schneller. Von wegen Selbstbeherrschung, dachte er mit grimmigem Vergnügen und ließ seine Hand weiterwandern. Du ahnst ja nicht, mit wem du dich da angelegt hast. Wenn du meinst, du könntest mich übertrumpfen, hast du dich gewaltig getäuscht.

Seine Finger hatten den Saum ihres Rocks erreicht und bewegten sich nun auf der glatten Haut ihres Schenkels. Erst vorsichtig, aber als Chloe sich weder bewegte noch beschwerte, sondern mit angehaltenem Atem dasaß und wartete, wurde Eric kühner. Langsam und zärtlich streichelte er ihr Bein. Bis an die Hüfte schob er seine Hand, und als er das elastische Material von Chloes Stringtanga berührte, weiteten sich ihre Pupillen, und ihre Lippen öffneten sich leicht.

Während er über ihre Haut strich, fühlte er sich an die Szene in seiner Küche erinnert. Es war der Reiz, verbotenes Gebiet zu erforschen, der Wunsch, die aufkeimende Begierde mit der Frau, die dafür verantwortlich war, zu teilen.

In dem Moment, als Erics Hand über ihren Bauch glitt, veränderte Chloe ihre Position auf der Tischkante. Sie spreizte die Beine ein wenig und stützte sich mit einem Arm nach hinten ab. Sie hob den Kopf, aber ein Schauer der Erregung, der sie in diesem Augenblick überlief, zwang sie, die Augen fest zu schließen. Jeder, der zufällig zur Tür hereingeschaut hätte, hätte vermutet, dass die beiden in ein ernstes Gespräch vertieft waren. Kein Mensch hätte bemerkt, dass Erics Finger an dem schmalen Stoffstreifen des Slips entlangglitten, bis er Chloes Geheimnis fand.

Chloe riss die Augen auf und drehte den Kopf zur Seite, sodass sie über Erics Schulter blickte. Sie grub die Zähne in ihre Unterlippe, wie um einen Schrei zu unterdrücken.

Aber Eric entging nichts, und es enttäuschte ihn, dass sie ihn nicht ansah. Er spürte ein schmerzliches Ziehen in den Lenden. Aber das spielte jetzt keine Rolle. Es zählte allein, dass er Chloe in die Augen sehen konnte, wenn sie kam.

Er zog die Hand weg. Chloe sog protestierend den Atem ein. Unwillkürlich musste Eric lächeln. Er wagte kaum, sich vorzustellen, wie es sein würde, wenn er sie mit in sein Bett nahm. So weit würde es eines Tages kommen, aber alles zu seiner Zeit! Jetzt wollte er sich erst einmal darauf konzentrieren, ihr ein einmaliges Erlebnis zu bereiten.

Langsam und gleichmäßig massierte er wieder das Zentrum ihrer Weiblichkeit, neckte sie mit einer zarten, schmetterlingsgleichen Berührung. Plötzlich griff sie nach seiner Hand. „Sieh mich an", befahl er.

Chloe schüttelte den Kopf. „Ich kann nicht."

Er tat, als würde er ihr die Hand endgültig entziehen, aber sie klammerte sich beinahe verzweifelt an ihn, sodass er es kaum übers Herz brachte. Er beugte sich so weit vor, dass seine Lippen ihr Ohr berührten. „Keine Angst, Chloe, ich laufe nicht weg. Du bekommst alles, was du willst", flüsterte er und drang ganz plötzlich mit dem Finger sanft in sie ein.

Chloe stieß einen leisen Schrei aus. Seine Erregung wurde noch stärker, sein Körper forderte Erfüllung. Allmählich bezweifelte er, dass er sich würde beherrschen können.

Während er sanft an ihrem Ohrläppchen knabberte, intensivierte er seine Liebkosungen. „Gefällt dir das?", murmelte er und streichelte sie. „Willst du mehr?"

„Nicht aufhören, bitte …", raunte Chloe kaum hörbar. Sie befand sich am Rande der Verzweiflung, das spürte Eric. Sie zitterte vor Verlangen.

„Möchtest du es so?", fragte Eric und streichelte sie mit dem Daumen. „Ist das mehr nach deinem Geschmack?" Da sie nur noch lustvoll stöhnte, wiederholte Eric seine Forderung. „Sieh mich an“, befahl er und löste sich von ihr, obwohl es ihn reichlich Überwindung kostete. „Ich möchte das Leuchten in deinen Augen sehen, wenn du kommst.“ Nein, das war gelogen. „Ich will dich fühlen“, gestand er, „ich will dich riechen, und ich will dich schmecken.“

Ihr Kopf ruckte herum. „Du weißt, wie man Frauen rumkriegt, Süßer, was?“, keuchte sie, aber sie wich seinem Blick nicht aus, auch nicht, als er wieder anfing, sie zu streicheln. Alles, was sie fühlte, konnte er von ihren Augen ablesen, ihre Leidenschaft, die brennende Sehnsucht – und ihr Vertrauen in ihn.

Ein Schauer überlief sie, und er spürte, wie sich ihre Muskeln um seine Finger zusammenzogen, als sie laut stöhnend zum Höhepunkt kam und Eric impulsiv an sich zog.

Sekunden später ging eine Verwandlung in ihr vor. Sie schob ihn weg und begann hektisch, ihren Rock glatt zu zupfen. Sie hob blasiert die Augenbrauen und räusperte sich. „Nachdem du dein Anliegen ja nun losgeworden bist, würde ich vorschlagen, dass du schon mal ins Foyer hinuntergehst und dort auf mich wartest. Ich komme in einer Minute nach.“ Eric war entlassen.

Er war wie vom Blitz getroffen. Er hatte Chloes Duft an seinen Händen. Er hatte ihr zu unermesslicher Lust verholfen – und war dabei natürlich auch auf seine Kosten gekommen –, und zum Dank servierte sie ihn eiskalt ab?

„Falls es dir entgangen sein sollte, Prinzessin, losgeworden bin ich rein gar nichts!“, versetzte er rau. „Aber ich will mich nicht beklagen. Das gerade war viel heißer als richtiger Sex mit jeder anderen Frau.“

Chloes Wangen röteten sich verräterisch. Sie war längst nicht so gelassen, wie sie vorgab.

„Trotzdem“, fuhr er fort, wohl wissend, dass er sich auf gefährliches Terrain begab, „könntest du ruhig mehr …“

„Dankbarkeit zeigen, Bewunderung, sklavische Verehrung?“

Eric rümpfte die Nase. „Gute alte Aufrichtigkeit täte es auch. Warum kannst du nicht zugeben, dass du gerade die Beherrschung verloren hast? Das ist wirklich jammerschade, Chloe. Stell dir vor, wie berauschend es sein muss, mal gemeinsam die Kontrolle über uns zu verlieren?“

Nach diesen Worten machte Eric auf dem Absatz kehrt und ging, obwohl es ihn ungeheure Anstrengung kostete. Nur der bestürzte Ausdruck auf Chloes Gesicht machte ihm den Abgang einigermaßen erträglich.

6. KAPITEL

Lauren Hollister hatte nie vergessen, wie es war, wenn man sich unsicher und gehemmt fühlte. Aber das war in einem anderen Leben gewesen. Längst war es für sie zur Selbstverständlichkeit geworden, sich selbstbewusst in einer Menge zu bewegen.

Hier auf der Open-House-Veranstaltung von gIRL-gEAR fühlte sie sich ohnehin ganz wie zu Hause. Sie hatte bereits die meisten ihrer Bekannten begrüßt und mit den Angestellten und ihren Ehepartnern oder Lebensgefährten geplaudert, die ebenso zahlreich erschienen waren wie die Vertreter der Medien.

Jetzt stand sie an der Rezeption im Foyer, nippte an einem Glas Champagner, beobachtete die Menschen um sich herum und amüsierte sich insgeheim über das geschäftstüchtige Auftreten ihrer Partnerinnen. Sie konnte kaum glauben, dass das dieselben Frauen waren, mit denen sie das Für und Wider von Epilierwachs, Haarpflegemitteln und aromatisierten Kondomen diskutierte, über guten oder schlechten Sex tratschte und Schokoladen- und Margarita-Orgien feierte.

Wie die anderen Teilhaberinnen von gIRL-gEAR wusste Lauren genau, wer sie war und was sie vom Leben erwartete. Sie liebte ihren Job als Multimedia-Designerin, und sie war absolut glücklich, zum gIRL-gEAR-Team zu gehören, auch wenn sie sich, das gab sie offen zu, über den Erfolg des Unternehmens nie genug wundern konnte.

Mit ihren Freundinnen hatte Lauren ein Riesenglück gehabt, besonders was ihre Beziehung zu Macy Webb betraf, mit der sie mehr verband als Freundschaft. Sie fühlten sich fast wie Schwestern. Lauren hätte nicht gewusst, wie sie die vergangenen zwei Monate ohne die Unterstützung ihrer besten Freundin überstanden hätte.

Die Beziehung zu Anton zu beenden, war mit das Schwierigste in Laurens Leben gewesen. Sie hatte gehofft, dass der Schmerz mit der Zeit abflauen würde. Tja, das war wohl ein Irrtum gewesen!

Natürlich rechnete Lauren damit, dass Anton heute hier auftauchte. Seine Firma, das Architekturbüro Neville und Storey, hatte die Büroräume von gIRL-gEAR neu gestaltet. Sie war sicher, dass er kommen würde, aber sie konnte sich nicht entscheiden, ob es ihr dadurch leichter fiel, an der Veranstaltung teilzunehmen, oder nicht. Was, wenn sie mit ansehen musste, wie sich eine Frau nach der anderen an ihn heranpirschte und wie er jeder seine ungeteilte Aufmerksamkeit schenkte, weil das nun einmal so seine Art war?

Nein, Lauren störte es eigentlich nicht, allein mitten im Gewühl zu stehen. Aber nachdem Macy und Leo sich entschuldigt hatten, wusste sie irgendwie nicht so recht, was sie mit sich anfangen sollte. Deshalb fiel es ihr auch so schwer, Anton und Poe *nicht* zu beachten.

Was hatte sich Sydney bloß gedacht, als sie diese Person einstellte? Eine rein rhetorische Frage, denn Lauren kannte die Antwort ganz genau: Die Voraussetzungen, die Annabel Lee mitbrachte, hätten sie für eine gIRL-gEAR-Partnerschaft qualifiziert, wenn eine Teilhabe zur Debatte stehen würde. Aber die Möglichkeit, eine siebte Partnerin aufzunehmen, hatten die sechs Firmengründerinnen bisher noch nicht diskutiert. Falls dieses Thema eines schönen Tages aktuell wurde, würde Lauren sorgfältig abwägen müssen zwischen dem Wohl der Firma und ihren persönlichen Gefühlen für diese Frau.

Möglicherweise brachte Poe ja neuen Schwung in ihr eingespieltes Sechserteam. Wenn Lauren jedoch heute darüber entscheiden müsste, dann würde sie klar mit Nein stimmen.

Poe konnte die Finger einfach nicht von Anton lassen! Tief im Herzen war Lauren nämlich noch nicht fertig mit Anton, auch wenn ihr Verstand beschlossen hatte, die Beziehung zu beenden, ehe sie noch tiefer in die Bedeutungslosigkeit versank.

Lauren verschob die sinnlosen Gedankenspiele auf später, wenn sie mehr Zeit hatte, und leerte ihr Glas. Allmählich ödete sie die eigene Gesellschaft doch ein wenig an. Wo steckte eigentlich dieser Journalist, der vorhin unbedingt mit ihr über Webdesign reden wollte?

„Wenn du aus einem bestimmten Grund das Mauerblümchen spielst, lasse ich dich sofort in Ruhe. Andernfalls würde ich dir gern Gesellschaft leisten."

Lauren fuhr herum und erkannte Sydneys Vater Nolan Ford. Mit seinen ein Meter fünfundachtzig war er ein wenig kleiner als Anton, besaß aber die gleiche schlanke Statur des Schwimmers. Sein dunkles Haar, eine Schattierung zwischen Dunkelbraun und Schwarz, trug er modisch kurz geschnitten. Die feinen Fältchen um seine stahlgrauen Augen zeugten von einem Leben, das aus Börsengängen, Fusionen und Firmenübernahmen bestand und ihn zum Multimillionär gemacht hatte. Einem Leben, von dem die meisten träumten, das die wenigsten tatsächlich führten und das Lauren in diesem Augenblick ganz unglaublich verlockend vorkam.

Erst jetzt, nachdem sie einen unwiderstehlichen Grund fürs Bleiben entdeckt hatte, merkte Lauren, wie nahe sie daran gewesen war davonzurennen. „Hallo, Nolan", sagte sie und lächelte. Es war das erste wirklich aufrichtig gemeinte Lächeln an diesem Tag. Erleichtert seufzte sie auf. „Dich hätte ich, ehrlich gesagt, nicht hier erwartet. Ich dachte, Sydney hätte dir Hausverbot erteilt."

Nolan schmunzelte. Er hielt ein leeres Longdrinkglas in der einen Hand, die andere steckte in der Hosentasche eines

Designer-Zweireihers. An seinen Schläfen zeigte sich das erste Grau, dabei war er, soweit Lauren sich erinnern konnte, gerade mal dreiundvierzig Jahre alt.

„Du wirst gerade Zeuge eines Rollentauschs: braves Kind, böser Vater." Nolan winkte einen Kellner heran, der gerade an ihnen vorübereilen wollte, und reichte Lauren ein Glas Champagner.

„Vielen Dank! Ich kenne Sydney ja recht genau. Das Wort *gut* trifft in der Tat auf vieles zu, was sie macht, behaupte ich mal. Aber du und böse? Da muss ich mich schon auf deine Aussage verlassen."

Nolan fasste Lauren am Ellenbogen und dirigierte sie zur Bar, wo er für sich ein Mineralwasser mit einer Scheibe Limone bestellte. „Das kommt immer auf die Perspektive des Betrachters an, denke ich. Und da Sydney, was mich betrifft, Scheuklappen trägt …" Er verstummte mitten im Satz.

Lauren hätte zu gern nachgehakt, aber aus Loyalität zu Sydney verzichtete sie darauf. Was sich zwischen Sydney und ihrem Vater abspielte, war so lange die Privatangelegenheit der beiden, bis sie von sich aus damit an die Öffentlichkeit gingen. „Nun, auch wenn ihr in vielen Dingen nicht einer Meinung seid, so habt ihr doch eines gemeinsam – ein beachtliches Talent fürs Geschäft."

„Der Apfel fällt nun mal nicht weit vom Stamm. Sie mag noch so heftig über meine Geschäftsmethoden herziehen, aber sie kann kaum abstreiten, dass sie ihre Einstellung zur Arbeit von mir geerbt hat." Nolan schwenkte sein Glas in die Richtung, in der er Sydney vermutete, und deutete einen Toast an. Danach richtete er seine ganze Aufmerksamkeit auf Lauren.

Die Intensität seines Blicks traf sie völlig unvorbereitet. Im ersten Moment fürchtete sie, dass sie sich verhaspeln würde, aber sie fasste sich rasch wieder. „Du bist stolz auf sie. Das freut mich, besonders weil euer Verhältnis doch ziemlich gespannt ist."

Gedankenverloren ließ Nolan die klare Flüssigkeit in seinem Glas kreisen. Leise klirrten die Eiswürfel. „Stimmt, ich bin stolz auf sie. Aber ich weiß nur zu genau, dass Sydney sich einen Vergleich mit mir energisch verbitten würde. Wenn sie könnte, würde sie jede Verwandtschaft mit mir leugnen."

Lauren kramte in ihrem Gedächtnis nach Informationen über Sydneys Mutter, aber wie es schien, war in all den Jahren nur von einem Elternteil, nämlich Nolan, die Rede gewesen. Sie warf einen verstohlenen Blick in Sydneys Richtung, als könnte das ihrem Erinnerungsvermögen auf die Sprünge helfen. Tatsächlich half ihr das kein bisschen weiter, was alte Erinnerungen anbelangte, dafür rissen kaum verheilte Wunden wieder auf: Anton hing immer noch an Poes Lippen. Die Hand der Frau lag jetzt auf seiner Schulter, ihre Fingerspitzen berührten seinen Nacken. Und in Lauren erwachte einmal mehr der Wunsch, dieser Frau die Augen auszukratzen.

Stattdessen wandte sie sich mit einem mitfühlenden Lächeln, das vermutlich nicht hundertprozentig glaubwürdig wirkte, an Nolan. „Ich finde es schade, dass ihr euch nicht besser versteht. Sicher ist die Situation für keinen von euch leicht, besonders da ihr zwangsläufig miteinander zu tun habt, seit du eine Beteiligung an gIRL-gEAR erworben hast."

Nolan tat ihren Einwand mit einem lässigen Schulterzucken ab. „Das ist rein geschäftlich. Ich habe nun mal gern ein Auge auf alles, worin ich investiert habe."

„Sydney versteht das sicher", behauptete Lauren, obwohl sie Nolan kein Wort abkaufte. Wenn er etwas im Auge behalten wollte, dann die eigene Tochter.

„Von wegen!" Nolan prostete Lauren zu. Nachdem er das Glas abgesetzt hatte, lächelte er skeptisch. „Einmal bezichtigt sie mich, ihr zu misstrauen, beim nächsten Mal heißt es, ich würde ihr nachspionieren."

„Aber keine dieser Anschuldigungen trifft zu, da bin ich überzeugt", antwortete Lauren vergnügt. Warum war ihr nicht schon früher aufgefallen, wie gern Nolan über sich selbst lachte? Oder dass ihn diese Eigenschaft in ihren Augen noch attraktiver machte? Es versprach, ein sehr amüsanter Nachmittag zu werden.

„Sydney ist meine Tochter! Ich bekenne mich in beiden Punkten schuldig."

Lauren lachte. „Dann hast du bestimmt auch mit Wohlgefallen zur Kenntnis genommen, wie sie in der letzten Zeit geschuftet hat, um die Wahl unseres ersten gIRL-gEAR-gIRLs zu organisieren."

„Sie hat sich ganz schön dahintergeklemmt, nicht wahr? Wie ich höre, sind so viele Spenden eingegangen, dass damit das komplette Stipendium finanziert werden kann."

„Und es bleibt noch ein hübsches Sümmchen übrig! Die Reaktion unserer Geschäftspartner war überwältigend. Und die Kandidatinnen ..." Lauren schüttelte den Kopf. Der Einfallsreichtum und die Fantasie der eingegangenen Bewerbungen machten sie jedes Mal wieder sprachlos. „Absolut unglaubliches Talent! Du solltest dir die Entwürfe einmal ansehen, die sie eingereicht haben! Aber was rede ich da? Du wirst sie ja am Abend der Preisverleihung sehen. Du kommst doch, oder?"

Wieder warf Nolan einen verstohlenen Blick zu Sydney hinüber und runzelte die Stirn. „Sydney wäre es gewiss lieber, ich täte es nicht."

„Musst du aber!", sagte Lauren und fügte, einer plötzlichen Eingebung folgend, hinzu: „Ich bestehe darauf."

Unvermittelt packte Nolan Lauren am Arm und drehte sie so, dass sie über seine Schulter hinweg in die Menge sehen konnte. „Lauren, es geht mich eigentlich nichts an, aber bist du dir bewusst, dass eine deiner Kolleginnen ihre Angel in deinem Teich ausgelegt hat?“

Lauren senkte rasch den Kopf und fixierte den Boden ihrer Champagnerflöte, anstatt zu Anton und Poe hinüberzusehen. Das Glas war leer, aber sie konnte sich nicht erinnern, es ausgetrunken zu haben. „Anton und ich sind nicht mehr zusammen“, murmelte sie.

Nolan tätschelte ihren Arm. „Das tut mir leid. Ich hatte keine Ahnung.“

Lauren zuckte beiläufig die Schultern. „Wie solltest du. Aber keine Angst, wir haben uns in aller Freundschaft getrennt. Wir sprechen sogar noch miteinander.“

Nolan leerte schweigend sein Glas und stellte es auf den Tresen zurück, ohne den Blick von Lauren zu wenden. Sie fühlte sich plötzlich unbehaglich, versuchte aber, das Gefühl zu ignorieren. Was hatte Nolan auf einmal? Erwartete er die Antwort auf eine Frage, die er noch gar nicht gestellt hatte?

Schließlich stellte Lauren das Champagnerglas neben Nolans Glas auf die Theke. Sie musste sich ablenken. „Ich denke, ich sollte noch eine letzte Runde drehen und mit den Gästen plaudern. Schön, dass wir uns mal wieder getroffen haben.“

So leicht ließ Nolan sich nicht abwimmeln. „Würdest du mit mir essen gehen?“, fragte er und nahm Laurens Hand.

„Heute? Jetzt?“, stammelte sie atemlos.

Nolan nickte. „Jetzt und heute“, flüsterte er in ihr Ohr.

Pfeif auf die Gäste, dachte Lauren, pfeif aufs Geschäft und pfeif auf Anton und Poe! Kein Geringerer als Nolan Ford hat dich gerade zum Essen eingeladen. „Nichts lieber als das“, antwortete sie.

„Hervorragend.“ Nolan warf einen Blick auf seine Armbanduhr. „Ich schleiche mich in Sydneys Büro, um ein paar Anrufe zu erledigen, während du dich um deine Gäste kümmerst. In zwanzig Minuten treffen wir uns wieder, und dann entführe ich dich zu einem schönen Abendessen mit Meeresfrüchten und einer Flasche Wein, abgemacht?"

Lauren bezweifelte zwar, dass sie einen Bissen hinunterbekommen würde, aber sie erwiderte: „Klingt fantastisch!" Und das tat es auch.

Eines stand für Chloe fest: Selbst wenn es ihr bei der heutigen Open-House-Veranstaltung gelingen sollte, ihren Ruf in der Öffentlichkeit ansatzweise wiederherzustellen, würde dieser Erfolg durch den herben Schlag, den ihre Selbstachtung im privaten Bereich erlitten hatte, zunichte gemacht. Und wenn Eric, entgegen ihrer ausdrücklichen Bitte, weiterhin an ihr klebte wie eine Klette, würde sie doch tatsächlich ihre berühmten eisernen Nerven verlieren.

Wohin sie sich auch wandte, nach rechts oder nach links, immer war er an ihrer Seite, immer auf dem Sprung, falls sie seine Hilfe benötigte. Man könnte meinen, er besäße einen siebten Sinn. Er übertrieb es wirklich! Es war zum Aus-der-Haut-Fahren, aber ritterlich, das war es nicht! Ein echter Gentleman hätte sich diskret verabschiedet und sie nicht ständig an das Eine erinnert. Jedes Mal, wenn er ihr die Hand um die Taille legte oder sie am Ellenbogen fasste, wenn er sich zu ihr herunterbeugte und die Party kommentierte, erinnerte sie sich an die Sache in ihrem Büro.

Was sie da getrieben hatten, das kannte Chloe nicht einmal aus dem Kino. Sie war einfach überrumpelt worden von wilder Leidenschaft und einem bislang nie gekannten Verlangen. Selbstverständlich ist es mir nur um das rein körperliche Erlebnis gegangen, redete sie sich ein. Es war lediglich das lustvolle Erschauern, das zählte. Fast wie ein Erdbeben, dachte sie und schmunzelte. Dieser Vergleich traf wirklich haargenau zu.

„Nanu? Ich dachte, es wäre *meine* Aufgabe, dich bei Laune zu halten.“ Erics Lippen streiften ihr Ohr, und sie spürte seinen warmen Atem auf ihrem Haar.

Chloe fröstelte mit einem Mal und rieb sich die nackten Arme. Ganz sicher konnte jetzt jeder im Raum sehen, wie sich die Spitzen ihrer Brüste durch den dünnen Stoff ihres Kleides abzeichneten. „Mir scheint, dass du vor allen Dingen dich selbst bei Laune hältst.“

„Wenn das der Fall wäre, hätte ich sicher nicht Hand an *dich* gelegt.“

Sie befanden sich im Foyer von gIRL-gEAR, gleich neben der Rezeption. Alle anderen Teilhaberinnen der Firma waren in Gespräche mit verschiedenen Pressevertretern verwickelt. Diese Veranstaltung lag Sydney sehr am Herzen, das wusste Chloe. Na ja, eigentlich war sie für die Firma als Ganzes ziemlich wichtig. Nur stand für Sydney auch privat einiges auf dem Spiel. Es hatte irgendetwas mit der Firmengründung und dem Verhältnis zu ihrem Vater zu tun, aber die Einzelheiten waren – warum auch immer – nicht bekannt. Und solange Sydney nicht von sich aus darüber sprach, würde auch Chloe aus Respekt vor der Freundin und Geschäftspartnerin schweigen.

Die Geschäftspartnerin Sydney war auch die Ursache für Chloes momentanen Kummer. Und ausgerechnet jetzt musste Eric wieder damit anfangen, Chloe mit seinen zweideutigen Anspielungen zu nerven. Sie fragte sich langsam wirklich, welcher Teufel sie dazu gebracht hatte, so einen verflixten Plan auszuhecken.

„Wenn das deine Vorstellung davon ist, wie mein Ruf gerettet werden kann, dann sitze ich bald noch tiefer in der Patsche“, zischte sie.

„Nur wenn uns jemand erwischt, Prinzessin.“ Erics himmelblaue Augen funkelten entsetzlich selbstzufrieden.

„Das ist nicht geschehen und wird es auch in Zukunft nicht. So etwas wird nie wieder vorkommen."

Erics Gesichtsausdruck verdüsterte sich. „Soll das heißen, das Match ist bereits nach der ersten Runde vorüber?"

Chloe ließ sich von seiner Arme-Sünder-Miene nicht täuschen. „Hör zu, du Supersportler! Du bist hier, um meinen Ruf zu retten."

„Der ist bei mir in sicheren Händen." Wie aufs Stichwort legte er eine Hand zwischen Chloes Schulterblätter und zeichnete mit den Fingern kleine Kreise auf ihre Haut.

Chloe erzitterte. Ihre Haut prickelte, wo er sie berührte, und heißes Verlangen breitete sich in Wellen über ihren ganzen Körper aus. In wenigen Sekunden würde sie verglühen und ihre Asche auf den pflaumenfarbenen Teppich des Foyers regnen. „Trotzdem wäre es besser, wenn du deine Hände bei dir lässt."

„Es wäre auf jeden Fall besser, wenn du dich um deine Gäste kümmern würdest", konterte Eric. „Dich mit mir in eine Ecke zu verkriechen, ist mit Sicherheit nicht die geeignete Maßnahme, wenn man keine Aufmerksamkeit erregen will. Die Leute drehen sich schon nach uns um."

„Was macht sie nur so neugierig?", fragte Chloe, die ebenfalls bemerkt hatte, dass mehrere Augenpaare sie beobachteten.

„Du weißt schon." Erics Finger wanderte an Chloes Wirbelsäule entlang nach unten. „Sie fragen sich, warum du dich ausgerechnet mit mir abgibst."

Eric hatte recht. Sie musste sich dringend um die Gäste kümmern. Zu allem Unglück hatte sie keine Ahnung, wie sie das bewerkstelligen sollte, ohne dass jeder merkte, was mit ihr los war.

Ihre Wangen glühten, und ihr ganzer Körper prickelte vor Verlangen. Sie hätte viel darum gegeben, wenn sie Eric und diesen ganzen grässlichen Tag einfach aus dem Gedächtnis streichen könnte. Oder, besser noch, diese unselige Verbindung auf der Stelle kündigen. Aber damit stünde sie keinen Deut besser da als zuvor. Ein weiterer One-Night-Stand, um ihren Ruf als Frau von fragwürdiger Moral zu untermauern.

Aber hallo! Das war ja bereits ihr zweites Date mit Eric, oder nicht?

„Was machen wir, Eric?" Die Frage hatte die erhoffte Wirkung, sie lenkte ihn ab, und er sah sie an. Chloe hob das Glas an den Mund und trank einen Schluck. Erics marineblaues Sakko betonte das blaue Strahlen seiner Augen.

„Was wir machen? Meinst du damit, warum wir hier herumstehen, anstatt mit den Besuchern zu plaudern?" Erics Finger wanderten langsam wieder an ihrer Wirbelsäule hinauf.

Chloe schüttelte den Kopf und strich mit dem Rand des Champagnerkelchs versonnen über ihre Lippen.

„Oder meinst du: Warum sind wir nicht in deinem Büro geblieben, wo wir uns inzwischen längst nackt auf dem Boden wälzen könnten?"

„Ach?" Chloe warf ihm einen scharfen Blick zu, während sie gleichzeitig die Zungenspitze in den Champagner tauchte. „Wir würden uns nackt auf dem Boden wälzen, wenn wir noch drüben im Büro wären?"

Eric erhob sein Glas und prostete ihr zu. „Noch so ein Blick, und es überkommt mich gleich hier."

„Was für ein Blick denn?", fragte Chloe und sah ihn unter ihren langen Wimpern herausfordernd an, ohne ihr aufreizendes Spiel mit der Zunge für eine Sekunde zu unterbrechen.

Eric schnaubte, aber seine Augen funkelten belustigt. „Ach, Chloe, mir fehlt leider die Zeit, um dir ausführlich zu erklären, was genau deine Blicke bei mir bewirken. Sogar wenn du mich absichtlich so ansiehst wie jetzt." Er zwinkerte ihr schelmisch zu.

Durchschaut, Mist! „Woher weißt du ..."

„Da steckst du ja, Chloe", unterbrach sie eine wohlklingende Stimme, die Chloe den ganzen Tag noch nicht vermisst hatte. „Ich habe dich schon überall gesucht. Der Reporter von Go Teen möchte ein Interview über gRAFFITI-gIRL für die Vorschau auf die Herbstmode. Ich habe ihm Auskunft gegeben, so gut ich konnte, aber natürlich kenne ich nicht alle Details bezüglich der Farben."

Und das aus gutem Grund, dachte Chloe grimmig. Sie seufzte, warf Eric einen Blick zu, der besagte: „Verstehst du jetzt, wovon ich spreche?", und wappnete sich, Annabel Lee gegenüberzutreten, oder besser, sich ihr entgegenzustellen.

Chloe hatte nicht übertrieben, als sie Eric die Rivalin beschrieben hatte. Wenn man sie sah, drängte sich unwillkürlich der Gedanke an fernöstliche Kampfsportarten auf. Poe war ein gutes Stück größer als Chloe. Elfenbeinfarbene Haut und rabenschwarzes Haar verrieten die asiatische Abstammung. Ihre Frisur, eine strenger, asymmetrischer Bob, umrahmte ein ebenso geheimnisvolles wie sinnliches Gesicht. Sogar Chloe musste zugeben, dass Poe eine echte Schönheit war. Aber ihr Ehrgeiz! Chloe sträubten sich förmlich die Haare, wenn sie daran dachte, dabei war sie selbst ziemlich ambitioniert. Nein, ein gutes Gespann würden sie beide nie abgeben.

„Darf ich vorstellen? Poe, das ist Eric Haydon, ein Freund. Annabel Lee, eine unserer Einkäuferinnen." Poe sah Eric an. Eric starrte auf Poe. Chloe stand daneben und fragte sich, warum sie heute Morgen überhaupt aufgestanden war.

Schließlich reichte Poe Eric die Hand. Dann verschränkte sie die Arme vor der Brust und musterte ihn ausgiebig. „Ich glaube nicht, dass ich Sie schon einmal mit Chloe gesehen habe, Eric. Na, bei ihr ist es schwierig, den Überblick zu behalten. Die Glückliche, sie hat so viele Freunde."

Chloe hatte schon den Mund zu einer spitzen Erwiderung geöffnet, aber Eric stoppte sie – mit einem Lächeln. Mit einem Lächeln, das ausschließlich an Chloe gerichtet war und das besagte: Lass mich nur machen. Dieses Lächeln traf Chloe mitten ins Herz.

„Das sagt eine Menge über sie aus, finden Sie nicht?", fragte Eric, der sich in seiner Beschützerrolle wohlzufühlen schien. „Aber da ich sie schon seit einer Ewigkeit kenne, muss ich sagen, der Glückspilz bin ich."

Hatte schon jemals ein Mann so hinreißend für sie gelogen? Wenn Eric sich nicht vorsah, würde am Ende sogar Chloe seine Worte für bare Münze nehmen. Sie tätschelte seine Schulter und wandte sich mit einem zuckersüßen Lächeln an Poe. „Eric darf eigentlich gar nicht auf die Öffentlichkeit losgelassen werden. Ich halte ihn normalerweise unter Verschluss."

Poes Finger zuckten gereizt. Durch die Art, wie sie die Arme gekreuzt hielt, wurden ihre Brüste nach oben gedrückt und drohten aus dem tiefen Ausschnitt ihres feuerroten Etuikleids zu quellen. „Ein Sklave ist mir bislang noch nicht untergekommen. Sollten Sie nicht einen schwarzen Gummianzug tragen und Chloes Fußsohlen lecken?"

Eric lachte schallend. „Klasse! Miss Lee, Sie sind wirklich so ein Knaller, wie Chloe immer behauptet."

„Das nehme ich dann wohl als Kompliment. Von Ihnen beiden." Poe wandte sich an Chloe. „Der Reporter steht drüben am Eingang. Der Typ, der sich gerade mit Kinsey unterhält."

Chloe versuchte, den blonden Schopf ihrer Partnerin in der Menge auszumachen. Zweifellos quatschte sie dem armen Kerl mit ihren geradezu unheimlich treffsicheren Vorhersagen für die Mode der kommenden Saison die Ohren voll. „Danke, Poe. Ich werd mich mal zu ihnen vorarbeiten." Sie wollte sich auf den Weg machen, konnte sich aber einen letzten kleinen Seitenhieb nicht verkneifen. „Du kannst übrigens gern mitkommen und zuhören. Auf die Art erfährst du gleich, was Sydney und ich geplant haben."

„Ich weiß das Angebot zu schätzen", entgegnete Poe eisig, „aber über kurz oder lang landet ohnehin alles auf meinem Schreibtisch." Während sie sprach, spähte sie angestrengt über Erics Schulter. Anscheinend gab es dort etwas Interessantes zu sehen. „Außerdem habe ich noch etwas mit Sydney zu besprechen", fuhr sie fort. „Ich wünsche euch beiden noch einen schönen Nachmittag." Nach diesen Worten verschwand sie mit anmutigen Schritten.

Chloe reckte wenig damenhaft den Hals, um herauszufinden, wen Poe ins Visier genommen hatte. „Das darf doch nicht wahr sein!"

Eric folgte ihrem Blick. Er schnaubte unwillig, als er entdeckte, an wen Poe sich heranpirschte. „Sollen wir ihn warnen?"

„Wen? Anton? Ich glaube kaum, dass es ihn so mitgenommen hat, Lauren abzuservieren, dass er sich nicht in Acht nehmen kann." Außerdem, aber das behielt Chloe tunlichst für sich, stand Sydney Gewehr bei Fuß, um Laurens Interessen zu verteidigen.

„Ich bitte dich, Chloe! Erzähl mir nicht, dass der Mann nicht leidet. Er sieht aus wie das heulende Elend."

„Alles nur Show." Aber das stand auf einem anderen Blatt. Wenn das, was Anton und Lauren verband, nicht die große Liebe war, dann … Chloe sah sich in der großzügigen Eingangshalle suchend um. Sie entdeckte Lauren an der Bar im Gespräch mit Macy Webb, Leo Redding und – Nolan Ford. Sehr interessant!

„Was soll das heißen, eine Show? Der gute Mann kriegt nicht einmal mit, dass Sydney und Poe sich mit ihm unterhalten. Er hat doch nur Augen für Lauren."

„Hm", brummte Chloe nachdenklich. „Das würde ja bedeuten, dass er zu menschlichen Gemütsregungen fähig wäre."

„Solche Männer soll's geben."

„Klar doch", schnaubte Chloe, „zu Regungen wie Lüsternheit, Hochmut, Zorn, Habgier, Neid, Unersättlichkeit und Faulheit."

„Richtig, ich hab ‚Seven' auch gesehen. ‚9 ½ Wochen' kenne ich übrigens ebenfalls."

Chloes Blicke schweiften ununterbrochen zwischen Anton und Lauren hin und her, bis Eric sich vor sie stellte und ihr die Sicht blockierte. „Ist doch wahr!", murrte sie und sah unwillig zu ihm auf. Dieses Thema mussten sie wirklich nicht hier und jetzt ausdiskutieren, oder?

„Ich frage mich nur, wie viel von *deinem* Verhalten Show ist und wie viel davon die wahre Chloe Zuniga zeigt. Im Leben läuft es anders als im Film."

„Und das von einem Mann, der in Sportmetaphern denkt? Wer im Glashaus sitzt, Süßer, der sollte nicht mit Steinen werfen!"

Im ersten Moment sah es aus, als hätte Eric noch wesentlich mehr zu diesem Thema zu sagen. Aber dazu hätte er über Dinge sprechen müssen, mit denen er sich im Augenblick nicht auseinandersetzen wollte. Die Gründe, weswegen sein Büro im Haydon's mit Eintrittskarten tapeziert war zum Beispiel, oder warum er etwas, das die meisten Menschen als puren Zeitvertreib betrachteten, mit hundertprozentiger Leidenschaft betrieb.

Schnell verflog der verletzliche Ausdruck aus seinen Augen, und seine gewohnte Selbstsicherheit gewann die Oberhand. „Anstatt uns gegenseitig Vorwürfe zu machen oder uns darüber zu streiten, ob Lauren oder Anton die bessere Show abziehen, sollten wir uns lieber um dein Problem kümmern. Wenn ich mich recht erinnere, ist das doch der Grund, weshalb ich hier bin."

Richtig, so hatte Chloe das eigentlich vorgesehen. Wieso akzeptierte sie dann plötzlich Erics Behauptung, dass sich ihre Beziehung verändert hatte? Und seit wann war sie froh über seine Anwesenheit, und zwar aus Gründen, die sie nicht so leicht erklären konnte?

„Also schön." Chloe stellte das leere Glas auf das Tablett eines Kellners, der gerade vorüberging, und widerstand der Versuchung, dafür ein, zwei oder auch drei gefüllte Gläser herunterzunehmen. Sie steckte auch so schon ganz tief in der Patsche und tat gut daran, ihr Sündenregister nicht noch zu verlängern, indem sie ihre Sorgen mit Alkohol hinunterspülte. Sie musste unter allen Umständen einen klaren Kopf bewahren. Nur so konnte sie sich davon überzeugen, dass sie nicht etwa dabei war, sich zu verlieben.

7. KAPITEL

Weder Chloe noch ihre Geschäftspartnerinnen waren überrascht, dass Macy Webb als Letzte in dem Loft aufkreuzte, das sie bis vor Kurzem noch mit Lauren bewohnt hatte. Es war der Donnerstag nach der Open-House-Veranstaltung, und die gIRL-gEAR-Partnerinnen trafen sich zu einer Vorstandssitzung. Einziger Tagesordnungspunkt: die bevorstehende Wahl des gIRL-gEAR-gIRLS.

Seit Macy sich Leo Redding, einen der attraktivsten Junggesellen der Stadt, geangelt hatte, hatte sie eine glänzende Entschuldigung, um zu spät zu kommen, ob zur Arbeit, zu Konferenzen oder zu privaten Treffen. Chloe, die im Schneidersitz auf dem Sofa thronte, bemühte sich nicht einmal, ihren Neid zu verhehlen. „Schön, dass du deinen Hintern schließlich doch aus dem Bett wälzen konntest, um bei uns zu sein."

Macy, die keinen Tag älter als sechzehn wirkte, ließ sich in den rot-gelb karierten Plüschsessel plumpsen, der nach wie vor ihr Stammplatz war. Sie warf Chloe eine Kusshand zu und entschuldigte sich beiläufig bei Sydney. „Leo ist bei einem Klienten aufgehalten worden, sodass ich den Bus nehmen musste. Ihr habt ja keine Ahnung, wie viele Haltestellen es von seinem Apartment bis hier gibt."

Lauren, die gerade mit einem Tablett mit sechs Gläsern, einem Kübel Eis und einem Dutzend Dosen mit kalorienreduzierter Limonade aus der Küche kam, hatte das Gespräch mitbekommen. Sie stellte alles auf das niedrige Tischchen, das sie gekauft hatte, nachdem Macy ausgezogen war. „Du hättest ein Taxi nehmen oder mich anrufen können, dann hätte ich dich abgeholt."

„Mich abzuholen dauert um diese Tageszeit doch mindestens doppelt so lange. Und warum sollte ich ein Heidengeld für ein Taxi verpulvern, wenn ich für einen einzigen Dollar ...“, Macy hob nachdrücklich den Zeigefinger, „... an mein Ziel gelange und eine Show geboten kriege.“

Melanie schnitt vom Ende des Sofas aus eine Grimasse und fischte sich eine Dose Limonade vom Tablett. Der Kopfhörer ihres Handys baumelte an ihrem Ohr. „Genau deswegen hasse ich es so, Bus zu fahren. Ich habe immer das Gefühl, Kopf und Kragen zu riskieren.“

„Alter Feigling“, schimpfte Macy. „Technisch hochbegabt, aber feige, das sind mir die Allerschlimmsten.“ Melanie, eine sehr mädchenhafte junge Frau, besaß nämlich in der Tat mehr technischen Verstand als die meisten Männer aus Chloes Bekanntenkreis. Chloe bewunderte sie uneingeschränkt.

„Hüte deine Zunge, meine Liebe, sonst könnte es dir passieren, dass du eines Tages ins Büro kommst und einen Virus in deinem PC vorfindest. Einen wirklich widerlichen Virus, einen, den du nicht so schnell loswirst.“ Melanie unterstrich ihre Drohung mit einer bedrohlichen Grimasse.

„Wie, beim Busfahren machst du dir in die Hosen, aber Viren törnen dich so richtig an, Mel? Ich bin entsetzt“, gestand Chloe.

„Und das ist gut so!“ Melanie streckte ihr die Zunge heraus. „Sehr gut sogar!“

Chloe machte das Gleiche und schnaubte dazu noch verächtlich. Sydney, die gerade an ihr vorbeiging, bekam den feinen Sprühregen ab.

„Na, großartig!“, meinte sie und wischte sich den Handrücken angewidert an Chloes Schulter ab.

„Das arme Kind muss ja irgendwo Dampf ablassen, Sydney“, entgegnete Mel und rückte ihre Brille zurecht. „Nicht, dass sie uns über das ganze Tamtam von wegen Image-Aufbesserung noch wahnsinnig wird.“

„Was heißt *wird?* War sie jemals etwas anderes?“, fragte Macy, und die nächste Runde mit kindischem Fratzenschneiden eröffnete.

Schließlich hatte Chloe genug. „Ist es ein Wunder, dass ich wahnsinnig werde? Man zwingt mich ja, meine Natur zu verleugnen.“

„Ich hab dich am Sonntag beim Open-House mit Eric gesehen.“ Kinsey bediente sich bei den Getränken und setzte sich auf den Fußboden. „Natürlich verleugnest du etwas, aber ganz sicher nicht deine Natur. Die kam da zu ihrem vollen Recht, würde ich meinen.“

„Darüber wollte ich auch sprechen, Chloe.“ Sydney bewaffnete sich mit einem Getränk und stellte sich hinter Macys Sessel, wo sie ihren Aktenkoffer deponiert hatte. „Ich nehme an, dass es für diese ungewohnte Anhänglichkeit gute Gründe gibt.“

„Immer schön langsam und der Reihe nach“, protestierte Chloe. „Sogar eine Wahnsinnige kann nur ein gewisses Maß an Beleidigungen ertragen.“ Sie nahm einen kräftigen Schluck direkt aus der Dose, kein Glas, kein Eis. Was hätte sie jetzt für einen Schuss Bourbon gegeben. „Eric ist ein Kumpel, der mir einen Freundschaftsdienst erweist, indem er dazu beiträgt, meinen Ruf als männermordende Bestie zu revidieren. Mehr steckt nicht dahinter!“

„Wie willst du denn dein Image verbessern, wenn du dich mit so einem Schürzenjäger in der Öffentlichkeit zeigst?“, fragte Lauren, die sich neben Macy in den Sessel gequetscht hatte.

„Wir haben uns vorübergehend Treue geschworen. Eric gibt meinen ständigen Begleiter, damit ich allen beweisen kann, dass ich ein anständiges Mädchen bin.“ Die Sache mit den drei Wünschen und die beiden ungeplanten erotischen Abenteuer verschwieg Chloe vorsichtshalber. Schlimm genug, dass sie immer die gleiche abgedroschene Geschichte wiederholen musste.

„*Du* magst ja treu sein, aber bei Eric wäre ich mir da nicht so sicher", warf Kinsey ein. „Zufällig ist er mir neulich in der Daiquiri Factory über den Weg gelaufen."

„Mit einer Frau?" Chloe staunte selbst, wie schwer es ihr fiel, diese Frage in ruhigem Ton und mit unbewegter Miene zu stellen. Und woher stammte plötzlich der dicke Kloß in ihrem Hals?

Kinsey zuckte die Achseln. „Kann ich nicht sagen. Er kam mit einer ganzen Gruppe von Leuten. Mir ist nur aufgefallen, dass die Frauen an seiner Seite wie Kletten an ihm hingen."

Chloe schwor sich, Eric, wenn sie ihn das nächste Mal sah, erst zu erwürgen und ihm dann gehörig die Meinung zu sagen. „Wie gesagt, vorübergehend. Außerdem tut er ja nur so."

„Wenn er die Finger nicht von den Frauen lassen kann, wird die Sache über kurz oder lang auffliegen", warnte Sydney und setzte sich auf einen freien Platz auf dem Sofa. „Aber ich weiß es wirklich zu schätzen, dass du etwas unternimmst."

„Ich könnte ja eine Webcam im Haydon's installieren, wenn du Eric bei der Arbeit im Auge behalten willst", schlug Melanie vor. „Allerdings müsste ich mir eine hieb- und stichfeste Begründung dafür einfallen lassen."

„Nein, danke, Mel. Eine Webcam nützt gar nichts, es sei denn, du verkabelst seine Hose. Und so genau will ich es dann doch nicht wissen." Chloes nüchterner Kommentar rief hysterisches Gelächter hervor.

„Apropos!" Sydney warf Macy einen scharfen Blick zu. „Ich wäre dir und Leo sehr verbunden, wenn ihr euch das nächste Mal nicht ausgerechnet die Toilette im Büro aussuchen würdet, wenn euch die Lust überkommt."

Macy besaß den Anstand zu erröten, auch wenn man das

unter der frisch erworbenen Bräune – sie hatte ein leidenschaftliches Wochenende in Acapulco verbracht – kaum erkennen konnte. „Leo hat mir versichert, dass die Tür verriegelt war."

„Daraus lernst du hoffentlich, dass man einem Mann mit einem derart knackigen Hintern einfach nicht trauen darf."

Macys Wangen verfärbten sich noch mehr. „Ich werd's ihm bestellen – mit einem schönen Gruß von dir."

„Ist das nicht unglaublich?", empörte sich Chloe. „Macy schiebt eine Nummer auf der Toilette und erntet dafür dicke Komplimente. Und ich beschwatze Eric, meinen festen Begleiter zu spielen, und muss mich dafür dumm anquatschen lassen."

„Verzeih, Chloe, natürlich hat auch Eric einen tollen Hintern." Melanies Einwurf löste die nächste Heiterkeitswelle aus.

Chloe legte den Kopf auf die Arme, sodass man ihr Gesicht nicht sehen konnte. Es war hoffnungslos! Wie sollte sie ernst bleiben, wenn sich alles um *Nummern* und *Hintern* drehte? Wo sie ohnehin kaum an etwas anderes denken konnte als an Erics nackten Körper und die vielfältigen Möglichkeiten, ihn zu genießen.

„Hey, seht mal!" Melanie hatte sich vorgebeugt und hob Chloes Haare hoch. „Unsere Chloe ist rot geworden!"

„Bin ich nicht! So seh ich eben aus, wenn mein Blutdruck vor lauter Stress in die Höhe rauscht."

„Was stresst dich so?", erkundigte sich Kinsey teilnahmsvoll.

„Mich zu geben, wie ich gar nicht bin." Aber tat sie das nicht schon ihr ganzes Leben lang? Wann würde sie sich je so geben dürfen, wie sie war, ohne fürchten zu müssen, dass sie damit jemanden beleidigte oder Missfallen erregte?

„Na, so schlimm ist das auch wieder nicht", widersprach Kinsey und wedelte mit der Hand, an der silberne Ringe blitzten. „Sieh mal, du veränderst doch nur die Perspektive und leitest deine Energien um."

Chloe funkelte sie wütend an. „Bleib mir mit deinem kosmischen Kram bloß vom Leib, Kinsey, sonst …"

„Ganz richtig! Vergesst den kosmischen Kram – und übrigens auch alle anderen Themen. Wir haben zu arbeiten!" Sydney hatte sechs Mappen aus ihrer Aktentasche gezogen und verteilte sie jetzt. „Das sind die sechs Bewerberinnen, die ins Finale kommen. In eurer Mappe findet ihr ein kurzes Porträt der Kandidatin, die ihr selbst ausgewählt habt, und die Favoritinnen der anderen. Die Preisverleihung findet am Samstag in einer Woche statt, also bleibt uns mehr als genug Zeit, um darüber abzustimmen, wer das erste gIRL-gEAR-gIRL wird."

„Aber wir müssen uns nicht allein auf der Grundlage dieser Kurzporträts entscheiden", beschwerte sich Macy, während sie die Seiten überflog. „Wir bekommen hoffentlich auch die fertigen Modelle zu sehen und lernen die Mädchen am Samstag persönlich kennen, oder?"

Sydney nickte. „Außerdem haben wir uns mit den Finalistinnen in Verbindung gesetzt und sie gebeten, Videos einzusenden. Die könnt ihr euch ab morgen im Konferenzraum ansehen."

„Cool! Dürfen wir unsere Notizen direkt in die Mappen schreiben?", wollte Macy wissen.

„Klar. Die Mappen sollen euch helfen, jedes einzelne Mädchen kennenzulernen. Sie enthalten den Fragebogen, den jede ausgefüllt hat, und die üblichen Angaben zur Person. Außerdem eine ausführliche Begründung, warum sie sich ausgerechnet für einen Studiengang in Modedesign entschieden haben, sowie ihre Entwürfe in den Kategorien Schul-, Freizeit- und Geschäftsmode. Die Abendgarderobe werden sie bei der Preisverleihung live vorführen."

Lauren knuffte Macy mit dem Ellenbogen. „Wenn du ab und

zu ins Büro kämst, würdest du auf dem Laufenden bleiben."

„Wozu gibt's denn E-Mail?", schmollte Macy.

„Dann lies sie auch!", schalt Sydney. „Das alles haben wir schon vor Monaten besprochen, als wir uns auf das Konzept dieser Stipendienausschreibung geeinigt haben."

„Sei nicht so hart mit ihr, Sydney", beschwichtigte Lauren. „Damals hatte sie den Kopf noch frei, aber jetzt ist jede ihrer kleinen grauen Zellen hoffnungslos auf Leo fixiert."

Wie auf Stichwort begann Chloe „Hopelessly Devoted to You", den Song von Olivia Newton-John aus dem Musical Grease, zu summen. Prompt steuerte Melanie den Text bei, und auch Lauren fiel ein. Die beiden erhoben sich, falteten die Hände vor der Brust und schunkelten im Takt der Musik. Macy begleitete Chloes Summen mit einem rhythmischem *Du-du-du,* das Kinsey aufgriff und eine Oktave höher wiederholte. Der armen Sydney blieb nichts anders übrig, als geduldig abzuwarten, bis die ungebärdige Truppe ihre Ode an die Männer beendet hatte.

Höchste Zeit, dass Sydney auch ein bisschen lockerer wird, fand Chloe. Sie fasste sie bei den Händen, zog sie auf die Füße und wirbelte sie in einem wilden Tanz durch den ganzen Raum. Und dann, gerade als die frisch gebackene Girl-Group zum Ende des Liedes kam, fiel Sydney mit volltönender, klarer Stimme ein.

„Sydney! Wieso hast du uns nie verraten, dass du singen kannst?", fragte Melanie überrascht. Sydney zuckte nur mit den Schultern und stimmte „You're the One That I Want" an. Lauren und Melanie übernahmen diesmal den Background-Gesang, und Kinsey versuchte sich an einer reichlich schrägen Instrumentaleinlage.

Chloe hatte aufgehört zu tanzen. Sie saß auf der Armlehne des Sofas und beobachtete schmunzelnd die Ausgelassenheit ihrer Freundinnen. Worüber machte sie sich eigentlich solche Sorgen? Sie hatte doch Freundinnen, die sie liebte und von denen sie geliebt wurde. Mit ihrer Hilfe würde sie diese vorübergehende Berufs- und Lebenskrise schon meistern. Was wollte sie denn noch?

Aber gerade, als sie wieder Mut schöpfte, fiel ihr Blick auf Macy. Was machte die denn für ein Gesicht? Es sah fast aus, als könnte sie sich nicht entscheiden, ob sie hierbleiben und mit den Freundinnen herumalbern oder nach Hause zu Leo zurückkehren sollte. Vor einem Monat noch hätte ihr Chloe deswegen eine gepfefferte Standpauke gehalten. Heute aber empfand sie sogar so etwas wie Mitgefühl. Denn der Mensch, mit dem Chloe jetzt am liebsten zusammen gewesen wäre, hielt sich gerade am anderen Ende der Stadt auf und servierte Snacks und Bier vom Fass.

Eine Woche war seit der Vorstandssitzung vergangen, beinahe zwei Wochen war es her, seit Chloe zum letzten Mal von Eric gehört, nein, ihn *gesehen* hatte, nämlich an dem Sonntagnachmittag der Open-House-Veranstaltung.

Gehört hatte sie seither von ihm. Er hatte angerufen. Zweimal im Büro, dreimal bei ihr zu Hause. Nur so, nur um Hallo zu sagen und nachzufragen, wie es ihr ging. Warum Freunde einander eben anrufen.

Chloe war es nicht gewohnt, dass ein Mann anrief, nur um zu plaudern. Natürlich riefen Männer an, und natürlich plauderten sie mit ihr. Aber meistens lief es darauf hinaus, dass sie sich mit ihr verabreden wollten und dann fragten, was denn plötzlich in sie gefahren sei. Denn seit Kurzem war Chloe nicht einmal mehr besonders freundlich, wenn sie ablehnte.

Sie seufzte, als sie daran dachte, wie lange sie schon kein

Interesse mehr an irgendwelchen Dates hatte, und fragte sich, warum Eric immer nur anrief, um mit ihr zu reden. Und warum wurmte sie das so? Angeblich wollte sie doch nur seine Freundschaft. Aber am erstaunlichsten fand sie, dass sie so viel Zeit damit vergeudete, in den Tag hinein zu träumen und die Gedanken schweifen zu lassen. Dabei hatte sie sich fest vorgenommen, das Büro nicht zu verlassen, ehe der Brief beantwortet war, der vor ihr auf dem Schreibtisch lag.

Sie hatte die E-Mail, die im Feedback-Forum der Website von gRAFFITI-gIRL eingegangen war, ausgedruckt. Woche für Woche tat sie ihr Möglichstes, um jede Mail zu beantworten. Nicht selten bündelte sie gleichartige Anfragen und handelte sie mit einer vorformulierten Antwort ab. Es schien ihr die einzige Möglichkeit, den Berg von Post, in dem sie um Tipps zu Make-up und Accessoires gebeten wurde, zu bewältigen.

Das aktuelle Topthema: der Abschlussball. Chloe musste sich sehr zusammenreißen, um nicht aus der Rolle zu fallen und zu schreiben, dass es reine Zeitverschwendung sei, sich für einen Jungen in Schale zu werfen. Aber sie erinnerte sich daran, dass sich die Mädchen in vielen Fällen aufdonnerten, um die Freundinnen zu beeindrucken oder auszustechen, und hielt den Mund. Egal, das Ganze war sowieso entsetzlich oberflächlich und banal.

Besonders wenn Chloe an die E-Mail dachte, die vor ihr auf dem Schreibtisch lag und die sie inzwischen fast auswendig kannte. Die Verfasserin *dieses* Briefs würde auf keinem Abschlussball tanzen. Sie suchte auch nicht Chloes Rat wegen eines Hautproblems, sie schrie verzweifelt um Hilfe, und Chloe war sich nicht sicher, ob sie damit umgehen konnte.

In diesem Augenblick läutete das kirschrote Telefon auf ihrem Schreibtisch. Erfreut über die Unterbrechung, hob sie ab, und als sie Erics Stimme hörte, machte ihr Herz einen freudigen Satz.

„Störe ich?"

„Ich wollte gerade eine Pause machen."

„Bisschen spät für eine Pause, oder? Eigentlich solltest du langsam auf dem Heimweg sein."

Chloe sah auf die Wanduhr, die rechts von der Tür hing. Sie war fast einen Meter lang, leuchtend violett und hatte die Form einer Armbanduhr. Chloe befand sich seit elf Stunden im Büro. „Was soll ich dazu sagen? Ein gIRL hat nie Feierabend."

„Bist du allein?"

Chloe lauschte. „Nein, irgendjemand geistert noch herum. Entweder Sydney oder Poe, würde ich raten."

Eric lachte. „Soll ich kommen und dich aus den Klauen der Drachenlady befreien?"

Chloe schmunzelte und begann in pinkfarbener Tinte auf dem Brief, der ihr pausenlos durch den Kopf ging, herumzukritzeln. „Ich komm schon klar. Poe war sehr zahm die ganze Woche."

„Ein launischer Drachen also. Hm! Versprich mir wenigstens, dass du dich nicht in die Reichweite ihres Feueratems begibst."

Chloe malte eine riesige züngelnde Flamme. „Aber hallo! Klingt ganz, als würdest du dir Sorgen machen."

„Es wäre einfach zu schade, wenn du zu Asche verbrennen würdest, ehe ich meinen zweiten Wunsch einlösen kann."

Chloe hütete sich, ihm zu verraten, dass sie schon bei der Erinnerung an den köstlichen Druck seiner Finger in Wallung geriet. „Du bekommst, was dir zusteht, sobald du deinen Teil des Deals erfüllt hast. Am Samstag findet die Wahl des gIRL-gEAR-gIRLs statt, und ein paar Wochen später unsere ‚Wild Winter Woman'-Modenschau."

„Darüber wollte ich mit dir reden."

Chloe war sicher, dass sie sich das leichte Zögern in Erics Stimme nicht eingebildet hatte. Sie wusste es einfach. Gleich würde er ihr mitteilen, dass er seine Meinung geändert hatte. Er kündigte, noch bevor der Vertrag ausgelaufen war.

„Ich weiß, dass wir uns am Wochenende sehen. Aber ich finde, dass du mir meinen zweiten Wunsch erfüllen solltest, bevor du meinen Begleitservice wieder in Anspruch nehmen darfst."

Typisch Mann, dachte Chloe, immer gierig! „Es war zwar nicht die Rede davon, streng abwechselnd vorzugehen, aber meinetwegen. Du bist dran."

„Großartig", antwortete er, und diesmal hörte Chloe Erleichterung und Vorfreude aus seinem Ton. In ihrem Bauch kribbelte es. „Äh, Chloe?" Seine Stimme klang auf einmal ganz ernst, und automatisch nahm Chloe denselben Tonfall an.

„Bitte, Eric?"

„Hättest du Lust, am Freitagabend mit mir auszugehen?"

„Wie? Ein Date?" Das war sein zweiter Wunsch?

„Ja. Ich dachte an Essen und Kino."

„Aha!" Chloe malte die Buchstaben E, R, I und C in die Flamme, die aus dem Maul des Drachen schoss. „Verzeih, aber hast du nicht erst neulich damit angegeben, wie lustig es ist, mit dir auszugehen? Und dann schlägst du mir *das* vor?"

„Ich habe aber nicht vorgeschlagen, danach ins Bett zu gehen!"

Umso schlimmer! Weshalb verzichtete Eric darauf? „Und wenn ich *dich* fragen würde?"

Einen Moment herrschte Schweigen. „Was willst du damit andeuten, Chloe?"

„Ich will gar nichts andeuten, Süßer. Ich denke nur manchmal laut."

„Dann dreh bitte die Lautstärke hoch! Ich spreche vom Handy aus, und der Empfang ist miserabel."

Chloe lachte. „Wenn du nichts verstehst, dann liegt das daran, dass ich nichts gesagt habe. Vergiss es einfach. Was ist jetzt mit dem Date?"

„Pfeif auf das Date! Sprechen wir lieber noch mal übers Bett."

„Typisch Mann! Kaum wittert er eine Chance, jagt er die Romantik zum Teufel. Hast du deine kleine Antenne ausgefahren?"

„Jetzt nicht. Ich bin im Moment ganz Ohr. Was ist los mit dir, Chloe?"

Chloe seufzte. Sie war tatsächlich ziemlich durcheinander, und er hatte es gespürt! Noch ein Grund zu seufzen – und sich zu wünschen, dass sie ihm ihr Herz ausschütten könnte! Das wiederum war ein deutliches Anzeichen dafür, dass sie mehr in ihm sah als nur den Begleiter. „Ich schwitze über einem Brief an ein junges Mädchen, das Rat braucht. Aber ich weiß nicht, was ich antworten soll."

„Und lädst deinen Frust bei mir ab."

„Möglicherweise. Aber nicht absichtlich! Bitte entschuldige. Eines solltest du wissen: Ich stehe nicht in dem Ruf, Witze auf Kosten anderer zu reißen."

„Dann darf ich davon ausgehen, dass es kein Witz war?"

„Mit dir ins Bett zu gehen?"

„Darüber hatten wir doch gerade gesprochen, oder nicht?"

„Ich dachte, wir hätten uns über ein Date unterhalten."

„Ach richtig, ein Date! Ich war wohl für einen Moment neben der Spur."

Chloe lehnte sich in ihrem Schreibtischstuhl zurück, zog die unterste Schublade heraus, legte die Füße darauf und begann sich hin und her zu drehen. „Danke!"

„Wofür?“

„Dass du nicht nachtragend bist und dass du deinen Vorteil nicht ausnutzt.“

„Ich bin nicht der Typ, der auf Treten, Schlagen und Zu-Kreuze-Kriechen steht, das habe ich dir doch schon gesagt.“

Hatte er. In dem Zusammenhang hatte er ihr auch prophezeit, dass sie nie erfahren würde, was er im Bett gern hatte. Aber jetzt wollte sie es wissen. Sie wollte ihm den Gefallen tun. Du liebe Zeit, sie steckte wirklich bis über beide Ohren im Schlamassel! „Das hast du. Und ich bin froh, dass du zu denen gehörst, die nicht ständig ihre Meinung ändern.“

Er schwieg. Anscheinend musste er sich ihre Worte erst einmal durch den Kopf gehen lassen und ihre Antwort verdauen, ehe er ihr noch etwas vorsetzte, an dem sie zu knabbern haben würde. „Ich bin ein ziemlich gradliniger Mensch, Chloe. Verstellen liegt mir nicht, du kriegst das, was du siehst. Und auch wenn du's vielleicht nicht glauben willst, da draußen wimmelt es geradezu von netten, ungebundenen Typen wie mir.“

„Stimmt, ich kann's nicht glauben. Die paar, die ich tatsächlich kennengelernt habe, waren bereits vergeben.“

„Autsch, das hat gesessen.“

Wieder voll ins Fettnäpfchen getreten. Sie musste sich das unbedingt abgewöhnen. Das und die Unart, ihren Beziehungsfrust auf Erics Schultern abzuladen. „Du warst auch vergeben, bis vor Kurzem.“

„Die Vergangenheitsform ist das, was zählt. Betrachte mich ruhig als noch zu haben.“

Leider konnte sich Chloe diesen Luxus nicht erlauben. Dafür reichte Eric viel zu nahe an Cary Grant heran. Denn wenn sie ihn als Verkörperung ihrer Träume betrachtete, konnte sie ihn unmöglich zugleich als Freund sehen. Und gerade jetzt brauchte sie ganz dringend seine Freundschaft, auch wenn sie durchaus mit dem Gedanken spielte, ihn zum Liebhaber zu nehmen.

Chloe verabredete sich mit Eric für Freitagabend, legte den Hörer auf und löschte die ersten Worte zu einer einigermaßen intelligenten Antwort auf diesen Brief.

Jetzt fixierte sie die Zeiger der Wanduhr, doch eine Bewegung im Türrahmen erlöste sie aus ihrer Starre.

„Hallo, Poe." Chloe rang sich ein Lächeln ab. Eine erbitterte Konfrontation hätte ihr gerade noch gefehlt. Besonders weil es aussah, als kämen die blaugrün schillernde Hose und das langärmelige, weit schwingende Oberteil der anderen frisch aus der Reinigung. Chloes knielangem, eng anliegendem Rock aus blassrosa Shantungseide dagegen hätte eine Begegnung mit dem Bügeleisen nicht geschadet.

„Darf ich?", fragte Poe und deutete auf einen der Besuchersessel aus burgunderrotem Samt, die vor Chloes Schreibtisch standen.

„Sicher." Das ist ja mal was ganz Neues, dachte Chloe, dass Poe ohne ersichtlichen Grund bei mir reinschaut. „Was gibt's?"

„Willst du die Wahrheit? Ich bin total geschafft, aber ich hab null Bock, nach Hause zu gehen." Poe sank in den Sessel, schlug die langen Beine übereinander, legte den Kopf auf die Lehne und schloss die Augen.

Chloe war bei dieser Frau eigentlich auf alles gefasst, aber mit diesem Kollaps hatte sie am allerwenigsten gerechnet. „Sieht eher nach totaler Kapitulation aus als nach totaler Erschöpfung."

„Ich brauche eine Frau."

„Willst du um meine Hand anhalten?"

Poe öffnete kurz ein Auge. „Eher nicht. Selbst wenn ich auf Frauen stünde, wärst du nicht mein Typ."

Na, wenigstens in diesem Punkt stimmten sie völlig überein. Und sie waren beide hoffnungslos überlastet. Nur wäre Chloe nicht auf die Idee gekommen, sich eine Frau zuzulegen, um sich zu entlasten. Eine Assistentin für ihre Assistentin würde für den Anfang völlig genügen. Ihr war noch nie in den Sinn gekommen, dass Poe genauso mit Arbeit eingedeckt war wie sie selbst. Aber klar! Die Gute musste ja ihren Job als Einkäuferin tun und gleichzeitig ein wachsames Auge auf Chloes Posten haben. Logisch, dass sie schwer zu schuften hatte. Von den Bürointrigen einmal abgesehen, hätte es Chloe aber doch brennend interessiert, wer denn Poes Typ war.

„Anton Neville", hörte sie Poe plötzlich sagen. „Was weißt du über ihn?"

Tja, tatsächlich hätte Chloe ihr eine ganze Menge über Anton erzählen können. Über ein Jahr lang war er fester Bestandteil ihrer Clique gewesen. Aber es fiel ihr gar nicht ein, ihre Freundschaft mit Lauren zu verraten. Nicht, solange Lauren ihn nicht endgültig freigegeben hatte.

Chloe stützte die Ellenbogen auf die Armlehnen, zwirbelte einen Stift zwischen Daumen und Zeigefinger und wiegte sich auf dem Stuhl hin und her. „Wie lange arbeiten wir nun schon zusammen, Poe?", fragte sie. „Und in all der Zeit haben wir uns nicht ein einziges Mal über unser Privatleben unterhalten. Findest du nicht, dass das Match schon ein bisschen zu weit fortgeschritten ist, um mit diesem Von-Frau-zu-Frau-Firlefanz anzufangen?" Hatte sie wirklich einen Ausdruck aus dem Sportjargon benutzt? Igitt!

„Ich wollte sowieso vorschlagen, dass wir die Gespräche von Frau zu Frau auf das notwendigste Minimum beschränken, denn darauf beschränkt sich unsere berufliche Zusammenarbeit offensichtlich auch.“ Poe lächelte dünn. „Aber das hier ist wichtig.“

„Anton?“, fragte Chloe erstaunt. „Oder wolltest du indirekt andeuten, dass unsere Zusammenarbeit verbesserungsbedürftig ist?“

„Anton natürlich. Aber es würde die aufgeladene Stimmung im Büro sicher entlasten, wenn wir uns auf einen Waffenstillstand einigen könnten, anstatt immer wieder Öl ins Feuer zu gießen. Was ich zum Beispiel tue – manchmal mit Absicht.“

Kopfschüttelnd warf Chloe ihren Stift auf den Tisch. „Ich fass es nicht! Du gibst das auch noch zu?“

„Warum nicht? Ich bin müde, und es bringt nichts. Du gibst ja kräftig Kontra.“

Auch Chloe gingen die ständigen Querelen auf die Nerven. Trotzdem wollte sie sich mit einem bedingungslosen Unentschieden nicht zufriedengeben. „An mir soll’s nicht scheitern. Aber eines musst du mir vorher erklären.“

Poe hob den Kopf und sah sie fragend an.

„Wieso bist du hinter meinem Job her?“

Für einen kurzen Moment kreuzten sich ihre Blicke, dann schloss Poe die Augen. Ihre tiefrot geschminkten Lippen verzogen sich zu einem spöttischen Lächeln. „Wie kommst du darauf, dass ich es auf deinen Job abgesehen hätte? Woher willst du wissen, dass ich es auf irgendetwas abgesehen habe? Vielleicht spiele ich ja nur gern mit dem Gedanken.“

„Das macht, fürchte ich, keinen Unterschied. Es sorgt auf jeden Fall für schlechtes Karma zwischen uns, und zwar nicht nur am Arbeitsplatz.“ Außerdem hatte Chloe alle Hände voll damit zu tun, bei Sydney für gutes Wetter zu sorgen. Sie besaß einfach nicht auch noch die Kraft, sich diese Blutsaugerin vom Leib zu halten.

„War nur ein Scherz", meinte Poe. „Natürlich will ich deinen Job."

Ein Geständnis! Endlich! Chloe nahm ihren Stift wieder auf und begann auf der Schreibtischunterlage herumzukritzeln. „Warum meinen? Warum nicht den von Melanie oder Kinsey?"

„Bei Melanie liegt es auf der Hand: Technik interessiert mich nicht die Bohne, außer sie kann mir das Leben erleichtern. Und Geschenkartikel?" Poe blies verächtlich die Backen auf. „Ich kann mich nicht einmal für die Hälfte der Produkte begeistern."

Beide Argumente konnte Chloe durchaus nachvollziehen. „Und Kinseys Abteilung? Erzähl mir nicht, Mode würde dich nicht faszinieren. Ich sehe doch, wie du dich kleidest. Und ich muss sagen, allein der Umfang deiner Garderobe wäre ein Grund, dich zu hassen."

„Oh, Kinseys Abteilung gefällt mir. Ich habe mit ihr gemeinsam die Modelle für eine unserer Präsentationen ausgewählt. Aber diese Art von Mode trage ich nicht, und deshalb bin ich wohl kaum die geeignete Person, um die Linie weiterzuentwickeln."

Ehrlich war die Frau, das musste man ihr lassen. Ehrlicher, als Chloe es vermutet hätte. „Und meine Abteilung?"

Mit einem Schlag leuchtete Poes Gesicht auf. Sie krallte die Finger so fest in die Armlehnen ihres Sessels, dass Chloe sich um den Bezug Sorgen machte. „Kennst du die Redensart ‚Der Teufel liegt im Detail'? Die Kleidung oder die Frisur sind nur das Fundament. Erst mit Schmuck, einer Tasche und dem richtigen Schal oder Gürtel nimmt das Ganze Gestalt an."

Chloe hatte ihre Kritzeleien längst unterbrochen. Poe redete sich so richtig in Fahrt. Während Chloe ihr zuhörte, beschlich sie eine dumpfe Vorahnung. Das ist der Anfang vom Ende, dachte sie, ohne den geringsten Schimmer zu haben, wieso. Sie konnte nur dasitzen und lauschen.

„Aber das, was man aus einem Gesicht machen kann …“ Poe stockte, als befürchtete sie, ihre Begeisterung nicht begründen zu können. Vielleicht fehlten ihr auch nur die Worte. „Ich muss dir was zeigen“, meinte sie dann und sprang auf. Sie sah sich nicht einmal um, um sich zu vergewissern, dass Chloe ihr folgte. Aber schon aus Neugier kam Chloe ohne zu zögern mit in ihr Büro.

Poe hatte eine Mappe hervorgezogen und sie aufgeschlagen auf die schwarz lackierte Tischplatte ihres Schreibtisches gelegt. Es war eine Fotomappe mit sechs von samtigem schwarzen Karton umrahmten Aufnahmen im Format 13 x 18. Sie hatte die Mappe so gedreht, dass Chloe die Bilder erkennen konnte: sechs im Studio fotografierte Porträts, die ganz unterschiedlich – von blendend hell bis halb schattig – ausgeleuchtet waren. Jedes zeigte Poe, aber Chloe bezweifelte, dass ein Außenstehender sie erkannt hätte.

Auf jedem Bild trug sie eine völlig andere Frisur, und keine davon ähnelte auch nur ansatzweise Poes gewohntem Stil. Und erst das Make-up … Wider Willen musste Chloe zugeben, dass sie schwer beeindruckt war. Jetzt verstand sie, was Poe gemeint hatte, als sie sich über die Möglichkeiten eines Gesichts ausließ. Und sie begriff, dass Poe gRAFFITI-gIRL viel besser repräsentieren würde, als sie selbst es konnte – und wollte.

„Ich wusste gar nicht, dass du auch modelst“, stotterte Chloe.

„Die wenigsten wissen das – aus gutem Grund.“ Poe blätterte auf die nächste Seite.

„Weiß Sydney Bescheid?“, war das Erste, was Chloe beim Anblick der vier 20 x 30 cm großen Aktstudien einfiel.

„Niemand weiß davon“, antwortete Poe mit einem vorsichtigen Lächeln.

Chloe blätterte zu den Porträts zurück und studierte sie eingehend. Sie konnte sich kaum sattsehen daran. Es hatte nichts mit Arroganz zu tun, dass Poe ihr diese Fotos gezeigt hatte. Sie verdeutlichten kurz und knapp die Antwort auf die Frage, weshalb Poe es auf Chloes Position abgesehen hatte.

Und seltsam, auf einmal empfand Chloe die Bedrohung nicht mehr so stark. Gleichzeitig betrachtete sie die andere auch nicht mehr als Rivalin. „Darf ich dich was fragen? Angefangen hast du bei uns als Assistentin von Sydney. Mittlerweile bist du zur Chefeinkäuferin für die Modelinie von gIRLgEAR avanciert. Wieso?“

Poe runzelte nachdenklich die Brauen. „Weil ich viele Bedürfnisse habe, die finanziert sein wollen, Lebensmittel zum Beispiel, und ein Dach über dem Kopf.“

„Ich meine, warum modelst du nicht? Die Bilder sind wirklich ganz außergewöhnlich.“

„Ja, sie sind gut geworden.“ Poe tippte mit einem sorgfältig manikürten Fingernagel auf ein Porträt, das sie, Kopf und Schultern in weiche Schatten getaucht, vor einem weißen Hintergrund zeigte. Ihr Gesicht war stark gepudert, und sie trug eine Frisur, die an eine japanische Geisha erinnerte. Die Lippen formten einen reizvollen Schmollmund.

Das Auffälligste aber waren die Augen. Aus ihnen sprühte ein Feuer, das deutlicher als der Abdruck von Frauenlippen auf ihrer Wange verriet, was sich in Wahrheit hinter der Maske verbarg. „Das ist mein Lieblingsbild. Es gefällt mir noch besser als die Nacktfotos, die, wenn ich das sagen darf, alles rausgeholt haben, was bei einem weiblichen Akt möglich ist.“

Sie sagte das ganz nüchtern, ohne eine Spur von Anmaßung, dennoch musste Chloe lachen. „Du leidest nicht unbedingt unter übertriebener Schüchternheit, oder?“

Poe lächelte scheu. „Eigentlich bin ich wahnsinnig schüchtern. Ich versuche gegenzusteuern, aber ich fürchte, ich übertreibe manchmal und wirke dann ziemlich zickig. Nicht viele Menschen kommen mit jemandem zurecht, der scheinbar an gespaltener Persönlichkeit leidet.“

Chloe zog die Augenbrauen hoch. „Du hast tatsächlich so Tage ... Trotzdem hast du meine Frage noch nicht beantwortet. Wenn du nicht als Model arbeitest, wozu dann die Porträts? Ich kann mir nicht vorstellen, dass du keine Angebote bekämst.“

„Ich bin zu exotisch. Mein Typ trifft nicht jedermanns Geschmack. Natürlich erhalte ich Angebote, aber meistens lehne ich ab. Ich bin mir einfach zu schade, um mich als asiatisches Quotenhäschen herzugeben.“ Wütend schlug sie mit der flachen Hand auf die Seite. „Ich will engagiert werden, weil mein Gesicht das einzige ist, das passt.“

Chloe verschränkte die Arme vor der Brust. „Schneidest du dir damit nicht ins eigene Fleisch?“

„Schon, aber es geht ja darum, was ich will.“

„Was genau willst du denn, abgesehen von meinem Job?“

Poe klappte die Mappe zu und bückte sich, um sie in dem offenen Fach unter der Tischplatte zu verstauen. Mit einem raschen Griff brachte sie Ordnung in die Papiere, die auf dem Schreibtisch lagen, und fuhr den Computer herunter. Chloe wartete geduldig. Sie wusste genau, dass sie die andere aus strategischen Gründen hinhielt, und damit kannte sie sich aus wie keine Zweite.

Schließlich schnappte sich Poe ihre Tasche. „Ich begleite dich in dein Büro zurück“, schlug sie vor.

„Fein“, erwiderte Chloe und ging voran.

„Das kommt wahrscheinlich ziemlich überraschend“, meinte

Poe, nachdem sie das Licht hinter Chloe ausgeknipst hatte, „aber ich wollte immer schon Gerichtsmedizinerin werden."

Chloe blieb mit offenem Mund stehen. „Könntest du mich das nächste Mal freundlicherweise warnen, bevor du so einen Knaller loslässt?"

„So reagieren alle. Ich weiß nur nicht, ob ich es als Beleidigung oder als Kompliment werten soll." Poe betrat Chloes Büro.

„Wundert dich das etwa? Von der Gerichtsmedizin bis zur Mode ist es ungefähr so weit wie bis zum Mond." Chloe war ihr gefolgt und stellte sich hinter den Schreibtisch.

„Es kommt noch besser. Ich hatte vor, mich auf die Rekonstruktion von Gesichtern zu spezialisieren. Das heißt, ich wollte aus dem Schädel beziehungsweise aus dem, was davon noch übrig ist, das ganze Gesicht nachbilden."

Gesichter! Sie schien geradezu besessen davon. Stück für Stück gewann Chloes Bild von Poe Gestalt. „Was hat dich davon abgehalten?"

„Das Leben, das Geld, die Familie, die Launen des Schicksals, Verpflichtungen ..."

„Es ist noch nicht zu spät."

„Richtig. Deswegen modele ich. Ich setze mein Gesicht und meinen Körper ein, um das zu erreichen, was ich will. Nicht anders als eine Edelhure."

„Unsinn! Es beweist, dass du Grips hast und erfinderisch bist." Chloe nahm ihren Füller vom Schreibtisch und zwirbelte ihn zwischen den Fingern. „Ich fange langsam an zu begreifen, warum du dir ausgerechnet Kosmetik und Accessoires ausgesucht hast."

„Genau, warum sollte ich nicht meiner geheimen Leidenschaft frönen? Von meiner Gage als Model kann ich die Studiengebühren bezahlen, für alle anderen Rechnungen kommt gIRL-gEAR auf. Nur würde es mir mit deinem Job viel mehr Spaß machen, die Rechnungen zu begleichen."

„Aber du weißt, dass ich mich nicht zurücklehnen und einfach zusehen werde, wie du mich ausbootest."

„Etwas anderes hätte ich von dir auch nicht erwartet."

Chloe nickte bedächtig. „Ich könnte mit dem, was du mir erzählt hast, natürlich auch zu Sydney gehen und sie bitten, dich ins Marketing zu versetzen oder in den Vertrieb oder gar zu den Reklamationen."

„Könntest du, tust du aber nicht." Poe stand mitten im Raum, genau zwischen den Besuchersesseln, und stützte sich mit den Händen auf die Lehnen. Ihre Augen sprühten, aber nicht herausfordernd, sondern anerkennend. „Wir beide sind einander viel zu ähnlich, Chloe. Du kannst für dich selbst eintreten, du brauchst niemanden, der dir beisteht, das verbietet schon dein Stolz. Und das macht uns zu ebenbürtigen Gegnerinnen."

Für mich selbst eintreten, dachte Chloe, Beistand erhalten. Plötzlich kam ihr Eric in den Sinn. Was würde er wohl von diesem längst überfälligen Gespräch mit ihrem ganz persönlichen Quälgeist – der übrigens doch nicht so viel Ähnlichkeit mit einem Feuer speienden Drachen hatte – halten? „Neid unter Kollegen führt zu miserabler Zusammenarbeit. Außerdem täte ich der Firma, die ich mit gegründet habe, keinen Gefallen, wenn ich zuließe, dass du meinen Job ergatterst. Du betrachtest die Arbeit bei gIRL-gEAR doch lediglich als kurzen Zwischenstopp für deine Karriere."

Poe riss die Augen auf. „Hast du denn vor, bei gIRL-gEAR zu bleiben, bis du alt und grau bist?"

„Weiß ich jetzt noch nicht. Aber ich kann von mir behaupten, dass ich der Firma hundertzehn Prozent gebe, solange ich für sie arbeite."

„Ich auch, wenn nicht sogar hundertzwanzig. Ich rackere mich doch nicht erst ab, um einen Job zu bekommen, und leg mich dann auf die faule Haut. Wie kommst du auf die Idee?"

Chloe fühlte sich auf einmal frustriert und ausgelaugt. „Vielleicht weil ich dich nicht richtig kennengelernt habe."

Nachdenklich trommelte Poe mit den Fingern auf der Sessellehne herum. „Wollen wir einen Waffenstillstand schließen? Du findest dich damit ab, dass ich bleibe, wo ich bin, und ich akzeptiere, dass du mir nichts ungestraft durchgehen lassen wirst."

„Ziemlich schwammige Bedingungen, meinst du nicht?"

„Schon möglich. Aber jetzt wissen wir, wo die andere steht, und können uns darauf einstellen, vielleicht sogar zusammenarbeiten." Poe lächelte ironisch. „Eines Tages."

Chloe hatte einen Geistesblitz. „Nein", entgegnete sie, „nicht eines Tages. Jetzt!"

„Du meinst jetzt, auf der Stelle?"

Chloe nahm den Brief vom Schreibtisch und reichte ihn Poe. „Bitte! Jetzt kannst du beweisen, dass deinen Worten auch Taten folgen."

Poe stellte ihre Tasche auf einen der beiden Besuchersessel, setzte sich und begann zu lesen:

Liebes gRAFFITI-gIRL, ich brauche Deinen Rat, dringend! Ich weiß, dass ich hässlich bin. Jedes Mal, wenn ich an einem Spiegel vorübergehe, sehe ich mich, obwohl ich mir vornehme, nicht hinzuschauen. Zuerst glaubte ich, dass mein Aussehen wenigstens für meine Eltern keine Rolle spielt. Ich dachte, dass sie mich lieben, so wie ich bin. Aber jetzt wollen sie sich scheiden lassen, und sie können sich nicht einigen, bei wem ich leben soll. Keiner will mich haben! Es ist ihnen peinlich, mit mir gesehen zu werden. Ich weiß genau, dass sie sich lieber mit mir zeigen würden, wenn ich nur ein wenig hübscher wäre. Ich hoffe, dass Du mir einen Tipp geben kannst, welche Produkte ich benutzen soll und welches Make-up mein Gesicht weniger abstoßend macht.

Poe ließ die Arme sinken. Das Blatt flatterte zu Boden. „Du musst ihr antworten. Aber wo soll man da ansetzen?"

„Ich habe mir überlegt, dass ich mit den Eltern beginne."

„Kann ich mitkommen? Ich besitze zwar keinen Waffenschein für meine Hände, aber wir könnten ja so tun, als ob."

Chloe musterte die Frau, die ihr gegenübersaß. Annabel Lee als Freundin: Das war womöglich noch beunruhigender, als sie zur Feindin zu haben.

8. KAPITEL

Das Abendessen hätte nicht besser verlaufen können, entschied Eric, während er sich in dem Klappsitz neben Chloe niederließ. Insgeheim gratulierte er sich zu dem Programm, das er zusammengestellt hatte. Sie hatten bei Biraporetti's, einer Mischung aus italienischem Grill und Irish Pub, gegessen, ehe der am Freitagabend übliche Andrang einsetzte. Das Licht der kleinen weißen Weihnachtskerzen, die zur Dekoration um einen Ast an der Wand des Restaurants gewickelt waren, hatte sich in Chloes Augen widergespiegelt. Während sie an der Bar darauf warteten, dass ein Tisch frei wurde, hatte Eric über Chloes Schulter hinweg auf dem Bildschirm über der Bar das Baseballspiel verfolgen können, während sie die Spezialität des Hauses, einen Champagnercocktail namens „Sicilian Swirl" schlürften. Wie gesagt, der Abend lief bestens.

Chloe trug ihre gewohnten Farben. Heute bildete das Pink zusammen mit Schwarz und Weiß eine Art Camouflage-Muster, das dem kurzen, rückenfreien Kleid den richtigen Pfiff verlieh. Der Clou aber war, dass sie dazu kniehohe Stiefel im selben Muster trug. Ganz schön selbstsicher, das musste man ihr lassen!

Wenigstens wirkte sie so. Nur, Eric wusste es besser. Er hatte schließlich erheblich dazu beigetragen, dass Chloes harte Schale allmählich Risse bekam. Ihre Reaktion auf seine Einladung hatte das deutlich bewiesen.

Langsam begriff er auch, warum sie sich auf diesen Deal – drei Veranstaltungen gegen drei Wünsche – eingelassen hatte. Sie machte sich ernstlich Gedanken über ihren Job bei gIRL-gEAR. Deshalb wollte sie sich einmal mit den Augen eines Außenstehenden betrachten, die Perspektive einer Person einnehmen, die mit der Firma nichts am Hut hatte.

Eric hatte so eine Ahnung, dass hinter Chloes Verhalten mehr steckte als der Vorsatz, Sydney zuliebe auf dem Pfad der Tugend zu wandeln. Allerdings kam er einfach nicht drauf, was sie wirklich bezweckte. Aber das würde er schon noch herausfinden.

Die Cary-Grant-Filmretrospektive begann um sieben. Da das Kino nur ein paar Häuser von dem Restaurant entfernt war, konnten sie entspannt und in aller Ruhe essen und die Gesellschaft des anderen genießen, so wie es bei einem Date eben sein sollte. Denn das war ein Date! Ohne besagtes Abkommen hätte Eric sich schon längst einmal mit Chloe verabredet. So aber hatte er eine günstige Gelegenheit abpassen müssen, um nicht einen seiner kostbaren Wünsche zu vergeuden.

Und wenn er nicht zufällig eine Ausgabe der „Houston Press“, die offen auf der Theke im Haydon's herumgelegen hatte, durchgeblättert hätte, wäre ihm diese Chance entgangen.

Chloe beschwerte sich immer, dass Essen, Kino und Bett ein ziemlich dürftiges Programm für ein Date abgaben. Aber Eric wollte ihr beweisen, dass man schon mit zwei dieser drei Programmpunkte einen herrlichen Abend gestalten konnte – vorausgesetzt, man befand sich in der richtigen Gesellschaft – und dass er die richtige Gesellschaft dafür war.

Er warf einen verstohlenen Blick auf Chloe. Sie hatte die Augen geschlossen. Der Anblick ihres Gesichts in der matten Beleuchtung löste eine Flut von Gefühlen in ihm aus, die ihn beinahe überwältigten. Und sie hatten nichts mit Begierde zu tun. Natürlich würden sie auch noch den dritten Programmpunkt abhaken, aber nicht heute Abend. Das war die einzige Einschränkung, die Eric sich auferlegt hatte. Er wollte natürlich mit Chloe ins Bett gehen, und wie er das wollte! Es war nur logisch, nachdem sie einander schon so nahegekommen waren. Aber nicht heute, nicht einmal, wenn sie ihn auf Knien anflehte.

Heute ging es um Chloe. Nicht um gIRL-gEAR, nicht um ihre Karriere, ihr kesses Mundwerk oder ihre Probleme mit Poe. Der Abend gehörte der Frau, die sie wirklich war, einer Frau, die man wohl mit der Nase darauf stoßen musste, dass sie einem Mann viel mehr zu bieten hatte als eine umwerfende Figur.

„Darf ich die Augen jetzt aufmachen?"

Eric lachte. Er hatte ganz vergessen, dass er sie ja gebeten hatte, nicht auf die Schilder über dem Eingang des Kinos oder die Poster und Plakate im Foyer zu sehen. Streckenweise hatte er ihr sogar die Augen zugehalten. Trotzdem war es natürlich denkbar, dass sie die Vorankündigungen mitbekommen hatte und genau wusste, was sie erwartete. Aber wenn das der Fall war, dann konnte sie ihre Vorfreude geschickt verbergen. Oder freute sie sich am Ende überhaupt nicht?

Chloes Wimpern flatterten, sie riss gespannt die Augen auf und blickte entzückt drein. Eric fiel ein Stein vom Herzen. „Sorry, ich hab es einfach genossen, dass du von mir abhängig bist. Ein berauschendes Gefühl."

Chloe legte den Kopf in den Nacken und sah zu ihm auf. „Berauschend? Ich hätte eher gedacht, dass klammernde Frauen dir gewaltig auf den Keks gehen."

Er grinste und zwinkerte ihr zu. „Das tun alle Frauen irgendwann mal."

„Vorsicht, mein Lieber. Deine Mutter ist auch eine Frau. Zeig ein bisschen Respekt."

Da Eric seine Mutter nie kennengelernt hatte, war das nur schlecht möglich. Aber darüber wollte er jetzt nicht sprechen. „Kann ich von dem Popcorn abhaben, oder muss ich mir selbst eine Portion holen?" Er langte in den Eimer auf ihrem Schoß, doch Chloe versetzte ihm einen Klaps auf die Hand.

„Du hast doch gesagt, du willst keins. Deshalb hast du ja die Schokoriegel gekauft."

Schon, aber das war, bevor der Eimer da gestanden hatte, wo er sich jetzt befand. „Ich hab es mir anders überlegt. Ich geb dir was ab, wenn du mir abgibst."

„Hmpf", machte Chloe, dann „schschsch", denn die Lichter erloschen, und der Vorhang hob sich. Und als der Originalvorspann der „Philadelphia Story" über die Leinwand flimmerte und Chloe James Stewart, Katharine Hepburn und Cary Grant erblickte, war Erics Hand total vergessen.

Chloe schien nicht einmal mehr zu atmen. Sie saß ganz still, sie zuckte mit keiner Wimper, sonst hätte Eric es bemerkt. Er hatte nämlich nur Augen für Chloe, nicht für die Handlung des Films. Plötzlich lächelte sie, ein Wahnsinnslächeln, das ihn genau da traf, wo es am meisten wehtat. Sie war schön. Das war ihm natürlich sofort aufgefallen, aber irgendwie hatte er es erst in den vergangenen Wochen richtig schätzen gelernt.

Ihre Verletzlichkeit berührte ihn am meisten. Es brach ihm fast das Herz, wenn er mit ansehen musste, wie sie sich hartnäckig mit allem und jedem und ganz besonders mit ihm anlegte, wenn ihr etwas gegen den Strich ging. Sie gab sich solche Mühe, taff zu sein, und sie war es ja auch. Er hatte gesehen, wie sie Volleyball spielte und wie sie sich gegen Poe behauptet hatte.

Aber Eric sah auch das, was ihre Freundinnen sahen, die Eigenschaften, weswegen sie Chloe liebten und zu ihr standen.

Diese Eigenschaften waren es, die so anzogen, selbst wenn Chloe ihm mal wieder eine ordentliche Abreibung verpasst hatte. Viel sprach für sie, aber einiges auch gegen sie. Und Eric wurde den Verdacht nicht los, dass ihre Freundschaft – oder die

Chance auf mehr – an Chloes Einstellung zu Männern scheitern könnte.

Er brauchte eine Frau, mit der man Spaß haben konnte, und mit Chloe amüsierte er sich jedes Mal. Er wollte großartigen Sex, und den würden sie, wenn sie endlich zusammenkämen, garantiert haben. Was er unter keinen Umständen gebrauchen konnte, war eine Frau, die sich mit allen möglichen Problemen herumschlug. Hände weg von Ladys in Nöten, das hatte er sich am Silvesterabend vorgenommen.

Ein leises Geräusch erinnerte ihn daran, dass er sich im Kino befand. „An Affair to Remember", so hatte es auf dem Schild über dem Eingang geheißen. Ganz offensichtlich ein Klassiker, aber Eric stand nicht so auf die alten Schinken. Nicht mal, wenn sie in Farbe gedreht waren ... oder war der koloriert? Schwer zu sagen, die Aufnahme war ziemlich körnig. Chloe würde es sicher wissen. Aber als Eric sich zu ihr umwandte, bemerkte er, dass sie ganz still geworden war. Ihre Hand schwebte über dem Popcorn-Eimer auf ihrem Schoß, die Augen waren weit aufgerissen, und sie blickte starr nach vorn. Da hörte er es wieder, ein leises Schluchzen, kaum merklich. Hätte er nicht gesehen, wie ein Beben durch Chloe ging, hätte er überhaupt nicht registriert, dass sie weinte.

Chloe weinte! Aber was gibt's denn da zu heulen, fragte er sich. O Gott, das war absolut nicht sein Ding, damit konnte er nicht umgehen, niemals! Aber er konnte sich wenigstens zu ihr hinüberbeugen und ihr den Arm um die Schulter legen.

Nur, er kam gar nicht dazu, Chloe an sich zu ziehen, weil sie von selbst zu ihm herüberrutschte. Sie kuschelte sich an ihn und legte den Kopf auf seine Brust. Eine Gänsehaut überzog ihren nackten Arm. Ach so, ihr war nur kalt! Eric begann ihre Haut zu rubbeln.

Chloe fror, und wahrscheinlich spielten auch ihre Hormone

verrückt, sonst würde sie doch nicht aus heiterem Himmel in Tränen ausbrechen. Und der schnulzige Film tat vermutlich ein Übriges. Nicht, dass Eric genau verfolgt hätte, was zwischen Cary Grant und seiner Partnerin ablief. Wie's aussah, war jemand gestorben, und ein alter Spitzenschal spielte wohl auch eine Rolle. Eric legte die Lippen ganz dicht an Chloes Ohr und flüsterte: „Es tut mir leid."

Sie sah auf. Ihre Miene spiegelte Verwirrung, ihre Augen schimmerten groß und feucht im flackernden Licht des Projektors. „Was denn?", fragte sie fast lautlos.

„Ich hätte etwas Lustigeres wählen sollen." Er deutete mit dem Kinn in Richtung Leinwand und senkte die Stimme. „Aber ich wusste ja, dass du dieses Zeug magst. Ich dachte, es würde dir Spaß machen. Ich hatte ja keine Ahnung, dass es dich traurig stimmt."

„Sei kein Idiot!" Chloe berührte zärtlich seine Wange. „Ich bin nicht traurig. Ich liebe diesen Film. Er ist so romantisch."

Das konnte Eric nicht beurteilen, da er der Handlung wenig Aufmerksamkeit geschenkt hatte. Aber egal, was im Film passierte, es konnte keinesfalls mit dem konkurrieren, was hier im Saal geschah: Chloes Atem strich über seine Haut, und sie rieb ihre Nase an seiner Wange. Hätte er sich bloß rasiert! Aber das Kratzen seiner Bartstoppeln schien sie nicht zu stören. Und als er zusammenfuhr, weil sie ihn mit der Spitze ihrer Zunge liebkoste, drückte sie sich noch enger an ihn.

„Du versäumst den Film", keuchte er.

„Egal", erwiderte sie, und das gab ihm den Rest. Einerseits wünschte er, dass sie auf seinen Schoß kletterte. Und dann wieder, dass sie sich auf den Film konzentrierte und ihn und seine ehrbaren Absichten in Frieden ließ.

Eric lehnte sich zurück, um ihr in die Augen zu sehen. Hatte sie aufgehört zu weinen? Wollte sie ihre Tränen verbergen, oder spielte sie mit ihrer Zungenspitze an seiner Wange, weil sie Spaß haben wollte? Wenn Eric nicht über ein Dutzend Beine hätte klettern müssen, um den Gang zu erreichen, hätte er den Saal fluchtartig verlassen. Was er sah, brachte nämlich seinen Vorsatz, Ladys in Nöten zu meiden, ganz gewaltig ins Wanken.

Sein Entschluss, Chloe später nur bis an die Haustür zu begleiten, bröckelte. Sein fester Vorsatz, sich den Rest des Films aufmerksam anzusehen, damit sie sich später bei einem Drink darüber unterhalten konnten, löste sich in nichts auf. Er konnte den Blick nicht mehr von Chloe wenden. Und als sie ihn fragend ansah und ihre Lippen erwartungsvoll bebten, senkte er den Kopf und küsste sie.

Es war ihr erster richtiger Kuss, und Eric würde sich bis in alle Ewigkeit daran erinnern, denn Chloe schmeckte nach Salz und warmem, buttrigem Popcorn. Sie hatten sich davor zwar schon einmal geküsst, aber nur zur Show, vor Publikum und unter dem Einfluss von zu viel Tequila. Dieser Kuss hier war anders. Dieser Kuss war echt, und er war intimer als alles, was sie bisher miteinander erlebt hatten.

Chloes Lippen waren weich. Sie kamen ihm nur zögernd entgegen, als wäre sie sich nicht ganz sicher, ob er das süße Angebot ihres Mundes akzeptieren würde. Als hätte sie Angst, zurückgewiesen zu werden. Eric kannte keine andere Frau, die so voller Widersprüche steckte, so verwirrend war, und keine, nach deren Lippen er sich mehr sehnte.

Er senkte seinen Mund auf ihren und beantwortete damit die stumme Frage. Ihre Lippen streiften sich ganz sacht, es war ein zarter, unschuldiger Kuss. Trotzdem versetzte es Eric einen Stich, denn er erkannte plötzlich etwas, was ihm hinter Chloes Fassade verborgen geblieben war: ihr starker Drang nach Zuneigung, ihr tiefes Bedürfnis, akzeptiert zu werden.

Da mochte sie ihm noch so oft erzählen, dass sie sich mit Männern und Beziehungen auskannte und Expertin in Sachen Romantik war. Eric wusste es besser. Er kannte die Wahrheit, sie hatte sie ihm selbst verraten. Denn als ihre Lippen sanft über seine streiften und ihre Zunge ihn zärtlich liebkoste, wurde ihm klar: Chloe sehnte sich einfach danach, geliebt zu werden.

Der Ballsaal des Renaissance Hotels sah aus, als hätte man ihn anlässlich des gIRL-gEAR-gIRL-Wettbewerbs direkt von der Website www.girl-gear.com kopiert. Die Eventmanager des Hotels hatten ihn in Zusammenarbeit mit den gIRL-gEAR-Partnerinnen in den Firmenfarben Limonengrün, Orange, Neonpink und einem leuchtenden Gelb dekoriert.

Jeder Tisch war mit zwei Tischdecken in kontrastierenden Farben bedeckt. In der Mitte prangte ein Gesteck aus gelben, orange- und pinkfarbenen Treibhausblumen, umrahmt von frischem Grün. Konfetti in der Form winziger Gs bedeckte den Boden, die Tische und sogar die Stühle. Chloe würde das Zeug wahrscheinlich bis in alle Ewigkeit aus der schwarzen Federboa am Saum ihres knielangen Kleides schütteln können.

Sie saß an einem der runden Tische, die zwölf Personen Platz boten, und blätterte in dem Programmheft, in dem die Teilnehmerinnen der Endrunde im Wettbewerb um den Titel des gIRL-gEAR-gIRLs vorgestellt wurden. Die Marketingabteilung hatte ganze Arbeit geleistet mit dieser Broschüre.

Alle sechs Finalistinnen waren bereits vorhin aufgetreten, um sich vorzustellen und in einem kurzen Vortrag zu schildern, wie Mode ihr Leben beeinflusste. Danach hatten sie die Abendgarderobe vorgeführt, die sie nicht nur entworfen, sondern auch selbst geschneidert hatten. Ob Kleid oder Kombination, jeder Saum, jedes Knopfloch, jeder Besatz musste von den Mädchen selbst genäht sein. Sogar die Accessoires hatten sie mit eigenen Händen anfertigen müssen. Einzig die Schuhe bildeten eine Ausnahme, aber sogar da hatten die Kandidatinnen ihre Kreativität walten lassen. Jetzt hieß es nur noch, die Punkte zu verteilen und auszuwerten, dann würde das erste gIRL-gEAR-gIRL gekrönt werden.

Chloe war schwer beeindruckt. Beeindruckt und fast ein wenig neidisch. Sie beneidete diese Mädchen nicht um ihre Fantasie oder ihr Talent, sondern um die Tatsache, dass sie überhaupt da oben standen, diese Siebzehn- oder Achtzehnjährigen, und schon genau wussten, wie sie ihr Leben gestalten wollten. In dem Alter hatte Chloe gerade gezwungenermaßen begonnen, Design zu studieren statt Sport, und sich damit abgefunden, dass sie ihre eigentlichen Ziele niemals erreichen würde.

Wie es mit ihren Partnerinnen stand, wusste sie nicht, aber sie selbst hatte bereits eine Favoritin. Allerdings bezweifelte sie, dass die das Rennen machen würde. Aber dieses Mädchen – sie hieß Deanna – hatte etwas, was Chloe zu Herzen ging, obwohl sie geglaubt hatte, sie sei immun gegen solche Empfindungen.

Deannas Begabung in Sachen Mode stand außer Frage. Sie gab die richtigen Antworten und besaß den perfekten Körper und ein attraktives Gesicht. Aber es gab einen Punkt, weshalb Chloe daran zweifelte, dass dieses Mädchen mit der besten Platzierung abschneiden würde: ihr Auftreten.

Diese supercoole Ausdrucksweise, dieses Punk-Gehabe! Das war natürlich alles nur Show, ein Deckmantel für ihre Unsicherheit, ein Ablenkungsmanöver, um ihr mangelndes Selbstvertrauen zu überspielen. Chloe empfand es beinahe als quälend, so viele Eigenschaften von sich selbst in Deanna wiederzuerkennen.

Die übrigen Tischgenossen unterhielten sich ruhig weiter

und bemerkten nichts von ihrer plötzlichen Befangenheit. Die fünf Partnerinnen brüteten über den Bewertungstabellen in ihren Mappen, die Herren warteten darauf, dass das Dessert serviert wurde.

Am Tisch direkt vor der Bühne saßen außer Chloe und Eric Melanie, Kinsey, Sydney, Lauren und Macy samt ihren Begleitern. Es waren fast dieselben Paare wie damals bei Macys Schnitzeljagd.

Macy saß natürlich so dicht wie möglich bei Leo, ohne ihm direkt auf den Schoß zu klettern. Melanie hatte Jess Morgan mitgebracht, einen Mann, den Chloe sehr sympathisch fand und der hervorragend zu Melanie passte, und Kinsey hatte Doug Storey eingeladen. Über die beiden verbliebenen Paare allerdings konnten Chloe und die anderen nur den Kopf schütteln.

Sydney war mit Ray Coffey gekommen. Daran war an sich nichts Ungewöhnliches, denn die beiden gingen ab und zu gemeinsam aus, das war bekannt. Heute Abend aber wechselten sie kaum ein Wort. Ray starrte grimmig vor sich hin, und Sydney wirkte schlecht gelaunt. Ganz offensichtlich fühlte sie sich in seiner Gesellschaft genauso unbehaglich wie die anderen in Gegenwart des letzten Paares, Lauren und ihrem Date Nolan Ford, Sydneys Vater.

Das lag zum Teil daran, dass zwischen Sydney und Nolan in letzter Zeit praktisch Funkstille herrschte, wodurch das Essen für alle zu einer peinlichen Angelegenheit wurde. Und zu allem Überfluss mussten ausgerechnet Poe und Anton Neville am Tisch direkt hinter ihnen sitzen. Chloe schüttelte den Kopf.

„Du bist ungewöhnlich still."

Chloe sah auf. Eric hatte sich zu ihr gedreht und bot ihr von dem Zitronensorbet an, das der Kellner vor ihn hingestellt hatte, während die übrigen Gäste Mousse au Chocolat erhielten. Sie kostete. Wann habe ich ihm von meiner Schwäche für Zitronen erzählt, überlegte sie. Und wie viel hatte er wohl hinblättern müssen, um den Kellner zu bestechen? Plötzlich bemerkte sie, dass fünf Augenpaare auf sie gerichtet waren.

Chloe quittierte die unerwünschte Aufmerksamkeit mit einem zuckersüßen Lächeln und beugte sich über ihren Bewertungsbogen.

„Na los, Prinzessin", drängte Eric, „sag was!"

„Ich hasse es, wenn du mich Prinzessin nennst." Chloe warf die Mappe auf ihren Schoß und blickte missbilligend auf. „Wieso tust du das dauernd?"

Eric rutschte mit dem Stuhl vom Tisch weg und lehnte sich zu ihr hinüber. „Erklär mir, was du dagegen hast, dann verrate ich dir, warum es zu dir passt."

„Tut es gar nicht!", protestierte Chloe. Was war sie heute schlecht gelaunt! Aber das konnte ja wohl kaum mit Erics Zärtlichkeiten gestern im Kino zusammenhängen. Oder mit dem Zitronensorbet. „Ich bin weder wohlerzogen noch verwöhnt oder naiv."

„Das will ich auch gar nicht sagen." Eric streichelte sanft über die Innenseite von Chloes Arm.

Chloe zitterte. Weil sie fror natürlich, nicht etwa, weil die Berührung so zart gewesen war wie ein Windhauch. Oder weil Erics Knöchel ihre Brust gestreift hatten. Als seine Hand die Beuge ihres Ellenbogens erreichte, zog Chloe endlich den Arm weg. Zu lebhaft war die Erinnerung an andere Liebkosungen. Er benahm sich viel zu nett. Es brachte sie zur Weißglut, wenn er auf lieb und freundlich machte, wo sie ihm am liebsten an die Gurgel gesprungen wäre. „Denk dir gefälligst einen anderen Kosenamen aus, wenn du darauf bestehst."

„Kein Problem, Pfirsichbäckchen."

„Nein."

„Lammkotelett?"

„Nein."

„Babypüppchen?"

Chloe überlegte. „Was Besseres fällt dir nicht ein?"

„Passt doch, Babypüppchen." Er rückte näher.

Sie funkelte ihn drohend an. „Willst du dich nicht gleich auf meinen Schoß setzen? Es heißt doch, die Liebe wächst mit der Entfernung!"

Eric lachte. Er legte den Arm über die Lehne von Chloes Stuhl und tat, als würde er sich dafür interessieren, wie sie ihre Punkte verteilte. „Das spielt sich wirklich live ab?"

„Direkt vor deiner Nase." Chloe zeigte ihm den Bewertungsbogen hinten in der Mappe. „Nachdem die Mädchen ihren Auftritt hatten, beurteilen wir sie anhand eines komplizierten Punktesystems. Unser Wirtschaftsprüfer wertet dann die Ergebnisse aus, während wir uns das Dessert schmecken lassen. Wenn du mich also entschuldigst …"

Eric legte den Finger auf die Mappe, die immer noch auf Deannas Seite aufgeschlagen war, und beugte sich noch weiter zu Chloe hinüber. „Ist das deine Favoritin?"

Ein warmer, vertrauter Duft umgab ihn und weckte in Chloe den Wunsch, sich zusammen mit ihm unter eine Bettdecke zu kuscheln. Sie hasste sich dafür. Trotzdem konnte sie seine Frage kaum beantworten, weil sie gegen den Drang ankämpfen musste, das Gesicht an seinen Hals zu schmiegen.

Warum musste sie in seiner Gegenwart immer an Sex denken? An Sex und diesen Mann, den sie besitzen musste, weil ihr kein anderer gut genug war. Nachdem sie sich gestern Abend geküsst hatten, hätte sie ihm alles gegeben. Aber er hatte nicht einmal gefragt. Was war das für ein Mann, der so küsste und es dann dabei bewenden ließ?

„Ja, sie gefällt mir. Aber nicht, weil sie ein Auge für Farben hat."

„Für die Farbe Pink wolltest du sagen." Erics Hand wanderte über den schmalen Träger des tief ausgeschnittenen Oberteils von Chloes fuchsiafarbenem Kleid im Stil der Zwanzigerjahre.

„Sie hat Geschmack. Sie weiß genau, was zu ihr passt. Ihr ganzer Auftritt ist stimmig." *Der Teufel liegt im Detail* – wo hatte sie *den* Satz schon mal gehört?

„Da steckt doch noch mehr dahinter. Ich habe dich beobachtet. Du kommst immer wieder auf sie zurück."

Chloe bezweifelte, dass sie Erics Frage verständlich beantworten konnte, ohne ihre komplette Lebensgeschichte zu enthüllen. Es ging ihn auch nichts an, dass sie genau wie Deanna ohne Mutter aufgewachsen war. Oder dass Mode für Deanna das bedeutete, was für die siebzehnjährige Chloe der Sport bedeutet hatte. Jetzt stand dieses Mädchen da oben, nur einen Fingerbreit von der Verwirklichung ihres Traums entfernt, und unten im Publikum saß ihr Vater, ganz rot im Gesicht vor Aufregung. Den gleichen Weg hatte Chloe damals eingeschlagen, aber voller Verbitterung, weil man ihr ein Studium aufgezwungen hatte, für das sie keinen Funken Interesse zeigte. Chloe hatte genau die Karriere gemacht, für die dieses Mädchen alles geben würde, aber Chloe bedeutete sie gar nichts. Nur, wie sollte sie Eric *das* erklären?

Energisch umfasste sie Erics Hand, die sich allzu nah an ihr Dekolleté gewagt hatte, und legte sie in seinen Schoß. Dann reichte sie ihre Mappe mitsamt dem ausgefüllten Beurteilungsbogen an Sydney weiter, lehnte sich zurück und musterte Eric scharf. „Du fingerst heute aber gewaltig an mir rum."

„Gehört alles zum Service, Ma'am. Ich will nur zeigen, wie sehr ich mich zu dir hingezogen fühle." Zum Beweis legte er den Arm, der bislang auf der Lehne von Chloes Stuhl geruht hatte, um ihren Nacken und begann an den feinen Härchen ihres Haaransatzes zu zupfen. „Außerdem macht es Spaß, dich zu befingern."

„Hingezogen? Zu mir?" Auf das Befingern wollte Chloe lieber nicht eingehen, denn dieser Teil verwirrte sie mehr, als ihr lieb war. „Hast du deswegen neulich in der Daiquiri Factory jede Frau, die dir vor die Füße lief, mit Beweisen deiner Zuneigung beehrt?"

„Wie bitte?" Eric rückte ein Stück von ihr ab. „Lässt du mir nachspionieren? Das ist üble Nachrede, glaub mir!"

„Die Information stammt von jemandem, der gesehen hat, wie du deine ‚Hingezogenheit' bewiesen hast." Chloes Blick fügte hinzu: Und wag es nicht, das abzustreiten!

„Tatsächlich?", fragte Eric und runzelte die Stirn. „Wer erzählt solche Märchen über mich?"

Da Kinsey viel zu weit weg saß, fiel Chloes Blick auf Melanie, die auf der anderen Seite neben Eric saß. Er drehte sich zu Melanie um.

„Hi, Mel", sagte er, und sie unterbrach ihre Unterhaltung mit Jess.

„Hi, Eric."

„Ich hab gehört, dass du Chloe schlimme Dinge über mich berichtest."

Melanie musterte ihn durch die kleinen, rechteckigen Gläser ihrer schwarz gerandeten Brille. „Von mir hat sie gar nichts, aber Kinsey hat ihr die Wahrheit erzählt."

„Ach ja?"

„Ach ja", erwiderte Melanie, offensichtlich bereit, Eric eine ordentliche Standpauke zu halten.

Chloe unternahm nur einen halbherzigen Versuch, die Freundin zu zügeln. „Lass gut sein, Mel. Auf dich wird er genauso wenig hören wie auf mich“, meinte sie lahm.

„Was soll denn das schon wieder heißen?“ Erics Blick wanderte zwischen Melanie und Chloe hin und her. „Hab ich was verpasst?“

Melanie schob das Kinn vor und warf ihm einen hochnäsigen Blick über ihre Brillengläser zu. „Chloe hat uns über die Rolle informiert, die du in ihrer Kampagne zur Rettung ihrer Reputation spielst.“

„Ja, und?“

Melanie verdrehte die Augen. „Das fragst du noch? Wie soll das Ganze funktionieren, wenn sie die Einzige ist, die sich an das Treueversprechen hält?“

„Treueversprechen?“ Ganz langsam drehte sich Eric zu Chloe herum. Seine Augen funkelten unheilverkündend.

Sie wollte Eric erklären, dass ihm hätte auffallen müssen, dass der Plan keinesfalls aufgehen konnte, wenn er nach wie vor alles anbaggerte, was Brüste hatte. Andererseits brauchte er ja nicht zu wissen, dass sie ihm so viel zugetraut hatte. Sie wollte auch nicht zugeben, dass sich ihr schon bei der Vorstellung von Eric mit einer anderen Frau die Haare sträubten.

Aber sie kam gar nicht dazu, ihm irgendetwas zu erklären. Eric murmelte eine knappe Entschuldigung in Melanies Richtung. Dann packte er Chloes Arm und warf ihr einen Blick zu, der jeden Widerspruch im Keim erstickte. Ein Ruck, und Chloe erhob sich gehorsam. Ihr blieb ohnehin keine andere Wahl, wollte sie keine Szene provozieren. Erics harter Griff machte deutlich, dass er sich nicht würde abwimmeln lassen. Was war bloß mit ihm los? Und warum bekam sie auf einmal kaum noch Luft?

„Chloe“, mahnte Sydney von der anderen Seite des Tischs, „in fünfzehn Minuten sind die Ergebnisse da.“

Aber noch ehe Chloe die Situation richtigstellen konnte,

kam ihr Eric zuvor und übernahm die Verantwortung für den überstürzten Aufbruch. Er lächelte charmant, ließ seine Grübchen spielen und versprach: „Ich bring sie im Handumdrehen wieder zurück."

Dann führte er Chloe zum Ausgang des Saals. Sie war froh, dass sie nur die Breite, nicht die gesamte Länge des rechteckigen Raumes durchqueren mussten. Draußen fasste Eric sie bei der Hand und zog sie hinter sich her durch Gänge und Korridore, in Sackgassen hinein und wieder hinaus und rüttelte an jeder Tür, die sie passierten.

„Herrje, Eric", protestierte Chloe, „mach langsamer, sonst brech ich mir alle Knochen!" Aber Eric hörte nicht hin. An seinem harten Griff und seinem Schweigen erkannte Chloe, dass er gewaltig unter Druck stand. Auch ihr Herz klopfte zum Zerspringen, weniger vor Wut, als vielmehr vor gespannter Erwartung. Ihr Körper prickelte. Sie hätte Eric gern gestoppt, um eine Erklärung zu verlangen, aber der Wunsch herauszufinden, was ihn antrieb, war viel stärker.

Endlich fand Eric eine unverschlossene Tür. Sie führte in eine kleine Kammer, die als Werkraum diente. Eric betätigte den Lichtschalter, und nach kurzem Flackern und Knistern sprang eine Neonröhre an. Er zog Chloe durch die Tür, schloss ab und musterte Chloe mit einem Ausdruck, der sie erschauern ließ. Sein Atem kam kurz und stoßweise, und auch Chloes Atem beschleunigte sich in gespannter Erwartung. „Was zum Teufel …", begann sie, doch weiter kam sie nicht. Eric schlug mit der flachen Hand gegen das Türblatt und schnitt ihr so kurzerhand das Wort ab.

9. KAPITEL

„Du erklärst mir auf der Stelle, was es mit diesem idiotischen Treueversprechen auf sich hat, von dem Melanie sprach. Ich wüsste nicht, dass das jemals Bestandteil unseres Abkommens war."

Chloe sah Eric scharf an und schob das Kinn vor. Sie drückte sich mit aller Kraft gegen das harte Türblatt und kostete das Gefühl aus, einen, wenn auch schwachen, Rückhalt zu haben, bevor sie Eric zurechtstutzte.

„Was gibt's da zu erklären? Es verhält sich genauso, wie Melanie gesagt hat: Mein Ruf wird nicht gerade besser, wenn du rumbaggerst wie ein Blöder. Ich hatte gehofft, dass du von allein darauf kommen würdest. Aber offenbar hätte ich es dir doch genau erläutern müssen."

Der Ausdruck *wutentbrannt* beschrieb Erics Gemütszustand nur unzulänglich. Er kniff die Augen zu schmalen Schlitzen zusammen. „Rumbaggern?", wiederholte er zornig und rückte noch ein Stück näher. „Du nennst es *rumbaggern,* wenn ich mit ein paar Freunden, von denen zufällig einige weiblich sind, ausgehe? Und das muss ich mir von der Frau bieten lassen, die mit jedem loszieht, der Hosen anhat?"

„Nicht mit *jedem*", widersprach Chloe und registrierte mit Genugtuung, dass dieser Stachel saß.

Eric schnaubte. „Ach, richtig, mit mir nicht! Trotzdem forderst du Treue. So ein Quatsch! Hirnverbrannter Unsinn! Ich habe niemals versprochen, wie ein Mönch zu leben."

Chloe verschränkte die Arme. „Weißt du was? Vergessen wir das Ganze einfach! Es war dumm von mir zu glauben, dass es funktionieren könnte. Mein ganzes Leben lang konnte ich mich nur auf mich selbst verlassen, warum sollte es dieses Mal anders sein?"

Sie versuchte einen Schritt von der Tür weg zu machen. Bloß raus hier aus diesem Raum, fort von Eric und seinen Problemen. Sollte er ruhig hierbleiben und nach Herzenslust toben. Aber der Kerl rührte sich nicht von der Stelle. Stocksteif blieb er vor ihr stehen, starrte drohend auf sie hinunter und tat sein Bestes, um sie so richtig einzuschüchtern.

Aber das nützte überhaupt nichts. Imponiergehabe zog bei Chloe nicht.

Nur neugierig war sie und, auch wenn sie das nicht gern zugab, ziemlich beunruhigt. Nicht ihretwegen, sondern wegen Eric. Das sah ihm überhaupt nicht ähnlich, das war nicht der Eric, den sie kannte. Und sie kannte ihn gut, besser als jeden anderen Mann, mit dem sie es ein wenig länger ausgehalten hatte.

„Eric, ich hab wirklich keine Ahnung, was mit dir los ist, aber ich muss zu dieser Show zurück. Wenn du gestattest … nein, auch wenn du nicht gestattest: Lass mich endlich vorbei."

Sie versuchte, ihn zur Seite zu schieben. Er sagte kein Wort und rührte sich keinen Zentimeter. Seine Augen waren groß und dunkel vor Erregung. Er wollte sie. Die Erkenntnis traf sie wie ein Schlag. Er musste sie haben, und zwar jetzt gleich, auf der Stelle. „Eric?"

Er beugte sich dicht zu ihr hinunter und stützte sich mit beiden Hände an der Tür ab. „Willst du Treue, Chloe? Willst du, dass wir ein Paar sind? Mit niemandem sonst ausgehen? Ist es das, was du von mir erwartest?"

Was sie wollte, war, dass er sie nahm, wie sie kein Mann je genommen hatte. Aber mit ihm zusammen, ihm treu sein? Ihm die Chloe zeigen, die sich hinter der Fassade der Prinzessin verbarg?

Nie zuvor hatte sie sich so elektrisiert gefühlt. Ihr Körper prickelte, ihre Nerven lagen blank. Erics Atem streifte warm über ihre Wange. Ganz sanft berührte er mit den Lippen Chloes Mundwinkel und blieb so, während er geduldig auf ihre Antwort wartete.

Chloe legte die Hände auf seine Brust und liebkoste seine Lippen mit der Zungenspitze. Ein Schauer jagte durch seinen Körper, aber sofort versuchte er, sich wieder in den Griff zu bekommen.

Plötzlich jedoch presste er hungrig seine Lippen auf ihre. Und diesen Kuss konnte man mit dem im Kino nicht vergleichen. Er schlang ihr den Arm um die Schulter, um zu verhindern, dass sie sich bewegte. Sein Mund saugte sich an ihrem fest, seine Zunge stieß vor. Von Zärtlichkeit keine Spur. Er küsste sie gierig, als wäre er am Verhungern. Seine Lippen waren hart, und seine Zunge schob sich in Chloes Mund und drängte sich gegen ihre.

Chloe erwiderte jede Bewegung, jede seiner aufreizenden Berührungen. Sie saugte, sie biss, nahm seine Lippen zwischen die Zähne und knabberte daran. Sie konnte nicht fassen, wie sehr sie diesen Mann begehrte. *Diesen* Mann.

Hastig tastete sie über seinen Brustkorb. Mit den Daumen suchte sie nach seinen Brustwarzen, die inzwischen genauso hart waren wie ihre eigenen. Eric stöhnte. Der Laut kam tief aus seinem Inneren. Sie machte weiter, massierte ihn mit Daumen und Handflächen, bis sie die Stelle entdeckte, die besonders empfindlich war.

Eric sog scharf die Luft ein und keuchte. Das war Musik in ihren Ohren. Sie verstärkte ihre Anstrengungen, streichelte und knetete, bis sie merkte, wie sie feucht wurde.

Genau in dem Moment legte Eric beide Arme um sie, hob sie hoch und trug sie weiter in den langen, schmalen Raum hinein. Chloe schlang die Beine um seine Hüften und klammerte sich fest. Suchend blickte er sich um und setzte sie schließlich auf einer niedrigen, mit Schrauben, Muttern und Resten von Elektrokabeln übersäten Werkbank ab. Sie lehnte sich zurück und stützte sich mit den Ellenbogen nach hinten ab.

Was Eric dann tat, hätte sie beinahe um die Beherrschung gebracht: Mit einer Hand ergriff er ihre Fußgelenke und hielt sie hinter seinem Rücken fest. Die andere schob er unter ihren Slip. Er presste die Finger gegen ihre empfindsamste Stelle. Dann zog er die Hand zurück, führte sie an seine Nase und atmete tief ein. „Ich liebe deinen Duft", sagte er, und Chloe sah das feine, feuchte Glitzern auf seiner Haut.

Als Nächstes führte er die Hand zum Mund und kostete. Chloe schloss die Augen. „Ich liebe deinen Geschmack", hörte sie ihn sagen, während er ihren Rock hochschob. Ein kühler Hauch streifte ihren Po.

„Es gefällt mir, dass du keine Strumpfhosen trägst", flüsterte Eric und machte sich an ihren Strapsen zu schaffen. „Am allermeisten aber gefällt mir, dass du diesen Stringtanga anhast, der praktisch aus Luft besteht." Mit einer raschen Handbewegung riss er ihn herunter.

Eric legte sich ihre Füße auf die Schultern. Nun lag Chloe völlig entblößt unter dem gleißenden Neonlicht und wagte kaum zu atmen. Er beugte sich hinunter und küsste genau die Stelle zwischen ihren Schenkeln, die ohnehin schon vor Erregung pulsierte. Chloe befürchtete, den Verstand zu verlieren. Sie bebte vor Erwartung und konnte die Spannung kaum noch ertragen.

Eric begann sie noch sorgfältiger zu erkunden, sog ihren Duft in sich auf. Am liebsten hätte sie ihn angefleht, sie endlich zu nehmen, doch sie biss sich auf die Lippen und genoss die Wärme seines Atems auf ihrer Haut und die zärtliche Berührung seiner Finger.

Seine Bartstoppeln kitzelten, und sie erschauerte. Mit der

Zungenspitze strich er über den schmalen Streifen Haar, den sie nicht abrasiert hatte. Er drückte sein Kinn sanft gegen ihre empfindliche Haut und reizte sie noch intensiver durch eine leichte Auf- und Abbewegung, sodass sich ihre Lust fast qualvoll steigerte.

Chloe konnte es kaum noch ertragen. Es war zu viel. Es war nicht genug. Sie war offen, sie war bereit, ihr Körper ihm ausgeliefert. Aber Eric schien es überhaupt nicht eilig zu haben. Am liebsten hätte sie seinen Kopf gepackt und zwischen ihre Schenkel geführt. Sie wollte seine Lippen spüren, sein Saugen und Kosten. Sie sehnte sich danach, dass er mit der Zunge und den Fingern in sie eintauchte.

Aber mehr als alles andere wollte sie ihn fühlen. Sie wusste, wie hart, wie groß er werden konnte. Sie wollte ihn berühren.

Stattdessen berührte sie sich selbst, ließ die Hände zu ihren Brüsten wandern, rieb sich über die Spitzen, die inzwischen hart geworden waren. Dabei stellte sie sich vor, wie Eric über ihr war und sie nahm. Sie legte den Kopf in den Nacken, hob ihm die Hüften entgegen und stöhnte laut.

Eric hielt inne und sah auf, das konnte Chloe spüren. Er blies warme Luft zwischen ihre Schenkel, dann beugte er sich über sie und bedeckte ihre Hände mit seinen.

Ohne lange zu zögern, zerrte er ihr das Oberteil des Kleides herunter, bis ihre Brüste entblößt waren. Dann spürte sie seine Zunge und seine Lippen, er saugte, küsste, knabberte, während er sie mit den Händen knetete und rieb. Mit der Zungenspitze umkreiste er die Spitze einer ihrer Brüste, aber Chloe wollte mehr.

Sie brauchte das Reizen nicht. Sie wollte es hart und heftig. Hungrig hob sie die Hüften und rieb sich an ihm. Eric stöhnte auf, ein Laut, der tief aus seinem Bauch kam und auf Chloes Haut vibrierte.

„Wenn du jetzt sagst, dass du kein Kondom dabeihast, erwürge ich dich“, stieß sie hervor.

Eric sagte kein Wort, sondern langte in die Hosentasche und zog ein Kondom heraus. Er riss die Verpackung auf. Chloe hob den Kopf und beobachtete, wie er die Gürtelschnalle löste, den Knopf seiner Hose öffnete und den Reißverschluss herunterzog. Er trug weiße Designershorts, sexy, aber im Moment ziemlich überflüssig. Rasch schob er die Hosen herunter, und Chloe sah zu, wie er sich das Kondom überstreifte. „Halt dich fest, Prinzessin“, sagte er, „wir machen es ganz wild.“

Wo zum Teufel sollte sie sich wohl festhalten? Aber dann war alles egal. Denn sie spürte seinen Finger in sich, wie er sie ertastete und sie dann endlich mit einem einzigen kräftigen Stoß ausfüllte.

Chloe schrie auf. Er hielt inne, öffnete sie noch weiter, während er mit einer Hand ihre empfindsamste Stelle streichelte, mit der anderen ihren Po umfasste. Chloe wurde fast wahnsinnig vor Lust. Sie wollte ihm entgegenkommen, doch dann hielt sie still und genoss das Gefühl, ihn in sich zu spüren.

Eric verstärkte den Druck seiner Hand leicht, reizte sie weiter, bis sie sich entspannte, und begann sich erneut in ihr zu bewegen. Langsam und gleichmäßig liebkoste er das Zentrum ihrer Lust und glitt dabei vor und zurück.

Chloe umschloss ihn fest, er stöhnte und hielt plötzlich zitternd inne. Eric sah ihr tief in die Augen, ein Blick, unergründlich und so heiß, wie sie es noch bei keinem Mann gesehen hatte. Sein Mund war zu einer schmalen Linie zusammengepresst, als kostete ihn seine Zurückhaltung die letzte Kraft. Chloe fuhr sich mit der Zungenspitze über die Unterlippe und forderte ihn auf weiterzumachen.

„Bist du bereit?“

Sie biss die Zähne zusammen und nickte. Sie war mehr als

bereit, sie war kurz davor zu zerspringen.

Eric ließ alle Zurückhaltung fallen. Wieder und wieder drang er tief in sie ein und streichelte sie gleichzeitig.

Und dann konnte Chloe sich einfach nicht länger zurückhalten. Die Wellen der Lust erfassten ihren Körper, ließen sie erbeben. Ekstatisch drängte sie sich mit den Hüften so eng an Eric, wie sie konnte, um ihm so nahe wie möglich zu sein.

Mit jedem Schauer, der sie erfasste, zog sie sich fester um ihn zusammen, nahm ihn tiefer in sich auf. Sie spürte den Drang, Eric ganz fest zu halten. Aber sie musste sich mit beiden Händen am Tisch festklammern, um nicht hinunterzufallen. Mit den Beinen fand sie Halt an Erics Schultern. Sie war ihm ausgeliefert. Er besaß die Kontrolle.

Seine Augen leuchteten triumphierend. Er wusste, dass sie einen Höhepunkt erlebt hatte, mit *ihm* zusammen. Jetzt konnte er sich Zeit lassen. Er würde sie noch einmal so weit bringen und viel weiter, bereit und erregt, wie sie immer noch war.

Er wurde langsamer und zog sich fast vollständig aus ihr zurück. Dann drang er mit einer leichten, fließenden Bewegung wieder in sie ein. Noch einmal. Und noch einmal. Und immer schneller und immer fester.

Chloe wandte dabei nicht den Blick von ihm. Beobachtete das Spiel seiner Muskeln und wie er in sie eindrang. Der Anblick erregte sie von Neuem. Wie er sie wollte und ausfüllte, wie er sich nicht mehr länger beherrschen konnte …

Sie schluchzte auf. Wellen der Lust überschwemmten sie, ihre Muskeln zogen sich im gleichen Rhythmus zusammen, in dem Eric sie nahm. Ein heiserer Schrei löste sich aus seiner Kehle, als er kam. Chloe spürte seine Hitze, sie umfing ihn ganz fest, zog ihn noch tiefer in sich, bis sie noch einmal einen Orgasmus erlebte.

Langsam rutschten ihre Beine von seinen Schultern, aber er

zog sich nicht zurück und hielt ihre Schenkel fest umschlungen. Er war noch immer hart und blieb in ihr. Chloe sah ihn an. „Falls du auf die Erlaubnis wartest, dich zurückziehen zu dürfen: Sie ist dir gewährt."

„Ich warte auf die Beantwortung meiner Frage."

Frage? Wann hatte er ihr eine Frage gestellt? „Könntest du meinem Gedächtnis auf die Sprünge helfen? Mir ist anscheinend der Verstand abhandengekommen."

Seine Miene blieb versteinert. „Willst du Treue?"

Wie sollte sie das beantworten, solange er so tief in ihr war? Bei jeder Bewegung konnte sie ihn spüren. „Ja. So lange, bis dieser Teufelspakt beendet ist."

Eric gab sie frei. Er legte den Arm um sie und half ihr, sich an der Tischkante aufzusetzen. Dann streifte er das Kondom ab, zog sich an und musterte sie.

Chloe konnte sich kaum rühren. Ihr Rücken tat weh, ihre Schenkel schmerzten, und in ihrem Schoß pochte es. Ihr Gewissen meldete sich, und alles, was sie an Selbstbeherrschung je besessen hatte, war längst verpufft. Vorsichtig ließ sie sich vom Tisch gleiten, zupfte auf wackligen Beinen ihren Rock zurecht, zog das Oberteil über ihre Brüste und ordnete ihre Frisur. Sie betete, dass Eric gehen würde, ohne ein weiteres Wort zu verlieren. Aber waren ihre Gebete jemals erhört worden?

Er hatte die Hand bereits auf der Klinke, als er sich noch einmal umdrehte. „Ich will dir etwas sagen, Chloe. Ich nenne dich Prinzessin, weil du in einem verflixt hohen Elfenbeinturm sitzt. Du machst es einem Mann verdammt schwer, an dich heranzukommen, geschweige denn dich für sich zu beanspruchen."

Sie hob trotzig das Kinn an. „Und du bildest dir ein, ich gehöre jetzt dir, weil du den Turm erobert hast? Du darfst von nun an bestimmen, wie ich mein Leben zu führen habe?"

„Glaubst du, dass es das ist, was ich will, Chloe?“

„Etwa nicht?“ War es nicht das Mindeste, was Männer erwarteten?

„Nein. Ich will dich nicht besitzen. Ich will dich kennenlernen. Ich möchte noch eine ganze Menge über dich erfahren. Und ich werde es erfahren, Prinzessin, bis ins kleinste Detail.“ Eric trat in den Korridor hinaus, aber er drehte sich noch einmal um. Sein Blick war eisern. „Ganz egal, wie viele Mauern ich dafür erstürmen muss.“

Noch lange, nachdem er verschwunden war, starrte Chloe auf die geschlossene Tür. Da konnte sie sich die Hand noch so fest aufs Herz drücken, es war nicht zu verhindern, dass eine völlig absurde Hoffnung darin aufflackerte.

Nein, sie würde jetzt nicht in Panik geraten! Chloe erinnerte sich vage, dass sie auf Erics verzweifelter Suche nach einem Raum, wo sie ungestört waren, an einer Damentoilette vorbeigekommen waren. Dahin flüchtete sie jetzt, ehe jemand sie entdeckte.

Sie sah zum Fürchten aus: Der Lippenstift war auf Kinn und Wangen verschmiert, die Grundierung komplett im Eimer, an eine Rettung allein mit dem Puder, den sie dabeihatte, nicht zu denken. Und das, was vom Rouge noch übrig war, war ein Witz! Nur die Wimperntusche hatte überlebt, auch wenn Chloes Augen jetzt Ähnlichkeit mit denen eines Waschbären aufwiesen. An ihre Frisur mochte sie gar nicht denken! Aber die Bürste und ihr Make-up befanden sich in der kleinen schwarzen, mit Federn verzierten Tasche, die sie über dem Stuhl hatte hängen lassen. Wie hätte sie auch ahnen sollen, dass sie von einem Höhlenmenschen verschleppt wurde?

Sie starrte ihr Spiegelbild an und dankte dem Himmel, dass die Toilette abseits des Getriebes lag und daher leer war. Erst einmal wollte sie niemandem begegnen. Schlimm genug, dass sie sich selbst in die Augen sehen musste. Was sie gerade getan hatte, hätte niemals geschehen dürfen. Das hatte sie sich und Sydney geschworen. Dadurch, dass sie die gIRL-gEAR-gIRL-Preisverleihungszeremonie für einen Quickie verlassen hatte, hatte sie ihre Karriere nur noch mehr gefährdet, anstatt alles zu ihrer Rettung zu unternehmen. Über ihre Beweggründe dafür wollte sie lieber gar nicht erst nachdenken.

Bevor Chloe sich auf eine intime Beziehung einließ, gebrauchte sie immer zuerst ihren Verstand. Doch bei Eric war Chloes Verstand zu keinem Zeitpunkt beteiligt gewesen. Dafür hatte sich ihr Herz nur zu sehr engagiert, wie sie befürchtete.

Erics Vorwürfe hatten sie tief erschüttert, und seine Worte schmerzten immer noch. Die Erfahrung hatte Chloe gelehrt, Gefühle aus Beziehungen auszuklammern und Kompromisse zu vermeiden. Beim Geben und Nehmen rückte das Geben, das *Auf*geben, für ihren Geschmack viel zu schnell in den Vordergrund.

Nachdem ihr viele Jahre lang vorgeschrieben worden war, wie sie sich zu kleiden, zu benehmen und sogar für welches Studium sie sich zu entscheiden hatte, hatte sie nun endlich die volle Kontrolle über ihr Leben erlangt. Und kein Mensch würde ihr das wegnehmen, nur weil er behauptete, sie zu lieben und ihre Bedürfnisse und Wünsche – und sie selbst – genau zu kennen.

Chloe drehte den Wasserhahn auf. Das Wasser schoss gurgelnd in den Ausguss. Zum Teufel mit Eric Haydon und seinen weltfremden Versprechungen!

Sie wusste, dass sie den Raum nicht verlassen konnte, ehe ihr Gesicht nicht einigermaßen präsentabel hergerichtet war. Sie feuchtete es mit warmem Wasser an und begann, die Stirn mit flüssiger Handseife zu reinigen. Da ging die Tür auf. Chloe hob den Kopf, öffnete die Augen und sah im Spiegel Melanie.

Wenigstens nicht Sydney – oder Eric, dachte Chloe. Sie konnte nur hoffen, dass sie diesen beiden heute nicht mehr über den Weg lief.

Sie reinigte ihr Gesicht, spülte den Schaum ab und ließ klares Wasser über ihre Haut laufen. Melanie hatte sich in sicherer Entfernung auf den Waschtisch gesetzt und reichte Chloe ein paar Papierhandtücher. Chloe richtete sich auf und tupfte sich trocken. Sie rümpfte die Nase, als sie im Spiegel ihre fleckige, gerötete Haut sah: das Ergebnis von scharfer Seife, harten Papiertüchern und Erics kratzigen Bartstoppeln.

Der letzte Punkt machte ihr besonders schwer zu schaffen. Dieses Abenteuer würde sich zweifellos auf ihr Privat- als auch auf ihr Berufsleben auswirken. Mit den beruflichen Konsequenzen würde sie sich zuerst befassen müssen.

Chloe drehte sich zu Melanie um. Sie war wirklich ein Schatz, denn sie hatte daran gedacht, Chloes Tasche mitzubringen. „Ich werde ewig in deiner Schuld stehen", meinte Chloe und fischte die kleine Flasche Feuchtigkeitslotion heraus. „Wie hast du mich gefunden?"

Melanie baumelte mit den Beinen. „Dein Wachhund sitzt draußen vor der Tür. Du solltest ihn darauf hinweisen, dass Peppermint Peony nicht unbedingt seine Farbe ist."

Chloe schnitt eine Grimasse. Na klasse! Eine wandelnde Litfasssäule, die allen verkündete, dass ihr Timing miserabel und ihr Urteilsvermögen schauderhaft war. „Das heißt, alle wissen Bescheid?"

„Glaub ich eigentlich nicht." Mit einem schnellen Griff rettete Melanie Chloes Tasche, ehe diese in das Waschbecken rutschte. „Du hast dir zum Glück einen ziemlich abgelegenen Waschraum ausgesucht."

War doch noch nicht alles verloren? „Tust du mir noch einen klitzekleinen Gefallen?", bat Chloe und massierte die Lotion in ihre Haut. „Geh zu ihm und sag ihm, er soll die Fliege machen." Die andere warf ihr einen fragenden Blick zu. „Sag ihm, dass ich ihn anrufe, sobald ich zu Hause bin."

Melanie sprang vom Waschtisch. „Seid ihr nicht zusammen hergekommen?"

Chloe schüttelte den Kopf und kramte in ihrem Behelfs-Make-up nach der Grundierung. „Wir haben uns erst hier getroffen. Er ist mein fester Begleiter, nicht mein Date, kapiert?"

„Ach, richtig", bestätigte Melanie, aber man sah ihr deutlich an, dass sie ihre Zweifel hatte. Trotzdem ging sie vor die Tür. Sosehr Chloe die Ohren spitzte, sie verstand kein Wort von dem unterdrückten Stimmengemurmel. Nur Erics Tonfall verriet ganz deutlich, dass er nicht gerade begeistert war, so abserviert zu werden.

Dabei wollte Chloe ihn gar nicht abservieren! Aber sie konnte nur ein Desaster nach dem anderen bewältigen, und Sydney hatte Vorrang. Wenn ihr bloß eine Möglichkeit einfiele, die Bombe zu entschärfen, bevor diese hochging!

Melanie kam zurück und setzte sich wieder auf den Waschtisch. Dabei landete der Saum ihres kurzen Kleides im Waschbecken.

„Du wirst dein Seidenkleid ruinieren."

Da Melanies Gedanken sich nur in technischen Dimensionen bewegten, ließ sie Chloes Hinweis völlig kalt. „Er ist weg", verkündete sie ungerührt, „aber er schien nicht besonders glücklich darüber."

„Das hab ich mitbekommen." Chloe unterbrach kurz ihre Reparaturmaßnahmen und ließ das Make-up-Schwämmchen über ihrer Nase schweben. „Du hast ihm doch gesagt, dass ich ihn anrufe?"

„Selbstverständlich!"

„Und? Hör mal, ich bin nicht in der Stimmung, dir jedes Wort einzeln aus der Nase zu ziehen, Mel. Wie hat er reagiert?"

Melanie zuckte die Schultern. „Er meinte, dann würde er eben warten."

Dann würde er eben warten! „Das war alles?"

„Wir haben nicht lange geplaudert. Ich dachte, du wolltest, dass er verschwindet?"

Richtig. *Falsch!* „Klar, entschuldige. Ich bin momentan nicht in Höchstform."

„Na, das würde ich nicht behaupten. Du glühst wie jemand, der gerade fantastischen Sex hatte." Melanie hob vielsagend die Augenbrauen.

Chloe versuchte sich mit der halben Wahrheit. „Ich glühe keineswegs. Was du meinst, kommt daher, dass ich das Gesicht mit Scheuerpulver gereinigt habe."

„Ach, und Eric hatte deinen Lippenstift auf der Wange, weil du ihm eine Farbberatung hast angedeihen lassen?"

Chloe stopfte die Grundierung in die Tasche zurück und suchte das Puderrouge. Wozu länger um den heißen Brei herumreden, wenn das Offensichtliche so verflixt offensichtlich war? Mit einer kleinen Bürste trug sie das Rouge auf die Wange auf. „Gut, ich geb's zu, ich hatte fantastischen Sex mit Eric. Wir sind wie die Wilden übereinander hergefallen." Die andere Wange. „Wenn du wissen willst, ob es sich gelohnt hat, dafür mein Gesicht und meinen Slip zu opfern? Ja, verflixt! Aber war es auch wert, dass ich dafür meine Karriere aufs Spiel gesetzt habe?" Diese Frage ließ sie in der Luft hängen. Sie brauchte Zeit zum Nachdenken und um etliche wichtige Entscheidungen über ihr Leben und ihre Zukunft zu treffen.

„Den Slip?"

Chloe seufzte.

„Wegen deiner Karriere brauchst du dir keine Sorgen zu machen."

Chloe schnaubte. „Du hast leicht reden! Du hast dich nicht einfach von einem der wichtigsten Events, die gIRL-gEAR je auf die Beine gestellt hat, abgeseilt. Ich habe alle enttäuscht."

„Ich habe Sydney gesagt, dass dir schlecht geworden ist."

Chloe ließ die Puderdose zuschnappen und musterte Melanie scharf. „Wie, schlecht?"

„Na ja, jedem am Tisch ist aufgefallen, dass du dich irgendwie komisch benommen hast. Du hast das Essen und das ganze Programm über dich ergehen lassen, ohne einen einzigen bissigen Kommentar abzugeben. Dann hat Eric dich rausgeschleift, unmittelbar nachdem du von dem Zitronenzeugs probiert hattest." Melanie zuckte mit den Schultern. „Und nachdem wir anderen Schokolade gegessen hatten, fand ich diese Ausrede ziemlich einleuchtend."

Chloe fiel ein Stein vom Herzen. „Glaubst du wirklich, irgendjemand, speziell Sydney, hat dir das abgekauft?"

„Einen Versuch war es jedenfalls wert. Und Eric ist nicht mehr da. Du kannst ihnen erklären, dass du ihn heimgeschickt hast – was ja auch stimmt."

„Schon, aber es lässt ihn nicht gerade im besten Licht erscheinen. Welcher anständige Kerl lässt schon sein leidendes Date im Stich?"

„Ich bin ja bei dir. Und ich habe dir dabei geholfen, ihn nach Hause zu schicken. Es geht um deine Karriere, Chloe. Wenn du dich zwischen gIRL-gEAR und heißem Sex entscheiden musst …" Melanie verstummte, nahm den Faden aber nach einer kurzen Pause wieder auf. „Ich würde sagen, das ist keine echte Alternative, oder?"

Dem konnte Chloe eigentlich nur zustimmen. Sie hatte das Fläschchen mit dem Mascara gefunden und aufgeschraubt, steckte die Bürste aber unbenutzt in die Tube zurück. „Und wenn es nicht bloß um heißen Sex geht?"

Melanie blinzelte überrascht. Langsam rutschte sie vom Waschtisch herunter und lehnte sich an die Wand. „Das soll wohl ein Witz sein? Du und Eric? Du und überhaupt irgendein Kerl? Soll das heißen, dass du dein Leben allen Ernstes in Ordnung bringen willst?"

„Natürlich nicht, vergiss es." Chloe unternahm einen neuen Anlauf mit dem Mascara.

Melanie stellte sich neben sie. „Spiel jetzt bloß nicht die Naive! Du hättest die Frage doch gar nicht gestellt, wenn sie dir nicht im Kopf herumspuken würde."

„Das ist es doch! Ich will nicht darüber nachdenken, was mir im Kopf herumspukt. Ich will mich nicht damit beschäftigen. Ich will nur noch diese ‚Wild Winter Woman Fashion Show' hinter mich bringen und dann den ganzen Kram endlich vergessen."

Allerdings hatte Eric noch einen Wunsch frei. Und es war längst nicht gesagt, dass nach dessen Erfüllung alles geklärt wäre, weder in ihrem Kopf noch an der Stelle, an der Chloe ihr Herz vermutete.

10. KAPITEL

Anton Neville stand vor dem ehemaligen Lastenaufzug, der ihn die vier Etagen zu Laurens Loft hinaufbefördern sollte. Noch ein letzter Zug an der Zigarette, die er nicht hatte rauchen wollen, dann warf er den Stummel auf den Boden und trat ihn mit dem Absatz aus.

Was dachte Lauren sich bloß dabei, sich mit Nolan Ford einzulassen? Vor sechs Wochen war sie aus Antons Wohnung ausgezogen. Er versuche, über ihr Leben zu bestimmen, hatte sie ihm vorgeworfen. Er käme nicht mit ihrer Sexualität und ihrer Vergangenheit klar. Er sei viel zu verklemmt und hätte sich nie Zeit genommen, um sie gründlich kennenzulernen. Ein Zeichen, dass er sie nicht liebte.

Anton hätte exakt die gleichen Anschuldigungen dagegenhalten können. Hatte er aber nicht. Schuldig im Sinne der Anklage waren sie beide, und er war Manns genug, für seine Fehler geradezustehen. Er würde Lauren nicht bitten, zu ihm zurückzukehren.

Allerdings hatte er ihr vorschlagen wollen, noch einmal von vorn zu beginnen, ganz locker, ganz entspannt. Er konnte es einfach nicht fassen, dass Lauren so tat, als hätte es das eine Jahr, in dem sie beide unzertrennlich gewesen waren, nie gegeben. Aber Antons Angebot stand nicht mehr. Nicht, wenn Lauren sich mit Nolan Ford einließ.

Anton vergrub die Hände in den Hosentaschen seines lässig geschnittenen Designeranzugs. Sakko und Krawatte waren im Auto geblieben, einem Jaguar, den er in einem Parkhaus in der Nähe abgestellt hatte.

Nach der Wahl des gIRL-gEAR-gIRLs hatte er Annabel nach Hause gefahren und sich verabschiedet. Er hatte sich prächtig mit ihr unterhalten und war überzeugt, dass sie bereit gewesen wäre, ihm den Abend noch so richtig zu versüßen. Aber er hatte wirklich überhaupt keine Lust, eine neue Beziehung anzufangen. Nicht, solange er die alte noch nicht aufgegeben hatte.

Den Entschluss, noch auf einen Sprung bei Lauren vorbeizuschauen, musste er wohl im Unterbewusstsein gefasst haben. Alte Gewohnheiten ließen sich eben nur schwer ablegen. Aber jetzt, wo er hier war, konnte er sich nicht entscheiden, ob er lieber umkehren oder hinauffahren sollte. Vielleicht hatte Lauren tatsächlich Lust auf eine Tasse Kaffee und einen Plausch?

Und wenn er sie beim Kaffeetrinken mit Nolan Ford antraf? Das gab den Ausschlag. Anton machte auf dem Absatz kehrt. Es war schlimm genug, wenn er sich *vorstellte,* dass Lauren mit einem anderen Mann zusammen war. Er musste es nicht auch noch mit eigenen Augen sehen, deshalb trat er den Rückzug an. Aber kaum hatte er sich in Bewegung gesetzt, hörte er, wie das Getriebe des Aufzugs ansprang.

Anton zögerte. Er wartete, bis sein Herz seinen gewohnten Rhythmus wiedergefunden hatte. Dann drehte er sich um und lauschte gespannt dem Ächzen und Stöhnen der Maschinerie, die die Kabine nach unten hievte. Breitbeinig, die Hände in den Hosentaschen vergraben, stand er da und wappnete sich für die Begegnung mit dem fröhlichen Paar. Eine Ausrede hatte er sich schon zurechtgelegt: Er sei kurz vorbeigekommen, um eine DVD abzuholen, die er vermutlich hier vergessen hatte und die er gleich morgen früh seinem kleinen Bruder vorbeibringen musste.

Aber als die Tür sich quietschend öffnete, trat Lauren allein heraus. Sie brachte den Müll nach unten. Ihre Füße steckten in dicken weißen Socken und Clogs. Ihre lila Jogginghose war abgetragen und schlabberig. Aber ihr Haar fiel immer noch sanft gewellt auf ihre Schultern. Den ganzen Abend schon hatte sich Anton gewünscht, mit beiden Händen darin zu wühlen.

Auch das Make-up hatte sie noch nicht entfernt. Ihre Augen funkelten, ihre Haut schimmerte. Sie war unglaublich schön. Das T-Shirt, das sie trug, hatte sie ihm wenige Wochen, nachdem sie ein Paar geworden waren, als Andenken an ein Konzert gekauft. Selbst wenn Nolan neben ihr im Aufzug gestanden hätte – sie trug immer noch *Antons* T-Shirt!

Stumm nahm Anton ihr die schwarze Plastiktüte ab. Er fürchtete, dass ihm die Stimme versagte. Nebeneinander liefen sie den Gang entlang zum Hintereingang, durch den man an den hauseigenen Müllcontainer gelangte. Laurens Schuhe verursachten ein klapperndes Geräusch, das von den hohen Ziegelwänden zurückschallte.

„Hat dir die Veranstaltung gefallen?", fragte Lauren schließlich, um das verlegene Schweigen zu brechen. Auch ihre Stimme wurde von den Wänden als Echo zurückgeworfen.

Es kam Anton sehr gelegen, dass sie so tat, als sei seine Anwesenheit nichts Ungewöhnliches. „Selbstverständlich, danke. Wie fandest du sie?"

Lauren nickte und lächelte verhalten. „Wir haben so viel Arbeit in das Programm gesteckt. Es war wirklich schön zu sehen, dass sich die Mühe gelohnt hat."

„Eine tolle Sache, dieses gIRL-gEAR-Stipendium. Und ihr habt die ideale Kandidatin ausgewählt." Er runzelte nachdenklich die Stirn. „Oje, ihren Namen habe ich leider vergessen."

„Deanna Elliott."

„Deanna, richtig." Anton zögerte einen Moment, aber dann sprach er weiter, obwohl er wusste, dass er ein heikles Thema anschnitt. „Ich hatte den Eindruck, sie ist genauso besessen von Mode wie du von Kunst."

„Ist Poe deine neue Freundin?", fragte Lauren unvermittelt

und brachte damit eine mindestens ebenso gefährliche Materie zur Sprache.

„Wir gehen ab und zu miteinander aus, aber sonst läuft da nichts.“ Durch eine schwere Metalltür trat Anton auf den ummauerten Hinterhof hinaus, auf dem sich die Mülltonnen, eine Laderampe und der Geräteschuppen befanden. Eine einsame Laterne beleuchtete das weite, asphaltierte Rechteck. Die Nacht war neblig und kühl. Er warf die Tüte zu dem übrigen Müll in den Container und ging zurück zu der Tür, die Lauren für ihn aufhielt. „Und du und Nolan? Ist das was Ernstes zwischen dir und dem alten Mann?“

Lauren ließ die Tür los. Sie fiel mit einem lauten Knall ins Schloss. Das Echo dröhnte in Antons Ohren. „Nolan ist kein alter Mann!“

„Relativ gesehen vermutlich nicht. Aber er hat doch leicht zwanzig Jahre mehr auf dem Buckel als du.“

„Siebzehn, wenn du's genau wissen willst, obwohl ich finde, dass es dich nichts angeht.“ Lauren fuhr herum und klapperte den Gang entlang zum Aufzug zurück.

Aber für Anton war das Thema noch nicht erledigt. „Was genau läuft denn nun zwischen euch?“

„Als ob das eine Rolle spielt! Wir haben schließlich nicht vereinbart, einander über unser Liebesleben zu informieren, oder?“

Anton musste es einfach genau wissen, auch wenn er sich für diese Schwäche hasste. „So ist das also. Nolan ist dein Liebhaber.“

Lauren schlang die Arme um ihre Taille. „Nolan ist ein Freund. Er ist mir eine große Stütze und teilt nebenbei meine Leidenschaft für Kunst.“

Anton verkniff sich die Frage, welche Leidenschaften der Ältere außerdem mit ihr teilte. Er war nicht hergekommen, um ihr Vorwürfe zu machen, und im Grunde wollte er es gar nicht wissen. „Verstehe! Und nachdem er an gIRL-gEAR beteiligt ist, vertritt er zweifelsohne die Ansicht, dass du deine ganze Energie in die Firma stecken sollst. Anstatt deine Fühler auszustrecken und dich umzuhören, ob du mit deiner Ausbildung nicht etwas Besseres anfangen könntest."

Auch dieses Thema war ein ständiger Zankapfel zwischen ihnen gewesen und hatte bei Laurens Entscheidung, die Beziehung zu beenden, mitgespielt. „Er hat mir die Augen für das geöffnet, was ich wirklich will", entgegnete sie. „Ich möchte an die Uni zurück."

Anton war baff. Einerseits fand er es sehr positiv, aber auf der anderen Seite wurmte es ihn ganz gewaltig. „Schade, dass du mir das nicht auch verraten hast."

Sie waren vor dem Lift angelangt und blieben stehen. Lauren drückte nicht gleich auf den Knopf, um die Kabine zurückzuholen. Sie musterte Anton scharf. Vielleicht versuchte sie, etwas zu entdecken, das sie bisher übersehen hatte – oder etwas, von dem sie hoffte, dass es inzwischen verschwunden war. „Ich wusste es ja selbst nicht. Ich wusste nur, dass ich keine Lust hatte, von gIRL-gEAR wegzugehen. Dabei hatte ich überhaupt nicht bedacht, dass ich ja nebenher weiterstudieren könnte."

„Woher dieser plötzliche Sinneswandel? Studium statt Jobwechsel!" Anton war froh, dass Lauren ihre Karriere im Auge behalten wollte. Trotzdem erstaunte es ihn ein wenig. Sie hatte immer, wenn sie darüber diskutiert hatten, jede Art von Veränderung strikt abgelehnt.

Lauren zuckte nachdenklich die Schultern. „Es scheint mir die ideale Lösung zu sein. Ich muss den Beruf, an dem ich hänge, nicht aufgeben, und eröffne mir gleichzeitig neue Chancen für die Zukunft."

Genau das hatte er ihr immer gepredigt. Ob sie ihn jetzt mit anderen Augen betrachtete? Oder hatte sie immer noch nicht begriffen, dass er nur ihr Bestes wollte?

„Nolan meint zwar auch, dass es nicht leicht werden wird ..."

Voll Verbitterung rammte Anton die Hände in die Hosentaschen. „Hätte ich mir ja denken können: Das war natürlich alles Nolans Idee."

„Nein, es war meine Idee", widersprach Lauren und reckte trotzig das Kinn vor.

„Aber du hast dich mit ihm darüber beraten."

„So, wie ich mich mit dir beraten hätte, wenn du nicht auf stur geschaltet und darauf bestanden hättest, dass ich mich außerhalb von gIRL-gEAR umsehe."

Hatten sie wirklich derart aneinander vorbeigeredet? „Mein Vorschlag war doch nicht, dass du *gleich* kündigen sollst!"

„Außer mir vorzuschlagen, zu kündigen, hattest du jedenfalls keine andere Idee." Lauren fuhr sich mit der Hand durchs Haar. „Über andere Möglichkeiten haben wir nie gesprochen. Du hast ein Machtwort gesprochen. Du hast entschieden, was das Beste für mich ist."

„Und Nolan hat dir verschiedene Alternativen aufgezeigt." Anton sprach den Namen des anderen voll Verachtung aus.

„Das hat er in der Tat. Wir haben uns darüber unterhalten, welche Kenntnisse mir nützen könnten, falls ich eines Tages ins Marketing oder zum Film wechseln sollte." Mit einem leisen Lächeln skizzierte sie die Umrisse einer Kinoleinwand in die Luft. „Art Director: Lauren Hollister. Ich finde, das klingt gut."

„Du hättest auch mit mir über deine Ideen sprechen können", stieß Anton hervor.

Lauren schüttelte den Kopf und sah ihm in die Augen.

„Nein! Du warst immer nur offen für das, was sich mit deiner Vorstellung deckte. Ich hatte auch nie an das Filmgeschäft gedacht, bis Nolan davon angefangen hat."

„Nun, freut mich, dass du endlich jemanden gefunden hast, der dir nach dem Mund redet."

„Ich weiß nicht, was du damit meinst", entgegnete Lauren. „Nolan redet mir nicht nach dem Mund."

„Er erzählt dir das, was du hören willst. Wie würdest *du* das denn bezeichnen?"

„Als Freundschaft, Fürsorge, Interesse."

Anton schnaubte. Er merkte, dass er sich genauso mies fühlte, wie er sich benahm. Trotzdem wollte er eines noch loswerden: „Bist du sicher, dass er sich nicht hauptsächlich dafür interessiert, was unter deinem Slip versteckt ist?"

Lauren starrte ihn entgeistert an. Sie schüttelte sich angewidert und hieb mit der flachen Hand auf den Fahrstuhlknopf. „Ich denke, du solltest besser gehen. Es ist alles gesagt, was es zu sagen gab."

Der Aufzug traf ein. Die Tür öffnete sich. Lauren stieg ein. Die Zeit schien plötzlich stillzustehen.

Entschuldige dich, befahl sich Anton. Sag ihr, was du empfindest, ehe es zu spät ist. Aber in seinem Inneren herrschte ein Chaos, das nicht einmal er selbst entwirren konnte. Deshalb konnte er nur hilflos mit ansehen, wie Lauren den Knopf betätigte und seinem Blick auswich. Er ließ sie gehen, obwohl sie ihn für einen eingebildeten Vollidioten halten musste. Er ließ sie in ihr Loft zurückkehren, zu ihrer neuen Karriere und einer Zukunft, in der er keine Rolle mehr spielte.

Nachdem sich die Tür hinter Lauren geschlossen hatte, hätte er am liebsten kräftig mit dem Fuß dagegengetreten, aber er wollte nicht, dass Lauren das Echo seiner Verzweiflung im Aufzugschacht hörte. Also machte er langsam kehrt und ging mit schleppenden Schritten ins Parkhaus zurück.

Zum ersten Mal, seit er denken konnte, versetzte ihm der Anblick seines glänzenden schwarzen Jaguars keinen Kick. Er entriegelte die Tür und rutschte hinters Steuer. Ob es wohl schon zu spät war, um Annabel Lee zu besuchen? Sie würde ihn mit offenen Armen willkommen heißen und die kalte Leere in seiner Brust verscheuchen. Aber sie war nun einmal nicht Lauren.

Anton musste einsehen, dass er verloren hatte. Er jagte den Motor hoch und raste mit quietschenden Reifen davon. Zum Teufel, wer brauchte eine Frau? Sein alter Kumpel Jack Daniels würde ihn genauso gut wärmen und viel weniger Komplikationen verursachen.

Chloe war noch nie so erleichtert gewesen, nach Hause zu kommen. Im Vorübergehen schleuderte sie die Handtasche auf das Sofa und kickte die Schuhe von den Füßen. Die hochhackigen pinkfarbenen Sandaletten flogen durchs Wohnzimmer, und plötzlich fühlte sie sich ein ganzes Stück besser.

Jetzt eine Dusche! Chloe wollte sich noch einmal das Gesicht schrubben und die Begegnung mit Eric und diesen ganzen verkorksten Abend fortspülen. Egal was Melanie behauptete, Chloe bezweifelte stark, dass ihr irgendjemand ihr angebliches Unwohlsein abgenommen hatte. Obwohl, als sie endlich in den halb leeren Ballsaal zurückgefunden hatte, hatte sie sich wirklich so matschig gefühlt wie zehn Tage alter Müll.

Melanie hatte sie zwar nach Kräften gedeckt, aber Chloe wusste ganz genau, dass sie die Angelegenheit mit Sydney persönlich bereinigen musste. Es war einfach nicht fair, sich hinter Melanie zu verstecken. Schließlich war Chloe schon ein großes Mädchen und musste die Suppe, die sie sich eingebrockt hatte, selbst auslöffeln.

Barfuß tappte sie über den dicken cremefarbenen Teppich, mit dem ihr in Dunkelgrau und Malve gehaltenes Wohnzimmer ausgelegt war. Sie ging an der Essecke vorbei und erreichte schließlich die große, gemütliche Küche, an die sich eine Frühstücksnische und eine kleine Vorratskammer anschlossen. Das Apartmenthaus, in dem Chloe wohnte, lag mitten in der Stadt und zählte zu den gehobenen Wohnlagen. Da sich ihre Wohnung im Erdgeschoss befand, gehörte Chloe zu den wenigen Glücklichen, die über einen kleinen Garten mit Terrasse verfügten.

Unentschlossen stand Chloe vor dem Kühlschrank. Sie beschloss, dass ihr im Grunde nach einem Glas Wein zumute war. Hatte sie aber nicht. Also würde sie sich eben mit einem Bier begnügen. Sie öffnete die Kühlschranktür, langte hinein und zog eine gut gekühlte Flasche Corona und eine Limone heraus. Obwohl ihre bestrumpften Fußsohlen auf dem glatten Fliesenboden rutschten, brachte sie die langhalsige Flasche mitsamt der Limone unbeschadet zu dem Arbeitsblock in der Mitte der Küche. Chloe öffnete die Schublade, in der sie den Flaschenöffner und ihre Messer aufbewahrte. Sie entfernte den Kronkorken, zerteilte die Frucht, presste ein paar Tropfen Saft in das goldgelbe Getränk und setzte die Flasche an die Lippen. Sie legte den Kopf zurück, und die eiskalte Flüssigkeit rann ihr die Kehle hinab. In dieser Haltung fiel ihr Blick automatisch nach draußen auf die Terrasse.

Dort, auf der schwarzen, schmiedeeisernen Bank, die das Herzstück ihres kleinen Gartens bildete, saß Eric. Vornübergebeugt, mit weit gespreizten Knien hockte er da. Er hatte die Ellenbogen auf die Oberschenkel gestützt und spielte mit einem langen Grashalm. Ganz langsam zog er den Halm vom Schaft bis zur Spitze zwischen Daumen und Zeigefinger hindurch. Diesen Vorgang wiederholte er, ein ruhiges, bedächtiges

Gleiten. Vom Schaft zur Spitze, von einem Ende zum anderen. Dabei sah er Chloe unverwandt an, selbst als er den Stängel zwischen die geschlossenen Lippen nahm und pustete. Der Halm schwebte zu Boden.

Langsam ließ Chloe die Flasche sinken. Das eiskalte Glas begann sich in ihren Händen zu erwärmen. Der Duft der Limone bildete einen scharfen Kontrast zu dem Aroma von Gerste und Hopfen. Sie spürte, wie ihre Fußsohlen auf dem kühlen Boden feucht wurden. Doch der anfängliche Schock, der ihr unter die Haut gegangen war und ihr die Luft geraubt hatte, verwandelte sich ganz allmählich in Erstaunen, süße Vorfreude – und Verlangen.

Aber wie konnte sie Eric schon wieder begehren, wenn sie ihn doch erst vor ein paar Stunden gehabt hatte? Hatte sie nicht hinterher geschworen, dass sie ihrem Leben eine neue Richtung geben würde? Dass sie ihre Fehler ausmerzen und sich bessern würde? Dass in Zukunft sie allein die Richtung vorgab, die ihr Leben nehmen sollte?

Und jetzt saß Eric da draußen und sah sie aus blauen Augen unverwandt an. Zärtlich und fest war sein Blick. Mit einem Schlag wurde Chloe klar, dass sie über diesen Mann nicht so leicht hinwegkommen würde. Er besaß so viele der Eigenschaften, nach denen sie sich sehnte. Gab es überhaupt etwas, das ihr an ihm nicht gefiel?

Dabei hatte sie im Grunde nie daran geglaubt, dass sie ihrem Traummann je begegnen würde. Geschweige denn darüber nachgedacht, welche Konsequenzen es haben könnte, wenn sich ihre Träume erfüllten. Sie hatte nicht erkannt, wie sehr dieser Mann ihre Selbstbeherrschung gefährdete und wie mächtig ihr Verlangen war, sich ihm völlig auszuliefern.

Eric ließ sie nicht aus den Augen. Sein Blick war auf Chloe fixiert und ging ihr unter die Haut.

Plötzlich stand er auf. Chloe musste kräftig schlucken bei dem Anblick, den er bot: Er wirkte einerseits verunsichert, fast wie ein kleiner Junge, der sich verlaufen hatte. Andererseits aber auch selbstbewusst und entschlossen wie ein Mann, der gekommen war, um Anspruch auf das zu erheben, was ihm zustand.

Chloes innerer Widerstand schmolz dahin. Wozu kämpfen, wenn sie die Schlacht bereits verloren hatte? Sie stellte die Bierflasche ab und stützte sich auf den Küchenblock. Vergeblich suchte sie mit den Fingern Halt an der Kante des Blocks aus massivem Holz.

Sie musste schon allein klarkommen.

Eric trug immer noch seine Abendgarderobe, einen anthrazitfarbenen Nadelstreifenanzug im klassischen Schnitt. Nur die Krawatte hatte er abgelegt, sein weißes Hemd stand am Kragen offen. Selbst aus dieser Entfernung konnte Chloe sehen, wie seine Halsschlagader pulsierte.

Wandleuchter zu beiden Seiten der Tür und die Reproduktion einer antiken Straßenlaterne neben der Sitzbank erhellten die Terrasse. Genug Licht, um die Feuchtigkeit in der Luft zu erkennen. Gewiss fror Eric. Ein feiner Dunstschleier bedeckte sein Haar und seine Schultern. Einerseits hätte Chloe ihn gern hereingebeten, aber der Wunsch abzuwarten, bis er den ersten Schritt machte – wie William Hurt in „Body Heat" –, war stärker.

Es knisterte förmlich zwischen ihnen, die Atmosphäre war aufgeheizt wie vor einem Sommergewitter: elektrisierend, spannungsgeladen und schwül. Chloes Kehle war wie zugeschnürt. Sie spürte, wie das Blut durch ihre Adern rauschte.

Endlich machte Eric den ersten Schritt, schließlich stand er nur noch einen halben Meter von der Glasschiebetür entfernt. Chloe betete, dass sie die Tür nicht abgeschlossen hatte, nachdem sie am Nachmittag die Vogeltränke aufgefüllt hatte.

Ihr wurde bewusst, dass er eigentlich nur über den Zaun geklettert sein konnte, eine beachtliche Leistung. Auf einmal wurde ihr klar, wie viel ihm daran gelegen hatte, herzukommen, bei ihr zu sein. Sie zu besitzen.

Ihr wurden die Knie weich. Ihre Beine zitterten. Das Herz schlug ihr bis zum Hals. Eric legte die Hand an den Türgriff und zog. Die Tür glitt auf, und Chloe hätte beinahe laut gejubelt. Noch ein großer Schritt, und er war im Haus und eilte entschlossen durch das schwach erleuchtete Esszimmer auf sie zu.

Dann stand er in der Küche. Schwer atmend sah er Chloe an, ohne ein Wort zu sagen. Er packte sie bei den Schultern, drückte sie gegen die Kühlschranktür und senkte den Kopf.

Sein Kuss war nicht grob, aber fordernd. Er verlangte von ihr zu akzeptieren, dass er sich nicht wegschicken lassen würde. Sie musste sich ergeben.

Chloe war so fasziniert, dass sie sich bedenkenlos fügte. Sie öffnete die Lippen und suchte seine Zunge. Ungeduldig glitt sie mit den Händen unter sein Sakko und strich ihm über den Rücken. Selbst durch das Hemd hindurch konnte sie fühlen, wie kalt seine Haut war. Chloe fröstelte und drückte ihn an sich, um ihn mit ihrem Körper zu wärmen.

Im ersten Moment wünschte sie sich in ihre Schuhe zurück, damit Eric sich nicht so weit hinabbeugen müsste, um ihren Mund zu erreichen. Aber dann wurde ihr bewusst, dass sich der Reißverschluss seiner Hose knapp unterhalb ihres Nabels befand. Es nahm ihr fast den Atem, als sie seine Erektion an ihrem Bauch spürte.

Eric spielte mit ihren Lippen, mit ihrer Zunge. Er streichelte, er saugte, er knabberte, mal sanft, dann wieder fordernd.

Nie hatte Chloe während eines einzigen Kusses so viele

unterschiedliche Empfindungen verspürt. Sie fühlte nicht nur seine Lippen, Zunge und Zähne. Erics Herz pochte unter ihren Händen. Sie spürte den kühlen Fliesenboden unter den Füßen, hörte das Brummen des Kühlschranks hinter sich und wurde von Erics heißem Körper gewärmt. Und erst seine süßen Lippen!

Aber plötzlich war er gar nicht mehr so süß. Er bedrängte sie, wollte sie besitzen. Chloe hätte nicht vermutet, dass der Hunger eines Mannes so blitzschnell aufflackern und sich so rapide zu rasender Begierde steigern konnte.

Erics Hände suchten und forschten, glitten über ihre Schultern, an ihren Armen hinab, über ihren Bauch, zu ihren Brüsten. Sie kneteten und massierten, und Chloe stöhnte. Eric rieb fester, hungriger, presste seine Erektion dichter an ihren Bauch, und plötzlich griff er ihr zwischen die Schenkel.

Ohne Vorspiel oder zärtliche Überredung. Auf den Kuss folgte beinahe übergangslos Sex, von Romantik keine Spur. Chloe konnte nur noch die Beine öffnen und seinem Verlangen nachgeben. Sofort packte er den Saum ihres Kleides und schob ihn hoch, suchte und fand ihre sensibelste Stelle und drang mit den Fingern in sie ein.

Chloe schnappte nach Luft. Sein Verhalten überraschte und schockierte sie. Sie grub die Finger in seine Oberarme, während er sie mit wilder Zärtlichkeit liebkoste. Sein Daumen massierte ihre empfindsame Knospe mit festen, kreisförmigen Bewegungen. Chloe war heiß und erregt, sehnte sich nach Erfüllung. An diesem Abend hatte er sie schon einmal in dieser Weise entflammt, und Chloe beabsichtigte, ihn der gleichen berauschenden Folter auszusetzen.

Sie fingerte am Verschluss von Erics Hose, bis sie Gürtelschnalle, Knopf und Reißverschluss geöffnet hatte. Dann streifte sie Hose und Boxershorts hinunter und befreite sein Glied. Es war steif und steil aufgerichtet. Die gespannte Haut glänzte, und Chloe fühlte sich versucht, sich hinabzubeugen und ihn in den Mund zu nehmen. Aber Eric ließ ihr dazu keine Zeit.

Er gönnte ihr nicht einmal das Vergnügen, ihn zu berühren. Stattdessen bückte er sich nach seiner Hose und zog ein Kondom aus der Tasche. Aber wenigstens das wollte Chloe nicht ihm überlassen. Sie entriss ihm das kleine Päckchen. Während sie ihm den Schutz langsam und provozierend überstreifte, fuhr sie sich mit der Zungenspitze über die Oberlippe. Sie konzentrierte sich ganz auf das, was ihre Hände taten, und blickte Eric nicht an, obwohl sie merkte, dass er sie wie hypnotisiert anstarrte. Natürlich hätte sie ihn gern angesehen, doch sie versagte sich diesen Genuss. Dieses Mal ging es ausschließlich um Sex, um hundertprozentige körperliche Befriedigung, ohne vielsagende Blicke, ohne tiefe Emotionen. Und Chloe würde die Initiative ergreifen.

Sie schwor sich, ihre Gefühle zu verdrängen. Sie wollte Rache für die Unsicherheit und Verwirrung, in die sie Eric erst ein paar Stunden zuvor gestürzt hatte.

Chloe reckte sich auf Zehenspitzen und schlang ein Bein um seine Taille. Mit einer Hand führte sie ihn in die richtige Position. Eric packte ihre Finger und verschränkte sie mit seinen. Dann drang er in sie ein. Und nun, nachdem ihre Körper vereint und ihre Hände miteinander verschlungen waren, konnte Chloe nicht anders. Sie sah ihn an.

Eric betrachtete sie mit einem Ausdruck zärtlicher Hingabe. „Ich konnte einfach nicht warten, bis du anrufst", gestand er leise.

Das war zu viel für Chloe. Die ganze Bandbreite der Gefühle, die seine Miene offenbarte, überforderte sie. Sie entzog ihm ihre Hand und legte sie auf seinen Po. Wenn er sich doch endlich bewegen würde! Aber er regte sich nicht. Zuckte mit keinem Muskel. Und das, obwohl er tief in ihr war und gar keine andere Möglichkeit hatte, als das zu tun, wonach sie sich so sehr sehnte.

Er verharrte weiterhin reglos, egal wie sehr Chloe sich ihm auch entgegendrängte. Langsam begann sie zu verzweifeln. Sein Wunsch, sie zappeln zu lassen, ängstigte sie beinahe. Sie wollte ihn anschreien, ja sogar ohrfeigen. Stattdessen seufzte sie frustriert und fuhr ihm mit ihren kurzen Fingernägeln über den Rücken.

Er lehnte seine Stirn an ihre und flüsterte. „Schsch, ich bin doch da, und ich habe auch nicht die Absicht wegzugehen."

„Das ist es ja! Du sollst dich bewegen."

„Werde ich auch", versprach er und veränderte seine Stellung ein kleines bisschen, sodass er noch tiefer in sie hineinglitt.

Chloe gefiel es gar nicht, dass er so viel Macht über sie besaß, dass er sie allein durch einen Blick verrückt machen konnte. Dass er sie mit einer Berührung aus der Fassung brachte, bis sie vor Lust nur noch schreien wollte. Und aus Frustration, weil sie bei ihm so einfach die Beherrschung verlor. „Ja, aber könntest du vielleicht langsam damit anfangen?", fauchte sie und klatschte ihm mit der flachen Hand auf den Rücken. Daraufhin ging er ein wenig in die Knie und schob eine Hand zwischen Chloes Schenkel. Spielerisch tastete er über ihre Haut bis zu der Stelle, wo ihre Körper miteinander verschmolzen.

Chloe seufzte vor Lust, und bei diesem Laut, dem Zeichen ihrer Kapitulation, legte Eric die andere Hand an ihre Wange und begann ihr Gesicht zu streicheln. „Chloe, ich lie..."

„Nein!" Sie schrie so laut, dass er nicht weitersprach. „Nein, das tust du nicht", wiederholte sie und legte ihm die Hand auf den Mund. „Das darfst du nicht, bitte!" Sie schluchzte laut und hasste sich für ihre Schwäche. „Lass mich einfach kommen, mehr will ich gar nicht.“

Eric schloss die Augen. Es bereitete ihm sichtlich Mühe, die Worte zurückzuhalten, die ihm auf der Zunge lagen. Als er Chloe wieder ansah, spiegelten sich Wut und Gekränktheit in seiner Miene. Weder das eine noch das andere diente dazu, Chloe zu beruhigen. „Kein Problem, Prinzessin“, stieß er schließlich hervor. „Der Höhepunkt wird sofort geliefert.“

Und dann fing er an, sich zu bewegen. Noch ehe Chloe protestieren konnte, begann er sich rhythmisch in ihr zu bewegen, tief und hart. Er kannte sie viel zu gut und wusste nur zu genau, wie er ihr Feuer entfachen konnte.

Unverzüglich regierte Chloes Körper, Vernunft und gesunder Menschenverstand wurde vorübergehend ausgeblendet. Binnen kürzester Zeit hatte Eric das erreicht, worum Chloe ihn gebeten hatte. Kein Mann verstand so gut wie er, was ihr Körper brauchte. Und auch wenn sie ihn dafür hasste, im Grunde liebte sie ihn.

11. KAPITEL

Es war Montagvormittag. Im Spiegel der Damentoilette bei gIRL-gEAR prüfte Chloe noch einmal ihr Aussehen. Die Beleuchtung war selbstverständlich perfekt, denn die Inneneinrichtung hatte Anton Nevilles Architekturbüro übernommen und dabei die Ideen aller sechs Partnerinnen berücksichtigt.

Heute hatte sich Chloe ein wenig konservativer gekleidet als sonst. Sie trug ein Kostüm aus blassrosa Leder mit einem gerade geschnittenen Rock italienischer Länge und einem kurzärmeligen, zweireihigen Oberteil, das ihr bis zur Hüfte reichte. Dazu helle Strümpfe und fuchsiafarbene Pumps mit Blockabsatz. Auch mit dem Make-up hatte sie sich besondere Mühe gegeben. Für die Lider hatte sie Blau- und Violetttöne gewählt, die sanft ineinander übergingen. Sie passten hervorragend zu dem kühlen roséfarbenen Gloss auf ihren Lippen.

Noch schnell den Saum des Tops zurechtgezupft, den Rock glatt gestrichen und einmal tief Luft geholt. Du machst dir viel zu viele Gedanken um dein Aussehen, dachte sie beim Ausatmen, dabei triffst du Sydney tagtäglich. Außerdem waren Kleidung und Make-up nicht halb so wichtig wie das Geständnis, das sie gleich hinter sich bringen musste.

Natürlich waren die Frauen Partnerinnen, aber Sydney hielt die Kapitalmehrheit und hatte in geschäftlichen Fragen, auch in Personalangelegenheiten, das letzte Wort. Bei Chloes heutiger Unterredung mit der Frau an der Spitze ging es um Geschäftliches, und sie nahm ihre Erscheinung deshalb so ernst, weil sie selbst ernst genommen werden wollte.

Sie verließ die Toilette und ging zur Tür am Ende des Ganges. Sydneys Büro war nicht größer als die anderen fünf hier im Vorstandstrakt, aber es hatte die schönste Lage, wie es einer

Vorstandsvorsitzenden zustand.

Chloe klopfte und spähte in das in Pfauenblau und Olivgrün dekorierte Zimmer. „Hast du eine Sekunde Zeit?“

Sydney blickte von einer Tabelle auf, die sie gerade studierte. „Klar, ich brauche ohnehin mal eine Pause. Diese Zahlen ergeben seit ungefähr einer Stunde überhaupt keinen Sinn mehr.“

Chloe trat ein, setzte sich auf einen Stuhl vor dem Schreibtisch und schlug die Beine übereinander. „Bei mir hakt es mit Zahlen schon seit der ersten Klasse, kurz nachdem wir gelernt haben, dass eins plus eins zwei macht.“

Sydney stützte das Kinn in die Handflächen und lächelte. „Das ist mir schon damals aufgefallen, im Café, als du dich immer beim Wechselgeld verrechnet hast.“

Wider Willen musste Chloe ebenfalls schmunzeln. „Und ich dachte, du hättest mich hinter die Espressomaschine verbannt, weil ich mit dem Kaffeesatz weniger rumgeferkelt habe als alle anderen.“

„Natürlich!“ Sydney rümpfte die Nase. „Das hatte ich total vergessen. Ich habe die schlechte Angewohnheit, mich so an die Dinge zu erinnern, wie ich sie sehen will. Ich brauche immer jemanden, der mir sagt, wie es wirklich war.“

Jetzt geht's los, dachte Chloe und holte tief Luft. „Genau deshalb bin ich hier. Ich möchte deiner Erinnerung auf die Sprünge helfen.“

„Wegen des Espressos?“

Chloe schüttelte den Kopf. Wenn's weiter nichts wäre! „Wegen der gIRL-gEAR-gIRL-Veranstaltung.“

„Du bist hoffentlich gut heimgekommen. Melanie hat erzählt, dass du dich nicht wohlfühlst. Ich wollte dich am Wochenende anrufen, um mich zu erkundigen, wie es dir geht, aber ich stecke bis über beide Ohren in den Entwürfen für die ‚Wild Winter Woman Fashion Show‘, die jetzt langsam eintreffen." Sydney raffte das Haar hinter dem Kopf zusammen und massierte sich den Nacken. Sie sah Chloe fragend an.

„Mir war nicht schlecht. Ich war mit Eric zusammen. Ich hätte nicht zulassen dürfen, dass Melanie mich deckt", gestand Chloe und wippte nervös mit der Fußspitze. „Obwohl, zu dem Zeitpunkt, als sie mich aufgespürt hat, hab ich mich wirklich nicht gerade berauschend gefühlt."

Sydney hatte während Chloes Beichte ihre Massage fortgesetzt. Nun ging sie dazu über, die Kopfhaut durchzukneten. Was sie von dem Ganzen hielt, konnte Chloe beim besten Willen nicht erraten. Sie hatte keinen blassen Schimmer, ob gleich ein fürchterliches Donnerwetter über sie hereinbrechen würde oder ob Sydney ihr Geständnis erst verdauen musste, um sie dann kurz und schmerzlos vor die Tür zu setzen.

Nichts davon geschah. Sydney hörte auf, in ihren Haaren zu wühlen. Sie beugte sich über den Tisch und fragte mit gedämpfter Stimme: „Was genau läuft denn zwischen dir und Eric? Das hat doch nicht bloß mit deinem angeknacksten Ruf zu tun, oder? Ich war übrigens von Anfang an der Meinung, dass dein Plan nicht wasserdicht ist."

Chloes Fuß stoppte mitten in der Bewegung. „Wie kommst du darauf?"

„Ich kann mir einfach nicht vorstellen, dass Eric Haydon sich mit der Rolle eines Begleiters, wenn auch nur vorübergehend, zufriedengibt."

„Du meinst, er wird erwarten, dass ich meinem Ruf gerecht werde?" Und war sie das nicht längst geworden?

Sydney zog die Augenbrauen zusammen. „Ja, hast du denn keine Augen im Kopf, Frau?", rief sie dann aus. „Dieser Mann ist bis über beide Ohren in dich verknallt."

Chloe schloss die Augen und ließ sich gegen die Stuhllehne fallen. Das hatte ihr gerade noch gefehlt! Schlimm genug, dass

Eric die Worte beinahe rausgerutscht wären, wenn sie ihm nicht im letzten Moment den Mund zugehalten hätte.

Sydney sah Chloe von der Seite an. „Das wird er dir natürlich so nicht sagen, nehme ich an."

Natürlich nicht, jetzt nicht mehr. Sogar Chloe wusste, dass auch Männer ihren Stolz hatten. „Er wird es mir nicht sagen, weil es einfach nicht stimmt. Sicher, er ist scharf auf mich. Offen gesagt, ich bin auch scharf auf ihn."

„Das hast du ziemlich deutlich gemacht, als du zugelassen hast, dass er dich vom Tisch wegschleppt."

Chloe stellte die Beine nebeneinander auf den Boden und richtete sich kerzengerade auf. Sie war eigentlich hergekommen, um über gIRL-gEAR zu sprechen, nicht über Eric. „Ich muss mich bei dir entschuldigen, Syd. Bei dir und den anderen. Ich habe mich nicht an die Vereinbarung gehalten, mein Leben in Ordnung zu bringen."

Sydney lehnte sich in ihrem Sessel zurück und legte die Hände auf die Armstützen. „Was erwartest du nun von mir, Chloe? Ich habe den Eindruck, dass du nicht nur gekommen bist, um dich zu entschuldigen. Genau genommen habe ich schon eine ganze Zeit den Eindruck, dass du dich für gIRL-gEAR nicht mehr so begeistern kannst, wie es am Anfang der Fall war."

Chloe stieß ein freudloses Lachen aus. „Und ich hatte schon geglaubt, dass ich euch alle spielend vom Gegenteil überzeugt hätte."

„Das hätte vielleicht geklappt, wenn du zuallererst dich selbst überzeugt hättest."

Chloe schwante so langsam, dass hinter Sydneys weisen Sprüchen mehr als nur ein Körnchen Wahrheit steckte. „Versteh mich bitte nicht falsch, Syd. Ich liebe gIRL-gEAR! Die Ursachen für meinen momentanen Frust sind privater Natur." Chloe zwang sich zu einem Lächeln. „Eine Art verfrühter Midlife-Crisis."

Sydney ließ sich ihre Antwort ein paar Sekunden lang durch den Kopf gehen. Schließlich seufzte sie vernehmlich. „Weißt du, Chloe, manchmal ist es ganz schön hart, der Boss zu sein. Ich sterbe fast vor Neugier auf die schlüpfrigen Details deiner Affäre mit Eric. Aber eigentlich sollte ich vergessen, dass wir befreundet sind, damit ich abwägen kann, welche Auswirkungen dein Mangel an Enthusiasmus auf die Firma hat."

Chloe lachte leise. „Ich will ja nicht das Thema wechseln, aber du scheinst gar nicht der Typ zu sein, der auf Klatsch und Tratsch abfährt."

Sydney streckte ihr die Zunge heraus und grinste. Gleich darauf wurde sie wieder ernst. „Die meisten lassen sich von meinem geschäftsmäßigen Auftreten täuschen."

„Ray sicher nicht", widersprach Chloe, der dieser Gedanke nicht zum ersten Mal kam. „Ich habe ihn neulich beobachtet. Irgendetwas sagt mir, dass er weiß, was unter der Oberfläche schlummert."

„Leider weiß er es, obwohl ich eigentlich gehofft hatte, dass er es vergessen würde." Sydney nahm einen Bleistift vom Tisch und tippte damit auf die Tabelle. „Wusstest du, dass ich mit Ray zur Schule gegangen bin?"

Jetzt war Chloes Neugier entfacht. „Ich fasse es nicht! Keiner von euch hat je die geringste Andeutung fallen gelassen, dass ihr eine gemeinsame Vergangenheit besitzt." Da Sydney auf einmal sehr verlegen wirkte, fügte sie hinzu: „Doch nicht etwa eine schmutzige Vergangenheit? Irgendetwas Schreckliches, das dir heute noch in deinem Keller auflauert?"

Sydney reckte empört das Kinn. „Unsinn, in meinem Keller lauern keine Leichen."

„Weil du sie gut verpackt hast, nicht wahr? Dann sagt man Mumien dazu."

„Das ist ja widerlich", brummte Sydney, aber sie konnte ein

Kichern kaum unterdrücken.

„Genau das hab ich Eric auch gesagt“, erwiderte Chloe. Die beiden Frauen schwiegen einen Augenblick, dann meinte Chloe zaghaft: „Kannst du mir noch ein bisschen Zeit lassen, um eine Lösung zu finden? Ich brauche nicht lange, glaub mir. Ich gehe mir ja schon selbst ganz gehörig auf den Wecker.“

Sydney stand auf und kam hinter dem Schreibtisch hervor. Ihr langer pfirsichfarbener Rock schmiegte sich bei jedem Schritt um ihre Hüften, und die klassisch geschnittene seidene Hemdbluse mit dem geometrischen Muster in Pfirsich und Schwarz betonte ihre schmale Taille.

Sie ließ sich in dem Stuhl neben Chloe nieder und kopierte deren Haltung. Wie sie schlug sie die Beine übereinander und legte den Kopf in den Nacken. „Ich kann dir meine Freundschaft anbieten, wenigstens solange es mit deiner Abteilung nicht bergab geht. Sollte das der Fall sein, wäre ich allerdings gezwungen, dich den Geiern zum Fraß vorzuwerfen.“

Das hört sich ja an wie Nolan Fords Tochter, fand Chloe, obwohl sie den Vergleich nie laut geäußert hätte. „Pass bloß auf, dass ich dann kein Leder trage, sonst schmecke ich ihnen nicht“, antwortete sie nur.

„Abgemacht.“ Sydney streckte die Hand aus, und Chloe verschränkte die Finger mit ihren. Eine Weile saßen sie schweigend da, aber plötzlich fragte Sydney: „Gehen wir einen Happen essen?“

Chloe horchte in sich hinein. Ihr Magen schien sich beruhigt zu haben. „Zwei Bedingungen: Wir gehen ins Mission Burritos, und du weihst mich in die pikanten Details über dich und Ray Coffey ein.“

Einer der Vorteile, wenn man Haydon’s Halbzeit besaß und sich aktiv in der lokalen Sportszene engagierte, war, dass man die Profiathleten der Stadt kennenlernte und mit einigen auf Du und Du stand. Wenn Eric viele Spitzensportler zu seinen Freunden zählte, dann aber nicht, weil es seinem Ego schmeichelte oder ihm etwas daran lag, zum exklusiven Häuflein der Eingeweihten zu zählen. Es gab ihm einfach das Gefühl, Teil einer Gemeinschaft zu sein, der er schon sein Leben lang angehörte.

Er hatte eine vielversprechende Baseballkarriere vor sich gehabt: Nach der Bewilligung eines Sportstipendiums an der University of Houston hatte er sich zum erklärten Liebling der Talentsucher der Profimannschaften gemacht, da er das Team seiner Highschool in drei aufeinanderfolgenden Jahren zum Landesmeister gepitcht hatte.

Sein Traum von einer Profikarriere war jäh geplatzt, als er sich eine Verletzung im Schulterbereich zuzog, die selbst nach drei Operationen nicht komplett ausheilte. Damals hatte er mit dem Gedanken gespielt, als Trainer zu arbeiten, und ganz aufgegeben hatte er diese Idee noch nicht.

Andererseits konnte man von einem Mann, dessen Zukunftsträume sich auf so schmerzhafte Weise erledigt hatten, kaum verlangen, dass er sich tagein, tagaus auf dem Spielfeld herumtrieb. Eric haderte zwar nicht mit seinem Schicksal, aber er hielt nichts davon, Salz in eine Wunde zu streuen. Er wusste längst, dass es besser war, Vergangenes ruhen zu lassen und nach vorn zu blicken.

An diesem Abend fand im Haydon's eine geschlossene Veranstaltung statt. Mit Chloes Hilfe hatte Eric anlässlich der Hochzeit eines Profineulings der Houston Astros, den er aus seiner Zeit bei der Uni-Mannschaft kannte, eine Party auf die Beine gestellt.

Manchmal ging das Schicksal schon seltsame Wege. Eric zum Beispiel war völlig zufrieden mit dem, was er aus seinem

Leben gemacht hatte, und empfand keine Bitterkeit in Gegenwart seines Kumpels, obwohl der genau das erreicht hatte, was immer Erics Traum gewesen war. Um eines jedoch beneidete er den Knaben – um seine frisch gebackene Ehefrau. Und ausgerechnet Chloe Zuniga hatte ihn auf diesen Schönheitsfehler in seinem Leben aufmerksam gemacht.

Wenn er spätnachts heimkam, fand er sein Haus entsetzlich leer. In den großen Räumen herrschte lähmendes Schweigen. Aus dem Fernseher drangen nur unpersönliche Stimmen, nichts als laues Geschwätz. Trotzdem ertappte Eric sich viel zu häufig dabei, wie er sich mit dem Gerät unterhielt.

Und in den Zimmern oben, in den Räumen, die er als Abstellkammern nutzte oder die einfach leer standen, war es noch stiller. Am schlimmsten empfand er das in dem Raum, in dem er schlief – allein! Er hatte keine Lust, immer allein zu schlafen. Er wollte nicht mehr allein leben.

Leider konnte ein riesiger, tapsiger Straßenköter ihm die Art von Gesellschaft, nach der er sich sehnte, nicht bieten, auch wenn sein Garten ein wahres Hundeparadies war.

Nein, die Gefährtin, die er sich wünschte, saß auf einem Hocker an der Bar, während er in der Küche des Haydon's die Spuren der Party beseitigte. Chloe hatte den Kopf auf die Arme gelegt und machte das Nickerchen, das sie sich, nach eigenem Bekunden, redlich verdient hatte, nachdem sie sich in ihrer Rolle als Gastgeberin die Hacken wund gelaufen hatte.

Chloe Zuniga konnte ruhig abstreiten, dass sie etwas für Eric empfand, bis die Red Sox die Meisterschaft gewannen. Eric wusste es besser. Nicht das Servieren der Drinks und Horsd'œuvres war so anstrengend gewesen. Auch den Partyservice zu beaufsichtigen und sich um frisches Eis, gespülte Gläser und die Abfallbeseitigung zu kümmern, hatte sie nicht so ausgelaugt.

Ihre Gefühle hatten sie überwältigt. Die vielen glücklichen Pärchen, die hinter vorgehaltener Hand gestellten Fragen über ihre Beziehung zu Eric und die Glückwünsche, weil sie sich einen der begehrtesten Junggesellen der Stadt geangelt hatte, das alles war einfach zu viel für sie gewesen.

Eric hatte gehört, wie Chloe immer wieder betonte, dass sie nur gute Freunde seien. Aber er hatte auch mitbekommen, wie sehr sie sich verrenken musste, um nicht zugeben zu müssen, dass das, was sie verband, längst die Grenzen reiner Freundschaft überschritten hatte. Sicher, sie waren Freunde, dicke Freunde, intime Freunde. Nur ob man sie als Liebespaar bezeichnen durfte, bezweifelte er. Ihre Begegnungen waren viel zu leidenschaftlich und viel zu hitzig gewesen, um sie einfach zu vergessen. Aber es hatte ihnen doch die Zärtlichkeit gefehlt, um das, was sie getan hatten, als *sich lieben* zu bezeichnen.

Chloe hatte das nicht zugelassen. Natürlich war sie an jenem Abend in ihrer Küche nicht zu kurz gekommen, und natürlich hatte auch Eric seinen Spaß gehabt. Aber dann hatte er sie auf dem Weg, auf dem er gekommen war, wieder verlassen – durch den Garten. Nur hatte er dieses Mal einfach das Gartentor aufgemacht und war hinausgegangen. Eine Mauer pro Abend reichte ihm vollauf.

Er hatte ernsthaft mit dem Gedanken gespielt, gar nicht zurückzukehren, sie nie wieder zu sehen und seinen letzten Wunsch und die „Wild Winter Woman Fashion Show" einfach sausen zu lassen. Er war tief gekränkt und stinksauer. Aber er war auch ein Mann, der zu seinem Wort stand, koste es, was es wolle.

Chloe hatte ihm zwar die kalte Schulter gezeigt und ihm den Mund zugehalten, sie hatte am ganzen Körper gezittert und schließlich erleichtert aufgeschluchzt, aber ihre Augen hatten ihm eine ganz andere Geschichte erzählt.

Was er gesehen hatte, ließ ihn hoffen, dass der Elfenbeinturm am Ende doch noch einstürzen würde. Sie empfand mehr für ihn als Dankbarkeit für die körperliche Lust. Darauf baute er, und er schwor, sich und die Frau, die er liebte, nie wieder derartig herabzuwürdigen.

Egal was man von ihm behauptete, von heute an war Eric Haydon nicht mehr leicht zu haben. Für seine Prinzessin würde er erst dann wieder die Hüllen fallen lassen, wenn sie in seinem Bett lag und er sie so lieben konnte, wie es sich gebührte – mit seinem Körper, aber auch mit ganzem Herzen und ganzer Seele.

Nach diesem Entschluss räumte er die letzten Essensreste weg und ging in die Bar zurück. Chloe saß noch so da, wie er sie verlassen hatte: Ihr Kopf lag auf dem Tresen, sie schlief – und schnarchte leise. Eric konnte es nicht fassen: Seine Prinzessin schnarchte!

Wenn er nicht sowieso ein hoffnungsloser Fall gewesen wäre, das Bild vor seinen Augen hätte ihn endgültig in ihre Arme getrieben: Sie hatte die Füße züchtig übereinandergeschlagen. Das altrosa Kleid bedeckte ihre Beine, die zierlichen Puffärmel verhüllten ihre Schultern. Eric hatte, nachdem die letzten Gäste gegangen waren, alle Lichter in der Bar gelöscht. Nur die beiden Lampen über der Schwingtür zur Küche und das Licht im Gang vor seinem Büro brannten noch.

Das reichte jedoch aus, um zu erkennen, wie entspannt Chloes Züge im Schlaf waren. Sie hatte den Mund leicht geöffnet und schien zu lächeln. Ein paar Haarsträhnen waren ihr ins Gesicht gefallen. Sie flatterten träge bei jedem Atemzug, den sie tat.

Behutsam schob sich Eric auf den benachbarten Barhocker. Im Augenblick wünschte er sich nichts sehnlicher, als sie beim Schlafen zu beobachten, am liebsten auf dem Kissen neben seinem. Sie wirkte so sanft und so rein, und das waren die Eigenschaften, die er am meisten an ihr liebte. Die Eigenschaften, die sie aus unerfindlichen Gründen immer versteckte.

Er streckte den Arm aus und schob die vorwitzigen Strähnen vorsichtig hinter ihr Ohr zurück. Als er sie berührte, runzelte Chloe die Stirn. Sie bewegte sich unruhig und schlug die Augen auf. Sofort zeigten sich tiefe Furchen auf ihrer Stirn.

„Lass das!“ Eric zog die feine Linie zwischen ihren Brauen mit dem Finger nach. „Die Falten gehen sonst womöglich nie wieder weg. Hat dich deine Mutter nie davor gewarnt, als du noch klein warst?“

Chloe blinzelte einmal, zweimal, stützte dann die Ellenbogen auf die Theke und legte den Kopf in die Handflächen. „Als ich klein war, hatte ich keine Mutter. Ich hatte überhaupt keine Mutter, basta.“

Oje! Eric hatte gewusst, dass Chloe fast ausschließlich von ihrem Vater erzogen worden war, aber … „Was bedeutet *überhaupt keine?*“

Chloe gähnte verstohlen und schüttelte den Kopf. „Meine Mom kam noch vor meinem ersten Geburtstag bei einem Autounfall ums Leben.“

Typisch Chloe, bloß kein Mitleid erwecken, dafür war sie viel zu taff! Ihre Haare hatten sich schon wieder selbstständig gemacht, und Eric strich sie erneut zurück. „Warum hat dein Vater nicht noch einmal geheiratet?“

„Machst du Witze? Woher sollte er denn eine Frau nehmen, die so musterhaft war wie die Gattin, die ihm fünf Kinder geschenkt hatte? Die weder rauchte noch trank oder die Stimme erhob? Die schön war und sanft und sich damit zufriedengab, das Heimchen am Herd zu spielen?“

Eric musterte Chloe nachdenklich. Sie begegnete seinem Blick mit zynischem Gesichtsausdruck. „Das meinst du ernst, nicht wahr?“

Sie zuckte nur mit den Schultern. „Mit diesem Bild bin ich

aufgewachsen. Ich habe erst vor Kurzem herausgefunden, dass alles eine Lüge war. Mom wurde Dads überzogenen Ansprüchen nicht gerecht, als sie noch lebte. Also erschuf er sie nach ihrem Tod neu und machte aus ihr einen Ausbund an Tugend. Wahrscheinlich glaubte er nach ein paar Jahren selbst an dieses Märchen. Auf jeden Fall ist es ihm hervorragend gelungen, mir einzureden, dass ich eine Niete bin."

Sehr aufschlussreich! Nicht ein verflossener Liebhaber, sondern Chloes Vater war schuld daran, dass sie den Männern mit so viel Misstrauen begegnete. „Wie hast du das herausbekommen?"

„Mein Bruder kam neulich in die Stadt und hat es mir erzählt." Chloe reckte und streckte sich und legte sich dann mit dem ganzen Oberkörper auf die Theke.

„So? Welcher denn?" Eric wusste, dass Chloe vier Brüder hatte, mit denen sie aber kaum in Kontakt stand.

„Aidan, der Älteste, der Cowboy." Chloes Gesichtsausdruck verriet, dass es sich um ihren Lieblingsbruder handelte.

„Der Cowboy", schnaubte Eric. „Warum weiß ich das nicht, Chloe? Warum wissen wir beide nicht mehr solche Dinge?" Er fingerte an der Kordel, die das Babydoll-Jäckchen, das zu ihrem Kleid gehörte, zusammenhielt. „Findest du nicht, es wäre langsam Zeit, dass wir mehr übereinander erfahren?"

Chloe riss ihm das seidene Band aus der Hand. „Deine drei Wünsche wurden dir erfüllt. Ich muss noch die ‚Wild Winter Woman Fashion Show' durchstehen, dann trennen sich unsere Wege. Ich finde, es wäre am besten, wenn wir bei unserer Abmachung bleiben."

Schon wieder diese verflixte Abmachung. Ein echter Kuhhandel! „Ach so, eine Hand wäscht die andere. Kratzt du mir den Rücken, kratze ich deinen."

„Wo juckt es dich denn, Süßer?" Chloe hing schlaff und

entspannt über der Theke. Sie hatte die Augen halb geschlossen und lächelte in sich hinein, als wäre sie in Gedanken bei einem erotischen Tagtraum. Als sie die Hand ausstreckte, um Eric mit einzubeziehen, versteifte er sich. Mit ihren kurzen Fingernägeln zog sie eine Linie von seinem Oberschenkel bis zum Knie. Die Bewegung ähnelte dem Öffnen eines Reißverschlusses, aber so weit würde Eric es nicht kommen lassen.

Er wusste genau, was sie im Schilde führte. Er konnte von ihren Augen ablesen, was in ihr vorging. Sie hatte keine Lust, sich über das Thema, über das er sprechen wollte, auszulassen, also wechselte sie einfach den Kanal und versuchte, ihn auf ihr Programm einzustimmen.

Eigentlich sollte er aufspringen und weglaufen, aber er brachte es nicht fertig, ehe er nicht herausgefunden hatte, wie weit sie gehen würde. Oder wie weit er sie gehen ließ, bevor er sein Veto einlegte. Denn das würde er.

„Ich kenne da nämlich was viel Besseres, weißt du?“ Chloe richtete sich auf und rutschte vom Hocker. Sie zog die Nägel in die entgegengesetzte Richtung, über Erics Taille und seine Brust bis zu seinen Schultern. Ohne den Körperkontakt abzubrechen, ging sie um ihn herum und blieb hinter ihm stehen.

Das Sakko, das Eric getragen hatte, lag längst irgendwo in der Ecke, und das Baumwollgewebe seines Hemdes dämpfte die Wirkung der Berührung kaum. Chloes Finger glitten mit kräftigem Druck über seine Schultern, dann begann sie ihm mit festen Bewegungen den Nacken zu kraulen, bis Eric vor Wonne förmlich schnurrte.

„Wer sagt’s denn? Du magst es ja doch, wenn ich dich da kratze, wo es juckt“, flüsterte ihm Chloe ins Ohr. Ihr warmer Atem kitzelte seine Haut.

„Ich habe nie behauptet, dass ich es nicht mag, oder? Das Problem liegt ganz woanders, Chloe.“

„Wo genau liegt es denn, Süßer?“, fragte Chloe und begann, sein Ohrläppchen zu kneten.

Eric zuckte unwillkürlich zusammen. „Das Problem ist, dass ich das nicht mehr tun kann.“

Chloe unterbrach die Behandlung für einen kurzen Moment. „Verstehe ich nicht! Was kannst du denn nicht tun, Eric?“, fragte sie und nahm die Massage wieder auf.

Sie hatte ihn *Eric* genannt. Er konnte damit leben, dass sie ihn *Süßer* nannte, aber wenn sie seinen Namen aussprach, wurde es plötzlich schrecklich schwierig, Distanz zu wahren. „Ich schließe jetzt die Bar ab, dann fahre ich dich nach Hause. Ich werde dich bis an die Tür begleiten und dir, wenn du Glück hast, einen Gutenachtkuss geben. Aber mehr nicht! Diesmal lasse ich nicht die Hüllen fallen.“

Chloe zögerte. Dann beugte sie sich vor und strich ihm mit den Händen über den Bauch. Er spürte, wie sich ihre Brüste an seinen Rücken schmiegten. „Genau genommen, Süßer, haben wir die Hüllen noch nie fallen gelassen. Nicht voreinander, nicht gleichzeitig. Findest du nicht, es wäre langsam Zeit, dass wir etwas dagegen unternehmen?“

Eric holte so tief Luft, wie er konnte, und schlüpfte unter Chloes Arm hindurch. Er drehte sich auf dem Hocker herum und blickte sie an. Dann spreizte er die Beine, zog sie an sich und verschränkte die Arme hinter ihrem Rücken, sodass sie gezwungen war stillzuhalten. „Willst du meine Meinung dazu wirklich hören?“

Chloe brachte nur eine schwache Kopie ihres typischen koketten Lächelns zustande. „Natürlich will ich wissen, was du denkst. Ich möchte auch wissen, wie du dich anfühlst.“ Ihre Hände wanderten über seine Schenkel. „Ich möchte wissen, wie du duftest …“, sie beugte sich vor und schnupperte an seinem Hals, „… und wie du schmeckst.“

Eric widerstand ihren Verführungskünsten ohne allzu große Mühe. Er ruckte nur kurz am Reißverschluss seiner Hose, dann hatte er sich wieder voll im Griff. Jetzt war er an der Reihe. Hoffentlich war sie bereit dafür. „Nun, ich denke, dass ich dich küssen sollte, Chloe. Erst die Augenbrauen …“, was er sofort tat, „… dann die Nasenspitze.“ Auch die küsste er. „Die Mundwinkel …“ An dieser Stelle geriet sein Vorhaben gefährlich ins Stocken, weil er nur zu gut wusste, wie süß ihr Mund schmeckte. „Und danach werde ich an deinem Nacken knabbern.“

Noch intimeren Körperkontakt, abgesehen von der Tatsache, dass er sie immer noch eng an sich drückte, vermied er absichtlich. Er war ja nicht aus Granit gemacht, auch wenn er in wenigen Sekunden vermutlich hart wie Stein sein würde. Der Ausdruck auf Chloes Gesicht half auch nicht gerade. Ihre Augen glänzten sanft und verträumt, und die Art, wie sie die Lippen bewegte und ihre Zunge spielen ließ, bewies ganz deutlich, dass auch sie erregt war.

Eric legte den Mund ganz nahe an ihr Ohr. Ein Hauch von Chloes blumigem Parfüm und der reine Duft ihrer Haut drangen an seine Nase. „Ich denke, dass ich dir das Kleid von den Schultern streifen und den Kopf zwischen deine Brüste legen, dich dann aus dem BH schälen und dich mit den Lippen erkunden sollte.“

Chloe stöhnte heiser. Sie presste die Arme fest an sich und schob einladend die Brüste vor. Gleichzeitig streichelte sie seinen Oberkörper. „Mir gefallen deine Vorstellungen, Süßer“, raunte sie.

Nun, gleich würde sie ihn verfluchen! Eric hob den Kopf, um noch einmal tief einzuatmen.

Chloe hatte ihre veilchenblauen, dunkel verhangenen Augen weit geöffnet. Hektisch fingerte sie an Erics Gürtelschnalle. Er musste sich losreißen, jetzt.

Als er vom Hocker rutschte, packte Chloe seine Hand und zog ihn ans Ende der Theke. Vermutlich plante sie, diese als provisorisches Bett zu benutzen. Aber Eric steckte die Hände in die Hosentaschen und suchte nach seinen Autoschlüsseln.

Chloe erstarrte und sah ihn ungläubig an. „So etwas würdest du mir nicht antun!"

„Wart's ab!" Eric warf die Schlüssel hoch und fing sie mit der flachen Hand auf.

Chloe kniff die Augen zusammen und funkelte ihn an. „Wenn eine Frau so eine fiese Nummer abziehen würde, dann könnte sie aber was erleben. Das ließe sich kein Kerl bieten."

„Ich liebe dich, Chloe!"

Sie blinzelte, hatte sich aber gleich wieder unter Kontrolle. Ihr Mund wurde weich, aber sie sagte kein Wort. Keine besonders ermutigende Reaktion, aber Eric ließ sich nicht mehr bremsen. „Ich würde alles darum geben, wenn ich dich jetzt haben könnte, aber daraus wird nichts. Nicht hier und nicht jetzt. Ich will keinen Quickie auf dem Tresen. Ich will, dass wir es beim nächsten Mal in einem Bett machen, und zwar die ganze Nacht. Und stell dich gleich darauf ein, dass wir keinen Sex haben werden."

Chloe guckte verdutzt. „Nein?"

Ihre offenkundige Enttäuschung amüsierte Eric. Er ging zu ihr und nahm sie bei der Hand, um sie nach Hause zu bringen. „Nein, Prinzessin, keinen Sex. Wenn es so weit ist, werden wir uns *lieben.* Es wird allerhöchste Zeit, dass du kapierst, was für ein Unterschied das ist."

12. KAPITEL

Eric hatte noch kein einziges Supermodel zu Gesicht bekommen. Er saß zusammen mit Leo Redding, Ray Coffey, Nolan Ford, Jess Morgan, Doug Storey und Anton Neville auf einem der besten Plätze im George-R.-Brown-Kongresszentrum, direkt am Laufsteg, und wartete auf den Beginn der „Wild Winter Woman Fashion Show". Aber kein Supermodel weit und breit. Chloe, das hinterhältige kleine Biest, war anscheinend vor keinem faulen Trick zurückgeschreckt. Denn nur die Aussicht auf die Supermodels hatte Eric damals bewogen, sich überhaupt auf ihren Plan einzulassen.

Okay, das entspricht nicht ganz der Wahrheit, gestand sich Eric ein und rutschte hin und her, um auf dem eher praktischen als bequemen Stuhl eine einigermaßen erträgliche Sitzposition zu finden. Es war nicht der einzige Grund, weshalb er in Chloes Dienste getreten war. Angefangen hatte alles eigentlich schon vor Monaten, lange bevor er und Chloe für Macys Schnitzeljagd als Paar ausgelost worden waren.

Ursprünglich hatte Eric Chloe durch Anton kennengelernt, mit dem er in derselben Fußballmannschaft spielte. Lauren hatte sie irgendwann letztes Jahr während der Frühjahrssaison miteinander bekannt gemacht. In den darauffolgenden Monaten hatte er sich in unregelmäßigen Abständen mit Chloe getroffen, und bei dem testosterongeladenen Klatsch im Männerumkleideraum waren ihm auch die Gerüchte zu Ohren gekommen, die über sie kursierten.

Diese Gerüchte, auch wenn er sie kaum glauben mochte, hatten ihn neugierig gemacht. Es wollte ihm einfach nicht gelingen, die Schauermärchen von den zahllosen Männern, die Chloe angeblich vernascht hatte, mit diesem netten Mädchen in Einklang zu bringen.

Außerdem hatte er noch keine Frau getroffen, die wirklich *alle* Männer hasste. Die Schnitzeljagd hatte ihn eines Besseren belehrt.

Aber als sie dann an jenem Samstagnachmittag im Footballtrikot, mit Trainingsschuhen und mitleiderregendem Gesichtsausdruck in seiner Bar aufgekreuzt war, hatte es ihm nicht viel genutzt, dass er ihre wahre Natur kannte. Da hatte der edle Ritter nämlich die schimmernde Rüstung bereits blitzblank gewienert, ehe das Edelfräulein überhaupt Zeit gehabt hatte, ihn über die Besonderheiten ihres Drachen zu informieren.

Jetzt, nachdem Eric die erste Runde hatte, wusste er, es war echte Schwerstarbeit, das Geschäft mit der Rettung edler Damen. Obwohl, vermutlich war das edle Fräulein noch schlimmer dran. Trotzdem, so ganz ohne Aussicht auf Belohnung hatte er die größte Lust, das Handtuch – besser gesagt das Kettenhemd – zu werfen.

Es war jetzt zwei Wochen her, seit Eric Chloe das letzte Mal gesehen hatte, damals, am Abend ihrer gemeinsam veranstalteten Party, als er sie nach Hause gefahren und bis zur Wohnungstür begleitet hatte.

Ihr erst zu beschreiben, was sie tun würden, und dann überhaupt nichts zu tun, war ihm so schwergefallen wie einen Kopfball von der Mittellinie ins Tor zu schießen. Unter dem Vordach hatte er versucht, sie zu küssen, aber Chloe wäre nicht Chloe gewesen, wenn sie es ihm so einfach gemacht hätte.

Und jetzt saß er hier, zerrte am Kragen seines Smokinghemds und versuchte sich einzureden, dass er an der Modenschau nur teilnahm, weil er Chloe begleiten musste.

Dieses Vorhaben wurde dadurch erschwert, dass sich nicht eine einzige der gIRL-gEAR-Partnerinnen blicken ließ. Bis vor wenigen Minuten hatte er sich wenigstens noch mit Ray, der rechts von ihm saß, oder mit Anton und Leo, seinen Nachbarn zur Linken, unterhalten können. Aber seit ein DJ damit begonnen hatte, eine Mischung aus alter Disco- und moderner House-Musik aufzulegen, musste er mit seiner eigenen Gesellschaft auskommen. Nicht sehr anregend, leider.

Die Lampen erloschen. Buntes Scheinwerferlicht huschte durch den Raum. Die Musik schwoll zu einem gewaltigen Crescendo an und ebbte dann auf Hintergrundlautstärke ab. „Ladys und Gentlemen, bitte heißen Sie die Gastgeberin des heutigen Abends willkommen, den Star der in Houston produzierten, landesweit bekannten Talkshow ‚So nicht!', Dr. Kate Lindsey!"

Ohne rechte Begeisterung stimmte Eric in den tosenden Applaus ein, mit dem das Publikum die brünette Psychologin auf ihrem Weg zum Podium links von der Bühne begleitete.

„Guten Abend, Houston!", grüßte Dr. Lindsey und wurde mit der nächsten Beifallswoge belohnt. Strahlend lächelte sie in die Menge. „Ich freue mich, dass Sie so zahlreich erschienen sind und dass ich so viele bekannte Gesichter entdecke. Aber bitte sparen Sie Ihre Energie für die Show auf. Ich versichere Ihnen, Sie werden sie brauchen. Das, was ich bereits hinter der Bühne gesehen habe, wird Sie einfach umwerfen."

Wieder raste die Menge, wieder spendete Eric nur flüchtigen Applaus. Er war eingefleischter Jeans- und T-Shirt-Fan und interessierte sich null für Damenmode. Wenn dagegen ein Supermodel ...

„Lassen Sie sich umwerben, Houston, lassen Sie sich mitreißen! Zücken Sie das Portemonnaie und kaufen Sie, was das Zeug hält! Wir dürfen uns mit vollem Recht mit dem Titel ‚Heißeste Modestadt des Landes' schmücken, und heute Abend zeigen wir der ganzen Welt, wie Texas sich kleidet! Machen Sie sich bereit für die Girls von gIRL-gEAR!"

Kopfschüttelnd sank Eric auf seinem Stuhl zurück. Kein Wunder, dass die Mädchen sich rar gemacht hatten. Supermodels, ha! Dann war er Profifußballer! Trotzdem konnte er es kaum erwarten, Chloe in ihrer ganzen Pracht vorbeistolzieren zu sehen – immer vorausgesetzt, die Pracht war züchtig verhüllt.

Erneut flackerte Scheinwerferlicht über die Bühne. Der Vorhang teilte sich. Dicke Nebelschwaden quollen hervor. Sie waberten am Laufsteg entlang über den Saalboden, bis die Füße der Besucher in der ersten Reihe zu rauchigen gelben, grünen, orange- und pinkfarbenen Fingern verschwammen. Die Musik wurde funky, und acht gelenkige, androgyne Gestalten in gleichfarbigen Gymnastikanzügen geisterten durch den milchigen Dunst.

Eric bemerkte, wie ihn die einfallsreiche Darbietung in ihren Bann zog. Doch sobald die Lichter auf der Bühne heller wurden, setzte er eine gleichgültige Miene auf.

Dr. Lindsey rückte die Leselampe am Podium zurecht und raschelte mit ihrem Manuskript. „Bitte beglückwünschen Sie mit mir gemeinsam noch einmal die frisch gebackene Stipendiatin und Gewinnerin des Titels ‚gIRL-gEAR-gIRL‘, Miss Deanna Elliott.“

Eric nickte stumm. Also hatte Chloes Favoritin das Rennen gemacht. Das hatte sie ihm verschwiegen. Warum nur? Andererseits, er hatte ja auch nicht nachgefragt.

„Als zukünftige Klassenbeste trägt Deanna natürlich eine klassische Schuluniform, ein rotes Sweatshirt mit Aufdruck und einen kessen Schottenrock, ganz im Stil der renommierten Privatschulen. Wenn Sie das Ganze noch mit auffallenden roten Lederstiefeln kombinieren, dann werden ganz schnell Sie selbst zum Lieblingskind der Lehrer avancieren.“

Eine Hand in die Taille gestützt, mit erhobenem Kinn stolzierte Deanna über den Laufsteg. Ein forsches Lächeln umspielte ihren Julia-Roberts-Mund. Jetzt kann mich niemand mehr aufhalten, verkündete es. Unwillkürlich musste Eric grinsen. Er konnte nur hoffen, dass die Partnerinnen sich ihre Entscheidung reiflich überlegt hatten. Mit der da hatten sie sich ein ganz schönes Früchtchen geangelt.

Deanna wirbelte schwungvoll um die eigene Achse. Ihr schimmernder schwarzer Pferdeschwanz peitschte auf ihre Schultern, und Dr. Lindsey musste die Stimme heben, um den donnernden Applaus zu übertönen.

„Vielen Dank, Deanna. Als Nächstes begrüßen wir die Frau, die uns stets bestens mit Ratschlägen und Spielen versorgt, die Herausgeberin der Website von gIRL-gEAR, Macy Webb. Macys Ensemble, von den zitronengelben Tennisschuhen bis zur passenden Armbanduhr aus neongelbem Plastik, verkörpert Street-Punk in seiner reinsten und farbigsten Form. Sie kombiniert einen hautengen Pullover mit einem mosaikartigen, bei Picasso entlehnten Druckmotiv. Dazu ein passender Rock in farbenprächtigem U-Bahn-Graffiti. Mode, wie sie verrückter und verwegener nicht sein kann."

Eric warf einen verstohlenen Blick nach rechts zu Leo Redding. Leo, der praktisch nie Gefühle zeigte, sondern stets ein versteinertes Pokerface zur Schau trug, saß mit verschränkten Armen auf seinem Stuhl. Nur um seine Mundwinkel zuckte es andeutungsweise, als wollte er ausdrücken, dass „verrückt" das, was Macy anhatte, nur äußerst unzulänglich beschrieb. Und dass sie, sobald er sie wieder für sich allein hatte, überhaupt nichts mehr anhaben würde. Eric schmunzelte verhalten.

„Meine Damen und Herren, das war Macy Webb", verkündete Dr. Lindsey, als Macy von der Bühne hopste und Lauren auf dem Laufsteg erschien.

„Lauren Hollister hat der gIRL-gEAR-Website ihr wahnsinnig populäres Retrodesign verpasst. Jetzt führt sie uns noch weiter in die Geschichte zurück und gewährt uns Einblick in ihre ganz persönliche Interpretation der Viktorianischen Epoche. Lauren trägt auf alt getrimmte, bis zum Knie geschnürte Lederstiefel und einen dreistufigen schwarzen Taftrock. Dieses extravagante nostalgische Outfit ergänzt sie durch außergewöhnliche Details, zum Beispiel durch einen wunderschönen Fransenschal von Großmutters Dachboden, den sie um den Stehkragen ihrer Jeansweste geknotet hat."

Als Lauren am Ende des Laufstegs kehrtmachte, wandte sich Eric wie beiläufig nach rechts. Ungefähr in der Mitte der Reihe saß, mit gesenktem Kopf, Nolan Ford. Er würdigte Lauren keines Blickes, sondern sprach eifrig in sein Handy hinein. Sehr aufschlussreich, fand Eric und sah nach links zu Anton Neville.

Anton saß vornübergebeugt da. Er hatte die Ellenbogen auf die Knie gestützt und die Finger verschränkt. Sein Blick wanderte zwischen Lauren und dem Fußboden hin und her, und auf seinem Gesicht mischten sich Sehnsucht und Reue. Chloe lag total daneben, wenn sie Anton beschuldigte, seinen Kummer um Lauren nur vorzutäuschen. Eric konnte den Schmerz des anderen förmlich spüren.

„Unser nächstes Model, Sydney Ford, hält im wahrsten Sinn des Wortes die Zügel des aufstrebenden Modereiches in der Hand und stürmt die Bühne in langen, eng anliegenden weißen Hosen, die in schwarzen Reitstiefeln stecken. Über ihre Bluse aus reinstem Weiß verläuft eine Siegerschärpe, wie wir sie von Pferderennen kennen. Um die Taille trägt sie einen Gürtel mit einer silbernen Schnalle in Form eines Steigbügels. Ein ebenfalls silbernes Armband in Hufeisenform verleiht diesem eleganten Reiterstil den letzten Schliff."

Keine Frage, Sydney sah wirklich sexy aus. Mondän und elegant – aber sexy. Das macht natürlich auch Sinn, schließlich ist sie eine Ford, dachte Eric. Mal sehen, was Nolan davon hält.

Jetzt war das Handy verschwunden! Sydneys Vater kauerte wie gebannt auf der Stuhlkante, und sein Lächeln konnte man ruhig als „überwältigt" bezeichnen.

Und dann erst Ray Coffey, Erics Nachbar zur Rechten. Es schien ihn schier übermenschliche Anstrengung zu kosten, Sydney nicht von der Bühne herunterzuzerren.

Aus den Augenwinkeln heraus bemerkte Eric, dass jetzt Poe ihren Auftritt hatte. Sie trug schwarz-weiße Blockstreifen, einen Stil, den Dr. Lindsey als „Soho- und Pop-Art in einer hippen, hippen Welt" bezeichnete. Aber Erics Hauptaugenmerk galt nicht länger der Bühne oder der Tatsache, dass Ray scharf auf Sydney war. Ihn faszinierte es vielmehr, den Blickwechsel zwischen Ray und Nolan zu beobachten. Die eisigen Blicke, die sie einander zuwarfen, hätten seine Neugier noch eine ganze Weile beschäftigt, wenn nicht auf einmal Chloes Name gefallen wäre. Sofort konzentrierte er sich wieder auf das Geschehen auf der Bühne und vergaß darüber alles um sich herum.

„Mit ihrem geschulten Sinn für Kosmetik und Accessoires peppt Chloe Zuniga die Hippie-Braut gewaltig auf. Mehrere Lagen hauchdünner Organza, bedruckt mit einem in kräftigem Fuchsia und Rot gehaltenen Paisleymuster, geben dem Hippie-Look eine modernere, zigeunerhafte Note. Eine rustikale Bluse mit gekräuselter Ärmelpartie und der dazu passende mehrlagige Wickelrock verleihen dem Ensemble einen Hauch von Verspieltheit und Zwanglosigkeit. Tropfenförmige Ohrringe aus Silber mit Granaten, ein ganzer Schwung silberner Armreifen und ein enges Halsband mit einer Stoffblume im gleichen Paisleymuster ergänzen das Outfit.“

Eric ließ Chloe nicht aus den Augen, als sie den Laufsteg hinunterschritt. Sie tänzelte, sie wirbelte herum, sie posierte. Sie breitete die Arme aus, um den Schnitt ihrer nahezu transparenten Bluse hervorzuheben. Sie lüpfte den Rock und warf die Beine in die Luft – eine Cancan-Einlage im Miniformat –, sie winkte ins Publikum und verteilte übermütig Kusshändchen nach allen Seiten.

Natürlich hatten auch die anderen sogenannten Models eine ähnliche Show geboten und das Publikum bei dieser außergewöhnlichen Modenschau, die den unverwechselbaren Stil des Unternehmens widerspiegelte, angeheizt. Nur hatte Eric bei den vorangegangenen Auftritten nicht jeden Schritt so minutiös verfolgt wie bei Chloe.

Deshalb trafen sich auch ihre Blicke, als sie vom Laufsteg aus zu ihm hinuntersah. Und deshalb war er wie elektrisiert, als sie ihn plötzlich anlächelte und ihn mit dem Finger lockte. Er hatte keinen blassen Schimmer, was das schon wieder bedeutete.

Vielleicht wollte sie es ihm auf diese Weise heimzahlen, weil er sie an der Tür abgefertigt hatte, obwohl sie ihn gern scharf gemacht hätte. Oder aber sie nutzte die Gelegenheit, um die Öffentlichkeit auf ihre angeblich feste Beziehung hinzuweisen, und ihr Lächeln galt weniger ihm selbst als den anderen im Saal. Egal. Sie hatte ihn auf jeden Fall am Wickel. Und zwar fest.

Aus weiter Ferne hörte Eric, wie Kinseys Aufmachung als die einer „Blues-Reisenden in Rock-’n’-Roller-Jeans“ beschrieben wurde und dass schließlich Melanie „figurbetont, in klassischem Schwarz“ die Bühne betrat, vor deren Hintergrund sie Pager, drahtlose Kopfhörer und SMS-Tools präsentierte.

Eric hatte jetzt wirklich keinen Kopf für die letzten beiden Darbietungen. Er war vollauf damit beschäftigt, die Anzüglichkeiten seiner Sitznachbarn zu ignorieren und sich einen Weg hinter die Bühne zu bahnen. Er musste herausfinden, was seine sexy Hippie-Braut auf dem Herzen hatte und was sie unternehmen würde.

„Na, hör mal, Eric. Geschäftliches vorzutäuschen und mich unter diesem Vorwand in dein Schlafzimmer zu locken, kann man wirklich nicht als besonders originell bezeichnen!" Chloe stieg die Treppe ins Obergeschoss von Erics Haus hinauf. Sie nestelte am Verschluss des Halsbands, das sie bei ihrem Gastspiel als Model getragen hatte.

Sie fühlte sich schrecklich nervös, konnte aber keinen Grund dafür nennen. Sie zerbrach sich den Kopf darüber, was Eric wohl vorhatte, und das eng anliegende Halsband schnürte ihr auf einmal die Kehle zu. „Du hättest mir bloß mitteilen müssen, dass du deine Meinung geändert hast und doch mit mir schlafen willst."

„Ich habe meine Meinung dazu aber nicht geändert." Eric legte die Hand auf die Klinke der Schlafzimmertür. „Und lass das Ding dran!"

Chloe hatte ihre Handtasche unter einen Arm geklemmt, um beide Hände für die Kette frei zu haben. Jetzt fuhr sie zusammen. Sie hob den Kopf, sah Eric an und wartete darauf, dass er die Tür aufstieß.

Eric stand so dicht vor ihr, dass sie sehen konnte, wie seine Nasenflügel bei jedem Einatmen bebten. Seine Miene war undurchdringlich. Er strahlte eine beruhigende Wärme aus und verbreitete einen frischen, männlichen Duft, und Chloes Spannung wuchs. Endlich öffnete er die Tür. Chloe ging voran. Sie war sich deutlich bewusst, dass er sich dicht hinter ihr befand und dass sie sich noch nicht einmal berührt hatten.

Sie hatte ihn vermisst, auch wenn sie das nicht gern zugab, nicht nachdem er ihr nach der Party im Haydon's einen Korb gegeben hatte. Und es war nicht nur der Sex, der ihr fehlte, obwohl es nun schon drei Wochen her war, seit er sie in ihrer Küche überrascht hatte.

Ihr fehlte einfach alles, Erics Sticheleien, die spielerischen Wortgefechte, die offenen Aussprachen und die Tatsache, dass sie mit ihm über alles reden konnte. Sie vermisste seine Angewohnheit, ihr die Autotür aufzuhalten oder sie anzurufen, ohne bestimmten Grund, einfach so, weil das unter Freunden nun mal so üblich war.

Er kam ihr als Erster in den Sinn, wenn sie wichtige Neuigkeiten oder auch nur eine Kleinigkeit aus dem täglichen Leben loswerden wollte. Was sie verband, war viel mehr als pure Begierde. Es war auch mehr als Freundschaft. Aber es *Liebe* zu nennen, davor schreckte sie immer noch zurück. Sie war sich einfach nicht sicher, ob sie bereit war, so viel von sich selbst aufzugeben.

Eric schloss die Schlafzimmertür und lehnte sich mit dem Rücken dagegen. Er hatte die Hände in den Hosentaschen vergraben. Sein gefälteltes Smokinghemd stand am Kragen offen, die Fliege baumelte lose um seinen Hals.

Chloe hätte ihn am liebsten mit einem Happs verschlungen. Oder lieber häppchenweise aufgefressen? Wenn es um Eric ging, wusste sie nicht, wo ihr der Kopf stand. Er verwirrte sie, und er machte ihr Angst – entsetzliche Angst, dass sie seinen Ansprüchen nicht genügte. Was sollte sie tun, falls sie versagte?

Wenn er seine Meinung gar nicht geändert hatte und doch nicht mit ihr schlafen wollte, warum hatte er es dann so eilig gehabt? Er hatte sie unmittelbar nach der Modenschau abgeholt, Chloe war nicht einmal Zeit geblieben, sich umzuziehen.

Was hatte er bloß vor?

In der Mitte des Zimmers blieb sie stehen und drehte sich um. „Hier soll etwas sein, was du mir zeigen willst?"

Da Eric nickte, sah sie sich in dem Raum genauer um. Sie bewunderte die Farben, die darin vorherrschten: Marineblau, Rostbraun und ein sattes Tannengrün. Ihr gefiel die Herrenkommode. Auf dem glatt gezogenen Deckbett des Doppelbetts türmte sich ein ganzer Berg Kissen mit dunkel- und hellblau karierten Baumwollüberzügen.

Aber sie entdeckte nichts Außergewöhnliches. Nichts Eigenartiges, nichts, von dem sie annehmen musste, dass sie es bemerken *sollte.* Die Vorhänge vor dem einzigen Fenster bestanden aus rostbraun und blau marmoriertem Stoff. Die Tür zum Bad stand offen. Auch dieser kleinere Raum war in den gleichen Farben dekoriert.

Ein Stapel gefalteter T-Shirts lag auf einem umgedrehten Wäschekorb, neben dem Schrank ein Paar Inlineskater und drei Paar achtlos hingeworfene Sportschuhe. Das bunte Durcheinander übte eine beruhigende Wirkung auf Chloe aus. Irgendwie hatte sie sich eingeredet, dass Eric perfekt sein müsste, der perfekte Mann und perfekt für sie.

Sie hatte ihre Runde durch den Raum beendet und setzte sich nun auf die Bettkante. Eric lehnte immer noch an der Tür. Fast bildete Chloe sich ein, sie hätte ihn noch nie so entspannt gesehen. Oder so selbstsicher. Zielsicher. Siegesgewiss.

Ein Schauer lief ihr über den Rücken und hinterließ ein Prickeln auf ihrer Haut. Sie musste sich anstrengen, um mit normaler Stimme zu sprechen. „Süßer, ich fürchte, dass du mich mit der Nase drauf stoßen musst. Ich bin viel zu beschränkt, um von allein draufzukommen."

Eric stieß sich von der Tür ab und reckte sich. Die Hände immer noch in den Hosentaschen, ging er langsam auf das

Bett zu. Auf Chloe zu. Auf einmal hatte Chloe das Gefühl, der Raum sei zu klein für sie beide. Ihre Erregung wuchs mit jeder Sekunde. Sie breitete sich über Chloes ganzen Körper aus, bis schließlich sogar ihre Fingerspitzen, die sich fest um den Verschluss ihrer Handtasche klammerten, zu vibrieren begannen.

Eric drängte Chloe zurück, bis sie flach auf dem Rücken lag und er über ihr thronte. Seine Knie lagen wie Klammern um Chloes Schenkel, seine Hände rechts und links neben ihrem Kopf. Und immer noch schloss Chloe die Finger mit aller Kraft um ihr Täschchen.

„Ich glaube, du hast mich angeschwindelt, Süßer. Denn wenn es nicht letztendlich doch um Sex geht, dann kann ich mir nur vorstellen, dass du mir die Decke deines Schlafzimmers zeigen wolltest.“ Chloe war selbst ganz überrascht, wie atemlos ihre Stimme klang. In ihrem Bauch flatterte ein ganzer Schwarm Schmetterlinge.

„Die Decke wollte ich dir nicht zeigen. Aber angelogen habe ich dich nicht.“ Mit diesen Worten ließ Eric sich auf sie sinken, wobei er sein Gewicht auf die Unterarme stützte. Chloe spürte zwischen ihren Beinen die leichte Ausbuchtung in seiner Hose. Er war noch nicht ganz hart, nur leicht erregt, aber es war sein Gesichtsausdruck und das sanfte Leuchten in seinen Augen, das Chloe gleichzeitig anmachte und verunsicherte.

Eric senkte den Kopf. Er rieb seine Nase an ihrem Ohrläppchen und knabberte vorsichtig daran, ehe er es küsste. Dann hauchte er über ihre Schläfe. „Ich möchte dir zeigen, was es heißt, sich zu lieben.“

Chloe musste fest schlucken, um den Kloß in ihrem Hals loszuwerden. Sie zitterte am ganzen Körper, so sehr hatten seine Worte sie berührt. „Dann hatte ich also recht“, stammelte sie schließlich. „Du willst Sex.“

„Ich möchte dich *lieben.*" Eric küsste sie sanft auf die Augenbrauen und Lider. „Meine Lippen werden dir das zeigen, was mein Mund dir nicht sagen darf."

„Klar doch, Süßer." Chloe betete, dass er nicht bemerkt hatte, wie zittrig ihre Stimme geworden war. „Nenn es, wie du willst."

„Du willst einfach nicht nachgeben, was?", sagte Eric belustigt und streifte ihre Wange mit den Lippen. „Immer musst du das letzte Wort haben."

Was sollte Chloe darauf erwidern? Sollte sie vielleicht zugeben, dass dieser Verteidigungsmechanismus sie davor bewahrte, einen anderen Menschen zu nahe an sich heranzulassen? Ihr Herz schützte? Verhinderte, dass Eric auf irgendeine Art ihr Leben beeinflussen konnte? „Ach, Süßer! Du weißt genau, dass du mich anders gar nicht haben willst."

Eric beschäftigte sich mit ihrem Halsband und ließ die Finger spielerisch daruntergleiten. „Ich nehme dich so, wie ich dich kriegen kann."

„Höre ich da vielleicht einen verzweifelten Unterton heraus?", fragte Chloe. Seine Worte ließen sie erschauern.

Eric setzte sich auf die Fersen und ließ die Hände einen Moment lang in Gedanken versunken auf seinen Schenkeln liegen. Dann riss er die Fliege von seinem Hemdkragen und knöpfte das Hemd auf.

Chloe hatte keine Ahnung, was er wohl dachte, und das behagte ihr ganz und gar nicht. Eric lächelte zwar, aber seine Miene wirkte nachdenklich. Sollte sie ihn nicht inzwischen gut genug kennen, um zu wissen, was in ihm vorging?

„Eines will ich dir sagen, Chloe." Eric schlüpfte aus der Smokingjacke und schleuderte sie auf den Boden. Dann befasste er sich mit den Manschettenknöpfen.

Unter dem offenen Hemd konnte Chloe seinen muskulösen Oberkörper erkennen, der mit feinen hellen Härchen überzogen war. Sie schluckte schwer, als sie sich mit dieser geballten Ladung maskuliner Schönheit konfrontiert sah. Sie fühlte sich ganz schwach und spürte, dass sie dabei war, einen inneren Kampf zu verlieren.

„Was willst du mir denn sagen, Süßer?"

„Eigentlich sind es zwei Dinge." Er streckte zwei Finger in die Höhe. „Verzweifelt war ich nicht mehr, seit ich dreizehn wurde. Bis zu diesem Zeitpunkt hatte ich mich an die Hoffnung geklammert, dass meine Mutter wieder auftaucht, nachdem sie zehn Jahre lang spurlos verschwunden war. Aber als ich das Teenageralter erreichte, hatte ich das Gefühl, ich würde mit dem Kopf gegen eine Mauer rennen. Ich lebte bei einer großartigen Pflegefamilie. Trotzdem wünschte ich mir verzweifelt, eine leibliche Familie zu haben, obwohl ich genau wusste, dass das nicht möglich war. Ich benahm mich wie ein jämmerlicher kleiner Trottel."

Eric warf das Hemd zu Boden und richtete sich auf. Seine Hände glitten an den Hosenbund. Chloe war hin- und hergerissen zwischen dem Wunsch, die akkuraten Bewegungen seiner geschickten Finger zu beobachten und dem Verlangen, ihn zu unterbrechen. Zu gern hätte sie mehr darüber erfahren, was er gerade angedeutet hatte. Irgendwie war ihr das Gespräch entglitten.

„Zweitens", fuhr Eric fort, „hast du mich in den vergangenen zehn Minuten mindestens zehnmal Süßer genannt. Das machst du häufig, wenn du nervös bist. Ich möchte nicht, dass du nervös bist, aber ich bestehe darauf, dass du mich Eric nennst."

Das ging alles viel zu schnell für Chloe. „Nun mal langsam, Eric." Sie hob gebieterisch die Hand, schob sich zwischen seinen Beinen hervor und setzte sich ans Kopfende des Betts.

„Warum erzählst du mir das alles jetzt und hier, in deinem Bett? Warum hast du es mir nicht erzählt, als ich dir von Aidans Besuch berichtet habe? Oder als wir im Kino waren und ich dich angeblafft habe, weil du nicht respektvoll genug von deiner Mutter gesprochen hast?"

Eric allerdings schien sich wenig für ihre Verwirrung zu interessieren. Er machte auch keine Anstalten, ihre Frage zu beantworten, sondern beschäftigte sich mit ihren Füßen. Er hatte sie sich in den Schoß gelegt und streifte ihr die Schuhe ab. „Du hast behauptet, ich sei verzweifelt", entgegnete er schließlich. „Aber das, was du Verzweiflung nennst, würde ich als Ungeduld bezeichnen. Unter Verzweiflung verstehe ich etwas völlig anderes. Das ist alles."

Das sollte es gewesen sein? „Und die Pflegefamilie? Was ist damit?" Und wo hatte er gelernt, solche Sachen mit ihren Füßen anzustellen? Er hatte eine Hand zur Faust geballt und massierte mit den Knöcheln die Wölbung ihrer Fußsohle. Ihren anderen Fuß hatte er auf die Ausbuchtung unter seinem Reißverschluss gelegt. Natürlich konnte Chloe da nicht widerstehen. Sie krümmte die Zehen. Eric schmunzelte.

„Mit der Pflegefamilie verhält es sich so wie mit deinem Vater. Sie gehört der Vergangenheit an. Das ist vorbei. Wir leben im Hier und Jetzt."

Eric nahm Chloes anderen Fuß und begann ihn zu massieren. „Du hast mit Männern schlechte Erfahrungen gemacht. Ich verstehe deine Gründe und verurteile dich nicht deswegen. Aber das bedeutet nicht, dass ich mich mit allen anderen Kerlen über einen Kamm scheren lasse. Ich bin nicht wie die, Chloe."

Die Bewegung seiner Hände auf ihren wirklich sehr müden Füßen wurde langsamer. „Das habe ich in der Familie, bei der ich den größten Teil meiner Kindheit verbracht habe, gelernt. Sie haben mir beigebracht, andere zu akzeptieren, anstatt sie zu verurteilen. Ich weiß, dass ich mir dein Vertrauen erst verdienen muss. So bist du eben. Und ich liebe dich, so wie du bist."

Chloe schwankte zwischen Hoffnung und Furcht. Ihre Kehle war wie zugeschnürt, aber sie musste fragen, sie musste es einfach wissen. „Wie bin ich denn, Eric?", stammelte sie. „Aus welchem Grund könntest du mich denn lieben?"

Eric ließ von ihren Füßen ab und fuhr ihr mit den Händen unter den Rock bis an die Strapse. „Ich schätze, ich lasse die typisch männlichen Sachen lieber weg, wie zum Beispiel die Tatsache, dass du die absolut umwerfendsten Ti…"

„Das meine ich nicht. Obwohl ich *das* wenigstens verstehen könnte", sagte Chloe, während er ihre Strümpfe aufrollte und ihre Beine entblößte. Seine Hände fühlten sich warm an, und seine Berührung brachte sie aus dem Konzept. Nur war diesmal das Verlangen in ihrem Herzen viel zu mächtig, um dem zwischen ihren Schenkeln nachzugeben.

„Ach Chloe. Bei Männern zählen nicht bloß Po und Busen." Eric hob einen ihrer Füße an die Lippen und küsste ihn. „Manche von uns stehen tatsächlich auf Frauen mit Köpfchen." Er küsste ihren Knöchel und knabberte an ihrer Achillessehne. „Wir mögen es, wenn eine Frau für ihre Überzeugungen eintritt, sagt, was sie will, und sich nicht gleich duckt, nur weil das ein paar Leuten nicht gefällt. Ich persönlich fahre besonders darauf ab, wenn es ihr nichts ausmacht, auf dem Volleyballfeld mal ordentlich ins Schwitzen zu geraten."

Eric nagte sich einen Weg über Chloes Wade bis in die Kniekehle. Zugleich wanderten seine Finger unter ihren Rock und glitten über ihre Schenkel. Plötzlich hob er den Kopf und sah ihr in die Augen. „Chloe, du süßes, du wunderschönes Dummerchen, ich liebe es, wie du mich immer wieder zum Lachen bringst, auch wenn ich dich manchmal deswegen erwürgen könnte. Ich liebe es, wie du jedem an die Gurgel springst, der einen deiner Freunde bedroht. Ich liebe deinen Ehrgeiz, ich liebe deine Energie, und ich liebe dein Schnarchen."

Er lachte, als Chloe die Augen aufriss, wurde aber gleich wieder sachlich. „Ich liebe es, dass du mich nicht wie ein hirnloses Kraftpaket behandelst. Dadurch zwingst du mich, wie ein klügerer Mensch zu denken und zu handeln. Wie ein besserer Mensch. Verstehst du das, Süße?"

Was Chloe in seinen strahlend blauen Augen sah, brachte den letzten Rest der Mauer, die sie um ihr Herz errichtet hatte, zum Einsturz.

„Ich liebe einfach alles, was dich zu der macht, die du bist, Chloe Zuniga. Und jetzt ...", damit streckte er Chloes Bein auf dem Bett aus und zerrte an der Schleife, die ihren Wickelrock zusammenhielt, „... genug geredet."

Er zog das Band aus den Ösen und breitete den feinen, durchscheinenden Stoff aus, Chloe trug aufreizende Strumpfhalter und einen winzigen Tanga, wie er mit wachsender Erregung registrierte.

Chloe verspürte das dringende Bedürfnis, den Bauch einzuziehen, aber sie beherrschte sich. Wenn Eric sie tatsächlich liebte, so wie sie war, dann musste auch sie ihm gegenüber ehrlich bleiben. Sie durfte nichts vor ihm verbergen, auch nicht, dass sie sich jetzt, wo er ihren dürftig bekleideten Körper so eindringlich musterte, schutzlos und verwundbar fühlte. „Du machst mich nervös ... Eric."

Eric schnaubte leise. „Das ist noch gar nichts im Vergleich dazu, wie ich deinetwegen zittere, Liebling."

Sein beinahe schüchternes Lächeln hätte Chloe fast den Rest gegeben. Um nicht den Verstand zu verlieren, kniff sie die Augen zusammen. Was sie gesehen hatte, wirkte so echt und so

Cary-Grant-like. Sie wünschte, sie könnte sich jetzt frech und vorwitzig geben, von ihm verlangen, dass er ihren Körper wieder ins Paradies entführte, wie nur er allein es konnte.

Aber irgendwie schien es ihr unmöglich, in diesem Augenblick die Forsche zu spielen, obwohl sie damit oft genug gut gefahren war. Eine ungeheure Zärtlichkeit und Wärme erfüllte sie, und sie sehnte sich danach, Erics liebevolle Aufmerksamkeit zu erwidern. Als er sich vorbeugte und sanft ihren Bauch küsste, musste Chloe die Tränen zurückhalten.

Erics Lippen wanderten an ihrem Brustbein entlang. Er schob Chloes Bluse hoch und fuhr mit der Zunge den spitzenbesetzten Saum ihres BHs nach, ehe er ihre Brust küsste.

Chloe presste den Kopf in die Kissen und bog sich ihm entgegen, als er mit der zarten Knospe spielte, sie umkreiste und schließlich sanft daran saugte. Gern hätte Chloe den BH abgestreift, die Brüste befreit und Eric ihre nackte Haut dargeboten, aber sie tat es nicht. Sie ließ die Hände neben dem Kopf in die Kissen gedrückt und umklammerte fest die Tasche. Himmel, sie hielt das Ding tatsächlich noch in der Hand! Rasch schleuderte sie es in dieselbe Richtung, in die Eric vorhin ihre Schuhe befördert hatte, und schob die Hände weit unter die Polster, um ihre passive Rolle beizubehalten.

Eric wollte ihr zeigen, wie man sich liebte. Also musste sie ihm die Kontrolle überlassen. Sie musste sich fügen und sich ihm voll und ganz anvertrauen, auch wenn er Bereiche erkunden wollte, die sie noch keinem Mann gezeigt hatte.

Aber im Moment konnte sie kaum klar denken. Erics Liebkosungen wurden drängender, er zog ihr die Bluse über den Kopf. Jetzt lag sie beinahe nackt in seinem Bett. Er war ihr so nahe, und die Art, wie er sie ansah … Chloes Herz pochte aufgeregt.

Eric ließ die Bluse achtlos auf den Boden fallen und befreite Chloe auch vom Halsband und dem BH. Den BH beförderte er dahin, wo sich der Rest ihrer Kleidungsstücke befand, aber das Halsband behielt er in der Hand. Und während er mit den Lippen über Chloes eine Brust strich, neckte er die andere mit der Stoffblume des Halsbands. Die zarte Spitze, die ohnehin schon steil aufgerichtet war, versteifte sich fast schmerzhaft beim Kontakt mit dem weichen Gewebe.

Doch Eric war noch längst nicht fertig und führte die Liebkosung mit dem Mund fort. Er streichelte und küsste Chloes Haut. Mit der Blüte aus Stoff streifte er währenddessen über Chloes Körper. Chloe lief ein Schauer über den Rücken, als Eric sie damit am Bauch kitzelte, die nackte, empfindliche Haut zwischen Strumpfhalter und Tanga. Dann folgten Erics Lippen dem Weg der Stoffblume. Wo er Chloe berührte, begann ihre Haut zu prickeln, bis schließlich ihr ganzer Körper vor Erregung fieberte.

Als Erics Mund den Saum ihres Slips erreichte, lagen seine Hände bereits zwischen ihren Schenkeln. Sanft streichelte er die empfindsame Stelle, die nur mit einer hauchdünnen Lage seidiger zartrosa Spitze bedeckt war, mit der Blüte.

Er ging so aufreizend behutsam mit ihr um, so nervtötend zart, und dabei sehnte sich Chloe nur danach, endlich seinen Körper zu spüren. Sie hatte gar nicht gewusst, wie erregend es sein konnte, zu warten und am Rand der Erfüllung zu balancieren, immer wieder knapp vor dem Höhepunkt zurückgeholt zu werden, nur damit das Spiel von Neuem beginnen konnte. Sie war es gewohnt, immer sofort zur Sache zu kommen.

Und genau das wollte Eric ihr demonstrieren, als er nun mit der seidigen Blume über ihre Schenkel strich. Er wollte sie einführen in eine lustvolle Art der Folter und ihr beweisen, wie viele süße Qualen ihr Körper ertragen konnte und wie köstlich sie wurden, wenn Eric selbst die Rolle des Folterknechts spielte.

Eric hatte sich aufgesetzt, um die Blüte über ihre Beine zu ziehen, aber er hatte bestimmt gemerkt, wie erregt Chloe inzwischen war. Mit einem Mal warf Eric das Halsband zur Seite. Er stand auf und schlüpfte aus der Hose.

Jetzt waren beide nackt bis auf den Slip. Chloes Tanga war kaum breit genug, um ihre intimste Stelle zu bedecken. Und Erics hart aufgerichtete Männlichkeit zeichnete sich nur allzu deutlich unter seinem Slip ab.

Dann kam er endlich zu ihr. Langsam bewegte er sich über die Matratze. Er öffnete Chloes Schenkel und begann sie, ohne den Tanga abzustreifen, mit der Zunge zu liebkosen.

Zunächst berührte er ihre sensible Knospe ganz sanft, dann aber fing er an, sie zu massieren. Chloe musste die Finger in ein Kissen krallen und alle Muskeln anspannen, um nicht auf der Stelle zum Höhepunkt zu kommen.

Schließlich hakte Eric den Zeigefinger in den Slip und zog daran, bis Chloes Weiblichkeit seinem Blick preisgegeben war. Die Luft war kühl, aber Eric blies seinen heißen Atem über ihre Haut und wärmte sie. Und dann öffnete er ihre Beine und liebte Chloe mit seinem Mund.

Chloe konnte kaum atmen. Sie spannte sich bis zu den Zehenspitzen an und wagte keinen Muskel zu rühren. Denn Erics Einfallsreichtum war noch nicht erschöpft. Während seine Zunge sie liebkoste, sie antrieb, sich zurückzog und sie wieder anspornte, zog er gleichzeitig den zusammengerollten Tanga vor und zurück, hin und her, bis Chloe glaubte, sie müsse vor Lust vergehen.

„Eric“, stöhnte sie, „bitte!“

„Bitte was, Chloe?“ Er lachte kurz, als sie erbebte. „Willst du kommen? Willst du das?“

Chloe warf den Kopf auf dem Kissen hin und her. „Ich will dich. Ich will, dass du es … Ich will, dass du mich liebst."

„Chloe, mein Schatz, ich liebe dich gerade." Er ließ die Lippen über ihren ganzen Körper wandern, bis er schließlich das Gesicht in ihrer Halsmulde verbarg.

Chloe drehte den Kopf und küsste ihn auf die Stirn. Sie zitterte. Dann griff sie nach seiner Hand. „Ich will dich spüren. Ich will dich in mir fühlen." Sie schlang ein Bein um seine Hüften und wölbte sich ihm entgegen, so gut es ging, da er mit seinem ganzen Gewicht auf ihr lag. Mit einer Hand suchte sie den Gummizug des Slips, der bis an die Grenzen der Elastizität gedehnt war. „Das ist es, was ich will", flüsterte sie und berührte den glatten, seidenweichen, aber unglaublich festen Schaft seiner Männlichkeit. „Ich will dich, Eric, dich allein."

Mit einem unterdrückten Stöhnen rollte Eric sich von ihr herunter und stand vom Bett auf. Barfuß lief er ins Bad und holte ein Kondom. Bereits auf dem Rückweg ins Bett schlüpfte er aus dem Slip. Chloe konnte den Blick nicht von ihm wenden, von seinem Körper, von den gestählten Oberschenkeln, dem perfekt modellierten Brustkorb und seinen ausladenden Schultern. Am allermeisten aber bewunderte sie seinen Sixpack-Bauch und das steil aufgerichtete Glied. Sie verzehrte sich förmlich nach ihm. Und auf einmal war er da und schob sich zwischen ihre Beine.

Als er sie küsste, schmeckte sie sich selbst. Ihr Aroma vermischte sich mit dem von Eric. Eric bewegte sich vorsichtig auf ihr, und plötzlich, mit einer einzigen raschen Bewegung, drang er in sie ein, erfüllte sie. Seine Zunge spielte ein sinnliches Spiel mit ihrer, während er einen behutsamen Rhythmus vorgab, den Chloe aufnahm und mit beherrschten Bewegungen ihrer Hüften beantwortete.

Es war die berauschendste Vereinigung, das zärtlichste Liebesspiel, das Chloe je erlebt hatte. Eric ließ sich Zeit. Geduldig hielt er sich zurück, während Chloe immer erregter wurde. Sie umklammerte seinen muskulösen Po und zog ihn weiter in sich, wenn er sich zu sehr zurückhielt. Sie drängte ihn, sich schneller zu bewegen, wenn es ihr zu langsam wurde.

Deshalb war sie auch nicht darauf gefasst, als sie die erste Woge erfasste. Sie war es gewohnt, wild und schnell zu kommen, nicht in langsam ansteigenden, atemberaubenden Wellen. Die nicht enden wollten und sie von einem Gipfel zum nächsten trugen, sie vibrieren ließ, bis sie völlig erschöpft und außer Atem war.

Eric drückte den Kopf an ihre Schulter und hob ihre Hüften ein wenig an. Er bewegte sich immer schneller und immer drängender in ihr, und Chloe folgte ihm auf seinem Weg zur Erfüllung. Plötzlich stöhnte er auf, ein unterdrückter Schrei, gedämpft an Chloes Schulter. Aber nichts dämpfte das laute Schluchzen, das Chloe ausstieß, als sie in nie geahnter Intensität zum zweiten Mal kam.

Eine Weile lagen sie friedlich nebeneinander, bis Eric sich herumrollte und sie wieder an sich zog. Er deckte sie beide zu, und sie hörte ihn noch „Ich liebe dich" flüstern, ehe sein regelmäßiger Atem zeigte, dass er eingeschlafen war.

Chloe wartete einen Moment, bis er ganz tief schlief, dann schlüpfte sie aus dem Bett. Er würde gekränkt sein, wenn er allein aufwachte. Bei dem Gedanken, ihm wehzutun, nachdem er sie so glücklich gemacht hatte, stöhnte sie leise auf.

Sie wünschte, sie könnte bleiben und Eric ihre Liebe beweisen. Aber ehe sie sich diesen Luxus erlauben durfte, musste sie erst mit ihrer Vergangenheit abrechnen. Wenn sie das nicht fertigbrachte, dann gab es keine Zukunft für sie und Eric.

13. KAPITEL

Eric bog auf den Parkplatz vor dem Taco Milagro ein. Zufällig hatte er im Vorüberfahren gesehen, wie Chloe, Deanna und Annabel Lee dieses Tex-Mex-Restaurant verließen. Er wusste nicht, ob er das für einen Wink des Schicksals halten sollte, aber auf jeden Fall würde er die unverhoffte Chance nutzen.

Er hatte Chloe seit dem Abend, an dem er ihr seine Liebe bewiesen hatte, sowohl zu Hause als auch im Büro angerufen. Mehr als einmal. Er hatte Nachrichten hinterlassen, auf ihrem Anrufbeantworter, auf der Mailbox ihres Handys und bei ihrer Sekretärin. Und er hatte die Nase gestrichen voll davon, sich immer wieder abwimmeln zu lassen, wo er doch etwas auf dem Herzen hatte.

Er hatte Chloe gegenüber behauptet, er sei nicht verzweifelt, und er hatte überhaupt keine Lust, nun als Lügner dazustehen. Aber solange Chloe sich weigerte, seine Anrufe zu beantworten, bestand kaum eine Chance, dieses Image loszuwerden.

Eric war sich sehr wohl bewusst, dass er keinen Wunsch mehr offen hatte. Trotzdem wollte er noch einen äußern. Wenn sie ihn zum Teufel schickte, tja, dann würde er sich eben damit abfinden, dass zwischen ihnen nichts lief. Aber einen letzten Anlauf musste er einfach wagen.

Einmal wollte er noch versuchen, sie davon zu überzeugen, dass er nicht vorhatte, sie zu vereinnahmen. Dass er nicht über ihr Leben bestimmen oder sie nach einem krankhaft verzerrten Idealbild formen wollte. Er hatte nur das Bedürfnis, sie zu lieben, und er würde nicht plötzlich behaupten: „Die Sache hat aber noch einen Haken."

Er lenkte den Mustang in eine Parklücke nur drei Autos

von Chloes VW Beetle entfernt, brachte ihn abrupt zum Stehen und sprang heraus. Er musste sie unbedingt abfangen, ehe sie ihren Wagen erreichte. Die drei Frauen kamen geradewegs auf ihn zu. Deanna und Poe waren sicher nicht glücklich über den Überfall, aber sie würden schon darüber hinwegkommen.

Mit langen, weit ausgreifenden Schritten stürmte Eric über den Asphalt auf das vergnügte Trio zu. Sein Magen krampfte sich zusammen, als er Chloes unbeschwertes Lachen hörte. Es musste schön sein, wenn man relaxen und ein Essen mit Freunden genießen konnte. Eric selbst hatte die vergangenen zehn Tage am Rande eines Abgrundes gelebt.

Poe entdeckte ihn vor Chloe, die den Kopf zur Seite gedreht hatte, um mit Deanna zu plaudern. Poe sah ihn unbewegt an und gestikulierte, während sie Chloe etwas zuraunte. Chloes Kopf fuhr herum, Deannas ebenfalls. Sie unterbrachen das Gespräch, ihre Schritte wurden langsamer, nur Eric eilte mit unverändertem Tempo auf sie zu.

Da sie Sonnenbrillen trugen, konnte Eric den Ausdruck in Chloes Augen genauso wenig abschätzen wie sie seinen. Er sah jedoch ihren Mund. Das Lächeln auf ihren Lippen gefror.

Eric überlief es eiskalt, aber er zwang sich, das zu ignorieren. Es war ihm egal, wenn er sie in Verlegenheit brachte. Es war ihm sogar egal, wenn man merkte, dass er höllische Angst hatte. Verzweiflungstätern kann man ihren Zustand nun mal ansehen.

Das Grüppchen blieb stehen, und Chloe ergriff das Wort. „Hi, Eric, du erinnerst dich noch an Poe?"

Eric nickte. „Tag, Miss Lee."

„Und das ist Deanna Elliott", sagte Chloe und wies auf die jüngere der beiden Frauen, „unser gIRL-gEAR-gIRL."

„Hallo." Eric nickte noch einmal. So viel zum Small Talk.

Er setzte die Ray-Ban-Brille ab. „Kann ich dich mal unter vier Augen sprechen, Chloe?“

Chloe warf ihren Begleiterinnen einen fragenden Blick zu. „Ich weiß nicht recht, Eric. Wir müssen unbedingt in der Firma sein, ehe Sydney …“

Eric bedachte Deanna und Poe mit einem Blick, der, wie er hoffte, entschuldigend war. „Es dauert wirklich nicht lange. Ich kann dich anschließend ins Büro fahren, wenn euch das weiterhilft.“

„Entspann dich, Chloe. Deanna kann mich im Büro absetzen. Ich glaube, mir fällt da etwas ein, wie sie sich nützlich machen kann.“ Poe hakte sich bei der jungen Frau ein. „Jetzt, wo sie ihren Highschool-Abschluss in der Tasche hat, müssen wir sie mit Arbeit eindecken. Nicht, dass sie meint, bei uns könnte sie faulenzen.“

Chloe legte die Stirn in Falten. „Geht das wirklich in Ordnung?“

Deanna lachte hell auf und warf den langen schwarzen Zopf nach hinten. „Machst du Witze? Die Firma ist doch das coolste, was es überhaupt gibt.“

Eric wäre dem Mädchen am liebsten um den Hals gefallen und hätte der Drachenlady einen dicken Schmatz aufgedrückt. Heute war Chloe diejenige, die Feuer spuckte. Sie sah den beiden hinterher, dann funkelte sie Eric an. „Du kannst einem vielleicht die Laune vermiesen, Süßer.“

Eric klemmte die Sonnenbrille an den Ausschnitt seines T-Shirts. „Außerdem kann ich Telefonanrufe beantworten.“

„Na, das ist ja wohl die unverschämteste Lüge, die mir je untergekommen ist!“ Wutentbrannt stapfte Chloe zu ihrem Auto und kramte im Gehen in ihrer Makramee-Tasche nach den Schlüsseln. „Fünfzehn Mal habe ich dich bestimmt angerufen, ehe ich dich im Haydon’s aufgesucht habe. Wenn du den

Anstand besessen hättest, mich zurückzurufen, dann würden wir jetzt vermutlich nicht auf einem Parkplatz stehen und uns gegenseitig beschimpfen."

„Ich schimpfe nicht." Eric drängte sich in die Lücke zwischen Chloes Auto und dem Nachbarwagen und versperrte ihr so den Fluchtweg.

„Ach, nein? Wie würdest du das dann bezeichnen? Warum bist du hier?" Chloe riss die Tür auf, schleuderte die Tasche auf den Beifahrersitz und stemmte die Hände in die Taille.

Eric verschlug es im ersten Augenblick die Sprache. Sie standen wieder ganz am Anfang. Chloe versuchte, ihn kleinzukriegen, und, weiß Gott, über die Mittel dazu verfügte sie. „Ich bin hier, weil du meine Anrufe nicht erwidert hast. Du hättest mir einen Umweg und dir einen peinlichen Überfall mitten auf einem Parkplatz ersparen können."

Chloe starrte ihn eine Weile an. Durch die dunklen Gläser der Sonnenbrille konnte Eric allerdings ihre Augen nicht sehen. Schließlich drehte sie den Kopf zur Seite und kniff grimmig die Lippen zusammen.

Eric fuhr sich mit der Hand durchs Haar. „Es war nicht meine Absicht, über dich herzufallen oder dich in Verlegenheit zu bringen, Chloe. Es tut mir leid, wenn du es so empfindest."

Sie winkte ab. „Schon okay. Ich hätte deine Anrufe wirklich beantworten müssen. Ich weiß, wie grässlich es ist, wenn man auf einen Anruf wartet, der nie kommt", gestand sie mit einem zerknirschten Lächeln, bei dem Eric wieder Hoffnung schöpfte. Möglicherweise war es ihr doch nicht so ernst damit, nie wieder ein Wort mit ihm zu wechseln.

„Ich dachte schon, du willst mir den Laufpass geben. Und auch wenn du mich jetzt für einen ausgemachten Masochisten hältst, ich wollte es aus deinem eigenen Mund hören."

Chloes Mundwinkel zuckten, und sie lachte leise. „Das

nehme ich dir sofort ab, Süßer. Du verdienst was Besseres, als im eigenen Saft zu schmoren. Aber das ist nicht der Grund, warum ich deine Anrufe nicht erwidert habe. Es liegt einzig und allein an mir."

Tja, dachte Eric und schüttelte den Kopf, das war's dann wohl – der älteste Spruch der Welt, um jemandem einen Korb zu verpassen!

Auf einmal berührte Chloe seinen Arm. „Ich weiß, wie sich das anhören muss, Eric. ‚Es ist nicht deine Schuld, sondern meine!' Das ist so ziemlich das Bescheuerteste, was man sagen kann."

„Schön, dass wir wenigstens darüber einer Meinung sind." Nur leider fühlte Eric sich deswegen kein bisschen besser. Er kam sich richtig lächerlich vor, weil er hergekommen war und sie ihn hatte abblitzen lassen. Na ja, offensichtlich hatte er es nicht besser verdient.

Chloe drückte noch einmal kurz seinen Arm, dann machte sie Anstalten, in ihr Auto zu steigen. Sie presste die Lippen fest zusammen, als wollte sie verhindern, dass sie jetzt etwas Falsches sagte. Eric verschränkte die Arme und beobachtete den mittäglichen Verkehr, der draußen auf der Straße vorbeikroch. „Sieh mal, Chloe. Wenn du mir nicht verrätst, was du denkst, dann habe ich hier nichts mehr verloren. Dabei hatte ich geglaubt, dass wir über das Stadium des verlegenen Schweigens längst hinaus wären."

Er wandte sich um und wollte gerade gehen, als ihn ein kaum hörbares „Halt!" stoppte. Mit gerunzelten Brauen wartete er ab.

Chloe holte tief Luft. „Ich gebe nicht auf. Ich werfe auch nicht weg, was … was sich zwischen uns entwickelt hat. Aber ich bin einfach noch nicht bereit für eine feste Beziehung. Dazu hat sich für mich gerade in der letzten Zeit viel zu viel verändert. Zum Beispiel nach Aidans Besuch und … auch durch dich."

„Durch mich? Inwiefern?"

„Du machst mir Angst, Eric." Chloes Stimme zitterte. „Wenn du über Liebe sprichst, dann klingt das so einfach. Aber ich habe die Liebe immer nur als eine höllisch verzwickte Sache erlebt. Verzwickt und sehr kompliziert. Deine Mutter hat dich verlassen. Mein Vater ist ein verlogener Mistkerl. Nicht einmal Anton und Lauren kriegen es richtig auf die Reihe."

Chloe brach plötzlich ab. Behutsam schloss sie die Autotür und lehnte die Stirn gegen das Dach. „Ich glaube, ich weiß nicht einmal genau, was das ist, Liebe."

Eric hätte jedes einzelne ihrer fadenscheinigen Argumente zerpflücken können. Er hatte seine Pflegefamilie, sie vier Brüder. Zwischen Anton und Lauren war seiner Meinung nach noch nicht alles total im Eimer. Und selbst wenn, dann gab es da immer noch Leo und Macy. Und seine eigenen Gefühle für Chloe. Die er ihr doch klar und deutlich bewiesen hatte.

Und ja, es tat weh, dass sie das immer noch nicht kapiert hatte. Ihm blieb nur noch, das Sprüchlein aufzusagen, weswegen er hergekommen war, und dann sein Herz in ihre Hände zu geben. „Chloe, ich weiß, dass unser Deal abgeschlossen ist. Ich weiß auch, dass ich alle drei Wünsche aufgebraucht habe. Trotzdem hätte ich noch ein Anliegen."

Er war sich völlig im Klaren darüber, dass er sich weit aus dem Fenster lehnte, aber was hatte ein Mann in seiner Situation schon zu verlieren?

Chloe drehte den Kopf zur Seite und sah ihn an. „Ausnahmsweise könnte ich mich von meinem Elfenbeinturm herabbegeben und dein Gesuch anhören."

Sie lächelte dabei, und Erics Magen zog sich schmerzhaft zusammen. Nie hatte er sie mehr geliebt als in diesem Augenblick. „Die Haydon's Hammers haben am Memorial Day ein Turnier. Ich möchte, dass du kommst."

Aber Chloe schüttelte bereits den Kopf. „Kann nicht. Ray hat mich zu einem Barbecue eingeladen, und ich habe zugesagt."

„Das macht nichts. Du musst ja nicht mitspielen. Aber bitte komm."

Sie runzelte die Stirn und richtete sich auf. „Ich dachte, dir gefällt es, wie ich spiele."

Eric lachte, obwohl ihm gar nicht danach zumute war. „Das stimmt schon."

„Ja, und? Brauchst du vielleicht einen privaten Cheerleader?"

„Nein. Ich suche was Festes. Auf Dauer." Chloe riss sich die Sonnenbrille von der Nase, und Eric spulte hastig alles ab, was er ihr sagen wollte, ehe ihn dieser Blick aus den riesigen veilchenblauen Augen völlig aus dem Gleichgewicht brachte.

„Ich möchte unser Arrangement erneuern. Diesmal aber hätte ich gern eine feste Beziehung, Chloe, mit *allem,* was dazugehört, allen Bedingungen, allen Verpflichtungen und Treueversprechen! Wenn du das nicht willst, dann komm gar nicht erst. Ich nehme das als Antwort."

Nach diesen Worten wandte Eric sich um und ging. Sein Herz hämmerte wie wild, und er fragte sich, wie er die folgenden zwei Tage überstehen sollte. Bis er erfuhr, ob er gewonnen hatte. Oder sich den größten Loser nach Cary Grant nennen durfte, als der auf dem Dach des Empire State Buildings auf eine Frau gewartet hatte, die nie gekommen war.

Gleißendes Sonnenlicht schien über dem Stratton Park und brannte auf Erics nackte Schultern und seine miese Stimmung nieder. Die Haydon's Hammers pfiffen auf dem letzten Loch.

Heute Abend würde er für eine Menge Bier blechen müssen.

Normalerweise hätte es ihm nicht so viel ausgemacht, das Turnier zu verlieren und allen Spielern ein Bier auszugeben. Aber je näher der Abend rückte, desto schlimmer wurde das Gefühl, dass er zugleich auch die Aussicht auf eine glückliche Zukunft verlor. Denn Chloe ließ sich nicht blicken.

Hunderte von Szenarien hatte er im Geist bereits durchgespielt: Ihr Beetle war im Feiertagsverkehr zerquetscht worden, und Chloes Überreste wurden von der Fahrbahn gekratzt, während Eric hier Ball spielte ... Sie schaffte es nicht, sich von dem Grillfest loszueisen, sondern wendete eifrig die Burger ... Oder sie musste kurz weg, um für Nachschub an Bier zu sorgen ... und ihr Beetle war zerquetscht worden, und Chloes Überreste wurden von der Fahrbahn gekratzt, während Eric hier Ball spielte ...

Er wusste natürlich, dass keine dieser grässlichen Vorstellungen auch nur annähernd der Wahrheit entsprach. Chloe hatte lediglich entschieden, dass ihr ein Leben ohne Verpflichtungen besser gefiel.

Er leerte seinen Pappbecher mit dem leuchtend orangefarbenen Fitnessgetränk in einem Zug, knüllte sein verschwitztes T-Shirt zusammen und wischte sich damit über den Oberkörper. Nicht einmal die Sonne an diesem Feiertag hatte Erbarmen mit ihm.

Im Park wimmelte es von Menschen, die picknickten – Familien, Pärchen, Jugendliche und Kinder. Flugdrachen schraubten sich in die Lüfte, Frisbeescheiben sausten über die Wiesen, und Baseballschläger wurden geschwungen. Vom Geruch nach Holzkohle, Würstchen, Grillhähnchen und Burgern sollte Erics Magen eigentlich knurren wie ein Wolf, aber heute hatte er einfach keinen Appetit.

Stattdessen knurrte Eric jeden an, der ihm über den Weg

lief. Diese strahlenden, glücklichen Leute gingen ihm auf die Nerven. Was gab es denn schon groß zu feiern außer einem freien Tag? Wahrscheinlich wusste nicht einmal die Hälfte von ihnen, dass man am Memorial Day eigentlich der Kriegsgefallenen gedachte. Die Leute hatten es gar nicht verdient, sich zu amüsieren.

Und seit wann bist du hier der King, Haydon, fragte eine Stimme in seinem Inneren. Jeder König braucht eine Königin, aber du schaffst es nicht einmal, eine Prinzessin zu überreden, ein Volleyballturnier zu besuchen. Aber, verdammt, wer braucht schon eine Prinzessin, überlegte Eric. Es kostet viel zu viel Zeit und Kraft, dauernd irgendwelche Elfenbeintürme zu erklimmen. Man altert vor der Zeit und kann sich nicht mehr mit den Edelfräulein amüsieren. Er konnte direkt von Glück sagen, dass seine Prinzessin Farbe bekannt hatte, ehe seine Rüstung zu viel Rost ansetzte. Jetzt war er wieder frei und konnte retten, wen er wollte, nachdem er es offensichtlich nie begreifen würde …

„Verflucht, Chloe, du gibst doch sonst nicht so schnell auf“, stieß Eric mit belegter Stimme hervor. „Ich kann nicht glauben, dass du es diesmal tust.“ Doch als er die Worte laut aussprach, wurden sie auf einmal Wirklichkeit. Wirklich genug wenigstens, um sie zu akzeptieren. Er stemmte die Hände in die Hüften, ließ den Kopf hängen und stellte sich den Tatsachen: Er hatte eine bemerkenswerte Affäre gehabt, aber es war vorbei. Aus, Ende, fertig! Vielleicht wäre ihm mit einem riesigen, tapsigen Straßenköter doch besser gedient. Dessen bedingungslose Liebe würde schon dafür sorgen, dass sein gebrochenes Herz irgendwann einmal heilte.

„Hey, Haydon, auf geht’s.“

„Sekunde!“ Eric rannte rasch zu seinem Wagen, warf das T-Shirt achtlos hinein und fischte ein frisches aus seiner Sporttasche. Dann kehrte er aufs Spielfeld zurück. Natürlich konnte man einen Hund nicht mit einem festen Partner vergleichen, aber er würde es überleben. O ja, er würde es überleben.

„Kündigen? Hab ich richtig verstanden? Du willst kündigen?"

„Du kannst nicht kündigen. Du bist Teilhaberin."

„Du *bist* gRAFFITI-gIRL! Wer könnte dich ersetzen?"

„Das ist Wahnsinn, Chloe! Du gehörst doch zu den Firmengründerinnen."

„Vielleicht nicht Wahnsinn, aber absolut unvernünftig. Hast du dir das wirklich gut überlegt, Chloe?"

Chloe, mit einem engen schwarzen Rock und einem Twinset aus zartrosa Kaschmir bekleidet, saß am Konferenztisch. Sie hatte die Beine übereinandergeschlagen und wippte mit der Fußspitze. Ihre Hände lagen verschränkt in ihrem Schoß. So wartete sie, bis der Schock nachließ und der Protest verstummte. Sie hatte mit ihrer Ankündigung bis zum Ende des Brainstormings gewartet, weil sie das für den idealen Zeitpunkt hielt, um den Freundinnen ihren Vorschlag zu unterbreiten. Die Köpfe der fünf Frauen liefen dann nämlich auf Hochtouren.

Nachdem sich der Sturm gelegt hatte und bestürztes Schweigen herrschte, blickte sie in die Runde. Alle fünf starrten sie an, als hätte sie den Verstand verloren. Was, ehrlich gesagt, durchaus im Bereich des Möglichen lag.

Macy, die Wilde, Lauren, die Ätherische, Kinsey, der mystische Bohemien, Melanie, das technische Genie, Sydney, die klassische Schönheit. Unwillkürlich lächelte Chloe. Sie war wirklich ein Glückspilz. Tränen stiegen ihr in die Augen, und sie seufzte. „Wisst ihr eigentlich, wie lieb ich euch habe? Und wie tief ich in eurer Schuld stehe?"

Sydney runzelte die Stirn. Sie zwinkerte heftig und tippte

mit dem Ende ihres Bleistifts auf den Notizblock, der vor ihr lag. „Du schuldest uns gar nichts, Chloe. Ich verstehe nicht, wie du auf die Idee kommst."

Chloe holte tief Luft. Sie hatte sich vorgenommen, ehrlich zu sein, sich selbst und ihren Freundinnen gegenüber, daher gab es keinen Grund, die Wahrheit zu beschönigen. „Weil ihr die ganze Zeit einem gewaltigen Schwindel aufgesessen seid."

„Schwindel?", kreischte Melanie, sprang wie von der Tarantel gestochen hoch und kippte dabei ihren Stuhl um. Sie hob ihn auf, rückte ihre Kopfhörer gerade und warf Chloe einen finsteren Blick zu. „Krieg dich wieder ein! Du bist der aufrichtigste, ehrlichste und unverblümteste Mensch, den ich kenne. Schwindel, pah!"

Chloe schloss für eine Sekunde die Augen. Es würde sehr viel schwieriger werden, als sie geahnt hatte. „Gut, ich gebe zu, dass ich mich privat gebe, wie ich bin. Aber in der Modebranche?"

Sie ließ die Frage erst einmal im Raum stehen und bückte sich nach der ledernen Aktentasche, die neben ihrem Stuhl auf dem Boden stand. Sie nahm fünf Ordner heraus, die sie anhand der Informationen, die sie während zahlreicher Mittag- und Abendessen von Poe und Deanna erhalten hatte, selbst zusammengestellt hatte.

Mithilfe des gIRL-gEAR-gIRLs und der Chefeinkäuferin des Unternehmens hatte Chloe endlich den Mut gefasst, ihre Pläne in die Tat umzusetzen. Sie wusste, dass ihre Entscheidung richtig war, und zum ersten Mal in ihrem Leben wollte sie sich selbst treu bleiben.

Das bedeutete zugleich, dass sie Eric gegenüber vollkommen aufrichtig sein musste. Das eine bedingte das andere, und es war höchste Zeit, dass sie diese Tatsache endlich akzeptierte. Aber alles zu seiner Zeit!

„Haltet euch gut fest, denn ihr werdet gleich einen Schock erleben." Chloe drückte die Ordner an ihre Brust und begann, ihren besten Freundinnen die Geschichte ihres Lebens zu erzählen. Sie berichtete, dass ihr keine andere Wahl geblieben war, als Design zu studieren, obwohl sie sich nichts sehnlicher gewünscht hatte, als ihr Sportdiplom zu machen. Sie sprach von Aidans überraschendem Besuch und, mit Poes Einverständnis, von der Unterhaltung mit ihr. Ohne in die Einzelheiten von Poes Modellaufbahn zu gehen, stellte Chloe sie als Vorbild hin. Poes eiserner Entschluss, ihren Traum zu verwirklichen, hatte auch Chloe bewogen, ihre Karriere auf einen neuen Kurs zu bringen und das, was sie im Leben gelernt hatte, nutzbringend einzusetzen.

Es hatte Chloe viel Spaß gemacht, ihre Abteilung zu führen. Nur, mit der Vermarktung von Kosmetik und Accessoires würde sie das Leben keines einzigen Mädchens in irgendeiner Form verändern. Aber Chloe wollte etwas verändern. Sie wollte alle wissen lassen, wie wichtig und bereichernd es war, dem Ruf des Herzens zu folgen.

„Ich bin mir bewusst, dass das ein ziemlich ungewöhnlicher Weg ist, eine Umstrukturierung von gIRL-gEAR anzuregen", gestand sie zum Schluss, während sie um den Tisch ging und die Ordner verteilte. „Aber ich musste einfach feststellen, ob ich einen halbwegs durchführbaren Plan ausarbeiten kann, ehe ich die Sache auf den Tisch bringe. Das ist natürlich nur ein grober Entwurf, aber er sollte die meisten Fragen beantworten."

Sydney überflog die erste Seite. Sie meldete sich gleich zu Wort. „gUIDANCE-gIRL? Du willst eine Beratungsstelle einrichten?"

Chloe hatte inzwischen alle Mappen verteilt. Sie kehrte an ihren Platz zurück und stellte sich hinter ihren Stuhl. Nervös umklammerte sie die Lehne und nickte. „Über den Namen können wir später nachdenken. Mir geht es jetzt hauptsächlich um das Grundsätzliche. Wir erreichen so viele Menschen, wir üben so viel Einfluss aus, und ich möchte einfach, dass wir unseren Bekanntheitsgrad produktiver einsetzen, als wir es bisher getan haben."

„Verstehe ich dich richtig? Es geht dir nicht nur darum, Ratschläge zu geben, so wie Macy das auf ihrer Website tut?", fragte Lauren, und ihre Augen blitzten bereits vor Begeisterung.

Mehr Zustimmung brauchte Chloe nicht. „Genau! Das gehört natürlich dazu. Aber ich will viel weiter gehen. Ich stelle mir vor, dass wir auch Berufsberatung anbieten, Treffs für gleichaltrige Mädchen organisieren, Seminare …"

„Auch Pyjamapartys?", fragte Macy.

„Klar, warum nicht? Die Mädchen sollen auch ihren Spaß haben." Chloe ließ den Blick über den Tisch schweifen. Sie studierte die Mienen der Partnerinnen, die sich ihren Entwurf nun aufmerksam durchlasen. Chloe hatte das dringende Bedürfnis, ihren Enthusiasmus deutlich zu machen, und sie begann ruhelos auf und ab zu gehen. Fünf Augenpaare folgten ihr dabei.

„Ich erwarte nicht, dass heute schon eine Entscheidung fällt. Es ist auch nicht so, dass ich mit sofortiger Wirkung kündige. Das ganze Konzept muss noch sehr genau studiert, weiterentwickelt und gut vorbereitet werden. Aber ich bin fest entschlossen, es durchzuziehen. Wenn nicht bei gIRL-gEAR, dann woanders."

Wieder blieb sie hinter ihrem Stuhl stehen und holte noch einmal tief Luft, um auch noch den Rest ihres Plans zu verkünden. „Aus diesem Grund werde ich im September wieder an die Uni gehen. Ich fürchte, ein Abschluss in Modedesign ist nicht unbedingt die ideale Voraussetzung für Sozialarbeit."

„Aber was ist mit gRAFFITI-gIRL und gADGET-gIRL?“, fragte Melanie. „Du wirst doch deine Babys nicht im Stich lassen?“

„Natürlich nicht. Aber das ist bereits geregelt.“ Chloe konnte ein Grinsen kaum unterdrücken. Wenn die anderen sie jetzt schon für verrückt hielten, was würden sie dann erst von ihr denken, wenn sie ihnen die Sache mit Poe erklärte?

Ein höllischer Lärm brandete Chloe Zuniga entgegen, als sie Haydon's Halbzeit betrat, aber sie schenkte dem keine Beachtung. Sie hatte eine Mission zu erfüllen, und kein ungehobelter Klotz mit Bierfahne und ohne Manieren, keine noch so plumpe Anmache würden sie davon abhalten.

Es war Ende Juni, die Baseballsaison war in vollem Gange. Da sie inzwischen wusste, was dieser Sport für Eric bedeutete, klang das Ploppen der Schläger, das aus dem riesigen Fernseher am anderen Ende des Raumes herüberschallte, wie süße Musik in ihren Ohren. Wenn Chloe daran dachte, was sie eben erst über sich selbst erfahren hatte, konnte sie nur noch schwer nachvollziehen, dass sie jemals anders darüber geurteilt hatte.

War nicht der Volleyballsport während ihrer ersten siebzehn Jahre ebenfalls eine treibende Kraft in ihrem Leben gewesen? War es nicht Schicksal, dass sie Erics Sportleidenschaft teilte und dass diese Leidenschaft bei ihnen beiden schon ganz früh im Leben begonnen hatte? Wenn das kein gutes Vorzeichen war! Sie waren wie füreinander geschaffen und hatten nur darauf warten müssen, dass kosmische Kräfte aufeinanderprallten und die Türen zur Entdeckung öffneten.

In der Nacht, als sie sich geliebt hatten, hatte Eric ihr vom Baseball erzählt. Davon, dass er zusammen mit den Jungen, bei denen er wohnte, zu den Spielen gegangen war. Dass die Familie, in der er aufgewachsen war, sein Talent gefördert hatte und dass seine Liebe zu dieser Sportart sein ganzes Leben beeinflusste. Dass seine Träume von einer Verletzung zerstört worden waren, für die niemand etwas konnte.

Er hatte Chloe auch gestanden, dass sie einen besseren Menschen aus ihm machte. Aber sie glaubte ihm nicht. Nichts von dem, was sie ihm gegeben hatte, konnte ihn zu einem besseren Menschen machen. Sie betete nur, dass er sie in der Zeit, als sie damit beschäftigt gewesen war, zu ihrem eigenen, besseren Ich zu finden, nicht abgeschrieben hatte.

Aber warum machte sie sich solche Gedanken? Natürlich hatte er sie nicht vergessen. Andernfalls würde sie ihm einen Tritt verpassen, dass er von hier nach Cleveland segelte. Das wenigstens musste sie sich dauernd vorsagen. Ihr Selbstvertrauen konnte jede Unterstützung vertragen, die es kriegen konnte, damit sie die nächsten paar Minuten durchstand. Ihre Hände waren feucht geworden und lagen klebrig auf dem kleinen Paket, das sie trug.

Chloe hatte ihre Kleidung genauso sorgfältig ausgewählt wie an dem Tag vor zwei Monaten. Sie kam auch in ähnlicher Absicht: Sie musste Eric überzeugen, dass er der einzige Mann war, der eine bestimmte Aufgabe erfüllen konnte. Damals hatte sie seine Hilfe gebraucht, um ihren Ruf zu retten. Heute sollte er ihren Dank dafür entgegennehmen – und ihre Liebe.

Ihr Rock war wadenlang und schmal. Dazu trug sie ein ärmelloses Kapuzenshirt. Das in einem warmen Pinkton gehaltene Kaschmirensemble schmiegte sich um ihre Hüften und betonte ihre schmale Taille und ihren Busen, ohne provozierend zu wirken. Ihre nackten Füße steckten in Sandaletten, die witzige Gucklöcher freiließen, durch die man in „Pixie Passion“ lackierte Zehennägel sehen konnte. Mit ihrer Frisur und dem Make-up hatte sie sich besondere Mühe gegeben, und sie musste selbst zugeben, dass sie ungemein sexy aussah.

Ein paar von Erics Gästen schienen das auch zu finden. Aber Chloe ignorierte die Pfiffe und Zurufe wie „Hey, Baby, ich habe, was du brauchst“. Sie hatte ihr Ziel direkt vor Augen. Es trug knapp sitzende Bluejeans, ein weißes Nike-T-Shirt, hatte ein rotes Haydon's-Tuch im Hosenbund, stand hinter der Bar und zapfte gerade ein Bier vom Fass. Das Handtuch schmiegte sich so schnuckelig an sein Hinterteil, dass Chloe sich am liebsten von hinten angeschlichen und ihn ordentlich gezwickt hätte. Himmel, war der Mann sexy!

In dem Augenblick, als sie die Theke erreichte, drehte Eric sich um und schob seinem Gast den Krug mit einem kräftigen Schwung zu. Eric riss die Augen auf, und sie sah ein Aufleuchten darin, aber gleich darauf kniff er sie argwöhnisch zusammen.

Chloe klammerte sich an die erste, die spontane Reaktion wie an einen Rettungsring. Sein Misstrauen diente dem eigenen Schutz, und sie hatte es wohl auch nicht anders verdient. Anstatt sich zu setzen, zwängte Chloe sich zwischen zwei Barhockern hindurch und drückte das Päckchen fest an die Brust. Eric begrüßte sie sehr reserviert. „Was darf es sein? Ein Light-Getränk? Ein Cosmopolitan?“

Aber Chloe ließ sich von seiner Geschäftsmäßigkeit nicht täuschen. Sie lächelte ihn an und sagte: „Schön, dass du dich noch daran erinnerst.“

Ohne ersichtlichen Grund fasste er nach hinten und wischte sich die Hände an dem Tuch ab. „Ich erinnere mich an vieles“, erwiderte er reserviert.

Eine Menge von dem, woran er sich erinnerte, konnte Chloe von seinen Augen ablesen. Er erinnerte sich an weitaus mehr als nur daran, dass sie ihn verlassen hatte. Aber sie bemerkte auch den Schmerz, den sie ihm zugefügt hatte. Und das machte ihr Mut. Sie musste wenigstens versuchen, Eric davon zu befreien, auch wenn sie dazu ihren Stolz überwinden und ihre Gefühle offenbaren musste.

„Könnten wir uns vielleicht in deinem Büro unterhalten, Eric? Ich … möchte dir etwas geben."

Eric sah ihr unverwandt in die Augen. Erst als sie ihm das Paket hinhielt zum Beweis, dass sie es ernst meinte, wandte er den Blick ab und betrachtete es überrascht. Im ersten Moment dachte Chloe, er würde sie abweisen. Dass er mit dem Gedanken spielte, stand ihm ins Gesicht geschrieben. Aber dann rief er seinem Kollegen zu: „Jason, übernimm bitte kurz die Theke. Bin gleich wieder da!"

Mit klopfendem Herzen trat Chloe vom Tresen zurück. So weit, so gut. Ihre Knie fühlten sich an wie Wackelpudding, dennoch schaffte sie es, Eric durch den Korridor bis zu seinem Büro zu folgen. Er öffnete die Tür und forderte sie mit einer knappen Kopfbewegung auf einzutreten.

Chloe ging an ihm vorbei. Absichtlich streifte sie ihn dabei, und sie fühlte, wie sein Herz klopfte. Er strahlte so viel Wärme aus und diesen herrlich vertrauten Duft. Wenn sie es jetzt verbockte, würde sie sich das niemals verzeihen. Ihm würde sie es niemals vergeben, dass er sie dazu gebracht hatte, sich in ihn zu verlieben. Noch nie hatte sie irgendetwas dermaßen beunruhigt wie die Befürchtung, zu lange gewartet zu haben.

Eric schloss die Tür und ging an den Schreibtisch. Das riesige Möbelstück stand wie eine Barriere zwischen ihnen. Chloe hatte große Lust, über die breite Platte zu springen, sich in seine Arme zu stürzen und alles wegzuwischen, was zwischen ihnen stand. Am liebsten hätte sie von ihm verlangt, ihr eine zweite Chance einzuräumen. Stattdessen reichte sie ihm das Päckchen, das etwa die Größe einer Zeitschrift hatte und in nichtssagendes braunes Packpapier gewickelt war.

Eric nahm das Geschenk nur äußerst zögerlich entgegen. „Was ist das?"

„Ein Dankeschön." Chloe verschränkte die Finger vor dem Bauch. „Ein verspäteter Beweis meiner Dankbarkeit für deinen Einsatz zur Rettung meiner Ehre."

Seine grimmige Miene heiterte sich ein wenig auf. „Soll das heißen, dass dieses ganze Hin und Her von Gefälligkeiten tatsächlich zu etwas gut war? Du wurdest freigesprochen?"

„Sehr witzig!" Chloe tat zwar so, als wäre sie verärgert, in Wirklichkeit aber machte ihr Herz einen riesigen, hoffnungsvollen Satz.

„Nur damit wir uns richtig verstehen: Ich habe keine Lust, ein Lob einzuheimsen, das eigentlich einem deiner anderen Verehrer zusteht."

„Ich weiß, dass ich dich verletzt habe, Süßer. Mit Worten kann ich gar nicht ausdrücken, wie leid mir das tut. Ich wünschte, ich könnte die Uhr zurückdrehen und manches anders machen, aber da das unmöglich ist …" Gleich würde sie noch vor ihm zu Kreuze kriechen! „Mach doch bitte einfach das Päckchen auf!"

Eine entsetzliche Sekunde lang zögerte er. Chloe spürte förmlich, wie er überlegte, ob er ihr Geschenk nicht ungeöffnet zurückweisen sollte, um sich zu rächen. Plötzlich zuckte er mit den Achseln. „Wie du meinst, Prinzessin." Mit einem Ratsch riss er die Verpackung auf und blickte überrascht auf den schlichten schwarzen Bilderrahmen.

Chloe wartete. Das Herz klopfte ihr bis zum Hals, und sie presste die Fingernägel in ihre Handflächen, bis sie fast bluteten. Sie wartete. Und wartete.

Mit undurchdringlicher Miene studierte Eric das postkartengroße, handsignierte Hochglanzfoto. Es ähnelte denen, die bereits die Bildergalerie an den Wänden seines Büros zierten. Nur zeigte dieses Foto keine lokale oder national bekannte

Sportgröße. Es handelte sich um eine Fotografie von Chloe auf dem Sandplatz im Stratton Park. Sie stand mit dem Rücken zum Netz und hielt einen Volleyball in der Hand. Bekleidet war sie mit Trainingsschuhen, den Jeansshorts und einem T-Shirt der Haydon's Hammers. Am unteren Rand hatte sie das Bild mit schwarzem Filzstift signiert. *„Für Eric, der die Fäden meines Herzens in der Hand hält. Ich stehe dir zur Verfügung. Auf Dauer. In Liebe, Chloe."*

Es reicht nicht, dachte sie. Es ist zu wenig und kommt zu spät. Sie wollte etwas sagen, ihn fragen, aber ihre Stimme gehorchte nicht, ihre Lippen zitterten, und Eric sagte keinen Ton. Er bewegte sich nicht einmal. Wäre sie doch bloß nicht hergekommen! Er hatte ihr schon vor Wochen erklärt, dass ihr kleines Geschäft abgewickelt war. Die Chance, ihre private Beziehung fortzusetzen, hatte sie vertan, als sie nicht zu dem Volleyballturnier erschienen war. Das würde er ihr nicht verzeihen …

Eric blickte auf. Chloe hörte auf zu atmen. Ein feuchter Glanz lag in seinen Augen, er schien tief bewegt. Langsam kam er hinter dem Schreibtisch hervor und ging … zur Couch? Nein, nicht zur Couch, zu dem Papierkorb direkt daneben. Chloe wollte nur noch die Augen schließen und laut schreiend in die Nacht hinausstürmen.

Aber sie zwang sich zuzusehen, wie Eric … die Hand nach einem der Bilder in seiner geliebten Fotogalerie über dem Sofa ausstreckte. Als er seinen größten Schatz vom Haken nahm und Anna Kournikova einfach in den Müll schmiss, konnte Chloe nur mit Mühe ein Stöhnen unterdrücken. Dann hängte er ihr Geschenk ehrfürchtig ins Zentrum seiner Sammlung. Chloe musste beide Hände auf ihr Herz pressen, damit es nicht vor Freude zersprang. Und als Eric schließlich die Arme ausbreitete, sprintete sie los und stürzte sich vor Freude und

Erleichterung schluchzend hinein.

Eric fing sie auf und wirbelte sie herum, bis Chloe das Gefühl hatte, ohnmächtig zu werden. Schwindlig und benommen, knuffte sie ihn in die Schulter. „Eric, lass mich runter, ehe mir schlecht wird."

Er bremste ab und ließ Chloe an seinem Körper hinabgleiten. Weil sie von Kopf bis Fuß in Kaschmir gekleidet war, bauschte sich der Rock in ihrer Taille. Zwar fasste Chloe rasch nach hinten, um ihren entblößten Po wieder zu bedecken, aber Eric war schneller und versetzte ihr einen sanften Klaps, ehe der Rock wieder richtig saß.

„Hey, so behandelt man eine Prinzessin aber nicht!" Eric hatte die Arme so fest um sie gelegt, dass Chloe sich mit aller Kraft zurückdrücken musste, um ihm in die Augen sehen zu können. „Noch dazu eine Prinzessin, die dich liebt."

Er blinzelte. Dann lächelte er, drückte ihren Kopf an seine Brust, zog sie an sich und küsste sie auf den Scheitel. Da Chloes Hände auf seiner Brust lagen, spürte sie den Schlag seines Herzens. Sie beobachtete den Pulsschlag in dem Grübchen an seinem Hals und drückte sich ganz fest an seine Brust.

Er hatte die Bedeutung ihres Geschenks verstanden und seinen – und ihren – Wert erkannt. Sie war wirklich die beneidenswerteste Frau auf der ganzen Welt. Chloes Augen brannten vor Rührung, und sie konnte es kaum erwarten, ihre Gefühle mit diesem außergewöhnlichen Mann zu teilen. Mit dem Mann, der sie liebte. Mit dem Mann, den sie liebte. Sie seufzte glücklich.

Eric ließ sie los. „Weißt du, ich hatte dich eigentlich schon aufgegeben", murmelte er mit belegter Stimme. Er schlang den Arm um ihren Nacken und führte sie zur Tür.

Klar, er musste zurück an die Arbeit. Aber sie hatten ja Zeit. Ein ganzes Leben lang. „Was soll ich dazu sagen, Süßer?

Gut Ding will Weile haben."

„Das ist der romantischste Spruch, der mir heute untergekommen ist."

„Besser als ‚Ich liebe dich'?"

„*Diesen* Satz muss ich überhört haben. Könntest du ihn vielleicht wiederholen?"

Chloe streichelte seine Wange, dann stellte sie sich auf die Zehenspitzen und küsste ihn. „Ich liebe dich, Eric Haydon."

„O Mann, Chloe. Du brichst mir das Herz."

„Hab dich nicht so, Süßer. Ich spendier dir 'nen Drink, und dabei kannst du Dr. Chloe alles darüber erzählen." Sie ergriff seine Hand und zog ihn in Richtung Bar.

„Sekunde noch", widersprach Eric und machte sich los. Er ging zurück ins Büro, zog Anna Kournikova aus dem Mülleimer und verstaute das Foto in der untersten Schreibtischschublade. Dann knipste er das Licht aus. Chloe, die ihn stirnrunzelnd beobachtet hatte, zwinkerte er übermütig zu. „Man kann nie wissen!"

In dem Bruchteil der Sekunde, ehe es dunkel wurde im Raum, warf Chloe einen eisigen Blick zum Schreibtisch hinüber. Mach dir keine falschen Hoffnungen, Mädchen, dachte sie im Stillen. Eher gewinnen die Red Sox den Meistertitel, als dass du mich aus seinem Team katapultierst.

– ENDE –

Alison Kent

Shake it, Baby

Roman

Aus dem Amerikanischen von
Monika Paul

MIRA®

1. KAPITEL

Juni

Melanie Craine betrat die Kirche und blieb wie angewurzelt stehen. „Das ist doch wohl ein Witz!“, stieß sie hervor. Der Kerl hatte wirklich alles ignoriert, was sie heute Morgen am Telefon besprochen hatten, als sie ihm – noch einmal – verklickert hatte, wo sie die Kameras postiert haben wollte. Entnervt verstaute sie ihr elektronisches Notizbuch in dem zartgelben Etui an ihrer Taille. Sie war mit der ehrenvollen Aufgabe betraut worden, die Videoaufzeichnung der Hochzeit von Lauren und Anton zu überwachen, und würde das Brautpaar nicht hängen lassen. Als erste Amtshandlung würde sie sich also den Kameramann vorknöpfen müssen.

Als gIRL-gEAR-Fachfrau in Sachen Hightech kannte sie alle Filmgesellschaften der Stadt, und Avatare Productions war allererste Wahl – dachte Melanie, ehe sie diesen überheblichen, dickköpfigen, wenngleich *sehr* attraktiven Aufnahmeleiter am Hals hatte. Dieser Jacob Faulkner war eigens in die Welt gesetzt worden, um ihr das Leben zur Hölle zu machen.

Sie stellte sich auf die unterste der Stufen, die zum Altar führten, und sah zu, wie Jacob eine der beiden ferngesteuerten Kameras justierte, die er an der Balustrade des Chorgestühls angebracht hatte.

„Drei Schritte zurück!“, befahl er, ohne aufzublicken.

Melanie ging drei Schritte auf ihn zu. „Was machst du da?“

„Den Job, für den man mich angeheuert hat.“ Den Blick fest auf das Display der Kamera gerichtet, deutete er auf eine Stelle weiter hinten. „Du musst ungefähr sechs Schritte zurück!“

Melanie rührte sich nicht vom Fleck. „Hatten wir uns nicht

darauf geeinigt, dass vor den Blumentöpfen der beste Platz wäre, um die Hochzeitsgesellschaft zu filmen?"

Ungerührt fixierte Jacob den Bildschirm. „Das war dein Vorschlag." Er zuckte die Achseln. „Ich habe ihn mir durch den Kopf gehen lassen."

Um ihn auf der Stelle zu verwerfen. Dabei hatte Melanie den Blickwinkel mindestens ein Dutzend Mal getestet und wusste, dass sie recht hatte. Sie ballte die Hände zu Fäusten. „Ich weiß ja, dass du deinen Job machst. Aber die Braut ist meine Kollegin und eine sehr gute Freundin. Sie verlässt sich voll und ganz auf mich, und ich will sie nicht enttäuschen."

„Genau deshalb bin ich ja hier, Schätzchen." Noch einmal deutete er nach hinten. „Sechs Schritte. Du willst dir dieses Vertrauen doch verdienen."

Nur mit Mühe verkniff sich Melanie eine Entgegnung. Warum fühlen sich die Kerle gleich bedroht, wenn eine qualifizierte Frau mitreden will, überlegte sie, geschweige denn dass sie ihren Rat annehmen würden?

Stirnrunzelnd studierte Jacob das Display. „Wie groß bist du?"

„Eins siebzig. Wieso?"

„Wie die Braut, auch die Absätze sind vermutlich ähnlich ... Wenn du dich dorthin stellst, könnte ich mir wirklich ein besseres Bild machen."

Es ging Melanie total gegen den Strich, Kompromisse zu schließen mit Typen, die den Boss rauskehrten. „Natürlich kannst du dich über die Fernsteuerung ranzoomen, aber ich fürchte, die Kameras sind trotzdem zu weit weg vom Zentrum."

„Sind sie nicht."

„Das sagst *du.* Lass mich sehen, was du siehst, dann werde ich entscheiden."

Jacob seufzte und blickte immerhin halbwegs in ihre Richtung. „Du magst es, wenn alle nach deiner Pfeife tanzen, was? Aber spar dir das bitte für jemand anders. Ich kann es nicht leiden, wenn man mich rumkommandiert." Endlich blickte er sie an. „Du kannst unmöglich sehen, was ich sehe, selbst wenn du auf denselben Bildschirm schaust. Wir konzentrieren uns auf ganz unterschiedliche Dinge."

„Woher willst du das wissen?"

„Ich mach das schon jahrelang. Die Erfahrung hat mich gelehrt, anders zu sehen, auf anderes zu achten. Außerdem bist du eine Frau und ich ein Mann, ein sehr feinfühliger Mann zwar, aber eben ein Mann."

„Feinfühlig, ja?"

„Jawohl." Er verzog den Mund zu einem selbstgefälligen Lausbubengrinsen und fügte hinzu: „Außerdem nett, rücksichtsvoll und sensibel – das behaupten wenigstens alle Frauen."

Angeber! „Und einer, der sich nicht gern rumkommandieren lässt." Jacobs Mundwinkel zuckten. Er hatte einen hübschen Mund, wie Melanie widerstrebend zugab. Beim Lächeln zeigten sich tiefe Grübchen, was darauf schließen ließ, dass er Sinn für Humor besaß. Aber das reichte nicht, um die Minuspunkte, die er bereits gesammelt hatte, wettzumachen. Plötzlich fiel ihr Lauren wieder ein. „Ich hab da eine Idee", meinte sie. „Wohlgemerkt, dies ist kein Befehl." Sie trat drei Schritte zurück. „Ich nehme meinetwegen den Platz der Braut ein, aber dann spielst du für mich den Bräutigam."

„Hm." Das übermütige Funkeln seiner Augen hätte sie warnen sollen. „Sicher, dass du nicht der Bräutigam sein willst?"

„Ja oder nein?"

Er lächelte noch breiter. „Drei Schritte, Schätzchen, dann kriegst du einen Bräutigam."

Ein Schätzchen wie ihn als Bräutigam, das konnte Melanie sich gerade noch verkneifen, trotzdem ging sie an den Platz, wo Lauren heute Abend stehen würde. „Jetzt hast du's mir aber gegeben! Legst du dich immer so ins Zeug, wenn du jemandem eins auswischen willst, oder ist heute einfach mein Glückstag?"

„Ich lege mich nie ins Zeug, für nichts und niemanden", entgegnete er und verrückte, wie um das Gegenteil zu beweisen, die Kamera um einen Millimeter.

Melanie wusste nicht, was sie davon halten sollte. Mit seiner laschen Einstellung, echt oder vorgetäuscht, konnte sie beim besten Willen nichts anfangen, selbst wenn sie ihr eigenes, fast zwanghaftes Pflichtbewusstsein nicht unbedingt zum Maßstab erhob. Allmählich hatte sie die Nase voll. Sie hätte nur zu gern geglaubt, dass Jacob so faul war, wie er behauptete. Aber sie wusste, dass der Ruf von Avatare Productions nicht darauf beruhte, dass man dort Schnarcher anheuerte. Außerdem hatte Jacob seine Arbeit nicht einmal lange genug unterbrochen, um ihr wirklich zuzuhören. „Vielleicht könntest du dieses eine Mal eine Ausnahme machen und dir Mühe geben? Mehr verlange ich ja gar nicht, Ehrenwort!"

Endlich ließ er von der Kamera ab, richtete sich zu voller Größe auf und beglückte Melanie mit der geballten Ladung seiner Aufmerksamkeit und der vollen Wucht seines Lächelns und einem Blick aus tiefgründigen, dunklen Augen. Sie schluckte. Ohne dass er irgendetwas Bemerkenswertes gesagt oder getan hätte, machte ihr Herz plötzlich einen Satz und galoppierte auf und davon. Er starrte sie bloß an, aber sein Blick war so durchdringend, dass er eine dicke Scharte aus dem Wall herausbrach, den sie zum Schutz vor den Charmeuren dieser Welt um sich herum errichtet hatte.

„Und was ist Ihr Wort wert, Miss Craine?" Er schüttelte den Kopf. „Egal. Jemand mit so einem gewaltigen Kontrollfimmel bricht seine Versprechen nicht, oder?" Mit weiten, lässigen Schritten kam Jacob auf sie zu. Die dunkelblaue Jeans fiel locker um die Beine, saß oben herum aber wie angegossen, und das schwarze Baumwoll-T-Shirt brachte seine breiten Schultern hervorragend zur Geltung.

„Natürlich nicht." Bei dem Flattern in Melanies Magengrube fiel ihr nicht einmal eine treffende Erwiderung ein. Dabei gehörte sie eigentlich nicht zu der Sorte Frau, die auf Muckis oder einen knackigen Po abhob. Klar gefiel ihr ein durchtrainierter Mann, aber über das rasende Verlangen, das sie jetzt verspürte, hatte sie sich bisher stets erhaben gefühlt. Wie er sie ansah … als gingen ihm allerhand unaussprechliche Dinge durch den Kopf. Dinge, von denen Melanie nur träumen konnte, weil sie genau diesen Typ Mann immer gemieden hatte. Sie hielt sich an die Harmlosen, an Männer, die keine Herausforderung darstellten, sie zu Tode langweilten, aber ihre Arbeitswut und ihren beruflichen Ehrgeiz teilten.

Sie war völlig aufgelöst, innerlich wie äußerlich. Er musste einen schönen Eindruck von ihr haben! Verzweifelt reckte sie das Kinn vor, rief ihren ganzen Stolz zu Hilfe – und schlang dann doch die Arme um die Taille. Sie fühlte sich verwundbar und schutzlos und verachtete sich dafür, dass sie ihre Gefühle auch noch zeigte. So was passierte ihr doch sonst nie! Sogar ihre Haut schien plötzlich übersensibel geworden zu sein. Sie spürte, wie der Stoff ihrer Chiffonbluse über ihren Körper streifte – nicht weil die Bluse zu eng war, nein, weil Melanies Lust sich regte.

Jacob stieg die Stufen hinab. Mit langen, wiegenden Schritten kam er näher – zu nahe –, ging um Melanie herum und blieb einen Moment lang bedrohlich lauernd hinter ihr stehen. Es überlief sie heiß und kalt, und sie presste die Arme noch enger gegen die Brust, weil sich deren Spitzen schlagartig aufgerichtet hatten.

Melanie musterte ihn verstohlen, als er endlich neben ihr stand. Sein T-Shirt enthüllte mehr, als es verdeckte. Sein Bauch war flach, der Oberkörper gut modelliert. Ein ausgeprägter Bizeps zeichnete sich unter dem Shirt ab. Durch dichte dunkle Wimpern blickte Jacob auf sie herab. Melanie erwiderte den Blick und schwor sich, die Kleider anzubehalten. Fragend zog er eine Augenbraue hoch. „Und?"

„Was und?"

„Die Kameras gehören dir."

„Äh … ja." Noch dämlicher konnte man sich ja kaum anstellen. Wenn wenigstens ihre Beine ein bisschen länger wären, dann hätte sie sich in den Hintern treten können. Oder wenigstens nicht so wacklig! So nämlich war sie sich jeder Bewegung und jedes Zentimeters ihrer Beine – vom Saum des zartgelben Minirocks bis zu den passenden Fake-Kroko-Slippern – so peinlich bewusst wie nie zuvor. Sogar die zitronengelbe Chiffonbluse erschien ihr auf einmal viel zu durchsichtig. Jacobs scharfen Augen hätte sie sich lieber in Baggys und einem Sweatshirt Größe XXL ausgesetzt. Unter seinem Blick kam sie sich komisch vor, kribbelig und … sehr lebendig.

Aber als sie dann vor der Kamera stand, war sie doch froh, eine Frau zu sein. Denn auf dem Display entdeckte sie etwas, was nur eine Frau richtig schätzen konnte – einen schönen, einen attraktiven Mann.

Die Hände in die Hüften gestemmt, stand Jacob Faulkner an der Stelle, wo Anton am Abend stehen würde, und er sah kein bisschen aus wie ein Bräutigam. Er wirkte überheblich, arrogant, wie ein Model für DKNY oder Calvin Klein. Das lag weniger an der Art, wie er das dunkle wellige Haar trug oder sich rekelte wie eine Eidechse beim Sonnenbaden, es kam von innen heraus.

Melanie leckte sich über die Lippen und bemerkte, dass er

die zweite Braue hochzog. Wenn sie sich nur an seine Frage erinnern könnte.

„Alles zu deiner Zufriedenheit?"

Wenn du wüsstest! Natürlich würde sie das nie auch nur andeuten. Dieser peinliche, hormonell bedingte Aussetzer würde gleich vorbei sein. Sie nickte nur, denn sie musste ihm recht geben. Die Kamera stand genau am richtigen Platz. So ungern sie es zugab: Dieser Mann verstand sein Handwerk.

Völlig unnötigerweise überprüfte sie die zweite Kamera. Sie zeigte sein Profil von rechts. Der Anblick hatte katastrophale Auswirkungen auf Melanies körperliche Verfassung. Wie sie das hasste!

Der Typ war ein nerviger Besserwisser und verfügte über eine beängstigend gute Beobachtungsgabe. Er brauchte bloß dazustehen und sie anzustarren, schon brach ihr der Schweiß aus. Heute Abend würde sie nur auf die Kameras achten anstatt auf Braut und Bräutigam. Denn über die Monitore in seinem Lieferwagen draußen auf dem Parkplatz konnte Jacob sie problemlos im Auge behalten. Allerdings würde sie nie erfahren, ob er das tat oder nicht.

„Haut hin", gab sie schließlich zu, weil ihr nichts Besseres einfiel. Ihre Gedanken, sonst eher gesittet, intelligent und logisch, stoben in völlig unbekannte Richtungen davon. Was, wenn er wüsste, dass sie ihn im Geist bereits ein Dutzend Mal ausgezogen und die … Dinge in die Hand genommen hatte? Sie schmunzelte. Er war ein Mann, und die waren bekanntlich ziemlich schlicht gestrickt. Jacob machte da vermutlich keine Ausnahme – auch wenn Melanie noch auf keinen so reagiert hatte wie auf ihn. Er *war* anders, doch leider fehlte ihr die Zeit, mehr darüber herauszufinden.

„Was ist so lustig?", fragte er, und sie merkte, dass sie immer noch lächelte. Dann fiel ihr auf, dass er auf einmal neben ihr stand. Sie musterte ihn über den schmalen, schwarzen Rand ihrer extravaganten rechteckigen Brillengläser. Eigentlich sollte sie gehen. Dieser Irrsinn dauerte schon viel zu lange. „Gar nichts."

„Warum lächelst du dann?" Er kam näher, sodass sie gezwungen war, den Kopf in den Nacken zu legen. Dadurch fühlte sie sich ungewöhnlich klein und geradezu berauschend feminin. „Na, sag schon. Oder muss ich grob werden?"

Sie trat auf Armeslänge zurück. „Mit Drohungen kannst du bei mir nicht landen. Aber es erhebt sich eine interessante Frage, Mr. Faulkner." Trotzig zog sie eine Braue hoch. „Wer von uns lässt andere gern nach seiner Pfeife tanzen? Ich – oder du?"

* * *

August

„Meine Damen, jetzt aber flott! Wir müssen an die Arbeit zurück." Zu den wöchentlichen Sitzungen der gIRL-gEAR-Partnerinnen gehörten die Ermahnungen der Vorstandsvorsitzenden Sydney Ford ebenso wie das fröhliche Schnattern, auf das sie sich bezogen. Nachdem Lauren erst kürzlich von ihrer Hochzeitsreise nach Irland zurückgekehrt war, hatten die sieben Frauen einiges nachzuholen. Fotos wurden herumgereicht und Mitbringsel ausgepackt.

Zum Dank, dass Melanie die Videoaufzeichnung der Hochzeit gemanagt hatte, hatte Lauren ihr bereits ein exklusives Bed-and-Breakfast-Wochenende geschenkt. Daher kam die kleine, in Silberfolie eingeschlagene Schachtel als echte Überraschung. „Das war doch nicht nötig", meinte Melanie, während sie das hübsche Päckchen sorgfältig auswickelte.

Die blonde, blauäugige Lauren rekelte sich in ihrem Sessel und bewunderte den riesigen, lanzettförmig geschliffenen Diamanten an ihrem Ehering aus Platin. Sie winkte freundlich ab, als Kinsey Grey, die Modespezialistin der Firma, sich überschwänglich für den fein ziselierten Claddagh-Anhänger bedankte, den sie ihr mitgebracht hatte.

„Ich spiele nur ungern den Bösewicht", unterbrach Sydney, „aber könnten wir langsam weitermachen?"

„Ach Sydney, wie oft passiert es schon, dass eine von uns unter die Haube kommt?", protestierte Chloe Zuniga, die für die Firma an einem Ratgeber für junge Mädchen, gUIDANCE-gIRL, arbeitete.

„Darüber wollte ich gerade mit euch sprechen. Die letzten Monate waren der reinste Horror – Partys, Hochzeit, Hochzeitsreise. Deshalb …", Sydney legte eine Kunstpause ein, um sich der allgemeinen Aufmerksamkeit zu versichern, „… sind hiermit weitere Eheschließungen untersagt. Ausgenommen … meine Hochzeit mit Ray." Mit einem Wink schnitt sie die Jubelschreie ab, die auf ihre Ankündigung folgten. „Der Termin steht noch nicht fest. Aber ihr anderen, schminkt euch das ab! Die Firma kann es sich nicht leisten, mehr als zweien von uns ausgedehnte Ferien zu bewilligen. Und da Ray als Erster die Frage aufgeworfen hat, beanspruche ich …"

„Lauren, das ist ja wunderschön!" Melanie hatte soeben den letzten Zentimeter Geschenkpapier entfernt. Sie hatte nicht beabsichtigt, ihre Chefin zu unterbrechen, aber Laurens Geschenk war einfach unbeschreiblich. „Wahnsinn! Ich kenne den Künstler. Du hast dich vielleicht in Unkosten gestürzt …" Bewundernd drehte sie die Statuette aus mattiertem Glas in den Händen.

„Unsinn. Die habe ich in einem kleinen Antiquitätengeschäft entdeckt, einem Secondhandladen. Ich glaube, die hatten keine Ahnung, was sie da besaßen. Aber ich wusste sofort:

Das ist für dich bestimmt.“

Der weibliche Akt war im Stil von Lalique gearbeitet, ein exquisites Stück, gerade groß genug, dass es in Melanies Hand passte. Es stellte eine kniende Frau dar. Sie hatte die Augen geschlossen und den Kopf in den Nacken gelegt, und ihre Hände waren unterhalb der Brust verschränkt.

Die anderen waren aufgesprungen, um die zerbrechliche Glasfigur zu bewundern, aber keine von ihnen konnte das Kunstwerk so würdigen wie Melanie. „In meiner Vitrine wird es sich wunderschön machen.“

„Hast du da auch männliche Akte, oder stehst du mehr auf Frauen?“, erkundigte sich Poe, die neueste Partnerin und Vizepräsidentin der Abteilung Kosmetik und Accessoires.

„Es mag dich schockieren, aber ich weiß durchaus, was man mit einem bestimmten männlichen Körperteil macht.“

„Wer weiß, Mel, vielleicht hat sich ja seit dem letzten Mal, als du mit einem in Berührung gekommen bist, alles verändert?“ Chloe war hinter Poe aufgetaucht. „Die Evolution in Bezug auf das Paarungsverhalten schreitet schneller voran als du. Du verbringst zu viel Zeit im Büro, um ein Liebesleben zu haben.“

„Da hat sie recht“, stimmte Poe zu. „Und nur Arbeit, ganz ohne Vergnügen – das führt zum Burn-out.“

„Haha!“ Melanie fand das gar nicht witzig, denn urplötzlich kamen ihr Jacob Faulkner und seine … Attribute wieder in den Sinn. Dabei dachte sie seit der Hochzeit ohnehin viel zu häufig an ihn. „Macht euch um mich mal keine Sorgen. Wenn Sydney erst unter der Haube ist, könnt ihr euch auf was gefasst machen.“

Seltsam, das kam nicht an! Nach den ernsten Mienen um Melanie herum zu urteilen, waren ihre Freundinnen ernstlich besorgt. Dumm von ihnen! Es ging ihr doch blendend. Gut, sie war vielleicht ein bisschen desillusioniert, aber anscheinend hatten die anderen vergessen, wie viel Schweiß und Anstrengung der Erfolg kostete. Irgendjemand musste das Schwächeln des Onlinemarktes ja abfedern. Außerdem hatte *sie* zumindest auch finanzielle Verpflichtungen zu erfüllen.

Sydney brach das drückende Schweigen. „Nun, meine Damen, nachdem ihr euch bei Lauren gebührend bedankt habt und auf dem neuesten Stand seid, was Mels Vertrautheit mit der männlichen Anatomie betrifft, möchte ich euch über die Dokumentarreihe informieren, für die wir ausgewählt wurden. Unsere Anwälte haben alle Verträge und so weiter geprüft, und jetzt ist der Ball am Rollen."

Kinsey stöhnte. „Müssen wir das wirklich durchziehen? Ich bin überhaupt nicht fotogen und möchte nicht, dass diese Tatsache im ganzen Land bekannt wird."

„Du bist vielleicht optimistisch, Süße", feixte Chloe. „Es geht um Frauen als Unternehmensgründer. Da können wir uns glücklich schätzen, wenn wir im Lokalprogramm landen."

„Es wurde eine hiesige Produktionsfirma angeheuert, die mit der Moderatorin Ann Russell zusammenarbeitet. In den nächsten Tagen wird sich Ann mit euch in Verbindung setzen und Termine für Interviews im Büro und im persönlichen Umfeld vereinbaren. Noch Fragen?"

Oh nein! Zwar gab es mehr als eine Produktionsfirma in Houston, aber nur eine war die beste. Die hatte natürlich mehr als einen Kameramann, aber wieder nur einen besten. Und Melanie wusste, wenn es um gIRL-gEAR ging, gab Sydney sich nie mit weniger zufrieden. Ihre gute Laune war wie weggeblasen. Schon vor zwei Monaten hatte sie erkannt, dass dieser Mann ihr nur Ärger bereiten würde. Aber so bald? Was hatte Sydney gesagt? Persönliches Umfeld? Mit dem Daumen streichelte Melanie das glatte Glas in ihrer Hand. „Und wer soll das sein?"

„Avatare Productions."

„Die haben mein Hochzeitsvideo gedreht", meldete sich Lauren. „Erstklassige Wahl, Syd. Am Sonntagnachmittag sind wir endlich dazu gekommen, das Band anzusehen. Es ist super geworden. Ich hatte Tränen in den Augen. Es war, als würde ich alles noch einmal erleben."

„Ich habe sie nicht ausgesucht, aber nachdem ich die Crew auf deiner Hochzeit in Aktion erlebt habe, habe ich dem Produzenten vorgeschlagen, den Kameramann anzufordern, der die Aufnahmen geleitet hat." Angestrengt runzelte Sydney die Brauen. „Wie hieß er noch mal?"

„Jacob Faulkner", sagte Melanie, und alle Augen richteten sich auf sie.

2. KAPITEL

In ihrem schwarz-weißen Büro saß Melanie hinter dem Schreibtisch und fühlte sich ungewöhnlich frustriert. Missmutig blätterte sie in einem Katalog für Geschenkartikel, den ein Vertreter ihr heute Morgen dagelassen hatte. Die Liste von Artikeln, die sie auf einem Block notiert hatte, war recht kurz. Genau wie im letzten Jahr konnte sie sich über Produkte für ihre Geschenkartikellinie gOODIE-gIRL nicht beklagen. Aber immer noch suchte sie verzweifelt nach Material für das elektronisch-technische Segment gIZMO-gIRL, erschwingliche, praktische und zugleich trendige Sachen.

Viele Kundinnen von gIRL-gEAR waren Teenager ohne eigenes Einkommen, und Melanie tat sich furchtbar schwer, passende Ware für sie zu finden. Die meisten Mädchen legten nämlich großen Wert auf das äußere Erscheinungsbild. Natürlich gab es unterschiedliche Auffassungen darüber, was als cool galt, aber dem Druck zur Anpassung konnte sich kaum eine junge Frau entziehen.

Melanie selbst hatte in dieser Hinsicht Glück gehabt: Zwar war sie aus dem Cheerleaderteam geflogen, weil sie, anstatt ins Training zu gehen, ihre Zeit lieber im Computerraum der Schule zugebracht hatte. Aber die Jungs, die sie dort kennenlernte, akzeptierten sie, auch wenn sie sie ein wenig seltsam fanden.

Die meisten von ihnen waren selbst recht eigenartig – Einzelgänger, Außenseiter, aber hochintelligent und ehrgeizig. Und das gefiel Melanie. Begierig schaute sie ihnen über die Schulter, tauschte Erfahrungen aus und versuchte, die Jungs zu übertrumpfen – eine angehende Feministin, die ein Batch File genauso sicher erstellte, wie ihre Cheerleaderkolleginnen Saltos schlugen.

Das nötige Selbstvertrauen verdankte sie den Frauen, die sie großgezogen hatten, ihrer Mom und ihrer Granny. Sie brachten ihr bei, keinem zu glauben, der ihr weismachen wollte, dass die Welt von Männern regiert wird, und erklärten ihr, dass die kluge Frau nie mit ihrer Überlegenheit prahlt, sondern ihre Trümpfe im Verborgenen ausspielt.

Melanie lehnte sich zurück und rückte die Brille zurecht. Die Vorstellung, einen Kerl an der ... Nase herumzuführen, ohne dass er es merkte, gefiel ihr. Aber dafür müsste sie sich gewaltig verbiegen. Denn was immer es brauchte, um Männer in hirnloses Gemüse zu verwandeln – sie besaß es nicht. Dafür war sie viel zu direkt, und damit kamen die wenigsten zurecht.

Sie schwenkte den Stuhl nach links und betrachtete die Glasfigur, die es noch nicht bis in ihr Schlafzimmer geschafft hatte. Im Augenblick stand sie in dem Bücherregal hier im Büro. Sie verkörperte das, was Männer wollten: die stilvolle Eleganz einer Sydney Ford, die sanfte Weiblichkeit einer Lauren Neville und die sinnlichen Rundungen, mit denen Chloe Zuniga gesegnet war.

Die hätte Melanie auch gern, aber die Gene hatten es anders bestimmt: Sie war flach wie ein Brett. Nein, eigentlich wies sie alle erforderlichen Kurven auf, aber da, wo Chloe üppige Rundungen hatte, war Melanie eher sparsam ausgestattet. Knabenhafte Figur, rationale Denkweise, unverblümte Art – so war sie nun mal. Und wenn ein gewisser Kameramann Probleme haben sollte mit einer Frau, die wusste, was sie wollte, dann hatte er halt Pech gehabt.

Ganz in Gedanken trommelte Melanie mit dem Bleistift auf ihrem Nasenrücken herum und schwor sich, nicht ein einziges von Sydneys Formularen zu unterzeichnen, falls Avatare Productions Jacob Faulkner, diese Nervensäge, mit den Aufnahmen beauftragt. Sie hatte absolut keinen Nerv, die kommenden Wochen auf engstem Raum mit einem Mann zusammenzuarbeiten, für den nichts sprach außer der Tatsache, dass er sie auf Touren brachte, bis sie sich wünschte, seinen Schaltknüppel zu …

„Weißt du nicht, dass man nicht mit spitzen Gegenständen spielt? Du könntest dir ein Auge ausstechen oder dir das Ding durch die Nase ins Gehirn rammen."

Manche Albträume werden wahr! Melanie wirbelte herum. Er stand, nein, lümmelte sich im Türrahmen. Ein echtes Faultier, aber traumhaft wie ein Sommernachmittag ohne Termine. Sie musste sich anstrengen, um normal weiterzuatmen. Wieder trug er ein schwarzes T-Shirt, heute ein Designermodell, das er in Kakihosen gestopft hatte, die ihm noch besser standen als die Jeans. Er hatte die Arme vor der Brust verschränkt und sah sie unverblümt an.

Das Leben war unfair! Einerseits wollte Melanie ihm die Tür vor der Nase zuknallen, andererseits drängte es sie, seinen muskulösen Oberkörper zu befingern. „Nicht bewegen!", befahl sie, zielte – und der Bleistift schoss wie ein Pfeil in seine Richtung. Doch die Spitze streifte kaum seine Brust. „Mist, ich hatte so gehofft, das Ding würde sich durch die Nase in dein Gehirn bohren."

Jacob, der eine Videokassette in der Hand hielt, hob den Stift auf und meinte spöttisch: „Wie, du traust mir tatsächlich zu, ein Gehirn zu besitzen?"

Wie in Zeitlupe klappte Melanie den nutzlosen Geschenkkatalog zu. Mit ihrer Konzentration, die schon vor Jacobs Auftauchen ziemlich mies gewesen war, war es jetzt ganz vorbei. Trotzdem, selbst wenn er eigens in die Welt gesetzt worden war, um ihr das Leben zur Hölle zu machen, *diesen* Tag, beziehungsweise das, was davon noch übrig war, würde er ihr nicht vermiesen.

Aber, aber, er kann ja nichts dafür, dass du ihn dir nicht aus dem Kopf schlagen kannst! Sie konnte ihm nicht mal vorwerfen, dass er ihr so unter die Haut gegangen war. Der Fehler lag bei ihr – und das war eine Schwäche, die sie am liebsten geleugnet hätte. Sie sollte es besser wissen und nicht sofort auf einen großspurigen Lausejungen mit einem begnadeten Körper hereinfallen. Worüber hatten sie noch gleich gesprochen?

„Über dein Gehirn will ich nicht spekulieren. Aber ich muss zugeben, dass du ein ungewöhnlich scharfes Auge hast. Du nimmst Nuancen wahr, die den meisten Menschen entgehen." Das sollte ihn eigentlich friedlich stimmen, dachte sie, und ich habe nichts als die Wahrheit gesagt.

„Eine ziemlich zweideutige Bemerkung, aber ich nehme sie als Kompliment." Er kam über den dunkelvioletten Teppich, das Markenzeichen der Firma, marschiert und reichte ihr den Bleistift. „Da. Falls du es noch mal probieren möchtest."

Sie tat, als würde sie darüber nachdenken, dann schüttelte sie den Kopf. „Keine gute Idee. Es könnte ins Auge gehen, und du brauchst sie beide, wenn du die Doku über uns filmen sollst."

„Ich war gespannt, wie du darauf reagieren würdest." Er schob die Kassette über den Tisch. „Als du letztes Mal vor meiner Kamera gestanden hast, schienst du nicht so begeistert. Ich schätze, daran hat sich nicht viel geändert."

„Bis auf eines." Melanie deutete auf die Videokassette. „Seit ich Laurens Hochzeitsvideo gesehen habe, zweifle ich nicht mehr an deiner Fachkenntnis." Was eigentlich ein Jammer war. Denn sonst hätten sie sich ein bisschen kabbeln können, er wäre sang- und klanglos abgerauscht, und sie hätte wieder klar denken können. So aber war er viel zu nahe, zu maskulin, zu sehr der, der er eben war – selbstbewusst, kompetent, ganz Herr der Lage. Beinahe hätte sie laut geseufzt. Wenn er ihre Ansichten und Vorschläge doch nur ein klein wenig respektieren würde. Aber nein! Alles musste genau so laufen, wie er es wollte.

Sie starrte in seine geradezu absurd schönen haselnussbraunen Augen, die von einem dichten Ring kaffeebrauner Wimpern verschleiert wurden. Plötzlich bekam sie Appetit auf einen Milchkaffee. Komisch, wie er sie anstarrte. Na ja, er würde schnell dahinterkommen, dass er an ihr Klappergestell von Körper nur wertvolles Filmmaterial vergeudete.

Nervös sprang sie auf, ging ans Regal und stopfte den Katalog in den erstbesten Zeitschriftenordner. Ihr Herz unter dem maulwurfsgrauen Sweatshirt, das sie zu schmal geschnittenen, schwarzen Hosen trug, spielte verrückt. Und das nur, weil sie mit einem Mann zusammenarbeiten musste, für den das Wort *Professionalität* ein Fremdwort war. Schön, er machte seine Arbeit. Aber die Art, wie er sie anging – lasch und nachlässig einerseits, andererseits herrisch und stur –, würde sie den letzten Nerv kosten. Und was noch schlimmer war: Sie würde alle Hände voll zu tun haben, die Finger von ihm und die Kleider am Leib zu lassen.

Sie riss sich zusammen. Betont ruhig drehte sie sich um und wartete, bis er sie ansah. „Willst du mich schonend darauf vorbereiten, dass du mich wieder rumkommandieren wirst?"

„Mich mit dir anlegen? Niemals! Ich erkunde nur schon mal das Terrain."

„Ach nein." Melanie lehnte sich an das Regal. „Hast du mir nicht erzählt, du müsstest dich niemals ins Zeug legen?"

„Stimmt." Jacob kam zu Melanie herüber. Er lehnte sich ebenfalls ans Regal und steckte die Hände in die Hosentaschen. „Ich muss dich ganz schön beeindruckt haben."

„Bilde dir bloß nichts ein, Faulkner, ich habe einfach ein gutes Gedächtnis."

Einen endlosen Moment lang musterte er sie eindringlich. Er

schien zu überlegen, ob er antworten sollte oder nicht. Schließlich streckte er die Hand aus. Zuerst dachte Melanie, er wolle sie berühren. Was natürlich vollkommen abwegig war. Dumm nur, dass dieser eine Gedanke eine ganze Lawine auslöste: Sie begann zu überlegen, was sie täte, falls er sie tatsächlich berührte, falls er näher käme, ganz nah, und seine Lippen ihr Kinn streiften …

Er nahm die Glasfigur vom Bord, drehte und wendete sie nach allen Seiten, wog sie auf der Handfläche, strich mit dem Daumen über den gläsernen Po der Frau, streichelte ihre Brüste und das zum Himmel gereckte Gesicht. Melanie hätte ihm die Statuette am liebsten aus den Fingern gerissen und seine Hände stattdessen auf ihren eigenen Körper gelegt.

„Die hat mir Lauren aus Irland mitgebracht. Ich vergesse immer, sie mit nach Hause zu nehmen."

„Hübsch." Er stellte die Figur in das Regal zurück. „Warum nach Hause? Du kannst sie doch auch hier bewundern."

„Schon." Zu Melanies eigener Überraschung gelang es ihr, den Blick auf die Statuette zu lenken. „Aber ich besitze zu Hause eine ganze Sammlung von Objekten dieses Künstlers. Es macht Sinn, sie dazuzustellen."

„Magst du seine Arbeit, oder gefällt dir, was er macht?"

Nachdenklich schüttelte sie den Kopf. „Ist das eine Fangfrage? Ich sehe da keinen Unterschied."

Jacob rückte näher. „Gefällt dir seine Sichtweise, sein Stil, die Art, wie er seinen Figuren Gefühle verleiht? Oder stehst du einfach auf Nackte?"

Der Klang seiner Stimme und das spöttische Funkeln seiner Augen ließen die Frage anzüglicher und intimer klingen, als er es vermutlich beabsichtigte. Andererseits ist er ein Kerl, überlegte Mel, und denen geht es doch nur um das eine. Die Vernunft riet ihr, nicht auf seine Herausforderung einzugehen. Aber sie mussten noch wer weiß wie lange zusammenarbeiten, und sie wollte ihm nur ungern auch nur den Hauch eines Vorteils lassen. „Sowohl als auch. Ich mag die Art, wie er den menschlichen Körper darstellt, und ich finde, nichts ist unwiderstehlicher als ein ästhetischer Akt."

Er zuckte mit keiner Wimper. „Sprechen wir jetzt über Kunst?"

„Wahre Kunst imitiert das Leben, oder?"

Eine Weile grübelte er über die Bedeutung dieser Entgegnung nach. Gedankenverloren nahm er dabei die Figur wieder auf und liebkoste sie. Anders konnte man die Art, wie seine Finger über die üppigen Glaskurven glitten, nicht nennen. Melanie befahl sich, nicht hinzusehen, doch es nützte nichts. Sie konnte nur daran denken, ob er ihren Körper mit derselben Ehrfurcht berühren würde.

„Ist die Sammlung geschlechtsspezifisch?"

Melanie blickte von seinen wunderschönen Händen in sein genauso faszinierendes, maskulines Gesicht. „Ob ich nur weibliche Akte sammle? Nein."

„Interessant." Er stellte die Skulptur zurück.

„Was ist daran interessant?"

Es dauerte eine Weile, ehe Jacob ihr seine Aufmerksamkeit schenkte. Dann allerdings richtete er sie voll und ganz auf sie. Sein eindringlicher Blick machte sie nervös. „Ich kann mir nicht vorstellen, dass viele Frauen männliche Akte sammeln. Die meisten halten den männlichen Körper nicht für etwas Besonderes."

Welche Frau hat ihm das bloß eingeredet, fragte sich Melanie und versuchte sich vorzustellen, wie er sich wohl ohne die Klamotten machte. „Und was denkst du?"

„Über den männlichen Körper?" Er wirkte verblüfft.

„Den Körper ganz allgemein. Um das zu beurteilen, was dir vor die Kamera kommt, musst du doch auf Dinge wie Knochenbau, Muskeln, Kurven und Konturen achten."

Er versenkte die Hände in den Hosentaschen. Seine Miene spiegelte echte Verwirrung wider, als hätte er sich noch nie Gedanken darüber gemacht, was seine Kunst im Einzelnen ausmachte. „So genau analysiere ich die Aufnahmen nicht. Für mich zählt eher der Gesamteindruck."

Das überraschte sie. „Musst du nicht all diese Details berücksichtigen, um das gewünschte Ergebnis zu erzielen?"

„Nee!" Er grinste. „Zu viel Mühe."

„Richtig, du strengst dich nicht gern an."

Er nickte einfach. „Du dagegen arbeitest immer nur hart, stimmt's?"

Erst die Partnerinnen, dann auch noch dieser Kerl, der eigentlich gar nichts von ihr wusste! „Wie man's nimmt. Ich nenne es Ehrgeiz, Engagement, Selbstdisziplin."

Er lachte, ein tiefes, kehliges Geräusch, das ebenso sexy wie irritierend war. „Selbstdisziplin", wiederholte er amüsiert.

„Findest du das lustig?"

„Und wie! Entspann dich, Melanie. Wenn du immer alles so bierernst nimmst, kriegst du noch ein Magengeschwür."

„Oder ich erreiche meine Ziele." Bemüht lässig zuckte sie die Achseln. „Du sagst ja selbst, dass wir unterschiedliche Prioritäten setzen, Faulkner. Jedem Tierchen sein Pläsierchen. Ich für meinen Teil bestimme die Richtung, die mein Leben nimmt, lieber selbst, anstatt mich treiben zu lassen. Und du?"

Er kniff die Augen zusammen und kam einen Schritt auf sie zu. „Und wie willst du die Reise genießen, wenn du dauernd gegen die Strömung ankämpfen musst?"

Die Strömung machte Melanie in diesem Moment in der Tat schwer zu schaffen. Der Kerl zog sie an wie ein kraftvoller Magnet. Er war ein scharfer Beobachter und hatte es darauf angelegt, zu provozieren. Als er die Hand ausstreckte, um die

Skulptur noch einmal zu berühren, machte Melanies Herz einen Satz.

Sein Blick wanderte zwischen dem Akt und Mels Gesicht hin und her. „*Dir* geht es um die Details: die Haltung der Frau, die Art, wie sie die Hände spreizt und die Finger krallt, als könne sie sich nur mühsam beherrschen. *Mir* geht es um die Interpretation: Was will die Frau? Wonach sucht sie? Worauf wartet sie?“

Spielt er damit auf mich an, grübelte Melanie. Quatsch! Sie zuckte die Achseln. „Okay, aber letztendlich sehen wir beide dasselbe, oder?“

„Ich bin nicht sicher, denk nur mal an die Hochzeit.“

Das saß! Dabei konnte er nicht ahnen, was Melanie genau gesehen hatte. Auch hatte er mit keinem Wort erwähnt, worauf er selbst geachtet hatte, als er ihr Bild auf dem Bildschirm sah. Immer wieder hatte sie sich seither den Kopf darüber zerbrochen, ob es an dem Tag vor zwei Monaten wirklich nur um die Position der Kameras gegangen war oder vielleicht um diese eigenartige Spannung, die auch jetzt zwischen ihnen vibrierte wie ein dumpfer Technobeat.

Sie wollte mit ihm tanzen, eng. Sie wollte, dass er die Hände unter ihren Pulli schob und sie entkleidete. Sie wollte seine Hände und seine Lippen auf ihrem Körper spüren. Sie wollte ihn berühren, seinen Duft einatmen, ihn schmecken. Und sie bekam kaum noch Luft. Verlegen zupfte sie an ihrem Sweatshirt. Dann trat sie einen Schritt auf ihn zu – einen Schritt, mit dem sie mehr überbrückte als den Ozean. „Jac...“

„Hey, Mel“, brüllte Chloe vom Korridor aus, „du kommst doch zu unserem Barbecue am Samstag? Ich brauche deine Hilfe. Sydney fragt übrigens ...“ In der Tür blieb sie abrupt stehen. „Oh, ich wusste nicht, dass du beschäftigt bist.“

Melanie schickte ein stilles Dankgebet zu den himmlischen

Mächten, die eingegriffen hatten, als die Not am größten war. Sie schüttelte den Kopf. „Du störst nicht, Chloe. Das ist der Kameramann, der die Doku filmt, Jacob …“

„… Faulkner. Du bist Rennies Bruder, nicht?“

Jacob lächelte. „Du kennst Renata?“

„Ihre Freunde taten gut daran, sie Rennie zu nennen.“

Er lachte fröhlich. „Das gilt noch immer. Sie korrigiert sie notfalls sogar in aller Öffentlichkeit. Eines Tages wird sie noch jemandem den Kopf abreißen.“

„Lebt sie in der Stadt?“

Er nickte. „Sie arbeitet als Psychologin an einer der Highschools im Westen draußen.“

So ging es weiter, bis Melanie sich fragte, ob sie nicht einfach gehen sollte. Anscheinend war sie überflüssig. Sie räusperte sich. „Entschuldigt die Störung, aber hast du nicht gesagt, Sydney wollte was von mir?“

Chloe schreckte hoch. „Oje, wir sollen in den Konferenzraum kommen. Du wahrscheinlich auch“, meinte sie an Jacobs Adresse. „Wir treffen uns mit dem Produzenten und der Moderatorin und besprechen den Ablauf der Dreharbeiten.“

„Dann muss ich den Laptop aus dem Wagen holen“, erklärte Jacob und machte sich auf den Weg.

„Hast du nicht was vergessen?“ Melanie hielt die Videokassette hoch, die er auf den Schreibtisch gelegt hatte.

Er stutzte, dann begannen seine Augen zu funkeln, und er lächelte, dass Melanie weiche Knie bekam. „Die ist für dich.“

Mit Argusaugen verfolgte Chloe, wie Melanie hinter ihm hersah. „Ich *habe* gestört! Ich hatte gleich den Eindruck, als würde es ganz schön knistern zwischen euch.“

„Zwischen mir und diesem Fatzke? Er mag ja ganz niedlich sein, aber da läuft nichts.“

„Der ist doch mehr als niedlich, und das weißt du genau.

Typen wie den findet man sonst nur in Träumen."

„Verwechselst du Jacob nicht mit Eric? Apropos Eric", meinte Melanie und wechselte geschickt das Thema, „ich muss mich mal wieder bei seinem Kumpel Jess melden. Den habe ich ja schon ewig nicht mehr gesehen."

„Jess ist ein Schatz", bestätigte Chloe, „aber hat es dir in seiner Gegenwart schon einmal derart die Sprache verschlagen wie eben bei Jacob?"

„Na, hör mal, du bist doch hereingeplatzt, als wir uns unterhalten haben."

„Pah! Kein Wort hast du herausgebracht!"

Wütend bugsierte Melanie Chloe zur Tür hinaus. „Du bist genauso bescheuert wie der."

Chloe lachte. „Wusste ich's doch. Er hatte diesen Blick drauf, nicht? Du weißt schon, wo seine Augen ganz dunkel werden und dein Höschen ganz feucht."

„Keine Ahnung, wovon du redest."

„Schwindlerin! Vergiss nicht, ich kenne ihn seit der Schule. Mit Rennie rumzuhängen war auch deshalb so reizvoll, weil immer die Chance bestand, einen Blick auf ihren attraktiven großen Bruder zu ergattern. Und der ist so sexy wie eh und je." Chloe grinste von einem Ohr zum anderen. „Vielleicht kriegst du ja die Chance, herauszufinden, ob er tatsächlich so … beeindruckend ist, wie man sagt."

„Also wirklich!" Melanie ignorierte Chloes Kichern und machte sich auf den Weg zum Konferenzraum. Ausgerechnet jetzt musste sie einen nüchternen, motivierten Eindruck machen, dabei schwirrte ihr nach Chloes letzter Bemerkung der Kopf.

3. KAPITEL

Melanie kochte vor Wut. Wie eine Verrückte war sie nach Hause gerast, um Jacobs Band anzusehen. Nicht einmal Zeit zum Trainieren, Duschen oder Essen hatte sie sich gegönnt. Sie war in die Wohnung gestürmt, hatte Tasche und Schlüssel fallen lassen und sich auf den Videorekorder gestürzt. Eine Stunde war das jetzt her, und immer noch war sie fuchsteufelswild.

Und das geschieht dir ganz recht! Zwanzig Minuten ihres kostbaren Feierabends hatte sie verschenkt, um sich Jacobs Spezial-Mix von Laurens Hochzeit anzuschauen. Der hinterhältige Mistkerl hatte alle Szenen, in denen Melanie fahrig und unkonzentriert wirkte, zu einem Film zusammengeschnitten, der sie aussehen ließ wie die Widerspenstige vor ihrer Zähmung. Kein Wunder, dass er gelacht hatte, als sie sich als *diszipliniert* bezeichnet hatte. Auf diese Art von Andenken konnte sie verzichten!

Das Video hielt nicht nur den unseligen Beginn ihrer Zusammenarbeit fest, Jacob hatte Melanie sozusagen eiskalt erwischt: Während sie sich zum Beispiel über die Position der Kameras beschwerte, signalisierten ihre Körpersprache und das Glitzern in ihren Augen, wie stark sie sich zu Jacob hingezogen fühlte.

Mist! Ausgerechnet jetzt, wo sie beruflich viel miteinander zu tun haben würden, mussten ihr die Gefühle dazwischenfunken. Am Ende würde sie sich noch zu einer Dummheit verleiten lassen – wie mit ihm ins Bett zu gehen. Natürlich, reizen würde sie das schon, doch konnte sie schlecht mit ihm schlafen *und* mit ihm arbeiten, das war ein absolutes Tabu. Wenigstens konnte sie sich ausmalen, dass er deswegen genauso frustriert war wie sie.

Heimzahlen würde sie es ihm aber. So ein Spielchen konnten auch zwei spielen.

Mit einem heimlichen Grinsen justierte sie Lampen und eine Kamera. Aus der Küche holte sie einen Barhocker, den sie als Requisite benötigte. Natürlich konnte sie sich nicht mit einem Profifilmer vergleichen, trotzdem war sie zuversichtlich. Immerhin ging es darum, die Fronten zu klären für die kommenden, sicher turbulenten Wochen. Er würde ihr aus der Hand fressen.

Sie trat einen Schritt zurück und begutachtete den Set. Die Scheinwerfer verbreiteten eine Gluthitze, aber es machte nichts, wenn sie ins Schwitzen geriet, im Gegenteil. Barfuß tappte sie über das Parkett und warf den MP3-Spieler an. Sie wählte Musik, zu der es sich gut tanzen ließ, und drehte die Lautstärke so weit auf, bis der Boden unter ihren Füßen vibrierte. Jacob bildete sich ein, die echte Melanie Craine zu kennen? Pah, nichts wusste er! Niemand kannte Mel wirklich, nicht einmal ihre Geschäftspartnerinnen. Manchmal nicht einmal sie selbst.

Vor dem Scheinwerfer, der ihre Silhouette an die Wand projizierte, kniete sie nieder und ahmte, spiegelbildlich, die Haltung der Statuette nach, die sie auf dem Barhocker platziert hatte. Dazwischen warf die Stripper-Stange, die in dem Raum installiert war, ihren Schatten an die Wand. Melanie hatte sich von Jacobs Faszination für diesen Frauenakt inspirieren lassen. Sie wollte ihm beweisen, dass ihre Persönlichkeit spannender war, als er offenbar annahm.

Nachdem alles zu ihrer Zufriedenheit war, schloss sie die Augen und gab sich der Musik hin. Sie begann, den Oberkörper im Rhythmus der Bässe zu bewegen, und spürte, wie es ihr kalt über den Rücken lief. Beim Tanzen vergaß sie alles um sich herum – so wie jetzt. Sie ließ die Hände an den Beinen hinabgleiten, neigte den Oberkörper nach vorn und hob die Arme in einem anmutigen Bogen weit über den Kopf, als wollte sie etwas greifen, das außerhalb ihrer Reichweite lag. Jacob Faulkner zum Beispiel. Stattdessen fasste sie die Stange. Langsam stand sie auf. Sie bog den Rücken durch, ließ den Kopf in den Nacken fallen und zog ein Knie bis zur Hüfte hoch.

Sie tanzte unheimlich gern. Wenn sie die Muskeln anspannte, die Kraft in ihren Armen und Beinen spürte und sich reckte und streckte, fühlte sie sich sexy, sinnlich und herrlich weiblich. Und genau das wollte sie Jacob demonstrieren.

Im Takt der Musik wirbelte sie herum und umschlang die Stange mit dem Knie. Sie hielt sich mit einer Hand fest und beugte sich von der Taille aus weit nach hinten. Die Fingerspitzen der anderen Hand streiften kurz über den Boden, dann rollte sie sich langsam wieder hoch und stellte den Fuß ab. Sie klemmte die Stange zwischen beide Beine, packte den Saum ihres kurzen Tops und zog es, während sie aufreizend mit den Hüften kreiste, mit einem Ruck über den Kopf. Unter dem T-Shirt trug sie einen Push-up aus Spitze, der ihr die Figur verlieh, die sie sich wünschte. Die Figur, die Jacob sehen und begehren sollte.

Mit beiden Händen strich sie sich über Bauch und Brüste. Sie warf den Kopf zurück und schwelgte in der Vorstellung, dass es seine Hände waren, die sie streichelten, sich zu ihren Schultern vortasteten und schließlich die Träger des BHs herunterschoben. Was würde sie darum geben, sein Gesicht zu beobachten, wenn er dies sah. Würden seine Augen glühen? Wie lange würde es dauern, bis er hart wurde? Wie hart? Sie würde gern hinter ihm stehen, die Arme um seine Taille schlingen und die Ausbuchtung unter seinem Reißverschluss fühlen.

Stattdessen führte sie die Hand zwischen die eigenen Beine und schob sie an der Naht der Leggings entlang nach oben, bis an den Gummibund. Sie stellte sich vor, wie Jacob sie küsste, wie er den Duft ihrer Erregung wahrnahm. Ihr Atem ging schneller. Sie würde seinen Kopf herabziehen und seine Lippen an die Spitzen ihrer Brüste führen, die sich unter ihren Körbchen steil aufgerichtet hatten. Sie würde die Finger in sein Haar schieben, das sich genauso seidig anfühlte wie die straff gespannte Haut seiner Männlichkeit. Melanie keuchte, als sie ihn in Gedanken berührte. Mit einem tiefen Seufzer schlüpfte sie aus den Leggings und warf sie in eine Ecke, während ihre Fantasie sich wild überschlug.

Das moschusartige Aroma ihrer Begierde vermischte sich mit dem des frischen Schweißes, der ihre Haut bedeckte. Zwar war sie nur noch mit BH und Slip bekleidet, aber selbst die Fußsohlen klebten feucht auf dem Parkett. Die Musik peitschte sie auf mit Bildern von heißem, elektrisierendem Sex. In dem Bewusstsein, dass die Kamera alles aufzeichnete, hakte sie den BH auf. Das stand zwar nicht im Drehbuch, doch sie wurde von Gefühlen beherrscht, die sie in dem Plan nicht berücksichtigt hatte.

Zum Aufhören war es jetzt zu spät, aber am Finale würde sie niemanden teilhaben lassen. Kaum war das Stück elfenbeinfarbenen Satins sanft auf dem Boden gelandet, packte Melanie die Stange, wirbelte herum und schaltete den Videorekorder ab.

Das war das Letzte, was Jacob zu sehen bekommen würde. Trotzdem stellte sie sich vor, er wäre noch bei ihr und würde ihre Brüste liebkosen. Sie biss sich auf die Unterlippe und begann, die Brustspitzen zu streicheln, bis die Berührung schier unerträglich wurde. Sie musste ihrer Erregung anders Luft machen.

Sie spreizte die Beine und ließ den Oberkörper nach vorn fallen. Ihre Hüften wippten rhythmisch nach links, nach rechts, vor und zurück. Langsam ließ sie die Hände von den Knöcheln aufwärts über die Beine gleiten, bis sie das Gummiband des Slips erreichte. Mit einem Ruck zog sie ihn aus. Jetzt war sie völlig nackt. Sie legte beide Hände flach auf den Bauch und schob sie tiefer, bis die Spitzen ihrer Zeigefinger ihre empfindsamste Stelle erreichten. Ein Keuchen kam über ihre Lippen. Aber sie war noch nicht bereit.

Wieder fasste sie sich zwischen die Beine. Sie stellte sich vor, welche Liebkosungen Jacob sich für sie einfallen lassen würde. Ihr Körper reagierte, und bald überlief sie ein Schauer, und sie wünschte, dass der echte Jacob hier wäre, um das zu Ende zu bringen, was er in ihren Träumen begonnen hatte. So aber musste sie sich selbst befriedigen.

Etliche keuchende Atemzüge später knipste Melanie die Scheinwerfer aus, stellte die Musik ab, holte die Kassette aus dem Rekorder und zog sich wieder an. Eigentlich hätte sie sich die Aufnahmen gern angesehen, aber danach hätte sie vermutlich nicht mehr den Mumm, sie loszuschicken. Also verpackte sie sie ungesehen in den wattierten Umschlag, den sie bereits adressiert hatte.

Es war Jacob, der den ersten Zug in diesem Spiel aus „Sex, Lügen und Video“ gemacht hatte. Der Strip war jetzt der zweite Streich.

Leise vor sich hin schimpfend bog Jacob in das historische Viertel ein, wo Chloe und Eric wohnten. Es war August in Houston und viel zu heiß für ein Barbecue. Wehe, das Bier fließt nicht in Strömen, schimpfte er in Gedanken. Und Renata lässt sich besser auch blicken. Nur ihretwegen tue ich mir das überhaupt an.

Ihretwegen und wegen Melanie, der er es zu verdanken hatte, dass er sich seit zwei Tagen in einem Zustand befand, der einem Zuchtbullen alle Ehre gemacht hätte. Unterwegs hatte er mehrmals anhalten müssen, um sich bequemer hinzusetzen. Mit dieser Dame hatte er ein Hühnchen zu rupfen, und nur darum hatte er auf das Baseballmatch im Minute Maid Park verzichtet.

Die Gedanken an Melanies fantastischen Körper verdrängte er aber besser, um den Geländewagen unbeschadet durch die engen Gassen zu manövrieren. Stattdessen konzentrierte er sich auf das zweite Motiv für seine Anwesenheit – Chloes Andeutung, die Party sei eine Art Bestechungsversuch, um Renata als Beraterin für gUIDANCE-gIRL zu gewinnen. Er bezweifelte, dass man Renata groß überreden musste. Schon auf der Grundschule hatte sie für jeden einen guten Rat parat. Renata, stets eine Verteidigerin der Schwachen und Verwundbaren, passte großartig zu den Frauen von gIRL-gEAR.

Aus dieser Gruppe wurde Jacob einfach nicht schlau. Vielleicht brachte der heutige Nachmittag ja Aufschlüsse. Normalerweise war es nicht erforderlich, dass er eine persönliche Beziehung zu den Kunden einging. Aber dieser Auftrag war anders. Wenn er den gut hinbekam, konnte er ganz groß rauskommen. Mit einer Produktion dieses Kalibers im Lebenslauf würden sich die New Yorker Produktionsfirmen alle Finger nach ihm lecken.

Er reihte den Explorer in die Schlange von Zweisitzern und protzigen Sportwagen, die am Randstein standen, ein. Wenn man die in Doppelreihe geparkten Autos in der Einfahrt dazuzählte, konnte man sich ausrechnen, dass die Veranstaltung nicht so ruhig und gemütlich werden würde, wie Chloe behauptet hatte. Nicht, dass ihn das überraschte. Nichts an diesen sieben Frauen war gemütlich oder ruhig. Im Gegenteil, er war ziemlich sicher, dass zwischen ihnen manchmal ordentlich die Fetzen flogen.

Andererseits kannte er die gIRLS noch nicht gut genug, um

das wirklich beurteilen zu können. Selbst Melanies heißer Striptease könnte nichts als ein Spiel gewesen sein.

Er stöhnte. Seit er die Aufnahmen gesehen hatte, lebte er in einem Zustand schier unerträglicher Erregung. Wie konnte ein zweidimensionaler grauer Schatten aufreizender sein als eine Live-Peepshow? Was hatte Melanie sich bloß dabei gedacht? Und warum hatte sie abgeschaltet, als er sich gerade so gut amüsierte? Nein, egal welche Gründe er vorschob, letztlich war er Chloes Einladung nur gefolgt, um herauszufinden, wie weit Melanie gehen würde.

Am Morgen hatte er sich das Video noch einmal angesehen. Und noch einmal. Nicht um sein Gedächtnis aufzufrischen – Melanies dunkle Silhouette hatte sich schon beim ersten Durchgang unauslöschlich in sein Gehirn gebrannt. Er tat es, weil er die Frau, die in einem schwarz-weißen Büro arbeitete und sich so langweilig und hässlich kleidete, dass er ihr die Sachen am liebsten vom Leib gefetzt hätte, einfach nicht in der Rolle der Verführerin sehen konnte.

Besonders nach dem gelben Outfit, das sie zur Hochzeit getragen hatte. Nur das hatte er nämlich gesehen, als sie von seinen Kameras erfasst worden war. Den ganzen Weg durch den Mittelgang war er ihr mit den Augen gefolgt und hatte beobachtet, wie sich ihr Körper unter dem beinahe durchsichtigen Oberteil bewegte, das so lose saß wie der kurze Rock eng. Genau solche Kontraste registrierte sein geschulter Blick. Seine Urinstinkte jedoch sprangen auf das an, was unter der Kleidung steckte, und darauf, was die hohen Absätze, die sie trug, für ihren Po und die langen Beine taten. Wochenlang war ihm dieses Bild im Kopf herumgespukt.

Wie sehr sie sein Blut in Wallung brachte, wurde ihm jedoch erst klar, als er die Szenen, die er nicht verwenden konnte, zusammenschnitt, um ihr zu beweisen, wie weit sie den Bogen überspannt hatte. Sie hatte versucht, ihm ins Handwerk zu pfuschen, und er wollte ihr zeigen, dass sie sich damit keinen Gefallen getan hatte, daher das Video.

Nur diesmal hatte ihn seine Fähigkeit, Dinge besser zu zeigen als auszusprechen, im Stich gelassen. Geschieht dir ganz recht, dass sie nun den Spieß umgedreht hat, dachte er. Und mit herausragendem Erfolg. Verflixt noch mal – jetzt regte sich sein bestes Stück schon wieder!

Jacob schob jeden Gedanken an Melanie beiseite und drückte das schwere Gartentor aus Zedernholz auf. Das Gedränge war groß, der Pool verlockend, die Luft feucht und heiß. Er hätte viel gegeben für ein kaltes Bier und dafür, seine Schwester zu sehen, aber nichts wünschte er sich sehnlicher, als Melanie Craine zwischen die Finger zu kriegen.

Renata Faulkner strich die langen kastanienbraunen Locken aus dem Gesicht und reichte Eric Haydon einen Teller mit grillfertigen Hamburgern. Eric war ein netter Kerl, aber absolut nicht der Typ Mann, den sie als Chloes Partner erwartet hatte. Die Chloe, die sie gekannt hatte, war hartherzig, mürrisch und vulgär. Und jetzt lebte sie mit diesem netten, völlig normalen Mann. Vielleicht steckte doch mehr hinter der Theorie von den Gegensätzen, die sich anziehen, als Renata glauben wollte. Diese beiden schienen sie jedenfalls zu bestätigen.

„Danke!“ Eric nahm den Teller und reichte ihr im Gegenzug eine Platte mit fertig gegarten Burgern. „Hat Chloe dich zum Küchenjungen degradiert?“

Renata grinste. „Sie akzeptiert nun mal kein Nein, wenn sie ein Ja hören will, und kriegt immer ihren Willen.“

„Wem sagst du das? Chloe kann einem ganz schön zusetzen, um es mal vorsichtig auszudrücken.“

„Kein böses Wort über deine Freundin, Süßer, nicht vor ihren alten Bekannten." Unbemerkt war Chloe hinter ihnen aufgetaucht. Sie versetzte Eric einen kräftigen Klaps aufs Hinterteil und bedrohte ihn mit dem Grillbesteck in ihrer Hand. „Euch beide kann man doch nicht allein lassen!" Sie nahm Renata bei der Hand. „Komm, wir lassen ihn jetzt in Ruhe schmoren."

Eric schmollte zwar, aber Renata ließ sich lachend von der Freundin fortziehen. „Er ist echt süß. Wo hast du den denn aufgegabelt?"

„Einer dieser irren Zufälle: Ich kannte Lauren, Lauren Anton, Anton Eric." Chloe verzog gequält das Gesicht. „Ich muss mich kurz setzen. Seit Stunden rase ich herum wie eine Wahnsinnige." Die beiden ließen sich unter einem gestreiften Sonnenschirm auf der Veranda hinter dem Swimmingpool nieder.

Chloe legte die Füße auf einen leeren Stuhl und seufzte erleichtert. „Dann wurden wir als Paar für ein Testspiel für unsere gIRL-gAMES-Kolumne ausgelost, und den Rest kannst du dir ja denken."

„Trotzdem würde ich gern mehr darüber erfahren."

„Ach?" Chloe feixte. „Tja, meine Liebe, jede Einzelheit kostet dich einen Monat Beratung bei gUIDANCE-gIRL."

„Übers Geschäft sprechen wir später", wiegelte Renata ab. Sie sah zu Eric hinüber und lächelte versonnen. „Eines Tages schaffe ich mir auch so einen an."

Chloe nahm die Füße vom Stuhl und richtete sich auf. „Bist du auf der Pirsch?"

„Na ja, ich halte die Augen offen. Torschlusspanik würde ich es noch nicht nennen. Jetzt habe ich es schon so lange allein ausgehalten, da will ich nicht am Ende noch eine Dummheit begehen."

„Unsinn, jeder hat das Recht, ab und zu ein bisschen unvernünftig zu sein. Ich wenigstens habe das weidlich ausgenutzt." Chloes Blick wanderte zu Eric hinüber, und Renata hätte zu gern gewusst, was ihrer Freundin gerade durch den Kopf ging.

Sie beugte sich vor und drückte liebevoll Chloes Hand. „Ein Glück, dass du Jacob über den Weg gelaufen bist und wir uns auf diese Weise wiedergetroffen haben. Es ist unfassbar, dass ich so viele Veränderungen in deinem Leben verpasst habe. Du hast mir wirklich gefehlt."

Chloe erwiderte den Druck. „Du mir auch – aber ich habe nicht einmal gemerkt, dass mir was abgeht, bis ich Eric traf. Jetzt habe ich euch beide – was will man mehr?"

„Hoffentlich denkst du auch noch so, wenn wir zusammenarbeiten. Ich neige dazu, den täglichen Frust im Umgang mit den Teenagern, mit denen ich zu tun habe, an meinen engsten Freunden auszulassen." Renata dachte an all die Menschen, die auf diese Weise zu Feinden geworden waren, und an Lover, die aus demselben Grund keine mehr waren, und fragte sich, ob sie Chloe nicht auch auf die Abschussliste setzte, wenn sie sich zu einer Zusammenarbeit bereit erklärte.

Chloe lächelte nur. „Dazu sind Freunde doch da. Ich weiß nicht, wie oft ich schon bei Melanie Dampf abgelassen habe. In der Regel rückt sie mir dann ganz schnell den Kopf zurecht, und es geht wieder."

„Ich wollte dich nur warnen. Nimm's also nicht persönlich, wenn ich dir nach einem besonders harten Tag die Augen auskratze."

„Also, *das* fällt eigentlich mehr in Chloes Gebiet", warf eine tiefe Stimme ein.

4. KAPITEL

Der Mann zauste liebevoll Chloes Haar und ließ sich dann auf dem freien Stuhl nieder. Renata starrte ihn nur an und betete, dass ihr nicht plötzlich die Luft wegblieb. Er war gut einen Kopf größer als die übrigen Männer, aber das war nicht der Grund für ihre Atemnot. Seine Ausstrahlung machte sie sprachlos, diese schwer definierbare Eigenschaft, mit der außergewöhnliche Männer wie von selbst die Aufmerksamkeit auf sich ziehen.

Offenbar war sie jedoch die Einzige, bei der der Blitz eingeschlagen hatte. Chloe wirkte nicht im Mindesten beeindruckt. Der Mann saß noch kaum, da versetzte sie ihm schon einen Hieb, den er einsteckte, ohne mit der Wimper zu zucken. Weshalb sie ihm gleich noch einen verpasste. „Wenn du mich noch einmal so erschreckst, dann kannst du dich eine Woche lang nicht mehr rühren." Grinsend stellte sie dann vor: „Rennie, das ist mein Bruder Aidan. Aidan, Rennie Faulkner."

„Wart ihr nicht zusammen auf der Schule?", fragte Aidan an Renata gewandt.

„Kannten wir uns denn damals?" An einen wie ihn hätte Rennie sich doch sicher erinnert. Dieses Lächeln, diese Augen ...

Er verneinte. „Ich war nur selten daheim."

„Nie", schalt Chloe und legte die Füße auf seinen Schoß. „Aidan hat sich nie um mich gekümmert. Er ist schuld an meinen psychischen Problemen ..."

„... an der Staatsverschuldung, Obdachlosigkeit und an der Scheidung von Tom Cruise und Nicole Kidman", ergänzte er belustigt.

Rennie schmunzelte. Verstohlen musterte sie Aidan. Früher musste er blond gewesen sein, aber inzwischen war sein Haar zu einem satten Goldbraun nachgedunkelt. Er hatte die gleichen tiefblauen Augen wie Chloe – hätte sie nicht diese Vorliebe für violette Kontaktlinsen. Blau wie der Himmel über der Prärie, dachte Renata angesichts seines Cowboy-Looks. Er trug ausgewaschene Jeans, die vom häufigen Tragen so weich geworden waren, dass sie sich anfühlen mussten wie ein alter Quilt. Die schwarzen Stiefel waren aus feinstem Leder gearbeitet. Druckknöpfe aus Türkis hielten das kurzärmelige weiße Hemd über dem breiten Oberkörper zusammen, und ein Gürtel mit silberner Schnalle schmückte die schmalen Hüften. Sie bekam schon wieder Probleme mit dem Atmen, und jetzt sprach er sie auch noch an!

„Chloe übertreibt mal wieder maßlos." Er lächelte seiner Schwester liebevoll zu, und Renata fühlte sich noch heftiger zu ihm hingezogen. *Der* könnte ihr ganz ausgezeichnet gefallen! „Sie war schon immer verwöhnt und hat viel zu früh entdeckt, wie sie mich mit ihrem Schmollmündchen um den Finger wickeln kann."

„Ich bin weder verwöhnt, noch habe ich ein Schmollmündchen", protestierte Chloe – und schmollte.

Hilfe suchend wandte sich Aidan an Renata, aber die lachte. „Ich werde mich hüten, Partei zu ergreifen. Aber ich kenne dich seit Jahren, Chloe, und an den Schmollmund kann ich mich auch erinnern."

„Wie? Nicht mal auf der eigenen Party wird man respektiert?" Mit gespielter Empörung sprang Chloe auf und rauschte davon, nachdem sie Aidan verschwörerisch zugezwinkert hatte.

Renata entspannte sich. Dafür war sie Chloe was schuldig. „Sie kommt schon wieder, wenn sie Dampf abgelassen hat."

„Du kennst sie ja: Viel Lärm um nichts. Aber jetzt sage ich besser nichts mehr. Immerhin hat sie meinen Wink verstanden und uns allein gelassen."

Renatas Herz setzte einen Schlag lang aus. „Welchen Wink?"

„Ich habe ihr ans Schienbein getreten“, gestand er freimütig.

„Ist das eine besondere Art der Kommunikation?“

Aidan grinste betreten. „Ziemlich einfallslos, wie?“

Sie nickte. „Aber es ist schön, wenn ein Mann mal zugibt, dass es ihm nicht gelungen ist, Eindruck zu schinden.“ Dass ihm das längst gelungen war, würde sie ihm natürlich nicht auf die Nase binden. „Ich gebe dir aber gern eine zweite Chance.“

Aidan beugte sich vor und studierte ihr Gesicht. Dann nahm er einfach ihre Hand und streichelte sie. „Soll ich uns was zu trinken holen, bis das Essen so weit ist?“ Er ließ ihre Finger wieder los, und Renata zog sie hastig zurück.

„Gegen ein Bier hätte ich nichts einzuwenden.“ Sie blickte ihm nach, als er loszog. Bis zu diesem Moment hatte sie nicht nachvollziehen können, wie man Cowboys sexy finden konnte. Aber irgendetwas an der Art, wie sich die Jeans um die schmalen Hüften und die langen Beine schmiegte, an den weit ausgreifenden, federnden Schritten, den breiten Schultern und der schlanken Taille erweckte in ihr den Wunsch, ihn zu berühren. Mit ihm zu spielen. Und zu erforschen, welche Geheimnisse hinter den Kupferknöpfen seiner Hose verborgen lagen.

Wenig später kam er mit zwei eisgekühlten Flaschen Corona zurück. „Erzähl mir alles über dich, was ich vergessen habe“, bat er, nachdem sie getrunken hatten.

„Dazu musst du mir erst sagen, woran du dich erinnerst.“

Er lachte. „Angeblich soll Chloe tatsächlich für die Schule gelernt haben, wenn du dabei warst.“

„Klingt, als hätte ich nur Schule im Kopf gehabt.“ Renata hob die Flasche an den Mund und dachte zurück. „Dabei war ich keine Streberin. Ich wollte Chloe nur klarmachen, dass wir ohne die entsprechenden Noten nicht weiterkommen würden.“

Er ließ sie nicht aus den Augen, während er noch einen Schluck trank. „Du arbeitest als Schulpsychologin an der Westside. Warum hast du keine eigene Praxis eröffnet?"

„Ich mag Kinder und möchte für sie erreichbar sein." Mit dem Zeigefinger strich sie über den Flaschenhals. „Kaum zu glauben, dass ich vor knapp einem Dutzend Jahren selbst beinahe eine Therapie gebraucht hätte." Aidan schwieg. Renata fühlte, dass er in ihre Vergangenheit blickte. Er sah, wie oft sie sich gewünscht hatte, einem Menschen ihr Herz auszuschütten. Wie oft waren Jacob und sie von den Eltern alleingelassen worden und hatten versuchen müssen, einander die Familie zu ersetzen – was nur in den seltensten Fällen funktioniert hatte.

Plötzlich strahlte er sie an. „Die Kinder haben Glück, weil du auf ihrer Seite stehst."

„Nicht immer, das kannst du mir glauben. Was die manchmal anstellen ... Ich staune immer wieder, wie sie es schaffen, überhaupt zur Schule zu kommen, geschweige denn pünktlich, und von den Hausaufgaben wollen wir lieber gar nicht reden."

„Hört sich an wie meine Schulzeit."

Sie lächelte halbherzig. „Eigentlich dachte ich dabei an meinen Bruder. Durch ihn habe ich Chloe wiedergetroffen. Er ist Kameramann und filmt die Dokumentation über gIRL-gEAR." Sie sah sich suchend in dem großen Garten um, der sich inzwischen mit einer lärmenden Gästeschar gefüllt hatte. „Er wollte auch kommen, aber es würde mich nicht wundern, wenn er sich doch nicht dazu aufgerafft hätte."

„Du scheinst ihn ziemlich gut zu kennen."

„Das sollte ich, nachdem ich jahrelang seine Schwachstellen ausgenutzt habe, wenn ich meinen Willen durchsetzen wollte."

Es entstand ein unbehagliches Schweigen. Endlich wischte Aidan mit dem Daumen die Feuchtigkeit, die sich auf seiner Flasche niedergeschlagen hatte, weg. „An dieser Stelle sollte ich vermutlich sagen, dass ich es mag, wenn eine Frau ihre Wünsche durchsetzt."

War das eine Aufforderung? Hatte er ihr womöglich ihre Fantasien an den Augen abgelesen? Renata fuhr sich mit der Zunge über die Lippen. „Jacob wird dir bestätigen, dass es mir nicht immer gelingt."

„Ihr scheint euch sehr nahezustehen. Was ist mit euren Eltern?"

„Die waren beruflich viel unterwegs." Seltsam, dass Aidan Dinge aus ihr herauskitzelte, die sie ein Leben lang verdrängt hatte. „Ich musste Kind und Erwachsener zugleich sein."

„Und jetzt hilfst du anderen Kindern, mit ähnlichen Problemen umzugehen." Er beugte sich zu ihr hinüber. „Ich will keine Aufbruchstimmung verbreiten, aber ich würde mich gern irgendwo mit dir unterhalten, wo man nicht umkommt vor Hitze. Gehst du mit mir essen?"

„Heute?" Renata staunte, dass sich ihre Stimme nicht überschlug. „Hast du die Berge von Essen gesehen, durch die wir uns heute Nachmittag futtern sollen?"

„Dann auf einen Kaffee." Er schenkte ihr sein verführerisches, beunruhigendes Lächeln. „Die Frau, die einem Starbucks widerstehen kann, muss noch geboren werden."

Sie lachte. „Na gut, aber vielleicht lieber morgen. Dann ist wieder Platz für Kaffee."

„Morgen bin ich nicht mehr hier. Ich treffe mittags einen Kunden, der ein Pferd kaufen will, und muss früh aufbrechen."

Renata fühlte, wie alle Farbe aus ihrem Gesicht wich. „Du lebst nicht in der Stadt?"

Er schüttelte den Kopf. „Irgendwo zwischen Austin und San Antonio. In Houston gibt es nicht genug Platz für die Pferdezucht."

Also war der Cowboy-Look echt. Kein Wunder, dass er so

gut zu ihm passte. „Das wusste ich nicht."

„Gut, dann hat mein Schwesterlein nicht alle meine Geheimnisse ausgeplaudert."

Aber es wäre nett gewesen, wenn Chloe wenigstens angedeutet hätte, dass er so weit weg lebte. „Sie hat nicht mal erwähnt, dass du kommst."

„Ich war nicht sicher, ob ich weg kann." Erneut griff Aidan nach Renatas Hand und streichelte sie. „Aber ich bin froh, dass ich es geschafft habe."

„Ich auch." Selbst wenn sein Geständnis ihre Begeisterung empfindlich gedämpft hatte. Eben noch war alles drin gewesen, jetzt musste sie erkennen, dass zwischen ihnen nie mehr sein würde als gegenseitige Anziehung. Auch gut! Es war besser zu wissen, wo man stand, als sich Hals über Kopf in einen Mann zu verlieben, der nicht nach einem harten Tag neben ihr im Bett liegen würde.

Nach all den Jahren, in denen sie nur Jacob gehabt hatte, hatte sie sich geschworen, niemals eine Wochenendbeziehung zu führen. Andererseits, warum sollte sie darauf verzichten, sich mit diesem Cowboy ein bisschen zu amüsieren? „Tja, dann bis heute Abend."

„Ach, Mel!" Chloe zerrte Melanie vom Büfett weg und drückte ihr eine Flasche Bier in die Hand. „Du und Jess, ihr seid doch nur Freunde. Also zieh nicht so ein Gesicht. Er musste arbeiten, da kann man nichts machen."

„Bist du vielleicht diejenige, die als Einzige ohne Date aufkreuzt?" Melanie fühlte sich wie das fünfte, sechste oder siebzehnte Rad am Wagen. Jess – tatsächlich nur ein alter Freund – hatte sie schmählich im Stich gelassen. Sie hatte darauf gebaut, sich beim ersten Anzeichen einer Gefahr von Jacobs Seite zu Jess flüchten zu können. Dieses Video! Damals hatte sie es für eine gute Idee gehalten, aber jetzt? Was hatte sie sich nur dabei gedacht? Und wieso hatte sie sich noch keine gute Ausrede für diesen geistigen Blackout einfallen lassen?

„Verschon mich mit dem Gelaber! Dir hat es noch nie was ausgemacht, allein zu sein. Außerdem ist Aidan allein da, und Kinsey." Chloe verscheuchte eine Fliege, die über ihrem Teller mit Kartoffelsalat kreiste.

„Kinsey steckt mit Doug zusammen", widersprach Melanie, die gesehen hatte, wie die beiden im Pool tobten und jeden nass spritzten, der die Veranda nicht rechtzeitig verlassen konnte.

„Aber sie sind nicht gemeinsam gekommen. Poe ist allein, Renata eigentlich auch, obwohl Aidan um sie herumscharwenzelt. Hör bitte auf zu jammern."

„Tu ich ja gar nicht, ich bin nur mies drauf." Und daran würde sich nichts ändern, solange Melanie keinen Plan hatte. Eines jedoch war sicher: Sie musste cool bleiben. In Anbetracht ihrer künftigen Zusammenarbeit durfte sie Jacob nicht merken lassen, dass sie das Video im Nachhinein bereute. Sie musste so tun, als hätte sie die Aufnahme im Vollbesitz ihrer geistigen Kräfte gemacht.

„Hm."

„Hm was?" Chloes wissender Ton behagte Melanie gar nicht.

„Es geht gar nicht um Jess, oder? Du wirkst so nervös, irgendwas ist los."

„Nichts ist los", fauchte Melanie.

„Du kannst mir nicht in die Augen sehen und schielst immer wieder zum Tor hin, als würdest du jemanden erwarten. Und es fehlt nur noch einer", überlegte Chloe laut. „Wartest du auf Jacob?"

Melanie versuchte, ganz cool an ihrem Bier zu nippen. „Quatsch!"

„Du wirst ja rot!"

„Die Hitze!"

„Hab ich nicht gesagt, dass das ein ganz heißer Typ ist? Was läuft zwischen euch? Sag schon!" Chloe leckte den Plastiklöffel sauber und starrte die Freundin neugierig an.

„Da gibt's nichts zu erzählen", stammelte Melanie.

„Das kaufe ich dir nicht ab." Unwillig wedelte Chloe mit dem Löffel. „Als ich neulich in dein Büro geplatzt bin, hat es richtig geknistert zwischen euch."

Melanie wurde hellhörig. „Versuch bloß nicht, mich zu verkuppeln."

„Verkuppeln? Ich? Nie im Leben!" Chloe schüttelte heftig den Kopf. Ein bisschen zu heftig. „Diese Lektion habe ich bei Eric gelernt. *Meine* Ansichten über *dein* Liebesleben sind total unwichtig."

„Ich habe kein Liebesleben."

„Genau. Bisher jedenfalls nicht." Chloe löffelte den letzten Bissen Salat vom Teller und wartete.

„Ich habe immer noch keines." *Außer, man kann Sex mit der Stripper-Stange dazuzählen.*

„Du wirst schon wieder rot, Süße. Das muss dir doch nicht peinlich sein. Ich kann ja verstehen, dass du scharf auf Jacob bist. Der Junge hat was, das Jess abgeht – Flirtpotenzial oder so. Also nicht unbedingt was Dauerhaftes. Aber schon eine kurze, heiße Affäre täte dir gut."

„Eine Affäre mit einem Mann, den ich nicht mal kenne?"

„Tu nicht so verklemmt, sondern hör zu: Ich kenne dich doch, Mel. Du bist furchtbar gereizt in letzter Zeit. Ich weiß nicht genau, warum, aber ich vermute, es hat was mit der Hochzeit zu tun. Und mit Sydney und Ray und der Sache zwischen Eric und mir."

Wirklich nett, mich mit der Nase draufzustoßen, dass ich eine von nur zwei Partnerinnen von gIRL-gEAR bin, die noch ungebunden sind, dachte Melanie. So wie Kinsey Doug anschmachtet, wohl auch bald die letzte. Sie funkelte Chloe wütend an. „Worauf willst du hinaus?"

„Du arbeitest zu unchristlichen Zeiten, unternimmst nicht den geringsten Versuch, Männerbekanntschaften zu machen, und plötzlich spaziert dieser Märchenprinz in dein Büro. Da müsstest du doch doof sein, den gleich zum Teufel zu jagen. Überleg doch, Mel, was wäre denn das Schlimmste, was passieren könnte?"

Ihm gegenüberzutreten und so zu tun, als wäre nichts. Melanie umklammerte die Bierflasche so fest, dass ihre Knöchel weiß hervortraten. Bewusst lockerte sie den Griff. „Er ist ein Geschäftspartner."

Chloe gab nach. „Na schön, wenn das die offizielle Version ist! Aber wenn du reden willst … du weißt, bei mir sind deine Geheimnisse sicher."

Melanie erwiderte Chloes warmes Lächeln und kühlte sich mit einem Schluck Bier ab.

„Apropos Geschäftspartner." Chloe deutete mit dem Kopf zum Gartentor, durch das in diesem Moment Jacob Faulkner trat. Melanie wurde es schwummerig. Sie presste die kühle Flasche an die Stirn und tat, als hätte sie Chloes Grinsen und den freundschaftlichen Klaps auf die Schulter nicht bemerkt. „Knister, knister", flüsterte die nur und ging zum Grill, um Eric zu helfen.

Melanie versuchte, Jacob zu ignorieren – und scheiterte kläglich. *Erschießen* sollte man den Kerl. Einmal aus Prinzip, und dann weil er praktisch aus dem Nichts aufgetaucht war, um ihr wohlgeordnetes Leben durcheinanderzubringen, und auch weil sie auf ihn so ganz anders reagierte als auf jeden anderen Mann. Anstatt sich für seine Arbeitsmoral oder seine Intelligenz zu begeistern, wollte sie ihn schnurstracks ins Bett locken.

Sie schüttete ihr Bier weg und beobachtete ihn. Er stand bei Sydney und Poe auf der Veranda und zeigte ihnen etwas auf einem tragbaren DVD-Gerät. Beide Frauen lachten. Vermutlich handelte es sich um das Gruppeninterview, das er am Mittwoch im Konferenzraum aufgezeichnet hatte.

Am gleichen Tag, an dem Melanie sein Video mit nach Hause genommen und den berüchtigten Striptease aufgeführt hatte. Beim Gedanken daran drehte sich ihr der Magen um. Sie versuchte, Jacob objektiv zu betrachten, doch irgendwie musste sie immer daran denken, wie sich seine Hände in ihrer Fantasie auf ihrem Körper angefühlt hatten. Ihre Knie zitterten. Ihre Temperatur stieg. Die Sonne brannte auf ihren Kopf, und so konnte sie den Schwindel, der sie plötzlich erfasste, der sengenden Hitze zuschreiben.

Hatte er das Video schon gesehen? Hatte er es seinen Freunden gezeigt und sich mit ihnen darüber schlappgelacht? Oder hatte er es ungeöffnet in den Mülleimer geworfen? Nein, das wohl nicht. Nicht nach dem Blick, den er ihr plötzlich zuwarf.

Während Sydney und Poe auf den Bildschirm schauten, hatte sich Jacob zu Melanie umgedreht. Ganz allein stand sie da und fühlte sich auf einmal noch nackter als nach dem Strip. Und das kam nur durch die Art, wie er sie anstarrte. Von der üblichen Coolness und Unbekümmertheit fehlte jede Spur. Seine Augen blitzten, seine Miene verriet eiserne Entschlossenheit. Es schien, als wollte er sie herausfordern. Womit ihre Frage beantwortet wäre. Er *hatte* das Video gesehen. Und ihre Rache war nichts im Vergleich zu der Revanche, die ihr jetzt blühte.

5. KAPITEL

„Darf ich dir Gesellschaft leisten?“ Nachdem Melanie unter Jacobs Blick förmlich dahingeschmolzen war, hatte sie sich vor zehn Minuten aus der prallen Sonne in den Schatten der Pergola geflüchtet. Jetzt fühlte sie sich besser. Sie holte tief Luft und linste über den Rand der Brille. *Dieser Kerl trieb sie noch in den Wahnsinn!* Sein Blick war ganz entspannt und friedlich, von dem Feuer von eben keine Spur.

Sie bemühte sich, gleichgültig zu klingen und deutete auf den Liegestuhl, der, unerreichbar für Spritzer aus dem Pool, unter der Markise stand. „Setz dich.“

„Danke.“ Er zog die Liege näher heran, rückte in aller Ruhe die Polster zurecht, brachte die Lehne in die richtige Position und stellte sein Bier auf den Boden. Und er schien wenig geneigt, Konversation zu machen. Er setzte sich, legte den DVD-Spieler zwischen die gespreizten Beine und lehnte sich zurück. Das war's. Kein durchdringender Blick, keine Fragen, kein einziges Wort.

Man hätte meinen können, Mel säße neben einem ganz anderen Mann als dem, dessen Blick ihr vor zehn Minuten die Kleider vom Leib gesengt hatte. Der Mistkerl rekelte sich einfach in der Sonne wie ein Reptil. Melanie hatte keine Ahnung, was sie sagen oder tun und ob sie das Thema Video anschneiden sollte. Deshalb meinte sie nur: „Ich habe vorhin deine Schwester kennengelernt. Sie ist nett.“

Er nickte. Seine Augen waren geschlossen. „Außer sie spielt den Boss.“

Es klang dumm, aber selbst in geschlossenem Zustand waren seine Augen wunderschön: die Wimpern, die Brauen, die Lachfältchen in den Augenwinkeln. Melanie schluckte. „Die beiden geben ein feines Paar ab, falls Rennie sich tatsächlich entschließt, für Chloes gUIDANCE-gIRL-Programm zu arbeiten. Eine rechthaberischer als die andere."

„Ich kenne Chloe nur als Kind. Damals war sie noch nicht so. Aber über irgendwas hat sie sich immer aufgeregt. Ich hätte wetten mögen, dass sie eines Tages selbst beim Psychiater landet, anstatt gute Ratschläge zu verteilen."

Melanie nickte zustimmend, obwohl ihr nach Schreien zumute war. Wieso sprachen sie über die Arbeit und über andere Frauen? Warum hatte sie das Bier weggekippt? Und wieso musste dieser Jacob so verlockend daliegen wie ein unglaublich leckeres Dessert, von dem man eigentlich die Finger lassen sollte, dem man aber nicht widerstehen kann?

Heute trug er Jeansshorts, Ledersandalen und ein einfaches graues Muskelshirt. Er hatte die Füße überkreuzt und einen Arm hinter den Kopf, den anderen über den extrem flachen, festen Bauch gelegt. Tiefer wollte Melanie gar nicht blicken. Sie bekam schon Zustände, wenn sie nur seine Finger betrachtete, die er in den Hosenbund gehakt hatte. Überhaupt fiel ihr das Atmen immer schwerer. Das hing mit der Schwüle des Nachmittags, mit dem Frosch in ihrem Hals und der einladenden Pose ihres Gegenübers zusammen.

Jacob war außergewöhnlich gut gebaut – perfekt, wenn man von den leichten O-Beinen absah. Schön, dass er auch nur ein Mensch ist, stellte Mel erleichtert fest. Sie hatte mindestens zwei Bier zu viel gehabt und ertappte sich dabei, wie sie ihn in diesem Zustand in den Rang eines Gottes erhob, eines Sex-Gottes. Aber das durfte sie nicht.

Sie räusperte sich und bemühte sich, so zu tun, als knisterte nichts zwischen ihnen außer der Nachmittagsluft. „Das hat sich ausgewachsen. Wenn Chloe sich heute aufregt, dann aus gutem Grund. Oder aus einem Grund, den sie für gut erachtet.

Was, wenn ich es mir recht überlege, dazu führt, dass sie sich immer über alles aufregt." *Und jetzt halte besser die Klappe, ehe du noch mehr Unsinn verzapfst.* Nervös wartete sie darauf, dass die Bombe platzte.

Aber die war offenbar noch nicht einmal gezündet. Jacob hing schläfrig in seinem Liegestuhl und wirkte völlig unbekümmert. Als hätte er nicht zugehört. Als hätte er ihr Päckchen nicht erhalten. Oder nicht mit angesehen, wie sie sich splitternackt auszog.

Melanie wusste genau, dass er sie auf den Arm nahm. Er spielte seine Rolle viel zu gut, und das verriet ihn. Kein Mensch brachte es fertig, einen anderen erst mit Blicken auszuziehen und fünfzehn Minuten später in seiner Gegenwart fast einzudösen. Verstohlen starrte sie auf das DVD-Gerät, das er so platziert hatte, dass sie auf jeden Fall neugierig werden musste. „War das ein Ausschnitt aus der Doku, den du Sydney und Poe gezeigt hast?"

„Mhm, ein paar Szenen aus dem Büro."

„Kann ich mal sehen?" Es brannte ihr auf den Nägeln, herauszufinden, wie ihre – gespielte und echte – Abneigung gegen den Mann hinter der Kamera rüberkam.

Er zögerte, setzte sich dann aber auf und zog das Gerät auf seinen Schoß. Dann lud er eine DVD, stöpselte Kopfhörer ein, reichte ihr das Gerät und drückte auf „Play".

Melanie landete in einer Szene aus dem Gruppeninterview. Die Moderatorin hatte eine Frage an Sydney gerichtet, und alle lachten. Jacob war es hervorragend gelungen, die warme, herzliche Atmosphäre innerhalb der Gruppe einzufangen.

Plötzlich wurde der Bildschirm schwarz. Melanie wollte gerade die Kopfhörer absetzen, da kehrte das Bild zurück. Nur zeigte es nicht mehr den Konferenzraum. Sie sah die weiße Wand in dem Fitnessstudio bei sich zu Hause und den Schatten einer Frau, die auf dem Boden kniete. Durch die Kopfhörer vernahm sie die Musik so klar wie damals. Völlig verblüfft verfolgte sie, wie das Unglück seinen Lauf nahm.

Sie sah, wie sie aufstand und sich an der Stange festhielt, wie sie tanzte. Sie sah, was Jacob gesehen hatte, und nahm es wahr, als würde der Körper, der sich auf dem Bildschirm wand, zu einer völlig anderen Frau gehören. Ihr Schatten bot einen erstaunlichen Anblick, straff, fit und kurvenreich, und der Tanz hatte genau die Wirkung, die sie erhofft hatte: sinnlich, erotisch und wild. Die Frau schien von einem stürmischen Verlangen getrieben zu werden.

Was hatte sie sich bloß dabei gedacht? Wie hatte sie sich in so eine dämliche Situation bringen können? Wütend rieb Melanie sich die Stirn. Wenn sie nur einmal ihren Kopf gebraucht hätte!

Da hörte sie es – ein leises Stöhnen, das nicht zur Musik gehörte. Es kam von einem Mann. Von Jacob. Er sprach zu ihrem Schattenbild. Mit tiefer, sanfter Stimme feuerte er sie an. „Ja, Baby, gut“, murmelte er und anderes, was man besser nicht wiederholte. Melanies Knie wurden weich, ihre Kehle fühlte sich an wie ausgedörrt. Dann raschelte Stoff, ratschend wurde ein Reißverschluss geöffnet, und plötzlich hörte sie das heisere Raunen eines Mannes, der seine Erregung kaum mehr bändigen und dem nur noch eines helfen kann, eine Frau – oder die eigene Hand.

Jacob war Linkshänder, wie Melanie wusste, und während sie weiter lauschte und beobachtete, geisterten ihr alle möglichen Bilder durch den Kopf. Sein Atem ging immer schwerer, seine Stimme wurde immer rauer. Ihr Schattenstrip hatte ihn in gleichem Maß erregt wie sie, und beide sahen nur die eine Möglichkeit – die Dinge selbst in die Hand zu nehmen. Was für eine Verschwendung!

Melanie stoppte an der Stelle, wo sie ihre nackten Brüste streichelte, stöpselte die Kopfhörer aus und reichte sie Jacob. Dann fuhr sie die DVD heraus und übergab ihm das Gerät. Nur den Beweis ihrer Orgie verstaute sie in ihrer Schultertasche, obwohl sie keine Ahnung hatte, warum oder ob sie die DVD überhaupt behalten wollte. Zurückgeben konnte sie sie auf keinen Fall. Schließlich biss sie die Zähne zusammen und sah zu ihm hinüber.

Er schwieg, rekelte sich aber nicht mehr teilnahmslos im Liegestuhl, sondern schien alles noch einmal zu erleben. Wie Melanie spürte er die wachsende Glut. Ein Schweißtropfen löste sich von seiner Schläfe und kullerte bis an sein Kinn. Auch auf seinen Armen zeigte sich ein feuchter Film. Sein T-Shirt war um den Hals herum nass. Obwohl sie im Schatten der Sonnenschirme saßen und von der sanften Brise eines Ventilators gekühlt wurden, hatte man den Eindruck, Jacob sei kurz davor, von innen heraus zu verglühen.

Genau wie Melanie. Sie räusperte sich. „Also, das war ziemlich …"

„Scharf?", fragte er und setzte sich so, dass er ihr direkt ins Gesicht sehen konnte.

„Interessant." Er war ihr so nah, dass sie seinen frischen Duft wahrnahm. Sie hatte wirklich keine Lust, über das Band zu sprechen. *Erleben* wollte sie es, jede einzelne Sekunde davon!

Er beugte sich zu ihr. Seine Lippen waren leicht geöffnet, seine Augen glitzerten, und er – stand auf. Ihr Blick fiel auf die Ausbuchtung unter seinem Reißverschluss, und ihr Herz klopfte so laut, dass sie meinte, es müsste ihr das Trommelfell zerreißen. Sie blickte auf, er sah auf sie nieder. Lächelte. „Ich brauche jetzt unbedingt eine kleine Abkühlung. Komm, wir gehen schwimmen."

Melanie blieb stumm. Beim Anblick seiner deutlichen Erregung hatte es ihr die Sprache verschlagen. Er lachte, erst mit dem Mund, dann zeigten sich die Grübchen, und schließlich blitzten seine Augen sie übermütig und provozierend an. Diese Augen würden sie noch den Verstand kosten!

„Immer schön cool bleiben, Melanie“, mahnte er, als sie nicht antwortete. „Denk an deine Selbstdisziplin!“ Damit wandte er sich um und ging davon. Den wütenden Blick, den Melanie ihm hinterherschickte, bemerkte er nicht.

Selbstdisziplin! Wenn er so feinfühlig war, wie er behauptete, hätte er merken müssen, dass sie die dank seiner Hilfe schon längst verloren hatte. Sie sah ihm nach. Sie wollte nicht, dass er ging. Sie wollte mit ihm gehen. Sie wollte nichts von ihm. Oder doch? Und weil sie anscheinend gar nichts mehr wusste, packte sie ihre Tasche und stand auf. Irgendwo in ihrem Körper hörte sie ein Schrillen, so laut, dass sie die Fetzen der Gespräche rundherum nur noch als Summen wahrnahm.

Sie trat durch die Verandatür und lief durch die Edelstahlküche zur Treppe. Mit jeder Stufe, die sie hinaufstieg, flatterte der Schwarm Schmetterlinge in ihrem Magen immer heftiger hin und her. Ganz ruhig, Mel, dachte sie, du gehst doch nur schwimmen. Warum nur hatte sie dann das Gefühl zu ertrinken?

Die Tür zum Gästezimmer am Ende des Korridors im Obergeschoss war nur angelehnt. Bei der Ankunft hatte Melanie ihre Strandtasche dort aufs Bett geworfen. Sie brauchte also nur den Badeanzug rauszusuchen und sich im angrenzenden Bad umzuziehen. Jacob war wahrscheinlich längst fertig, sie würde erst am Pool wieder auf ihn treffen. Also kein Grund, nervös zu werden.

Doch als sie die Tür aufstieß, entdeckte sie, dass Jacob noch lange nicht fertig war. Er stand am Fuß des Bettes und wühlte in seiner Sporttasche. Bis auf die Sandalen und die Shorts, die er bereits aufgeknöpft hatte, war er nackt. Bei ihrem Eintreten blickte er auf. Dass er schlank und durchtrainiert war, wusste Melanie ja, aber sie hätte nie damit gerechnet, dass ihr bei seinem Anblick die Spucke wegbleiben könnte. *Ihr* doch nicht! *Sie* ließ sich von dicken Muskelpaketen nicht beeindrucken. *Ihr* konnte man nicht weismachen, dass zu einem schönen Körper auch ein schöner Geist gehört. Theoretisch! Die Praxis sah allerdings ganz anders aus.

Jacob war ein absoluter Prachtbursche mit breiten Schultern, einem ausgeprägten Bizeps und leicht behaartem Oberkörper. Melanie trat ins Zimmer, schloss die Tür hinter sich und lehnte sich dagegen. Das Vibrieren ihres Pulses breitete sich rasch über ihren ganzen Körper aus. „Ich dachte, du wärst schon umgezogen."

„Hast du deshalb die Tür zugemacht? Damit ich mich in Ruhe umziehen kann?" Gemächlich drapierte er eine leuchtend orangefarbene Badehose, die mit Hibiskusblüten bedruckt war, über die Tasche.

Melanie nickte zaghaft. „Wenn es dich stört, mache ich sie natürlich wieder auf."

„Na ja, so richtig ungestört bin ich sowieso nicht, wenn du dabei bist."

„Ich kann auch wieder gehen", bot sie an, aber je länger sie dastand, desto schwieriger würde es für sie werden, je wieder einen Fuß vor den anderen zu setzen.

„Kannst du." Er wandte sich um und kam auf sie zu. Halb nackt wirkte er viel größer als angezogen. Seine Augen funkelten. „Du kannst aber auch bleiben."

Ihr Herz schlug so heftig, dass es wehtat. „Hättest du das gern?"

„Das, was ich gern hätte, kann ich dir nicht beschreiben,

ohne sehr drastisch zu werden."

Er stand keinen Meter mehr von ihr entfernt, und Melanie spürte die Hitze, die von ihm ausstrahlte. Sie konnte nur noch an Sex denken. Ihn jetzt nicht zu berühren war das Schwierigste, was sie jemals getan hatte. „Drastischer als auf dem Band?"

Seine Mundwinkel zuckten. „Mindestens so drastisch wie dein Tanz."

„Ich habe das Video nicht angesehen, bevor ich es verschickt habe." Sie senkte die Augen, holte tief Luft und sah ihn wieder an. „Ich wusste, dass mir die Sache ein wenig entglitten ist, aber …"

„Ich würde eher sagen, du hattest alles ganz gut im Griff."

Melanie wäre am liebsten in einem Mauseloch verschwunden. „Du aber auch", entgegnete sie.

Er trat einen Schritt näher. „Du hast mich eben inspiriert."

„Du mich auch."

Er lachte rau. „Das hat bisher noch niemand zu mir gesagt. Suchen Frauen ihre Inspiration normalerweise nicht in Liebesromanen?"

„Und Männer im Playboy?"

„Ich bevorzuge das Richtige, Echte, Natürliche. Ich mag es zum Beispiel, wenn eine Frau keine Angst hat, ins Schwitzen zu geraten." Seine Augen wanderten zu ihren Brüsten, und er hob die Hand, als überlegte er, ob er sie berühren sollte. Und er ließ sich viel Zeit. Er wollte sie zappeln lassen, betteln sollte sie um das, was sie beide wollten. Dieses Wissen machte es für Melanie so schwer, stillzustehen und zu ignorieren, dass jeden Moment ihre Knie nachgeben könnten. Er blickte auf und strich mit dem Finger über ihre Stirn, wo sich kleine Schweißperlen gebildet hatten. „Bist du die Richtige, Melanie?"

„Ich habe keine Angst zu schwitzen, wenn du das meinst." Sie hatte auch keine Angst vor den Gefühlen, die er bei ihr auslöste. Sie fürchtete nur, ihre mühsam erarbeitete Beherrschung ein für alle Mal aufzugeben, wenn sie sie jetzt diesem Mann überließ. Die Herausforderung reizte sie, aber sie schreckte vor den Konsequenzen zurück.

„Gut." Er strich über ihren feuchten Nacken. „Sehr gut." Dann beugte er sich vor, bis ihre Lippen nur noch wenige Millimeter voneinander entfernt waren. Sie spürte seinen warmen Atem, atmete seinen frischen Duft ein und hätte alles drum gegeben, ihn auch zu schmecken. „Kann ich dich haben?", flüsterte er.

Sie nickte unmerklich, denn ihrer Stimme traute sie eine Antwort nicht mehr zu. „Wenn ich dafür dich bekomme."

Jetzt endlich berührte er sie so, wie sie es sich seit dem Tag in der Kirche ausgemalt hatte. Seine Lippen glitten sanft über ihre Schläfe zu den Wangenknochen. Sie schloss die Augen und hob das Kinn ein wenig, damit er auch ihren Hals erreichen konnte. Zärtlich knabberte er daran, bis sie sich nicht mehr beherrschen konnte, die Finger in seine Gürtelschlaufen hakte und ihn an sich zog. Als er stöhnte, vibrierte ihr ganzer Körper. „Bist du sicher?", fragte er.

„Es ist das, was ich in diesem Augenblick will."

Er zögerte. „Und das genügt dir?"

„Das musst du mir sagen." Sie öffnete leicht die Lippen und begann, mit der Zungenspitze seinen Hals zu erforschen, und er ließ es geduldig zu. Seine Haut schmeckte salzig, war herrlich warm und machte Appetit auf mehr. Melanie bebte vor Erregung, aber es war noch nicht genug. Es war noch nicht das, was seine Augen und sein Keuchen versprochen hatten. Deshalb wäre sie auch beinahe in Tränen ausgebrochen, als er sich ihr auf einmal entzog und dem Vergnügen ein Ende bereitete.

„Wieso hast du dieses Video gemacht?"

„Ich war sauer über deines."

„Ich wollte dich nicht wütend machen."

Er klang zerknirscht, aber das war ihr egal. „Dann hat das Band seinen Zweck verfehlt."

„Du sagst das, als wüsstest du, was ich damit bezweckt habe."

„Ist das so wichtig?"

„Zu dem Zeitpunkt war es das."

Er wirkte niedergeschlagen, aber auch das war ihr egal. „Und jetzt?"

„Jetzt will ich nicht darüber reden."

Alles, was sie wollte, war, ihn aus den Klamotten zu schälen. „Wie? Kannst du etwa beim Sex nicht reden?"

Es dauerte eine Weile, ehe er antwortete, und Melanies Frust erreichte unterdessen ungeahnte Tiefen. Einen Augenblick lang packte sie sogar die Panik. War sie zu weit gegangen? Sticheln war so viel einfacher als betteln, aber in diesem Moment, vor diesem Mann, war sie fast dazu bereit, auf die Knie zu gehen.

Mit dem Zeigefinger zog er eine Linie von ihrer Schläfe über die Wange und das Kinn bis zum runden Ausschnitt ihres Tops. „Willst du im Ernst, dass ich meinen Mund zum Reden benutze?"

Puh! „Eigentlich wäre es mir lieber, wenn du mir endlich zeigst, was du außerdem draufhast."

Ohne eine Miene zu verziehen, tastete Jacob nach dem Reißverschluss von Melanies Shorts. Melanie verriegelte rasch die Tür und betete, dass alle Gäste, die schwimmen wollten, sich bereits umgezogen hatten, denn Jacob kniete vor ihr nieder und blies seinen warmen Atem über ihre Bauchdecke. Die heiße Luft, die kühle Brise aus der Klimaanlage, die sengende Hitze seiner Finger, die über die Innenseite ihrer Schenkel streiften, das alles brachte sie zum Zittern. Langsam streifte er ihr die Hose ab, und seine Lippen folgten ihrem Weg.

Melanie drückte sich gegen das Türblatt, um zu verhindern, dass sie zu Boden sank. Jacob wiederholte sein Spiel jetzt mit dem Slip, und sie konnte sich kaum mehr beherrschen. Er hatte die Finger durch den Beinausschnitt geschoben und dabei ihre empfindlichste Stelle berührt. Jetzt presste er den Mund auf den Stoff. Das dünne Material schien unter seinem heißen Atem zu schmelzen. Feucht, wie es war, bot es ohnehin kein nennenswertes Hindernis mehr. Aber das war längst egal, denn mit einem Ruck riss Jacob das Seidenfähnchen herunter.

Melanie hätte gern die Augen aufgeschlagen, um in seinem Gesicht zu lesen und seine Gedanken zu erraten. Stattdessen spreizte sie die Schenkel und ließ den Kopf gegen die Tür sinken. Was sie mit den Händen anfangen sollte, wusste sie nicht recht. Vielleicht sollte sie Jacob helfen, aber sie stellte bald fest, dass das nicht nötig war.

Er hatte bereits die Stelle gefunden, an der sich Melanies Empfindungen konzentrierten, und begann, sie mit sanften, kreisenden Bewegungen zu massieren. Mit Mühe konnte sie einen Schrei so weit ersticken, dass er nur als unterdrücktes Wimmern zu hören war. Dann fühlte sie Jacobs Zunge. Unwillkürlich krallte sie die Finger in sein Haar. Was er mit ihr anstellte, war unglaublich. Sie fühlte nur noch ihn. Sie wollte dieses Gefühl noch länger auskosten.

Seit einer Ewigkeit hatte sie nichts Derartiges mehr erlebt. Sie befand sich in einem Rausch. Alle Kraft war aus ihrem Körper gewichen, ihr Verstand war wie blockiert. Das Einzige, was sie noch wusste, war, dass es Jacob war, dem sie dieses Glücksgefühl verdankte. Der Jacob, von dem sie nicht einmal mit Gewissheit sagen konnte, ob sie ihn überhaupt mochte, zeigte ihr Dinge, von denen sie nicht einmal geträumt hatte.

Er war unglaublich. Wie er sie streichelte und rieb, die Bewegungen seiner Finger mit der Zunge wiederholte, wie er sie liebkoste und zugleich langsam, aber unnachgiebig quälte, immer und immer wieder. Das alles war zu viel auf einmal, und plötzlich kam Melanie. Ein Schauer lief durch ihren Körper. Sie zitterte und bebte, und es wollte gar nicht mehr aufhören, denn Jacob wusste genau, wie er sie nach der ersten Welle in lang anhaltende, nicht enden wollende Erregung versetzen konnte.

Irgendwann war es dann doch vorbei, und Melanie wäre beinahe zu Boden gesunken. Sie hatte absolut keine Ahnung, was passiert war. Sie wusste nur, dass sie mehr wollte. Mehr von Jacob.

Da erhob sich Jacob und schmiegte sich an sie. Wieder schloss sie die Augen und stellte sich vor, sie läge unter ihm, nähme ihn in sich auf. Noch einmal fanden ihre Finger den Weg zum Bund seiner Shorts, aber diesmal wanderten sie tiefer. Ihr Herz klopfte erwartungsvoll. Zwar hatte sie gerade einen unglaublichen Höhepunkt erlebt, aber nach wie vor rauschte das Blut stürmisch durch ihre Adern.

Langsam schob sie die Finger in den weißen Calvin-Klein-Slip. Sie öffnete die Augen und sah Jacob an. Seine Augen glänzten, und sofort wurde ihr glühend heiß. Sie tastete sich weiter voran, und endlich spürte sie die seidig glatte Haut, die seine Härte umschloss. Jetzt ließ sie sich Zeit. Auf und nieder glitten ihre Finger, bis Jacob einen unterdrückten Fluch hören ließ, der ihr einen Schauer über den Rücken jagte. Er packte ihre Hände und zog sie weg. Dann grinste er, ganz der selbstbewusste Lausejunge, und sagte: „Jetzt bin ich an der Reihe."

6. KAPITEL

Jacob schwor sich, jeden einen Kopf kürzer zu machen, der auf die Idee kam, sie zu stören. Mit kaum verhohlener Ungeduld zog er Melanie hinter sich her. Das dauerte alles viel zu lange! Für Küsse und Vorspiel und Liebesgeflüster hatte er keinen Kopf. Dafür war später noch Zeit. Jetzt hatte er nur ein Ziel.

Er schlüpfte aus seiner Hose und den Boxershorts und ließ sich in einen weichen Polstersessel in der Ecke des Zimmers fallen. Melanie kletterte rittlings auf seinen Schoß und machte Anstalten, ihn in sich aufzunehmen. Er konnte sie gerade noch bremsen. „Halt!", rief er. „Gib mir meine Hose! Ich brauche ein Kondom."

Melanie angelte nach den Shorts. Ihre Wangen waren leicht gerötet. Ihre Unbedachtsamkeit war ihr vermutlich peinlich. Aber als er das Päckchen aufreißen wollte, schnappte sie es ihm weg. Gut, so hatte er die Hände frei, um ihr das Top über den Kopf zu ziehen und ihre Brüste zu streicheln. Er beugte sich vor und nahm eine der steil aufgerichteten Knospen zwischen die Lippen.

Melanie keuchte und schubste ihn weg. „Du lenkst mich ab."

„Nein, du mich." Er küsste die andere Spitze, und Melanie erschauerte vor Lust. „Ich liebe deine Brüste. Sie sind so weich, so zart."

„Ich dachte immer, je größer, desto besser."

Er grinste. „Die Größe spielt nur bei uns Männern eine Rolle."

„Behaupten die Männer."

„Alles Angabe. Es kommt doch nur drauf an, wie man das nutzt, was man hat." Er lehnte sich in die Polster zurück und sah zu, wie ihre schlanken Finger mit seiner Männlichkeit spielten. Es war die reinste Folter. Dann streifte sie ihm das Kondom über, aber sie schwieg. „Glaubst du mir etwa nicht?“, erkundigte er sich. Jetzt meinte er, die Andeutung eines Lächelns zu entdecken.

Mit einem Ruck erhob sie sich auf die Knie und nahm ihn fest in die Hand. „Doch, ich fürchte nur, dass wir, wenn du das da nur halb so gut nutzt wie deinen Mund, uns häufiger sehen werden, als wir dachten.“

„Wenn *du* damit leben kannst – *ich* habe kein Problem damit.“ Jetzt konnte er aber nicht länger warten. Er hob das Becken und drang tief in sie ein. Sie schrie leise auf. Er hielt inne. Melanie setzte sich auf die Fersen, atmete mehrmals kurz durch und stöhnte. Hatte er ihr wehgetan? So viel größer als der Durchschnitt war er doch gar nicht. Irgendetwas stimmte hier nicht. „Alles okay?“, fragte er.

Sie schloss die Augen, schüttelte heftig den Kopf und sagte: „Du weißt ja gar nicht, wie gut du dich anfühlst.“

Damit konnte er umgehen, er konnte es sogar nachvollziehen. Sein zufriedenes Lachen verwandelte sich aber rasch in ein Stöhnen. Sie hatte sich vorgebeugt und stützte die Hände auf seinen Schultern ab. Dadurch befand sich ihr Busen auf gleicher Höhe mit seinem Mund, also genau da, wo er hingehörte.

„Was lachst du?“, fragte sie.

„Ich genieße. Du hast ja keine Ahnung, wie scharf du bist. Ich bin bald zu nichts mehr zu gebrauchen, wenn du so weitermachst.“

„Damit?“ Sie hob den Körper etwas an, bis er ihr beinahe entglitt. Dann ließ sie sich langsam wieder sinken und wiederholte die Prozedur.

„Genau das“, stöhnte er. „Hör auf damit, Mel! Stopp!“ Sie

tat ihm den Gefallen. Er biss die Zähne zusammen, bis er glaubte, sein Kiefer müsste zerspringen. Schweiß strömte über seinen Rücken. „Du wirst mich umbringen."

„Ein angenehmer Tod, hoffe ich." Sie stützte sich hinter dem Körper ab, sodass Jacob, als er den Kopf senkte, sehen konnte, wie ihre Körper verschmolzen. Der Anblick brachte ihn schier um den Verstand. So tief wie möglich drang er in sie. Er wollte mehr, aber sie hatte ihn noch nicht lange genug zappeln lassen. Sie schob die Hände über ihren Bauch nach unten und begann, sich zu streicheln. Jacob starb einen ersten kleinen Tod, als ihre Finger seine Männlichkeit streiften. Einen zweiten, als sie sich vorbeugte und ihn ganz tief in sich aufnahm.

Jetzt gab es für ihn kein Halten mehr. Er packte sie bei den Handgelenken und drang rhythmisch in sie ein. Dabei sah er ihr fest in die Augen, selbst als er den Höhepunkt erreichte. Er musste es wissen, er musste es sehen!

Sie folgte ihm. Schwer atmend, mit verschleiertem Blick überließ sie sich ihren Gefühlen. Heftige Schauer überliefen sie.

Schließlich war es vorbei. Sie bebte, und er wurde langsamer. Dann zog er sich sanft aus ihr zurück und seufzte erschöpft und unglaublich zufrieden. Melanie war aufgestanden und sammelte ihre Kleidungsstücke ein, die über den ganzen Teppich verstreut waren. Sie zog sich an, ohne ihm einen Blick zu gönnen, und allmählich erwachte er aus seiner Trance. Hoffentlich bereute sie nicht, was sie gerade getan hatten. Er wollte, dass sie sich gut fühlte, vielleicht sogar mehr als das. Denn was ihn betraf, so war das noch lange nicht das Ende.

Er sprang auf und entsorgte das Kondom im Bad. Er kam gerade noch rechtzeitig zurück, um mitzubekommen, wie Melanie in die Schuhe schlüpfte. So wie er war, stürzte er auf sie zu, schlang einen Arm um ihren Hals und zwang sie, ihn anzusehen.

Ihre Augen waren geweitet und glänzten. Sie musterte ihn erschrocken. „Du machst mir Angst“, meinte sie, aber schon hatte er seine Lippen auf ihre gepresst. Erst küsste er sie nur zart, bald immer drängender. Aber diesmal löste sie sich aus der Umarmung und griff nach ihren Taschen. „Ich muss gehen.“

„Was? Wohin denn?“ Stirnrunzelnd bückte er sich nach seinen Sachen und zog sich an. „Du willst gehen? Einfach so?“

Sie wühlte in ihren Taschen nach dem Autoschlüssel und vermied es, ihn anzusehen. „Ich muss … nach Hause. Ich gehe jetzt.“

Er zog den Reißverschluss der Shorts zu, warf die Badehose in die Sporttasche und schlüpfte ins T-Shirt. Das gibt's doch nicht, schoss es ihm durch den Kopf. Nach allem, was wir gerade erlebt haben, kann sie doch nicht einfach verschwinden. Nicht nach *solchem* Sex, den sie, verflixt noch mal, genauso genossen hat wie ich. Er hatte keine Ahnung, was ihr durch den Kopf ging. Aber er würde sie nicht laufen lassen, ehe nicht klare Verhältnisse herrschten. Oder doch?

Sie war nämlich schon fast draußen und offenbar nicht zu einem Gespräch aufgelegt. Nicht ein einziges Mal hatte sie zurückgeblickt. Auch gut, dachte er missmutig. Er schloss den Reißverschluss seiner Tasche, schlüpfte in die Sandalen und folgte ihr.

Jacob scherte aus der Parklücke aus und ordnete sich hinter Melanies schwarz glänzendem Coupé ein. Er konnte nicht zulassen, dass sie so tat, als sei nichts geschehen. Schließlich hatte auch er seinen Stolz – und seltsamerweise ein ganz persönliches Interesse an Melanie. Und er hatte den festen Vorsatz, sie über seine Absichten zu informieren, vorausgesetzt, er verlor sie unterwegs nicht. Das alles musste passieren, bevor sie eine ihrer Freundinnen anrufen konnte, um mit ihr die Größe seines besten Stücks – oder was Frauen sonst zum Thema Männer und Sex einfiel – zu diskutieren.

Trotzdem, so ganz begriff er selbst nicht, warum er sie verfolgte und warum es ihm so wichtig war, die Dinge richtigzustellen. Wahrscheinlich blanker Eigennutz, denn diese Frau würden weder sein Kopf noch der Rest seines Körpers so schnell vergessen. Und dann war da natürlich noch sein Selbstwertgefühl.

Der Gedanke, sie nicht befriedigt oder sogar enttäuscht zu haben, gefiel ihm gar nicht. Aber, bei aller Bescheidenheit, das war unmöglich! Immerhin war sie in den zehn, fünfzehn Minuten im Schlafzimmer zweimal gekommen. Wenn sie aber auf ihre Kosten gekommen war, und nicht zu knapp, warum war sie dann so plötzlich abgerauscht? Er hatte weder ihren Hund getreten noch die Barthaare ihrer Katze angekokelt.

Er sollte es gut sein lassen. Schließlich suchte er keine feste Beziehung. Klar, es war ein netter Zeitvertreib. Abgesehen davon hatte er genug Zeit mit Melanie verbracht, um zu spüren, dass es zwischen ihnen knisterte. Alles Übrige war unvermeidlich gewesen, nur Ort und Zeit hätten besser gewählt sein können. Doch bald schon würde er wegziehen, nach New York vielleicht oder nach L.A. Zu glauben, dass man eine Beziehung haben *und* Karriere machen konnte – so naiv war er nie gewesen.

Er fluchte leise, als er über ein frisch geteertes Schlagloch holperte. Nicht eine Sekunde hatte er gezögert, ehe er ihr Video synchronisiert hatte. Melanie kannte ihren Körper, sie wusste, was sie wollte und was ihm gefiel. Mit seiner Überarbeitung wollte er ihr das nur bestätigen. Er hatte ihr erklärt, dass er eher der visuelle Typ war, und prompt hatte sie ihm ein Schauspiel geboten. Sie war kreativ, innovativ, spektakulär. Nicht der Typ, der wegen eines falschen Schrittes in Panik gerät. Und was sie getan hatten, war nicht falsch.

Durch enge Gassen kurvten sie nach Midtown. Als Melanie bei Gelb über die Kreuzung raste und Jacob dadurch zwang, bei Rot durchzufahren, schimpfte er laut. Rastet sie jetzt total aus, nur weil sie ihre hoch geschätzte Kontrolle verloren hat?, fragte er sich. Wann denn sonst, wenn nicht beim Sex? Eine intelligente Frau wie sie sollte eigentlich wissen, dass ihre unverhüllte Leidenschaft jeden Mann glücklich gemacht hätte. Wahrscheinlich wusste sie es auch, wollte es aber nicht wahrhaben. Worauf hatte er sich da bloß eingelassen?

Er passierte das Tor zu der Wohnanlage, in der sie lebte, und parkte den Geländewagen genau neben ihrem Auto. Sie warf ihm einen kurzen Blick zu, den er nicht richtig zu deuten wusste, und schlug dann den schattigen Weg ein, der zwischen den Wohneinheiten hindurchführte. Es blieb ihm nichts anderes übrig, als ihr zu folgen und zu hoffen, dass sie ihn nicht wegen Belästigung, unerlaubten Betretens oder einfach weil er ihr auf die Nerven ging, festnehmen ließ.

Erst vor der Eingangstür unter einem von Efeu überrankten Torbogen fiel ihm auf, wie mitgenommen sie wirkte. Als sie versuchte, den Schlüssel ins Schloss zu stecken, zitterte ihre Hand so heftig, dass sie ihn beinahe fallen ließ. Plötzlich fühlte Jacob sich wirklich mies.

Ohne ihn anzusehen, streckte sie ihm den Schlüssel entgegen. Er öffnete damit die Tür. Sie ging hinein und hielt die Hand auf. Aber er hatte den Schlüsselbund bereits auf einen Tisch in der Nähe geworfen. Die Taschen glitten von ihrer Schulter. Sie ließ sie fallen und schob sie mit dem Fuß unter den Tisch. Dann, noch bevor sie auch nur einen Schritt weitergehen konnte, nahm Jacob sie bei der Hand und führte sie ins Wohnzimmer. Diese Lektion hatte er gelernt. Noch einmal würde sie ihm nicht ausbüxen. Diesmal würde alles so laufen, wie es sich gehörte.

Sie deutete zum rückwärtigen Teil der Wohnung. „Das Schlafzimmer liegt da hinten."

„Werd ich mir merken." Er schlang die Arme um sie und zog sie heran. „Fürs Erste tut's das aber." Er senkte den Kopf, um den Kuss, den sie vorhin begonnen hatten, zu beenden. Aber da hatte er nicht mit Melanie gerechnet. Im letzten Augenblick drehte sie den Kopf zur Seite, sodass seine Lippen nur ihre Wange streiften. Na schön, dachte er und ließ seinen Mund da, wo er sich befand. Allerdings legte er die Hände an ihren Po und drückte sie noch fester an sich. Aber das passte ihr auch nicht, verflixt noch mal! Mit beiden Fäusten stemmte sie ihn von sich weg. Nur mit Mühe verkniff er sich einen bissigen Kommentar. „Was hast du denn?", erkundigte er sich stattdessen. „Unter der Gürtellinie darf ich dich küssen, darüber aber nicht?"

„Du brauchst dich nicht so ins Zeug zu legen, nur um mich rumzukriegen." Sie packte den Saum ihres weißen Tops, riss es sich mit einer Bewegung vom Leib und hakte den BH auf. „Netter Versuch, aber völlig unnötig." Schon hatte sie ihm auch sein T-Shirt ausgezogen. Nur die BH-Körbchen, die zwischen ihnen herabbaumelten, verhinderten, dass sie Körperkontakt hatten. „Ich könnte mir vorstellen, dass du gleich zur Sache kommen möchtest."

Jacobs Mundwinkel zuckten. Die Frau hat einen Komplex, der ist so groß wie King Kongs haariger Hintern, dachte er. Sollte er lachen oder die Beine in die Hand nehmen? Allmählich fragte er sich, ob er nicht nur seine Zeit vergeudete, wenn er versuchte, ihr zu zeigen, wie man sich amüsiert. Womöglich verstieß sie damit gegen irgendeine persönliche Regel.

Bei seinem Pech gehörte sie zu denen, die sich vor lauter Arbeitswut jede Art von Spaß verkneifen – im Bett wie außerhalb.

Aber das war unwahrscheinlich, besonders nach dem, was er in den letzten Stunden erlebt hatte. Nein, wenn er die Samthandschuhe auspackte und Blümchen und Pralinen auffuhr, würde sich die Sache lohnen, dessen war er sich ganz sicher.

„Ob du's glaubst oder nicht, aber das Vorspiel ist kein Vorrecht der Frauen", meinte er.

„Habe ich das behauptet?"

„Nein." Er gab ihr einen kleinen Stups. „Aber Taten sind oft deutlicher als Worte, Baby." Sie schnitt eine Grimasse. Er grinste nur und schob die Finger hinten in den Bund ihrer Shorts. Als sie reagierte, schloss er beide Hände um ihre sanft gerundeten Pobacken. Auf einmal begann sie, am ganzen Körper zu zittern. „Kalt?", erkundigte er sich.

„Quatsch, ich glühe!"

„Dann bist du ja schon auf dem besten Wege dahin, wo ich dich haben will."

„Leere Versprechungen."

„Glaubst du, ich krieg dich nicht so weit?"

„Nun, du könntest es natürlich", erwiderte sie in diesem rotzigen Ton, den er so unausstehlich fand. „Ich bin nur nicht sicher, ob du dich so ins Zeug legen willst."

„Oh, dafür muss ich mich nicht ins Zeug legen."

Sie warf ihm einen argwöhnischen Blick zu. „Du bist ganz schön überzeugt von dir."

Er schüttelte den Kopf. Das war leicht. „Von *dir.* Wie du dich vielleicht erinnerst, warst du vorhin im Gästezimmer nicht allein. Im Gegensatz zu damals, als du deinen kleinen Strip hingelegt hast."

Sie wurde verlegen. „Na ja, im Eifer des Gefechts …"

„Ach so? Willst du damit andeuten, *du* könntest nicht noch mal …?"

„Unsinn! Ich habe nichts dergleichen gesagt!"

„Also glaubst du, dass *ich* nicht noch mal kann?“

Sie zuckte mit den Schultern und schlug die Augen nieder. „Ich verstehe nur nicht, warum du das willst.“

„Warum ich mit dir schlafen will?“, wiederholte er, nachdem er sich von seiner Überraschung erholt hatte.

Sie verdrehte die Augen. „Nein, das weiß ich, das haben wir ja gerade hinter uns. Du kamst, sahst, siegtest und so weiter.“

„Moment!“ Was war denn mit ihr los? Jacob hob ihr Kinn an. Er musste ihre Augen sehen, um zu erkennen, was sie dachte. „Denkst du etwa, bloß weil ich einmal mit dir geschlafen habe, will ich dich nicht wieder?“

„Soll vorkommen. Öfter als man denkt, leider“, meinte sie kraftlos. Aber dann siegte ihre Aufrichtigkeit, und sie fügte leise hinzu. „Aber ich hoffe, zu denen gehörst du nicht.“

Unglaublich, dass das ganze Geschlecht dafür büßen musste, nur weil manche Kerle die Frauen ausnutzten. Jacob wählte die nächsten Worte sorgfältig. Es war ihm zwar daran gelegen, ihr zu vermitteln, wie sexy sie war, aber zu tief wollte er sich nicht verstricken. „Pass auf, Melanie: Ich will dich, und zwar wilder, als du es dir jemals erträumt hast. Aber ein klammheimlicher Quickie pro Tag reicht mir. Dieses Mal lassen wir uns Zeit und betrachten es mehr als Abenteuer.“

Beinahe hätte er es sich aber noch anders überlegt. Aus ihren Augen leuchteten ihm so viel Hoffnung, Unsicherheit und Leidenschaft entgegen, Gefühle, die einem Mann leicht zum Verhängnis werden konnten. Wenn nicht klipp und klar festgestanden hätte, dass es ihnen beiden nur um körperliche Erfüllung ging, hätte er sich ernsthaft Sorgen gemacht. So aber hakte er, auch wenn es ihm wahnsinnig gegen den Strich ging, den BH wieder zu, hob das Top auf und streifte es ihr über die glatte Haut, die ihn so rasend machte. Sein eigenes Shirt war ihm egal. Mehr als alles andere lag ihm daran, Melanie in aller

Ruhe und auf seine Art auszuziehen.

„Gut." Er fasste sie bei den Händen und trat einen Schritt zurück. „Jetzt möchte ich die Stange sehen."

Zunächst machte sie große Augen. Als ihr dann dämmerte, was er wollte, färbten sich ihre Wangen pfirsichrosa. „Warum? Ich trainiere täglich daran, aber du brauchst dir nicht einzubilden, ich würde irgendwelche Stripper-Fantasien ausleben."

„Tu ich aber." Es erfüllte Jacob mit großer Genugtuung, einmal das letzte Wort zu behalten. Er führte sie durch den Korridor, an einem unbeleuchteten Bad und einem Schlafzimmer vorbei, das genauso schwarz-weiß und kahl war wie ihr Büro. Wenigstens bleibt sie ihrem Stil treu, überlegte er, aber zum Geburtstag schenke ich ihr einen Eimer leuchtendes Orange. Er runzelte die Stirn. Warum machte er sich auf einmal Gedanken über ein Geburtstagsgeschenk für sie? Irritiert schob er den Gedanken beiseite. Sie hatten den letzten Raum erreicht, den mit der Stange.

Mit einer Handbewegung forderte Melanie ihn auf, alles unter die Lupe zu nehmen. Aber er war ja nicht gekommen, um sich umzusehen. Er wollte unterhalten werden, die Show vom Band als Live-Act erleben, beobachten, wie die nüchterne Miss Craine ihre Gefühle auslebte. Also setzte er sich an den Schreibtisch und fuhr den PC hoch.

„Was, bitte, soll das werden?" Melanie, die in der Tür stand, hatte die Arme verschränkt. Richtig herablassend wirkte sie, als würde die Welt untergehen, wenn sie sich gehen ließ.

„Ich suche deine Musikdateien."

„Warum?"

In einem Ordner namens „My Music", entdeckte er die MP3s und eine Datei, die unter „dance.m3u" abgespeichert war. Die öffnete er. Dann drehte er sich herum und musterte sie von Kopf bis Fuß. „Weil – ich will dich tanzen sehen."

Zuerst dachte er, sie würde sauer reagieren und einfach verschwinden. Sie rümpfte nämlich die Nase und funkelte ihn durch die untere Hälfte der Brillengläser an. Warum schaffte sie sich keine Kontaktlinsen an? Nicht, dass es ihn störte. Irgendwie gefiel es ihm, wie sie sich hinter dem schwarzen Brillengestell versteckte. Wovor wohl?

Endlich fällte sie eine Entscheidung. Sie stellte sich in die Mitte des Raumes, hielt sich an der Stange fest und schlang ein Bein darum. Sie blickte ihn durchdringend an und schüttelte ganz langsam und herausfordernd den Kopf. „Ich habe bereits für dich getanzt und werde das nicht wiederholen. Aber“, fügte sie hinzu und ließ die Hüften im Takt der Bässe schwingen, „ich würde mit dir tanzen, wenn du magst.“

Den Vorschlag musste er erst einmal überdenken. Beobachten konnte er sie dann nicht mehr, aber er würde sie fühlen, jede Bewegung, jede Drehung, jeden Schwung. Ihre Beine, wenn sie ihn damit umschlang, ihre Hüften, wenn sie sie an ihn presste, ihre Brüste, die sie ihm entgegenrecken würde, die zarte Haut, die er so gern streichelte und küsste. Fast spürte er schon ihren Geschmack. Doch, der Vorschlag hatte was.

Er stand auf. Melanie lehnte ganz ruhig an der Stange, nur aus ihren Augen blitzte der Schalk, den er so liebte. Plötzlich wurde Jacob von einem Verlangen gepackt, dessen Heftigkeit ihn überraschte. Es fehlte nicht viel, und er hätte sich in einen Neandertaler verwandelt und sie kurzerhand in seine Höhle geschleift.

Er stellte sich ihr gegenüber an die Stange und hielt sich mit beiden Händen weit über Kopfhöhe daran fest. Reglos beobachtete er, wie ihre Hüften anfingen, nach rechts und links zu schwingen, wie sie das Becken erst auf der einen, dann auf der anderen Seite in seine Richtung kippte, ohne ihn je zu berühren. Dann legte die Musik einen Zahn zu, und Melanie tat das

Gleiche. Mit den Fingernägeln streifte sie von den Achseln abwärts über seine Arme.

Jacob musste fest an sich halten, um sie nicht auf der Stelle auf den Boden zu werfen und über sie herzufallen. Bis sie sich an seinen Hosenbund vorgearbeitet hatte, stand Jacob der Schweiß auf der Stirn – und das schien ihr zu gefallen. Mit aller Kraft biss er die Zähne zusammen. Er hätte nicht sagen können, was zuerst nachgeben würde – sein Kiefer oder sein bestes Stück.

Unterdessen öffnete Melanie mit viel Geschick den Reißverschluss, ohne Jacob so zu berühren, wie er es sich wünschte. Im Gegenteil, sie hatte noch süßere Qualen auf Lager. Denn nun, nachdem sie ihm Hose und Slip abgestreift hatte und er derjenige war, der splitternackt dastand, während sie völlig bekleidet war, hatte sie wieder die Zügel in der Hand. Er dagegen war nur noch einen kleinen Schritt davon entfernt, völlig die Beherrschung zu verlieren.

Der gute Vorsatz, sich Zeit zu lassen und alles richtig zu machen, war vergessen. Besonders weil Melanie sich mittlerweile zwischen ihn und die Stange geschlängelt hatte und sich aus den Shorts schälte. Der Strip auf dem Video konnte sich mit der Live-Version nicht vergleichen lassen. Melanies Haar kitzelte auf Jacobs Brust, und ihr Parfüm berauschte ihn, die Musik in seinen Ohren sang von Sex. Doch obwohl sie so nahe war und sein Verlangen wuchs und wuchs, wartete er.

Erst als sie sich vorbeugte, war es um ihn geschehen. Sie hielt sich an der Stange fest und rieb ihren süßen, knackigen Po an ihm, auf und ab und hin und her – eine Einladung, der selbst ein Heiliger nicht widerstanden hätte. Hastig entledigte sich Jacob seiner Sandalen und der Kleidungsstücke, die um seine Knöchel schlenkerten, und fischte ein Kondom aus der Hosentasche.

Er richtete sich auf, schob die Hände unter Melanies Top und begann, ihre Brüste zu streicheln, bis sie vor Lust stöhnte. Dann hielt er es nicht länger aus. Seine Hände schlossen sich um ihren Po, und er drang von hinten in sie ein.

Sie kam ihm entgegen, und er glaubte schon, es sei um ihn geschehen. Doch sie schien die Sache viel zu sehr zu genießen, also biss er die Zähne zusammen und hielt die Luft an, wild entschlossen, sich auf ihr Vergnügen zu konzentrieren. Diese edle Gesinnung währte allerdings höchstens fünf Sekunden. Wie sollte ein Mensch das auch aushalten? Melanies warmer, williger Körper, die Art, wie sie sich an die Stange klammerte, die rhythmischen Bewegungen ihrer Hüften …

Plötzlich stieß sie einen Schrei aus, nahm ihn noch einmal in sich auf, tiefer, als er es für möglich gehalten hatte, und … kam. Diese Frau war einfach unglaublich. Und Jacob gab ihr alles, was er zu geben hatte.

Erschöpft und zufrieden ließ er sich mit ihr zu Boden sinken. Er hielt sie fest umschlungen, ihre Körper waren immer noch miteinander verschmolzen. Loslassen konnte er nicht. Noch nicht. Lange hielt er sie so auf seinem Schoß, und keiner sagte ein Wort. Was geschehen war, bedurfte keiner Erklärung, es war zu bedeutend – oder zu geheimnisvoll –, um es in Worte zu fassen. Worte, Jacobs schlimmste Feinde. Nein, daran würde er sich nicht einmal versuchen.

7. KAPITEL

Melanie schaufelte noch eine Gabel voll Hühnchen mit Zitronengras in den Mund, ohne mehr als einen flüchtigen Gedanken daran zu verschwenden, was die übrigen Gäste von ihren Tischmanieren halten mochten. Sie hatte einen Bärenhunger, und die einzige Person in Mai's Restaurant, der sie noch einmal begegnen würde, kannte ihren wenig damenhaften Appetit nur zu genau. Außerdem schlang Jacob seine Mahlzeit mit der gleichen Geschwindigkeit hinunter. Wenigstens hatte er das getan, als sie zum letzten Mal von ihrem Teller aufgesehen hatte. Sie blickte wieder auf. Jetzt saß er nur da und beobachtete sie.

„Was guckst du?“, fragte sie.

Er hatte die Arme auf die Tischplatte gelegt und zielte mit der Gabel in ihre Richtung. „Ich finde es richtig geil, dir beim Essen zuzusehen.“

„Was soll daran geil sein? Gabel zum Mund, waschen, spülen und alles wieder von vorn – so wie bei jedem anderen auch.“

„Nicht ganz.“ Jacob sah sich unverhohlen in dem Restaurant um. „Du bist die Einzige, die mit so viel Genuss isst.“

Sie schluckte den Happen, an dem sie gerade kaute, legte die Gabel sorgfältig an den Tellerrand und versuchte, sich darüber klar zu werden, ob er sie aus einem bestimmten Grund neckte oder weil es einfach seiner Art entsprach. Aber lief das nicht auf ein und dasselbe hinaus? Hastig tupfte sie sich mit der Serviette den Mund ab, um ein Lächeln zu verbergen. „Das verdanke ich nur dir.“

Er strahlte lüstern. „Danke, das will ich nicht abstreiten.“

„Solltest du auch nicht. Deinetwegen sind mir Chloes Burger durch die Lappen gegangen“, erklärte sie und amüsierte sich königlich über seinen betroffenen Blick.

„Pfeif auf die Burger", meinte er verächtlich. „Okay, ich übernehme die volle Verantwortung dafür. Andererseits hattest du es auch furchtbar eilig, nach Hause zu kommen und mir deine Stange zu zeigen."

Hätte Melanie jetzt getrunken, hätte sie sich sicherlich verschluckt. So aber verbarg sie das Gesicht in der Serviette und tarnte ihr Gelächter als Hustenanfall. „Schuld ist doch nur deine ... Stange." Sie stockte, überlegte, wie viel sie sagen konnte, und preschte dann mutig vor. „Ich fürchte, ich werde nie mehr trainieren können, ohne ..."

„... an mich zu denken?"

Zu diesem Geständnis war sie noch nicht bereit – weder ihm noch sich selbst gegenüber. „An Sex", verbesserte sie und stocherte auf dem Teller herum.

„Fein. Das heißt, ich mache meinen Job gut."

Die Gabel stoppte mitten in der Bewegung. „Und der wäre?"

Jacob kaute einen Bissen Frühlingsrolle und spülte ihn mit einem Schluck grünen Tee hinunter. „Dein Leben ein bisschen aufzupeppen. Du solltest öfter an Sex denken. Von nun an wirst du das."

„Spricht da der Fachmann? Woher willst du wissen, wie oft ich an Sex denke?"

Jacob linste in die Teekanne und winkte den Kellner herbei, um sie wieder auffüllen zu lassen. „Ein guter Kameramann sieht eben Dinge, die nicht jeder sieht."

Ein ähnliches Gespräch hatten sie damals in der Kirche geführt. Bis heute faszinierte Melanie dieser kurze Einblick in Jacobs Inneres. „Dann erklär mir doch bitte, was genau dich zu dieser Vermutung bringt."

Jacob wartete, bis der Kellner gegangen war. „Schau dich doch an! Du bist viel zu ernst. Alles an dir ist schwarz-weiß – deine Kleidung, dein Büro, Wohnung, Auto, Brille, sogar dein Strip."

„Der Strip?“ Melanie zupfte an ihrer schwarzen Leinenhose und überlegte, wie der Striptease in seine Farbanalyse hineinspielte.

Jacob dagegen konzentrierte sich ganz darauf, den Teebeutel in die Kanne zu tunken. Allem Anschein nach versuchte er, Ordnung in seine Gedanken zu bringen. Dann legte er den Deckel auf die Kanne und sah sie mit diesem faszinierenden, schwarz funkelnden Blick an. „So sexy der Tanz auch war – und das war er, glaub mir –, es war doch nur ein Schatten, flach und grau. Als wolltest du verheimlichen, wie feurig rot du in Wirklichkeit bist.“

Wenn er sie weiter so anstarrte, würde sie ihren kompletten Kleiderschrank ausräumen müssen. „Das nächste Video wird koloriert, versprochen.“

„Unsinn. Versuch einfach, lockerer zu werden. Trag Rot!“ Verschwörerisch lehnte er sich über den Tisch. „Du wirst sehen, was das ausmacht. Es ist wie mit sexy Dessous. Es muss ja keiner wissen, warum du deine Garderobe aufpeppst, Hauptsache, du weißt es.“

„… und denke dabei an Sex.“

„Sicher.“ Er zuckte die Achseln. „Wenn du es oft genug machst, funktioniert es wie ein pawlowscher Reiz.“

„Im Klartext heißt das, dass du mich nicht für sexy hältst, weil ich schlichtes, unkompliziertes Design bevorzuge, anstatt ausgefallene Accessoires und nuttige, rote Pumps zu tragen.“

„Ja … nein! Das wollte ich natürlich nicht sagen!“ Er fuhr sich verzweifelt durchs Haar. „Darum geht’s doch gar nicht. Du bist scharf wie Pfeffer. Es geht um das Bild, das du dir von dir selber machst. Warum willst du nicht zugeben, wie scharf du bist?“

Verstimmt pfefferte sie die Serviette auf den Teller und verschränkte die Arme. „Du bist gerade dabei, dir dein eigenes Grab zu schaufeln.“

„War mir schon klar.“ Er seufzte. „Schau, am Tag der Hochzeit, als ich dich zum ersten Mal sah, da trugst du Gelb, einen zarten, weichen, marshmallowsüßen Pastellton.“

„Ah ja!“ Sie musterte ihn skeptisch.

„Geduld!“ Er nahm Messer und Gabel auf, als würde die Bewegung den Denkprozess beschleunigen, und senkte die Stimme. „Du warst so sexy! Du ahnst nicht, wie schwer es mir gefallen ist, dich nicht in den Aufnahmewagen zu schleppen, dir das gelbe Zeug vom Leib zu reißen und dich zu vernaschen.“

„So.“ Melanies Stimme zitterte ein kleines bisschen. Dass er so scharf auf sie gewesen war, erregte sie maßlos, und überrascht stellte sie fest, wie verführerisch sie die Vorstellung fand, von ihm vernascht zu werden. „Marshmallowsüßes Pastellgelb macht dich an, ja?“

„Quatsch! *Du* machst mich an, egal ob du Gelb, Schwarz, Kaki oder Weiß trägst.“ Er ließ das Besteck fallen und fixierte sie. Nervös schob sie die Brille hoch. Er deutete die Geste sofort richtig. „Das Video, das ich für dich zusammengeschnitten habe, war ein Schuss, der nach hinten losging.“

„Ich verstehe nicht.“

Er rieb sich übers Gesicht und warf ihr dann einen ratlosen Blick zu. „Ich wollte dir damit beweisen, wie völlig daneben es war, mir zu erklären, wie ich meinen Job machen soll. Stattdessen musste ich dauernd daran denken, wie sexy du bist.“

Melanie war entzückt, aber sie zwang sich, verächtlich zu schnauben. „Fehlt nur noch das Klischee von wegen: ‚Du bist so schön, wenn du dich aufregst‘.“

„*Schön* ist noch viel zu milde ausgedrückt. Du warst … atemberaubend.“ Als sie erstarrte, zuckte er nur die Achseln. „Ich vergaß: Du kannst ja nicht sehen, was ich im Sucher meiner Kamera entdecke.“

Endlich! Wieder hatte sie einen kurzen Blick in Jacobs Innenleben erhascht. Atemberaubend fand er sie. Dieses Geständnis ging ihr durch und durch. „Ist es nicht grundsätzlich so, dass Männer eher visuell veranlagt sind als Frauen?"

Auf einmal wirkte er völlig erschöpft. „Ich hätte dieses Video besser auch synchronisiert."

Das war zwar keine Entschuldigung, konnte aber als annehmbare Erklärung durchgehen. „Dann wäre es mir sicher nicht so sauer aufgestoßen."

„Schon, aber dann wäre mir dein Rache-Strip durch die Lappen gegangen." Er lachte.

„Und wir säßen jetzt nicht hier."

Er neigte den Kopf. „Wer weiß?"

Sie wurde hellhörig, und ihr Puls beschleunigte sich. „Wie?"

Sein Mund zuckte auf eine Art, die in ihr den dringenden Wunsch erweckte, ihn zu küssen. Mit ihm zu schlafen war eine Sache, aber küssen? Ein Kuss war etwas sehr Intimes, etwas, wofür es tiefere Gefühle brauchte als für harmlosen, unverbindlichen Sex. Gefühle, wie sie sie empfunden hatte, als sie vor knapp einer Stunde auf seinem Schoß gesessen hatte. Nie zuvor hatte sie sich so geliebt gefühlt wie vorhin, als sie nackt in seinen Armen auf dem harten Parkett gekauert hatte. Irgendwie verrückt, dass ausgerechnet Jacob Faulkner ihr die Zärtlichkeit zeigen konnte, die sie in früheren Beziehungen gesucht hatte.

„Melanie?"

Rasch verscheuchte sie diesen gefährlichen Gedanken. „Entschuldige, was hast du gesagt?"

„Ich habe gesagt, dass ich die Aufnahmen für die Doku Bild für Bild durchgegangen bin. Ich weiß, dass ich mir nichts vorlüge, wenn ich behaupte, dass ich dir gefalle."

Eingebildeter Kerl! „Na und? Du wirst auch schon mal in

den Spiegel geguckt haben. Wie Yoda aus Star Wars siehst du nicht gerade aus."

„Eher wie Han Solo, wie?"

„Äh, nein."

„Schade!"

Er schmollte auf so unwiderstehliche Art, dass sie weich wurde. „Gut, also wie Han Solo, selbstgefällig, lüstern, gerade richtig fürs Bett." Sie zuckte die Achseln. „In dem Punkt gebe ich dir recht: Irgendwann wären wir hier gelandet, Striptease hin oder her."

„*Hier* wie: hier im Restaurant? Oder *hier* im weiteren Sinn wie: zusammenkommen und nackt um deine Stange tanzen?"

Sie blinzelte verdutzt. Offenbar fiel es ihm genauso schwer wie ihr, zu definieren, was genau zwischen ihnen vorging.

„Versteh mich nicht falsch", meinte er, als sie nicht antwortete. „Ich beklage mich nicht. Aber ich würde gern mit dir ins Bett gehen, in ein richtiges Bett mit einer dicken Matratze und weichen Laken und Kissen. Weißt du, ich bin ein egoistischer, gieriger und absolut skrupelloser Mistkerl. Und du bist leidenschaftlich, hemmungslos, draufgängerisch und kreativ ..."

„... und du willst mit mir ins Bett."

„Und zwar nicht nur einmal."

„Eine Affäre, meinst du?"

„Sind wir nicht auf dem besten Weg dahin?"

„Vielleicht ..."

„Kein *Vielleicht!* Ja oder nein. War es nicht nett mit uns?"

Melanie zupfte einen Faden von ihrem kaffeebraunen ärmellosen Leinentop. „Nett würde ich das nicht unbedingt nennen."

„Dann eben nicht so nett. Aber dafür so unbeschreiblich, so scharf und so echt, dass nichts mehr sein wird wie früher. Wenn wir da weitermachen, wo wir aufgehört haben, wird uns diese Doku ewig in Erinnerung bleiben."

Melanies Herz hämmerte gegen ihre Rippen. Atemlos blickte sie in seine Augen, lauschte dem Klang seiner Stimme und liebte jede Sekunde davon. Noch nie hatte sie sich jemandem so nahe gefühlt, viel näher, als man sich durch Sex allein kam.

Auf einmal regierte nicht mehr der Verstand, den sie ihr Leben lang trainiert hatte, sondern der Körper. Was war bloß mit ihr los? Wer war dieser Fremde? Warum war sie so empfänglich für seinen lausbubenhaften Charme? Nun, wenigstens in einem Punkt hatte er recht: In ihre schwarz-weiße Welt würde sie nie mehr zurückkehren.

Er wollte da weitermachen, wo sie aufgehört hatten, behauptete er. Er sprach von einer Affäre. Und Melanie sagte das Einzige, was ihr einfiel: „Ja."

8. KAPITEL

Montagmorgen. Melanie saß am Schreibtisch im Büro. Sie konnte sich nicht erinnern, je einen kompletten Samstag in den Armen eines Mannes verbracht zu haben. Die kurze Unterbrechung für den Restaurantbesuch musste als lebensrettende Maßnahme gewertet werden, denn sie war kurz vor dem Verhungern gewesen.

Diese Atempause hatte gutgetan. Sie hatten sogar geredet, auch wenn es sich dabei hauptsächlich um Sex drehte. Man könnte meinen, das sei ihre einzige Gemeinsamkeit, aber sie war überzeugt, dass es mehr gab. Außerdem fühlte sie sich ein bisschen besser, seit Jacob zugegeben hatte, er finde sie sexy. Wenn es nur nicht hinterher so dumm gelaufen wäre.

Dabei war sie so stolz darauf, in jeder Lage ruhig, professionell und kompetent zu handeln. Das war nun mal ihre Art, es war die Melanie, die die Männer schätzen und bewundern sollten. Dass Jacob sich ein ganz anderes, verzerrtes Bild von ihr machte, war ziemlich dumm.

Im Bett hatte sie ihm dann auch noch genügend Beweise geliefert, die seinen ersten Eindruck bestätigten. Was, wenn er merkte, dass seine Traumstripperin gar nicht existierte? Er würde abhauen, so schnell er konnte. Das taten sie schließlich alle irgendwann.

Missmutig verdrängte Melanie die Gedanken an Jacob und machte sich mit Widerwillen daran, den Geschenkkatalog noch einmal zu studieren. Dass ihr der Job heute so gar keine Freude machte, erhöhte weder ihre Aussichten auf Erfolg, noch bestärkte es sie in der Überzeugung, die Affäre mit Jacob weiterführen zu können und gleichzeitig gute Arbeit zu leisten. Genau deshalb hatte sie sich ja nie binden wollen. Was hatte sie sich bloß dabei gedacht, auf sein unmoralisches

Angebot einzugehen?

Lautes Klopfen ließ sie hochschrecken. Unaufgefordert stürmte Chloe herein, pflanzte sich in einen Besuchersessel und funkelte Melanie wütend an. Die ahnte Böses und kam ihr hastig zuvor. „Sag nichts! Es tut mir leid, dass ich am Samstag gegangen bin, ohne mich zu verabschieden."

Chloe lächelte immer noch nicht. Ihre Augen, die sie in verschiedenen Schattierungen von Pink geschminkt hatte, blitzten zornig. Melanie seufzte. „Na gut, dann leg halt los. Aber tu mir einen Gefallen: Sag mir bitte genau, was du denkst. Ich bin es leid, dass immer nur um den heißen Brei herumgelabert wird. Es kann doch nicht so schwer sein, Klartext zu reden."

Jetzt wurde Chloe neugierig. „Klingt, als müsstest *du* dir dringend was von der Seele reden. Du bist ja noch schlimmer dran als ich."

Melanie schob die Brille hoch und rieb sich die Nasenwurzel. „Bin ich auch! Das reinste Nervenbündel, seit sechsunddreißig Stunden." Wobei sie erst von dem Tag an zählte, an dem sie Jacob ins Gästezimmer gefolgt war. „Dabei sollte ich doch ruhig und vernünftig und beherrscht sein."

„Wer sagt das?"

Melanie schnaubte wütend. „Ich! Seit über einer Woche leide ich unter Dauer-PMS. Dabei ist es noch gar nicht so weit. Aber ich schimpfe und meckere nur noch rum. Nur geheult hab ich noch nicht."

„Dann tu's doch", riet ihr Chloe.

„Niemals!" Melanie raufte sich mit beiden Händen die Haare. „Nur das trennt mich noch vom blanken Wahnsinn. Und weißt du, was das Schönste ist?" Sie hatte sich in Fahrt geredet. „Wäre ich auf der Party geblieben und hätte einen Hamburger gegessen und dir beim Aufräumen geholfen, wie ich es versprochen hatte, dann stünde ich jetzt nicht kurz vor dem Zusammenbruch."

Chloe riss die Augen auf. Erstaunt musterte sie Melanie. „Dass du dich zu früh abgeseilt hast, ist gar nicht der Grund, weswegen ich ein Hühnchen mit dir zu rupfen habe."

„Du bist nicht sauer, weil ich dir nicht beim Aufräumen geholfen habe?"

„Du hattest es versprochen, aber ..." Anklagend hob Chloe den Zeigefinger. „Aber du hättest mich wissen lassen können, dass du nicht allein gehst. So musste ich von Renata erfahren, dass du dich mit Jacob verdrückt hast."

„Das stimmt so nicht. Wir sind nur zur gleichen Zeit aufgebrochen."

„Und?"

„Und was?"

„Wie war er?"

„Was ist denn das für eine Frage?" Melanie merkte, wie ihr die Hitze in die Wangen stieg, obwohl sie versuchte, eine unbewegte Miene zu machen.

„Eine Frage, die die beste Freundin eigentlich nicht erst stellen muss. Also, raus damit, und zwar in allen Einzelheiten." Chloe zog einen Schmollmund. „Ich bin zwar keine Hellseherin, aber in Bezug auf Männer hat mich mein sechster Sinn noch nie im Stich gelassen."

Melanie seufzte. Vielleicht hatte Chloe recht. Es konnte nicht schaden, sich einer guten Freundin anzuvertrauen. Möglicherweise würde es den Druck, der auf ihr lastete und ihr Kopfschmerzen von ungeahnten Ausmaßen bereitete, ein wenig lindern. „Na schön. Also, im Bett ist er eine Wucht. Auf dem Sofa auch, genau wie im Stehen beziehungsweise auf einem Sessel. Aber das sagt noch gar nichts, oder?"

„Hast du sie noch alle?" Chloe fuchtelte wild mit den Armen. „Da findest du einen Kerl, der weiß, was er tut, im Bett und sonst wo, und dann redest du dir ein, das habe nichts zu bedeuten?“

„Ach, Chloe, du weißt genau, dass es im Leben nicht nur um Sex geht. Jacob ist ein begnadeter Liebhaber, aber mehr auch nicht. Er hat diese Einstellung – halb rechthaberisch, halb mir-doch-egal ...“

„Wenn dir nur an seinen Qualitäten als Liebhaber liegt, kann es dir schnuppe sein, ob er eine Pfeife ist oder nicht.“

„Ist es aber nicht. Außerdem ist er keine Pfeife. Aber es geht ja nicht darum, wer er ist, es geht um *mich.*“

„Steckst du in einer Identitätskrise?“

Melanie verdrehte die Augen. „Du hängst zu oft bei Renata rum. Nein, mein Problem besteht darin, dass ich auf seinen Körper abfahre. Punkt. Ende der Geschichte.“

„So, nur auf seinen Körper?“

„Na ja, und darauf, wie er mich ansieht.“ Sie brauchte nicht einmal die Augen zu schließen, um diese Glut heraufzubeschwören. „Dann sprühen seine Augen Funken, und ich will mir nur noch die Kleider vom Leib reißen.“

„Verstehe.“

Melanie setzte die Brille ab und rieb sich die Augen. Sie war so müde, dass ihr beim besten Willen nicht mehr einfallen wollte, was dagegen sprach, ihr Leben in Jacob Faulkners Bett zu verbringen. Sie wandte sich wieder an Chloe. „Warum fliege ich nicht auf seinen Verstand oder seinen Ehrgeiz?“ *Oder er auf meinen?* „Lust hält nicht ewig an.“

Chloe zuckte die Achseln. „Sagt wer?“

„Na gut, Eric und du, ihr beweist das Gegenteil.“ Aber obwohl Chloes Grinsen Zustimmung signalisierte, fragte sich Melanie, ob nicht die Gefühle, die die beiden füreinander hegten, ihre Leidenschaft schürten.

Dann verzog sie das Gesicht. Nein, sie wollte nicht in die Falle tappen, die so viele Beziehungen lähmte, und sich in einen Mann verlieben, nur weil sie mit ihm ins Bett ging.

Zwar lechzte sie nach nur einer halben Woche Zusammenarbeit und einem Wochenende voll Sex bereits nach mehr, was völlig untypisch für sie war. Trotzdem weigerte sie sich standhaft, dieser Pseudoaffäre irgendeine Bedeutung beizumessen. Gut, die Klamotten hatte sie für Jacob fallen lassen, aber die Mauer um ihr Herz würde er nicht zum Einsturz bringen.

Melanie hasste es, lange und spät zu Mittag zu essen. Doch die grünen Tomaten und der Cobb-Salad bei Frankie B waren jeden Bissen wert gewesen. Nicht nur, dass sie sich jetzt das Abendessen sparen konnte, sie hatte auch ein paar neue Ideen für gIZMO-gIRL gesammelt. Und das Beste war, dass sie sich auf diese Weise um das Interview in ihrem Büro gedrückt hatte. Sie war erst zurückgekehrt, als das Filmteam seine Zelte bereits abgebrochen hatte.

Vor dem Interview selbst graute ihr nicht. Nach fünf Jahren in dem Geschäft war sie Publicity gewöhnt. Leider würde das Gespräch mit der Moderatorin aber nicht unter vier Augen, sondern, wenn man den Kameramann mitrechnete, sozusagen als flotter Dreier stattfinden. Und sie war sich nicht darüber im Klaren, wie viel von ihrer wahren Persönlichkeit – dem bekleideten Teil, wie er außerhalb des Bettes existierte – sie auch Jacob enthüllen wollte.

Er konnte ihr noch so viel Vergnügen bereiten – und das tat er, keine Frage! –, dennoch sollte sie ihrer praktischen Natur folgen, anstatt sich von ihren Trieben beherrschen lassen. Egal wie viel Spaß Jacob in ihr Leben brachte, gIRL-gEAR und er, das ergab eine unvereinbare Mischung. Es war praktisch unmöglich, sich auf die Arbeit zu konzentrieren. So konnte es nicht weitergehen. Nicht, solange sie den Laden zusammenhalten musste, weil die Turteltäubchen rundherum die Zügel schleifen ließen.

Wie oft hatte Melanie nicht schon erwogen, mit Jacob Schluss zu machen. Mindestens genauso oft hatte sie sich für geisteskrank erklärt, weil sie freiwillig auf ein so unbelastetes und unverbindliches Vergnügen verzichten wollte. Einen Monat noch, dann war die Doku im Kasten.

Wäre doch gelacht, wenn sie ihren Ehrgeiz nicht für dreißig Tage zügeln und einmal nur für den Augenblick leben könnte. Aufs ganze Leben gesehen, waren diese dreißig Tage doch nur ein Klacks. Sobald Jacob verschwand, würde sie schon wieder zur Besinnung kommen. Sowieso arbeitete sie unter Zeitdruck am besten.

Sie grinste. Wenn Jacob sie jetzt hören könnte! Aber was ging ihn ihre Arbeitsmoral überhaupt an? Warum legte er so viel Wert darauf, ihr zu beweisen, wie viel Spaß sie verpasste? In punkto Sex konnte sie seine Argumentation ja nachvollziehen, aber seine Mission, ihr Leben aufzupeppen? Was sprang für ihn dabei heraus – abgesehen vom Offensichtlichen?

Vielleicht bedeutete ihm Macht ebenso viel wie Sex. Dann nämlich durfte er stolz auf sich sein. Schon wie sie hier herumhockte und sich nach ihm verzehrte wie eine liebeskranke Kuh … Sie musste den Kopf dringend wieder freibekommen fürs Geschäft.

Verstimmt rief sie ihre Mails auf und überflog sie auf Dringlichkeit. Von Sydney war eine dabei und … Moment mal! Eine Mail von jf@avatareproductions? Als eilig war die zwar nicht markiert, aber sie sprang trotzdem ins Auge. Weshalb sollte Jacob ihr eine Mail senden, wo sie Geschäftliches doch tagsüber im Büro und Privates nachts im Bett regelten? In ihrem Bett mit der neuen rot-goldenen Decke.

Unentschlossen fixierte sie den Bildschirm. Der Profi in ihr befahl ihr, die Ablenkung zu ignorieren, bis die dringenderen Angelegenheiten erledigt waren. Andererseits konnte sie kaum abwarten herauszufinden, was Jacob wollte. Wenn sie ihn wenigstens dafür hassen könnte! Immerhin war er schuld daran, dass sie sich nicht mehr konzentrieren konnte. Sie hatte lange und hart gearbeitet, um so weit zu kommen, und sollte gewieft genug sein, um nicht auf einen eingebildeten Lausejungen hereinzufallen, egal wie gut er im Bett war.

Das gab den Ausschlag! Nicht nur benahm sie sich wie eine liebeskranke Kuh, sie war ein unbelehrbares und unersättliches Rindvieh. Pawlow hatte gepfiffen – die Arbeit konnte warten. Sie klickte auf die Mail. Zwei Hyperlinks, mehr nicht.

Eine Zeit lang haderte sie mit sich, aber dann klickte sie den ersten Link an, der sie auf eine Website brachte, die die Aufnahme einer Webkamera zeigte. Verdutzt runzelte sie die Stirn. Der Ausschnitt kam ihr so bekannt vor. Das war ja … ihr Büro! Sie sah sich selbst, wie sie am Schreibtisch saß.

Sie wollte die Verbindung schon trennen, da fiel ihr der zweite Link ein. Nach ein paar Mausklicks befand sie sich in einem anderen, unbekannten Büro. Sie konnte sich schon denken, wem das gehörte beziehungsweise wer dort gelegentlich ein Nickerchen machte, wenn er nicht gerade erfolgreichen Jungunternehmerinnen mit der Kamera nachstellte.

Sie klickte sich zurück auf den ersten Link. Erschießen sollte man den Kerl, dachte sie, erstens wegen Spionage und zweitens weil er sich so fest in meinem Leben eingenistet hat, dass ich ihm noch nicht einmal böse sein kann, wenn er meine Privatsphäre verletzt. Was erwartet er denn? Und wo steckt eigentlich die Kamera?

Melanie studierte kurz das Bild. Dann wanderten ihre Augen suchend über das oberste Brett ihres Bücherregals. Und da war sie, unauffällig zwischen den Fernseher und die Kabel für den Satellitenanschluss geschmuggelt. Offenbar hatte er sich die Informationen zunutze gemacht, die das Filmteam bei einer Tour durch die Büros erhalten hatte, und das Gerät über die Standleitung der Firma ans Internet angeschlossen.

Aber anstatt hochzuklettern und die Kamera aus dem Regal zu reißen, klebte Melanie an ihrem Stuhl. In diesem seltsamen Duell, das sie eine Affäre nannten, war tatsächlich er am Zug. Wie weit er wohl gehen würde?

Das brachte sie auf eine Idee. Offenbar hatte Jacob vergessen, mit wem er es zu tun hatte. Vielleicht hatte er auch keine Ahnung. Eine Melanie Craine ließ sich nicht so leicht erobern, auch wenn er die gegenteilige Erfahrung gemacht hatte. Schließlich hatte sie nicht all die Jahre umsonst die Nase in Hardware gesteckt und die Gesellschaft von Computerfreaks gesucht anstatt die von Lausejungs.

Freitagmorgen. Jacob schleuderte die Aktentasche unter den Garderobenständer und ließ sich in seinen Schreibtischstuhl fallen. Mit beiden Händen fuhr er sich übers Gesicht. Er war hundemüde, total erledigt. Unbesiegbar war anscheinend nur sein Kopf. Der Körper zeigte massive Ausfallerscheinungen. Diese Nacht würde er im eigenen Bett verbringen, um ein wenig Schlaf nachzuholen.

Aber das würde bedeuten, dass er nicht bei Melanie schlafen konnte. Und er war nicht sicher, ob er nicht eher auf eine Nacht ohne Schlaf verzichten konnte als auf eine Nacht ohne Sex. Was waren denn schon ein paar Stunden? Es ging auf Ende August hin, nächsten Monat mussten die Dreharbeiten abgeschlossen sein. Danach würden sie sich vermutlich nicht mehr so häufig sehen, denn der Oktober war ziemlich ausgebucht mit Interviews und Fotoausstellungen in New York. Dann konnte er sein Schlafdefizit immer noch aufholen.

Diesen Vormittag wollte er nutzen, um den Bürokram zu erledigen, den er durch die Arbeit bei gIRL-gEAR vernachlässigt hatte. Er musste Schreibarbeit verrichten, Anrufe erwidern und gleichzeitig ein paar Kollegen aus dem Weg gehen, die ihm die Hölle heißmachen würden, sobald sie ihn zu fassen kriegten.

Wegen Melanie hatte er letzte Woche ein paar Baseballspiele geschwänzt, die er mit seinen Kumpels hatte besuchen wollen. Dafür konnte er sich jetzt von Asa und Harry auf einiges gefasst machen.

Er loggte sich ins Netz von Avatare ein und fuhr den Laptop hoch. Es war sein erster und einziger Tag im Büro in dieser Woche, daher musste er zuallererst die eingegangenen Mails durchsehen. Das Interview mit Melanie, das für gestern auf dem Drehplan gestanden hatte, war abgesagt worden, und Ann Russell war schon am Abend fürs Wochenende nach L.A. geflogen. Jacob hatte also eigentlich bis Montag frei. Heute Morgen war er dann auch liegen geblieben, bis Melanie aufbrach, aber schließlich hatte er sich doch aufgerafft und war zur Arbeit gegangen, ehe sie ihn wieder einen Faulpelz nennen konnte. Morgen war ja Samstag.

Faul war er nämlich nicht. Er verdiente genug, um sich seine Wünsche zu erfüllen, und hatte es so weit gebracht, ohne sich unterwegs ein Magengeschwür zugelegt zu haben. Wie Melanies Körper mit dem Stress klarkam? Sie interessierte sich für ganz andere Dinge als die meisten Frauen, die Jacob kannte, und dachte in vielen Dingen fast wie ein Kerl.

Dass Sex in ihrer Beziehung eine große Rolle spielte, machte ihn zu einem sehr glücklichen und zufriedenen Mann. So glücklich, dass er sich schon bei dem Gedanken an eine dauerhafte Beziehung ertappt hatte. Was natürlich Quatsch war. So weit würde es *nie* kommen.

Das akustische Signal, das das Ende des Downloads ankündigte, holte Jacob in die Gegenwart zurück. Er hatte sich dieselben Links zu den Webcams geschickt wie Melanie. Ob sie die Kamera bereits aus der Verankerung gerissen hatte oder den Spaß mitmachen würde? Er klickte den Link zu ihrem Büro an und ging, während die Seite geladen wurde, zum Posteingang zurück.

Wow! Eine Antwort von einer der New Yorker Firmen, bei denen er sich beworben hatte. Aber ehe er mehr als das Wort *Interesse* entziffert hatte, klopfte es an die Tür, und Asa Brennan und Harry Schott stürmten herein. Jacob ließ die Mail rasch verschwinden. „Hey, man wartet gewöhnlich, bis man hereingebeten wird!"

Ohne Jacob zu beachten, ließen sich die beiden in die Besuchersessel plumpsen. Asa lehnte sich zurück und verschränkte die Arme im Nacken. „Komisch, Harry", meinte er. „Es sieht aus wie Faulkner. Es", er schnüffelte, „riecht wie Faulkner, aber es klingt wie eine alte Jungfer." Er äffte Jacob nach: „Man wartet gewöhnlich, bis man hereingebeten wird."

Harry nickte. „Sag mal, Faulkner – vorausgesetzt, du bist es wirklich –, mit wem hast du geschlafen, um an den gIRLgEAR-Job zu kommen? Oder", setzte er süffisant hinzu, „mit wem schläfst du, seit du daran arbeitest?"

„Das könnt ihr nicht ab, was? Die schnuckeligsten Jobs werden eben immer nur an die Besten der Besten vergeben."

„Doch wohl eher an die, die zur richtigen Zeit am richtigen Ort sind. Du hattest einfach Schwein, und das weißt du."

„Was soll ich sagen?" Jacob zuckte die Achseln. „Der eine hat's, der andere eben nicht."

„Denk mal", meinte Asa und strahlte von einem Ohr zum anderen, „der Nobody vor dir wurde gerade zu einer Preisverleihung nach Milwaukee eingeladen."

„Das ist ja großartig!“ Jacob beugte sich über den Tisch und schüttelte ihm die Hand. „Der Film über das Darts-Turnier, nicht wahr?“

Asa nickte, und Jacob lehnte sich wieder zurück – und da begann der Ärger. Zufällig erhaschte er einen Blick auf das Browser-Fenster mit der Einspielung von Melanies Büro, das er nicht geschlossen hatte. Mannomann, hoffentlich hatte sie die Tür verriegelt! Melanie lehnte am Schreibtisch.

Sie trug ein klassisches schwarzes Kostüm mit hüftlanger Jacke und einem Rock, der unterhalb der Knie endete. Sie hatte die Hände in die Hüften gestützt und ein Bein vors andere gestellt. Außerdem trug sie das schärfste Paar Schuhe, das Jacob je untergekommen war – kirschrote Stilettos –, und ihre Beine steckten in den entsprechenden Netzstrümpfen. Jacob stöhnte gequält.

„Alles in Ordnung mit dir?“, erkundigte sich Asa, und Jacob fiel siedend heiß ein, dass er nicht allein war.

„Mich beschleicht die fürchterliche Ahnung, dass ich für dich einspringen muss, wenn du weg bist. Das heißt, dass ich meine Freizeit abschreiben kann“, flunkerte er.

Harry lachte. „Dein Leben besteht doch nur aus Freizeit.“

Jacob drohte ihm mit dem Finger. „Ich sehe nicht ein, dass ich die Arbeit dieses Kerls ganz allein übernehmen soll. Sieh bloß zu, dass dein Handy immer aufgeladen ist.“

Harry schnitt eine Grimasse, begann aber, mit Asa Termine abzusprechen. Das verschaffte Jacob die Pause, die er brauchte. Der Laptop stand vor ihm auf dem Schreibtisch. Das bedeutete, dass er Melanie im Auge behalten konnte, ohne das Misstrauen seiner Kollegen zu erregen. Aber nach einem kurzen Blick auf den Schirm erkannte er, dass er damit warten sollte, bis er allein war.

Melanie hatte der Kamera den Rücken zugewandt. Sie hatte

sich über den Schreibtisch gebeugt und tänzelte wie in Zeitlupe von einem Fuß auf den anderen. Sie hatte einen sagenhaften Po. Und diese Absätze ... Glühend heiß erinnerte Jacob sich an die Szene im Fitnessraum. Er würde noch in Teufels Küche landen!

Sosehr er den Anblick auch genoss, im Stillen bedankte er sich bei Melanie, als sie sich wieder aufrichtete. Nur drehte sie sich dann um und beschäftigte sich mit der langen Reihe Knöpfe an ihrem schwarzen Blazer.

Mit knapper Not unterdrückte Jacob den nächsten Seufzer und versicherte sich mit einem kurzen Blick, dass die Freunde von alldem nichts mitbekamen. Aber Asa und Harry hatten die elektronischen Notizbücher gezückt und verglichen ihre Termine. Jacob konnte sich also wieder dem Bildschirm widmen.

Einen nach dem anderen, viel zu langsam für seinen Geschmack, öffnete Melanie die Knöpfe. Das, was sich allmählich darunter abzeichnete, gefiel Jacob dagegen ganz ausgezeichnet: Sie trug ein rotes Mieder! Es schmiegte sich eng an ihren Oberkörper und hob die runden Brüste ein wenig an. Jacob versuchte zu schlucken, aber sein Mund war knochentrocken.

Er griff nach seiner Wasserflasche und nickte zu allem, was Harry sagte. Irgendetwas darüber, wie sie Asas Aufträge unter sich aufteilen wollten. Gut möglich, dass Jacob gerade doch eingewilligt hatte, die Vertretung komplett zu übernehmen.

Im Moment war ihm alles egal, außer Melanie. Sie ließ den Blazer zu Boden gleiten und stand nun in Stilettos, Netzstrümpfen und Mieder vor ihm. Ganz in Rot – die personifizierte Versuchung. Jacob konnte kaum mehr still sitzen.

„Ich muss los“, verkündete Harry. „Ein Kindergeburtstag in River Oaks. Wir klären den Rest nächste Woche, ja?“

Jacob nickte, aber Harry war schon zur Tür hinaus. Asa musterte ihn durchdringend. „Was ist denn los mit dir? Für jemanden, der an einem klasse Auftrag arbeitet, siehst du ziemlich mies aus."

Jacob zuckte die Achseln. Sein Blick fühlte sich wie magisch zum Bildschirm hingezogen. „Frauen! Ich kann einfach nicht mit denen. Aber ich werde den Job doch nicht hinschmeißen, weil ich damit groß rauskommen könnte." Plötzlich läutete das Telefon. Jacob warf einen Blick auf die Anruferidentifizierung und meinte: „Da muss ich leider ran."

„Bin schon weg." Asa war aufgesprungen. „Sehen wir uns heute Abend beim Spiel?"

„Sicher", versprach Jacob hastig und griff nach dem Hörer. „Faulkner", meldete er sich der Form halber – dann drückte er die automatische Ansage einer Telemarketing-Firma weg und konzentrierte sich auf die Show, um die sein Leben im Augenblick kreiste.

Melanie trug noch den Rock, aber sie hatte die Beine so weit gespreizt, wie es das enge Kleidungsstück gestattete. Ihre Hände wanderten ganz langsam und mit sichtlichem Genuss von der Taille aufwärts bis an die sanften Rundungen ihrer Brüste. Sie blickte direkt in die Kamera und steckte nacheinander die Spitzen der Zeigefinger kurz in den Mund.

Genüsslich fuhr sie anschließend mit den Fingern über ihr Dekolleté. Für eine Sekunde verschwanden die Fingerspitzen unter dem roten Satin und befreiten die zarten rosa Brustspitzen. Nun begann sie, diese so lange zu umkreisen, bis sie sich steil aufrichteten und geradezu um Aufmerksamkeit bettelten.

Jacob legte den Hörer auf, ging zur Tür und schloss ab. Keuchend lehnte er sich mit dem Rücken dagegen, machte die Augen zu und zwang sich, langsam und konzentriert zu atmen. Erst dann kehrte er an den Schreibtisch zurück zu dem Live-Strip, der so viel aufregender war als die Schattenversion auf Band.

Mit breit gespreizten Beinen, den Kopf in den Nacken gelegt, stand sie da. Die Spitzen ihrer Brüste lugten über die Borte des Mieders. Dann fasste sie nach hinten und öffnete den Reißverschluss des Rocks.

Jacob sank in seinen Stuhl, gerade rechtzeitig für den Showdown. Die Hände auf die Oberschenkel gestützt, ließ sie die Hüften kreisen und dabei den schwarzen Rock nach unten rutschen. Dabei beugte sie sich nach vorn, sodass die Brüste mit den rosigen Spitzen in voller Pracht zu sehen waren.

Jacob spürte ein Pochen in seinen Lenden. Wenn Melanie noch lange so weitermachte, würde er sich nicht mehr beherrschen können. Soeben kam sie noch einen Schritt auf die Kamera zu. Sie schob die Finger unter die Strapse, an denen die roten Strümpfe befestigt waren, und ließ sie einmal gegen die Schenkel schnalzen. Dann legte sie die Hände wie ein V zwischen die Oberschenkel, wo ein Nichts von Netzstring das Zentrum ihrer Weiblichkeit verbarg.

So schnell und gründlich hatte ihn noch keine Frau erregt. Dabei war sie bis auf einen kleinen Streifen zwischen Strapsen und String ja eigentlich nicht nackt. Trotzdem zeigte sie ihm genau das, was er sehen wollte. Sie erinnerte ihn an eine Kirsche, ein zuckersüßes Früchtchen, auf das er rasenden Appetit hatte.

Und jetzt ging's richtig zur Sache. Sie begann, mit den Spitzen ihrer Brüste zu spielen. Ihr Mund war leicht geöffnet, die Zungenspitze tanzte über die Lippen. Auf einmal zog sie einen Besuchersessel ins Blickfeld.

Sie wirbelte herum, stützte sich auf die Armlehnen und gönnte ihm einen weiteren Blick auf ihren perfekten Po. Dann erst kniete sie sich mit weit gespreizten Beinen auf die Sitzfläche und imitierte mit aufreizenden Bewegungen ihren ersten Ritt auf Jacobs Schoß.

Jacob lag nun fast im Stuhl und rieb mit der Hand über den Reißverschluss seiner Hose. Ihre Büros waren nur sechs Meilen voneinander entfernt, aber es würde ihn mindestens zwanzig Minuten kosten, um zu ihr zu gelangen. Und wer weiß, ob sie nicht schon längst angezogen und in irgendeinem Meeting war, ehe er nur die Hälfte der Strecke zurückgelegt hatte. Sich in seinem Zustand hinters Steuer zu klemmen, war nicht unbedingt ratsam. Nicht, dass sich diese Frage gestellt hätte – wie gebannt klebte er in seinem Sessel.

Melanie hatte sich herumgedreht. Jetzt ließ sie die Beine rechts und links über die Armlehnen baumeln und zeigte ihm … alles, kaum verhüllt von dem bisschen roter Spitze. Jacob hätte gern gestöhnt, aber er hatte kaum genug Luft zum Atmen. Sie schob einen Finger unter den String und zog ihn zur Seite.

Keine Macht der Welt hätte Jacob jetzt noch von seinem Schreibtisch wegbewegen können. Langsam begann sie, sich zu streicheln. Verzückt hatte sie den Kopf in den Nacken gelegt, ihre Wangen glühten. Jacob konnte kaum mehr an sich halten. Plötzlich warf sie den Kopf hin und her, ihre Hüften bebten, und sie presste sich eine Hand vor den Mund, um einen lustvollen Schrei zu ersticken.

Dieser Schrei ging Jacob durch Mark und Bein. Er hallte in seinen Ohren und schnitt wie ein Messer durch seinen ganzen Körper, bis in die schmerzhafte Schwellung zwischen seinen Schenkeln. Erregt knallte er die Faust auf die Tischplatte. Er sollte derjenige sein, der sie in diesen Zustand versetzte! Dennoch blieb er sitzen und wartete, bis sie wieder ruhiger atmete. Er sah, dass sie lächelte, nach einer Isolierzange griff und …

Der Bildschirm war leer.

Er saß da, starr und stumm und fassungslos über das, was sie getan hatte. Für ihn getan hatte, nur für ihn. So viel hatte ihm noch keine Frau gegeben. Jetzt schon wurde ihm bang davor, wenn es Zeit wurde, auseinanderzugehen.

Eines hatte ihm Melanie sehr deutlich zu verstehen gegeben: Sie wusste, was sie wollte und wie sie es bekommen konnte. Aber nicht mit ihm …

9. KAPITEL

Melanie schaffte es gerade noch, das Kostüm überzuziehen und die Netzstrümpfe abzustreifen, die Schuhe zu wechseln und die Kamera samt Kabelresten zu entsorgen, ehe sie von draußen Stimmen und Gelächter hörte. Rasch entriegelte sie die Tür und öffnete sie einen Spaltbreit. Dann setzte sie sich an die Arbeit, die sie vorgeschoben hatte, um nicht mit den anderen zur Berufsberatung an die Highschool zu gehen, an der Renata Faulkner tätig war.

Perfektes Timing! Sie schob die Sporttasche tief unter den Schreibtisch. Als es im Kosmetikbeutel leise klirrte, erschrak sie. Verflixt! Ihr Make-up und die Frisur waren vermutlich total ruiniert.

Aus einer Schublade zog sie eine Bürste und einen Spiegel und brachte ihr dichtes Haar in Ordnung. Dann puderte sie Nase und T-Zone, entfernte so viel von dem rauchgrauen Lidschatten, dass gerade noch ein Hauch zurückblieb, tupfte das Rot von den Lippen und ersetzte es durch ihr übliches farbloses Gloss.

Sie hatte keine Ahnung, ob Jacob im Büro war und ihre Darbietung live verfolgt hatte oder später die Aufzeichnung sah. Sie wusste nur, dass die Aufnahmen chiffriert waren und vertraulich bleiben würden. Wenn sie auch nur ein klein wenig an ihm gezweifelt hätte, hätte sie sich nie so präsentiert. Jetzt hieß es sich zu gedulden.

Auf einmal fühlte sie sich völlig ausgelaugt. Das hatte frau eben von tollem Sex mit einem tollen Mann. Man musste sich dazu nicht unbedingt zur selben Zeit im selben Raum aufhalten. Aber sie war erleichtert, dass sie wieder frei atmen konnte. Dass die Frauen früher in Korsetts überleben konnten … Melanie hatte den Eindruck, das Mieder hätte ihr mindestens eine Rippe angeknackst.

Sie hatte gerade die Brille wieder aufgesetzt und Bürste und Spiegel in der Schublade verstaut, als es klopfte und Renata Faulkner durch den Türspalt schaute. Melanie winkte sie näher. „Komm rein. Bei uns geht es ganz locker zu. Du brauchst nicht anzuklopfen. Chloe tut das nie."

Rennie trat ein und setzte sich in einen der schwarzen Ledersessel. Ihre bernsteinfarbenen Augen funkelten amüsiert. „Wenn sich alle Chloe zum Vorbild nähmen ..."

Melanie stimmte lachend zu. „Auch wieder wahr. Aber du musst zugeben, dass sie schon viel gesetzter geworden ist."

Renata glättete die Falten ihres langen, fließenden Rocks. Sie lächelte versonnen. „Was die Liebe nicht alles ausmacht."

Jetzt geht's los, dachte Melanie und hoffte inständig, dass das Verhör schnell und schmerzlos vorübergehen würde. „Das scheint das Einzige zu sein, was überhaupt wirkt."

Seufzend schlug Jacobs Schwester die Beine übereinander. „Das lässt hoffen, meinst du nicht? Vielleicht gibt es da draußen noch andere wie Eric."

Sofort musste Melanie an Jacob denken, genau wie Rennie es vermutlich beabsichtigt hatte. Ahnte sie etwas? Oder dachte sie nur, wie es alleinstehende Frauen nun mal taten, laut über die Männer nach? Verstohlen wischte sich Melanie den Schweiß aus dem Nacken. „Na ja, die paar, die mir über den Weg gelaufen sind, wurden mir von meinen besten Freundinnen weggeschnappt."

„Dann haben wir jetzt ja gute Chancen." Renata kicherte und schüttelte dann den Kopf. „Merkst du, wie ich mich schon mit Kinsey, Poe und dir in einen Topf werfe?"

„Warum auch nicht?" Melanie entspannte sich allmählich. „Auch auf der Männerjagd ziehen wir bei gIRL-gEAR doch alle an einem Strang."

„Und nachdem manche Partnerinnen Glück hatten und bereits in festen Händen sind, heißt das, dass beim nächsten Mann …"

„… die Liste der Kandidatinnen nicht mehr so lang ist." Melanie lachte.

„Es ist gut, wenn man darüber scherzen kann. Eigentlich wollte ich nur sagen, dass tolle Frauen tolle Männer anziehen, und ihr seid die besten. Dass ich mich endlich dazu durchgerungen habe, mit Chloe zu arbeiten, soll aber nicht heißen, dass ich dadurch meine Chancen bei den Männern verbessern will, das musst du mir glauben."

Wieder lächelte Renata nachdenklich. „Obwohl, ich muss zugeben, dass ich noch niemals so viele absolut umwerfende Kerle getroffen habe wie hier."

Erleichtert registrierte Melanie, dass Renata nicht anders war als die übrigen Partnerinnen. „Das verhält sich wie mit den Motten und dem Licht. Wir betreiben hier unsere ganz private Kuppel-Show. Natürlich zicken wir uns gelegentlich auch ganz schön an, aber ich denke, es wird dir gefallen."

„Ja, ich glaube auch, dass ich hierher passe. Obwohl Jacob mich bei jeder Gelegenheit daran erinnert, dass ich mein Verhalten ändern sollte."

„Er bezeichnet dich als Tyrann", platzte Melanie unbedacht heraus. „Ich meine …"

Renata winkte ab. „Das sagt er ständig. Über mich, nicht über dich."

„Ach, für mich fällt ihm sicher was viel Schlimmeres ein." *Dass du auch nie die Klappe halten kannst!*

Rennie musterte sie sehr aufmerksam. „Richtig, Jacob hat mir neulich erzählt, dass ihr auf Laurens Hochzeit zusammengearbeitet habt."

„Ich hatte nicht den Eindruck, dass er mit mir zusammengearbeitet hat. Ich war auf jeden Fall da, um ihm ein bisschen auf die Finger zu sehen."

Rennie lachte schallend. „Dabei hätte ich Mäuschen spielen mögen. Wenn es um seinen Job geht, kennt Jacob gar nichts. Alles muss genau stimmen. Ich kann mir nicht vorstellen, dass er es zulassen würde, dass ihm jemand auf die Finger schaut."

Melanie wollte schon widersprechen, als ihr dämmerte, wie viel sie dadurch verraten würde. Außerdem spielte Jacob die Rolle des Faulpelzes so gut, dass sie oft vergaß, wie viel davon nur Show war. Doch zum ersten Mal fiel ihr auf, dass sie sich nie nach dem Grund dafür gefragt hatte. Vielleicht konnte ihr seine Schwester weiterhelfen? Aber wie sollte sie fragen, ohne dabei zu viel zu verraten? „Er hatte keine andere Wahl. Immerhin ging es um Laurens Hochzeit. Aber er war sehr bestimmend."

Rennie nickte wissend. „Und hat sich von dir nicht dreinreden lassen."

„Angehört hat er mich. Angeblich hat er meine Vorschläge sogar überdacht. Aber zu guter Letzt ..."

„... lief alles so, wie er es wollte."

„Genau. Natürlich hat er recht behalten."

„Das ist das Problem." Renata schob das lange kastanienbraune Haar zurück. „Ich fände es wirklich gut, wenn er sich einmal eingestehen müsste, dass auch er nicht allwissend ist."

Das klang ja interessant. „Wieso?"

„Er meint, er wisse alles, und leider stimmt das meistens. Ich fürchte, das bekommt ihm nicht."

„Versteh ich nicht. Er ist selbstbewusst und erfolgreich. Was ist daran schlecht?"

„Ich habe mich falsch ausgedrückt. Mit seinem Talent wird

er es weit bringen, und bei seinem Selbstvertrauen schafft er sicher den Sprung an die Spitze. Beruflich kann da nichts schiefgehen. Aber privat?“ Sie musterte ihre Hände. „Ich fürchte, er ist nicht ganz der Mann aus Stahl, für den er sich hält. Das könnte ihm eines Tages das Genick brechen.“

„Besonders zerbrechlich wirkt er auf mich nicht.“

„Das tun solche Typen nie. Ich male wahrscheinlich nur den Teufel an die Wand, aber er macht mich manchmal einfach wahnsinnig.“

Das konnte Melanie nachvollziehen. „Ich weiß gar nichts über sein Privatleben“, meinte sie und fügte hastig hinzu: „Nicht, dass das eine Rolle spielt.“ Insgeheim aber wurmte es sie gewaltig, dass sie so wenig über ihn in Erfahrung gebracht hatte. „Ich finde es nur eigenartig. Von den meisten Leuten erfährt man im Lauf eines Gesprächs wenigstens ein bisschen.“

„Nicht von meinem Bruder. Bei der Arbeit blendet er sein Privatleben komplett aus. Die Arbeit kann er kontrollieren bis ins letzte Detail. Was ihm gefällt, bleibt, was ihm nicht gefällt, wird rausgeschnitten.“ Sie seufzte. „Ich versuche nicht mal mehr, aus ihm schlau zu werden.“

„Ein Buch mit sieben Siegeln“, murmelte Melanie, und ihre Gedanken überschlugen sich.

„Sollte er aber nicht sein, nicht für mich. Nicht bei unserer Kindheit. Wir waren echte Schlüsselkinder und mussten einander die Eltern ersetzen. Oft haben sie uns via Telefon ins Bett gebracht.“ Sie schien immer tiefer im Sessel zu versinken. „Oh, entschuldige! Jetzt habe ich doch die alten Gespenster heraufbeschworen, mit denen ich dich eigentlich nicht langweilen wollte.“

„Kein Problem.“ Melanie war eher fasziniert. Sie selbst war Abend für Abend von ihrer Mom und ihrer Granny ins Bett gebracht worden. Trotz dieser Sicherheit, die Jacob nie gekannt hatte, musste bei ihr alles seine feste Ordnung haben. Sie sträubte sich, die Kontrolle über ihr Leben aufzugeben. Sie hatte Angst, ihre Unabhängigkeit zu verlieren, wenn sie ihre Gefühle und ihren Geldbeutel nicht im Griff hatte. Und so hatte sie sich in eine vertrocknete alte Jungfer verwandelt, für die niemand sich interessierte. Bis Jacob aufgetaucht war. Ihr wurde flau im Magen. „So platt das auch klingt, aber ihr hattet doch wenigstens einander."

„Das stimmt in der Tat." Einen Moment lang verklärte sich Renatas Blick, dann fing sie an zu lachen. „Erst haben wir uns gegenseitig angeschwärzt, und im nächsten Moment haben wir einander den Rücken gedeckt."

Melanie versuchte, sich Jacob im Alter von sieben Jahren vorzustellen, mit aufgeschürften Knien und bandagierten Ellenbogen. „Ich habe zwar keine Geschwister, aber es klingt nicht anders als bei den meisten Kindern, die ich kannte."

„Richtig. Nur haben wir uns damals geschworen, nie so karriereblind zu werden, dass wir vergessen, dass es im Leben noch anderes gibt als Erfolg."

„Im Gegensatz zu euren Eltern." Nun, das erklärte, warum er so tat, als sei ihm die Arbeit egal. „Was waren eure Eltern von Beruf?"

„Sie waren – sind Historiker. Meiner Meinung nach passen sie hervorragend zueinander. Sie lesen die Gedanken des anderen, beenden Sätze, die der andere angefangen hat, können stundenlang über historischen Dokumenten in den unterschiedlichsten Sprachen brüten, ohne ein Wort zu verlieren. Nur hätten sie sich eben keine Kinder anschaffen sollen."

„Wie so viele andere Paare auch."

„Sicher ist das kein Einzelfall. Man empfindet es nur so, wenn man selbst davon betroffen ist."

Bestürzt und um Worte verlegen ließ Melanie den Bleistift über ihren Block tanzen. „Anscheinend seid ihr beide irgendwie damit fertig geworden. Ich weiß nur nicht, ob Jacob den klügsten Weg gewählt hat."

„Wie das?"

Dass du aber auch nie die Klappe halten kannst! „Er ist so ungeheuer talentiert, aber er benimmt sich, als wäre ihm das piepegal. Jedem, der darüber nachdenkt, muss doch klar werden, dass er in einem fürchterlichen Zwiespalt steckt."

„Und du denkst darüber nach?"

Melanie musterte angelegentlich den gelben Block, der vor ihr lag. So geheim war ihre Beziehung also doch nicht. „Ist es so offensichtlich?"

„Nein, gut geraten." Rennie lächelte zaghaft. „Mir ist aufgefallen, wie Jacob dich ansieht. Das hat mich auf die Idee gebracht, zwischen euch könnte was laufen."

Melanie seufzte und gab sich einen Ruck. „Es läuft was, aber ich weiß nicht, wie ich es nennen soll."

Renata betrachtete sie voll Mitgefühl. „Egal. Ich freue mich jedenfalls, dass du es geschafft hast, seine raue Schale zu sprengen. Nur wenigen Frauen gelingt das. Er ist so ein toller Kerl, aber nur wenige Menschen lässt er nahe genug an sich heran, um das zu erkennen."

„Das habe ich gemerkt."

„Sprich ihn doch mal darauf an. Tief im Herzen, wo die Männer nicht so gern nachforschen, weiß er es nämlich genau. Vielleicht bist du ja diejenige, die ihn dazu bringen kann, ein wenig nachzubohren. *Ich* kann's nicht! Bei mir heißt es sofort: Scher dich um deinen eigenen Kram!"

„Und er wagt es, *dich* als Tyrann zu bezeichnen?" Melanie kicherte.

„Er hat dir also *doch* was Persönliches erzählt? Dann sieh

mal zu, was du sonst noch aus ihm rauskitzeln kannst … an Enthüllungen, meine ich.“ Renata war rot geworden. „Entschuldige, ich habe sonst nichts gegen kleine Anzüglichkeiten, aber wo es um meinen Bruder geht …“

Dann sollte Melanie sich über die Einzelheiten ihrer Beziehung zu Jacob besser in Schweigen hüllen. Sie wechselte das Thema. „Du bist sicher nicht gekommen, um über deinen Bruder zu reden.“

„Nein, eigentlich wollte ich dich fragen, ob es möglich wäre, für gUIDANCE-gIRL eine Datenbank zu erstellen.“

Endlich hatte Melanie wieder Boden unter den Füßen. „Kein Thema“, antwortete sie und wünschte sich insgeheim, sie könnte dasselbe über Renatas Bruder sagen.

Jacob starrte auf die E-Mail, die er total vergessen hatte, als Melanie angefangen hatte, sich zu entblättern. Die schwarzen Buchstaben auf dem Bildschirm enthielten seine gesamte Zukunft. Equity Beat, eine New Yorker Agentur, bat darum, den Termin für ihr Treffen vorzuverlegen und, wenn möglich, um ein bis zwei Tage zu verlängern. Was für eine Frage!

Sie konnten ihn so lange haben, wie sie wollten. Asa, der bis dahin zurück sein sollte, würde für ihn einspringen müssen. Nur schade, dass Melanie nicht mitkommen konnte. Gemeinsam hätten sie den Big Apple unsicher gemacht. Vielleicht waren sogar die Mets in der Stadt. Ob Melanie sich für Baseball interessierte?

Was dachte er sich eigentlich? Er musste geschäftlich verreisen, nicht um irgendwo eine Nummer zu schieben. Wenn er es nicht ein paar Wochen ohne diese Frau aushalten konnte, sollte er mal über eine Therapie nachdenken. Aber die brauchte er nicht. Er hielt es monatelang ohne Frau aus, ein Jahr wäre es beinahe gewesen. Seine Kumpels brauchten das nicht zu wissen, aber Melanie würde er es vielleicht verraten, irgendwann, wenn es an der Zeit war, sich über ihre Vorgeschichte auszutauschen.

Stopp! Er stieß sich von der Tischkante ab und ließ den Stuhl zurückrollen. *Das geht zu weit!* Man könnte fast meinen, er habe vor, sich dauerhaft zu binden. Dabei war es eine allseits bekannte Tatsache, dass man nicht beides haben konnte, Frau und Karriere.

Jedenfalls nicht bei einer Karriere, wie sie Jacob vorschwebte, mit der Freiheit, jederzeit die Zelte abzubrechen, wenn sich anderswo eine bessere Gelegenheit bot.

Er hatte nicht gelogen, als er behauptet hatte, er würde sich nicht am Gängelband halten lassen. Er war sein eigener Herr, nicht der Sklave von irgendetwas oder irgendjemandem. Vor langer, langer Zeit hatte er gelernt, sich nur auf sich selbst zu verlassen.

Gelegentlich suchte er bei Renata Rat, und in der letzten Zeit hatte er sich von der Arbeit ziemlich vereinnahmen lassen, aber das Filmen war nun mal seine Passion. Und jetzt war es auch seine Zukunft. Die gIRL-gEAR-Dokumentation entwickelte sich zum Sprungbrett für seine Karriere, ganz wie er gehofft hatte. Diese Arbeit machte Furore – er war selbst ziemlich beeindruckt, und das wollte was heißen. Dabei konnte er nicht einmal sagen, ob ihn die beteiligten Personen oder sonst irgendetwas unbewusst inspiriert hatten.

In jedem Fall war es eine absolut tolle Sache, sieben fantastische Frauen beobachten zu dürfen und dafür auch noch bezahlt zu werden. Es dürfte schwerfallen, jemals wieder einen vergleichbaren Auftrag an Land zu ziehen. Und die Sache mit Melanie, das Tüpfelchen auf dem i – damit hatte er nun überhaupt nicht gerechnet. Wenn er da gelegentlich den Blick fürs große Ganze verlor …

Den Gedanken, dass sie seine Arbeit in irgendeiner Form beeinflussen könnte, schob er sofort beiseite. Dann nämlich konnte er die Kamera gleich an den Nagel hängen. Noch eine Woche, dann war sie fort aus seinem Alltag. Und er? Er würde auf dem Weg sein nach New York, und genau da wollte er hin.

Eben hatte er die Antwort an Equity Beat abgefasst, als das Telefon erneut läutete. Er speicherte den Entwurf und warf einen flüchtigen Blick auf die Anruferkennung. Schnell hob er ab. „Faulkner."

„Jacob? Ich bin's, Melanie."

„Weiß ich."

„Ja? Ach so, Anrufer-ID."

„Auch, aber ich habe dich an der Stimme erkannt."

„Oh, klar, daran hatte ich nicht gedacht."

„Oder es mir vielleicht nicht zugetraut?"

„Nein, daran lag's nicht."

„Sicher?" Er sah sie vor sich, wie sie die Stirn runzelte, und grinste. Sie war schnell auf hundertachtzig und so niedlich, wenn sie endlich begriff, dass er sie auf den Arm nahm. „Wo ich doch so ein Nichtsnutz bin. Du hast wahrscheinlich gedacht, ich würde nicht richtig hinhören."

„Das ist nicht witzig."

Er lachte. Sie war witzig, und das mochte er an ihr. „Stimmt, ich wollte dich nur aufziehen. Was gibt's?"

Sie druckste ein wenig herum. „Hast du heute Abend schon was vor?", fragte sie schließlich.

„Mit dir oder generell?" Ihm fielen all die Baseballspiele ein, die er verpasst hatte. Dann dachte er an den sensationellen Sex. Würden Harry und Asa eben mal wieder ohne ihn auskommen müssen.

„Beides. Ich dachte nur, wenn du nicht verplant bist, könnten wir zusammen was trinken gehen."

Jacob blinzelte, runzelte die Stirn und überlegte, ob er eventuell doch die Stimme verwechselt hatte. Er schlief mit dieser Frau, warum wollte sie ihn auf einen Drink einladen? „Okay. Soll ich zu dir ins Büro kommen, oder kommst du zu mir? Oder soll ich uns eine Flasche besorgen, und wir treffen uns bei dir zu Hause?"

„Weder noch. Ich dachte, wir könnten uns in einem Klub treffen oder in einer der Bars im Theaterdistrikt. Sydneys Vater besitzt ein Weinlokal, Paddington's Ford. Dort ist es ruhig und dunkel, und Zigarren kriegst du da ganz hervorragende."

„Du willst also nicht tanzen gehen?"

„Nein, ich tanze lieber zu Hause."

Jacob räusperte sich. „Na schön. Wann treffen wir uns?"

„Passt dir neun Uhr?"

Neun, das hieß, dass er gut anderthalb Stunden von dem Baseballmatch mitbekommen konnte, und das würde ihn davor bewahren, bei den Jungs total unten durch zu sein. „Passt prima!"

„Schön." Sie zögerte einen Moment und fügte dann leise hinzu: „Bis dann."

Bevor er nachhaken konnte, tutete schon das Freizeichen. So viel zum Small Talk, aber den konnte er sowieso nicht leiden. Melanie war ohnehin immer sachlich – außer sie verwandelte sich in eine Wilde und warf ihn rücklings auf die Matratze.

Seltsam, dieser Anruf. Gut, sie taten nichts, um ihre Affäre zu vertuschen, aber sie hatten auch noch kein Wort darüber verloren, sie auch außerhalb des Schlafzimmers zu pflegen. *Ein Date* nannte man so was dann wohl. Er konnte es ihr nicht verdenken, dass sie mehr wollte als die Spielchen, die sie im Bett trieben. Sex war den Frauen nie genug. Nur dass Melanie bisher immer den Eindruck erweckt hatte, sie sei zufrieden mit ihrem Arrangement.

Diesen kleinen Gefallen konnte er ihr natürlich tun. Er würde ein bisschen was trinken, vielleicht eine Zigarre rauchen und erst wieder über Sex sprechen, wenn sie in ihrem Bett lagen.

10. KAPITEL

Im Paddington's Ford saß Melanie in einer Nische auf halbem Weg zwischen der Bar und dem Eingang und beobachtete, wie sich das Licht der Lampe über ihrem Tisch in ihrem Weinglas spiegelte. Warum war sie so nervös? Sie hatte Jacob schon nackt gesehen. Sie hatte Dinge mit ihm angestellt, die ihr im Traum nicht eingefallen wären, und alle Möglichkeiten erforscht, die ihn scharf machten. Und jetzt spielten ihre Nerven verrückt, weil sie sich auf einen Drink verabredet hatten?

Alles Rennies Schuld. Sie hatte Jacobs Tarnung gerade weit genug gelüftet, um Melanie neugierig zu machen. Deshalb wartete sie hier auf ihn – vollständig bekleidet und in aller Öffentlichkeit. Sie hoffte inständig, dass er doch nicht so ehrgeizig und eisern im Verfolgen seiner Ziele war, wie sie vermutete. Denn nur dann konnte er ihr nicht wirklich gefährlich werden. Nur dann konnte sie diese Affäre fortsetzen.

Und fortsetzen wollte sie sie. Eine Affäre konnte sie kontrollieren, solange es sich bei dem entsprechenden Partner nicht um einen Mann handelte, den sie respektierte und bewunderte.

Aber wem wollte sie was vormachen? Sie respektierte und bewunderte Jacob Faulkner doch schon grenzenlos. Instinktiv hatte sie erfasst, dass der Ehrgeiz, den er so eifrig leugnete, ihm den verdienten Erfolg eingebracht hatte. Dieser Ehrgeiz war das, was sie so zueinander hinzog. Es hieß zwar, dass Gegensätze sich anziehen, aber Männer ohne Ziele erweckten weder Melanies Respekt noch ihre Leidenschaft. Jacob dagegen tat beides.

Und das machte die Sache so kompliziert. Wenn Melanie nicht irgendwo unter einer Brücke enden wollte, sollte sie die Sache schleunigst abblasen. Es war nur vernünftig, dem

Ganzen hier und heute ein Ende zu bereiten. Sie musste ihn aus ihrem Leben schaffen, solange sie noch die Kraft dazu besaß.

Sie trank ein paar gierige Züge und wünschte, sie hätte einen weniger lauschigen Treffpunkt gewählt. Sie musste sich doch auf ihre Karriere konzentrieren und auf gIRL-gEAR, und das lief im Grunde auf ein und dasselbe hinaus. Ginge es nur um sie selbst, müsste sie sich weniger vorsehen. Aber da waren ja noch Mom und Granny.

Mit einer verächtlichen Grimasse setzte Melanie das Glas ab. Sowohl ihr Großvater als auch ihr Vater hatten sich eines Tages aus dem Staub gemacht und ihre Ehefrauen mit gebrochenem Herzen zurückgelassen. Und obwohl die beiden Frauen Unabhängigkeit predigten, hatten sie sie nicht verwirklichen können. Anstatt ihren Träumen nachzujagen, mussten Melanies Mutter und Großmutter ihre Sekretärinnenjobs behalten, um ein Dach über dem Kopf zu haben und für Melanies Schulgeld und ihre Bücher aufzukommen.

An der Universität fand Melanie Gesinnungsgenossinnen. Die sechs Gründer-gIRLS schworen einander, Männer ins Schlafzimmer, niemals aber ins Vorstandszimmer zu lassen. Daran hatten sie sich bis vor Kurzem auch gehalten. Neuerdings aber schienen Sex oder Beziehungen alle anderen Prioritäten zu verdrängen. Und bis sich alles wieder eingependelt hatte, musste Melanie wohl oder übel in der Firma die Stellung halten. Sie musste den Kopf fürs Geschäft frei haben, basta!

Verärgert sah sie auf die Uhr. Jacob verspätete sich. Vielleicht kniff er ja ganz? Toll, er ließ sie sitzen, ehe sie selbst entscheiden konnte, ob sie ihm nun den Laufpass geben sollte oder nicht. Typisch Männer! Immer wollten sie das letzte Wort behalten.

Sie hatte sich absichtlich mit dem Rücken zur Tür gesetzt, um nicht dauernd nach ihm Ausschau zu halten. Laut Drehbuch würde sie sich ganz cool geben. Allerdings waren ihre Handflächen inzwischen so feucht, dass sie ernsthaft bezweifelte, ob sie das durchhalten konnte.

Seit Laurens Hochzeit war sie keine Nacht eingeschlafen, ohne an ihn zu denken. Das wurmte sie, und sie hatte beschlossen, das abzustellen. Aber jetzt, wo er sie möglicherweise versetzt hatte, sehnte sie sich nach seinem Lächeln oder einem kleinen Wortgefecht mit ihm. Er regte sie an, geistig und körperlich, und, ganz ehrlich, er würde ihr fehlen.

„Hast du mich eigentlich vermisst?" Jacob nahm ihr gegenüber Platz.

„Wieso sollte ich? Ich hatte einen ganzen Tag für mich allein und wurde nicht auf Schritt und Tritt bespitzelt und belauscht."

„Ja, Kameras können einen ganz schön nerven." Er winkte dem Kellner und bestellte. „Trotzdem ist es ein herber Verlust, wenn eine unversehens aus dem Verkehr gezogen wird. Ich schätze, sie liegt jetzt im Müllcontainer?"

„Du kannst sie ja wieder rausfischen. Der Schrott hat dich doch nicht mehr als fünfzehn Dollar gekostet. Ein Wunder, dass sie's überhaupt lang genug getan hat. Du wirst dich wundern, wenn du die Rechnung über die geklaute Netzzeit erhältst."

„Kein Problem." Er lehnte sich entspannt zurück und breitete die Arme aus. „Wenn ich dieses Video zum Download anbiete, mache ich ein Vermögen."

Vor Schreck stieß Melanie ihr Weinglas um. Sein ganzer Inhalt ergoss sich auf das blau-rot gemusterte Tischtuch. Zerknirscht sah Jacob Melanie an. „War nur 'n Scherz, das weißt du doch! Sag, dass du's weißt, sonst jage ich mir auf der Stelle eine Kugel in den Kopf."

Mit viel Mühe gelang es Melanie, die brennenden Tränen zurückzudrängen. Ihr Herz klopfte so heftig, dass sie sicher war, bald würde ein klaffendes Loch in ihrer Brust gähnen. „Es war ein Scherz."

„Genau!", bekräftigte er. Er wollte ihre Hand nehmen, aber sie hatte die Finger im Schoß verschränkt. „Ein ziemlich übler Scherz. Wird nie wieder vorkommen, versprochen!"

Melanie presste die Lippen aufeinander und zwang sich, langsam und tief zu atmen. Allmählich beruhigte sich ihr Puls. Scherz hin oder her, der eingebildete Kerl hatte sie zu Tode erschreckt. So einfach würde er nicht davonkommen. „Wie viel ist dein Wort denn wert, Faulkner? Nimmst du es mit deiner Ehre genauso ernst wie mit deiner Arbeit?"

Er stutzte. „Was soll diese Frage?"

Sie strich die Falten glatt, die ihre Finger in den kurzen auberginefarbenen Leinenrock gekniffen hatten, und fragte sich, ob er es wohl bemerken würde. Die Farbe, nicht die Falten. „Nun, gelegentlich habe ich den Verdacht, dass du nicht ganz aufrichtig bist."

Halb verärgert, halb argwöhnisch runzelte er die Stirn. „Dann sei so gut und verrate mir, was ich dir deiner Ansicht nach verheimliche, damit ich mich wenigstens verteidigen kann."

„Erstens behauptest du, dass dein Job keinerlei Einfluss auf dich als Privatperson hat."

Langsam wurde er sauer. „Dieses Thema ödet mich an."

Sie legte die verschränkten Finger an die Tischkante und beugte sich zu ihm. „Trotzdem, mir zuliebe, bitte! Ich will ja nur hören, dass es dir egal ist, wo du in fünf Jahren mit deiner Karriere stehst und wie du es dahin schaffst. Ich will hören, dass du ein Künstler bist ohne jeglichen Sinn fürs Geschäft. Sieh mir in die Augen, und bestätige mir das, dann will ich dir auch glauben.“ *Und mich von nun an mit dem Sex begnügen.*

Er ließ den Blick durch den Raum schweifen, als wüsste er nicht, was oder ob er überhaupt antworten sollte. Seine Finger spielten mit dem Weinglas. Auf einmal sah er sie an. Seine Miene war nichtssagend, leer. „Du scheinst zu viel Zeit mit meiner Psychologen-Schwester zu verbringen.“

Er lenkte ab und leugnete nicht einmal. Melanies Herz sank. „Warum? Weil ich nichts von der menschlichen Natur verstehe?“ Sie überlegte, ob sie ein drittes Glas Wein bestellen sollte. Jacobs finsterer Blick war damit vielleicht leichter zu ertragen.

Seine Stimme war nur noch ein raues Wispern. „Tu mir das nicht an, Melanie“, flehte er, „mach nicht kaputt, was wir haben.“

„Was soll ich nicht tun? Versuchen, mich mit dir zu unterhalten?“

„Analysieren, alles auseinandernehmen.“

„Und was genau mache ich kaputt, wenn ich versuche, dich besser zu verstehen?“

„Muss ich dir das wirklich erklären?“

Sie wartete eine Sekunde, sah ihm tief in die Augen und wünschte, sie würde dort mehr entdecken als nur Bedauern. Was bedauerte er denn? Sich überhaupt mit ihr eingelassen zu haben? Die Tatsache, dass sie ihn außerhalb des Betts genauso mochte wie drin? Oder dass sie sich in einen Mann verliebt hatte, der niemals seine Ziele und Überzeugungen ihrem starken Willen unterordnen würde?

Dass er ihre Liebe nicht wollte – auch wenn sie nicht beabsichtigte, sie ihm anzubieten –, tat unbeschreiblich weh. Sie packte ihre Handtasche. „Das kannst du dir sparen. Da gibt es nämlich nichts zu erklären, stimmt’s?“

Jacob war auf den Beinen und quetschte sich auf ihrer Seite in die Bank, ehe sie überhaupt hochkam. Somit war ihr der Fluchtweg versperrt. Sie hatte keine Lust, hier zu sitzen und mit ihm zu diskutieren oder zu schmollen. Aber offensichtlich saß sie hier fest.

„Das kannst du nicht ab, wie?“, fragte er. Er kniete mit einem Bein auf der Bank, sodass er sie ansehen konnte. Seine Finger spielten mit ihrem Haar.

„Dass du meine Frisur durcheinanderbringst? Ja!“, schimpfte sie. Trotzdem rückte sie keinen Zentimeter von ihm weg. Und er ließ ihr Haar nicht los.

„Die Webcam-Vorstellung. Du würdest sie jetzt am liebsten rückgängig machen.“

Wie konnte jemand, der so intelligent war, so dämlich sein? Aber wenigstens war Sex ein sichereres Thema als Liebe. „Wenn du sie tatsächlich zum Download zur Verfügung stellst, ja.“

Die Hand wanderte an ihren Nacken und begann, die angespannten Muskeln zu lockern. „Kein Download, versprochen. Die Bilder gehören mir allein … außer du möchtest sie gern mit mir zusammen ansehen. Wir könnten den Wein zu mir mitnehmen.“

Sie schüttelte den Kopf. Als Jacobs Finger ihre Schulter berührten und ihren Nacken streichelten, überlief sie ein Schauder. Ihre Brüste begannen zu kribbeln, und sie war froh, dass der Raum nur spärlich beleuchtet war und ihr Top locker fiel. Plötzlich ging ihr auf, dass er sie in seine Wohnung eingeladen hatte. Natürlich zum Sex, aber das war doch eine Art Fortschritt. „Nein danke, ich vergesse lieber, dass diese Aufnahme existiert.“

„Wieso?“ Er rutschte näher zu ihr, und es erforderte geradezu übermenschliche Willenskraft, sich nicht an ihn zu kuscheln. „Du wolltest doch wissen, was wir haben. Nun, zum Beispiel vertraust du mir so sehr, dass du bereit warst, so weit zu gehen. Das ist doch schon was."

Sie schnaubte. „Das … war gar nicht ich. Ich … ja, ich mag Sex und bin auch nicht scharf auf ein Reihenhäuschen, aber …"

Seine andere Hand, die irgendwie den Weg in ihren Schoß gefunden hatte, lag plötzlich völlig still. „Aber was?"

Jetzt ist es so weit, dachte sie. Seine Bindungsangst eröffnete ihr den Ausweg, den sie gesucht, aber unterwegs vergessen hatte. „Ich kann nicht länger so tun, als wärst du ein Fremder. Ich kenne dich zu gut."

Er zögerte einen Moment, dann zog er zuerst die Hände weg und rückte schließlich komplett von ihr ab. „Das glaube ich nicht, Baby."

Doch Melanie, die seine Nähe schon jetzt schmerzlich vermisste, holte zum Todesstoß aus. „Ich weiß, du willst nicht glauben, dass deine Karriere dein Leben bestimmt. Dass du in dieselbe Falle getappt bist wie deine Eltern. Das hieße nämlich, dass du aus ihrem Beispiel nichts gelernt und sowohl deine Schwester wie auch dich selbst enttäuscht hättest."

Seine Augen, die sich zu schmalen Schlitzen verengt hatten, glitzerten bedrohlich. Er hob sein Glas und leerte es in einem Zug. „Du hast eindeutig zu viel mit meiner Schwester geredet."

„Hab ich vielleicht nicht recht?"

„Ich habe Pläne. Was immer Renata dir erzählt haben mag, eines weiß sie nicht: Diese Dokumentation wird mich dahin bringen, wohin ich wollte."

„Wie das?"

„Das ist die beste Arbeit, die ich je abgeliefert habe. Die Aufnahmen sind so echt, nichts wirkt gezwungen oder gestellt.

Jedes noch so kleine Detail ist spontan. Deshalb ist mir auch aufgefallen, wie du mich ansiehst. Und deshalb ..." Er verstummte.

„Was?"

„Deshalb können wir keine Beziehung haben. Ich mag dich sehr, Melanie, das weißt du genau. Aber eine echte Beziehung schluckt Zeit, die ich eigentlich meiner Arbeit widmen muss. Zeit und Aufmerksamkeit, und die brauche ich gerade jetzt ganz dringend. Ich bin an einem entscheidenden Punkt angelangt und kann mir keinen Fehler leisten."

Der Fehler wäre sie. Wer versetzt da eigentlich wem den Todesstoß, fragte sich Melanie. Sie biss sich auf die Lippen. „Dann ist mein Timing ja perfekt."

„Inwiefern?"

„Mir ist aufgegangen, wie sehr ich meinen Job vernachlässige, seit wir zusammen sind. Das wäre nicht so schlimm, wenn nicht alle meine Geschäftspartnerinnen zurzeit dasselbe täten: Lauren muss Anton mindestens fünfmal am Tag anrufen, Chloe repariert ihr Make-up während der Arbeitszeit, damit sie möglichst rasch zu Eric nach Hause kommt, und sogar Sydney träumt oft nur vor sich hin."

Melanie seufzte schwer. Das, was sie gesagt hatte, ließ ihre Kolleginnen und Freundinnen aussehen wie arbeitsscheues Pack. Aber in der Tat schien für die Frauen, sobald sie einen Partner gefunden hatten, nichts anderes mehr zu zählen. gIRL-gEAR fiel auseinander, und das konnte Melanie nicht mit ansehen. Auch wenn ihr Herz blutete, fühlte sie sich im Recht. Sie blickte Jacob fest in die Augen und sagte: „Ich finde, wir sollten Schluss machen."

„Schluss machen?"

„Ja. Es ist eh nur eine körperliche Beziehung, also dürfte es uns nicht schwerfallen. Dann kann jeder wieder das tun, was ihm wichtig erscheint. Das ist doch nur vernünftig."

„Es ist feige."

Sie stutzte. „Feige?"

„Ja. Du machst es dir ziemlich einfach. Hast du Angst, die Kontrolle zu verlieren?" Er lächelte matt. „Guck nicht so überrascht. Hast du gedacht, ich würde dich nicht durchschauen?" Er blickte sie fest an. „Weißt du nicht, dass mich deine Leidenschaft verrückt macht? Wo liegt dann das Problem? Glaubst du, du kannst dich besser konzentrieren, wenn wir Schluss machen? Von wegen! Frustriert wirst du sein und genauso abgelenkt wie deine Partnerinnen, weil du immer an den tollen Sex denken musst, den wir hatten. Vergiss die Partnerinnen! Es geht nicht um sie, es geht um dich."

„Sie sind ganz schön von sich eingenommen, Mr. Faulkner."

Er schnaubte. „Du hast geglaubt, ich wollte Schluss machen, und wolltest mir zuvorkommen, gib's doch zu! Aber wenn nicht wirklich was zwischen uns ist, muss auch keiner Schluss machen, oder?"

Seine Argumente klangen viel zu logisch, und Melanies Stolz war zu groß, um zuzugeben, dass längst mehr zwischen ihnen war, als sie wollte. So mussten sich Mom und Granny gefühlt haben. Aber Melanie war stärker als sie und würde keine Schwäche zeigen, wenn er sie schließlich verließ. „Na, schön", meinte sie mit fester Stimme, „also machen wir nicht Schluss. Wie geht's weiter?"

„Wir fahren zu dir."

„Schön, dass du so verrückt bist nach meinem Körper." So wie sie es sagte, sollte es sarkastisch klingen, in Wahrheit aber wünschte sie sich bereits viel mehr von ihm.

„Ach Melanie!" Er stand auf und wartete, bis auch sie hinter dem Tisch hervorgerutscht war. Erst dann, als sie direkt vor ihm stand und seine Wärme spürte, setzte er leise hinzu: „Einen Körper kriege ich doch überall. Was es so spannend macht, ist doch dein Verstand."

Samstagmorgen. Melanie hatte gerade ihr Fitnessprogramm absolviert, als ihr Handy klingelte. Nicht mal in Ruhe schwitzen kann man mehr, dachte sie und zählte langsam bis zehn. Aber dann siegte doch die Neugier, und sie ging ins Schlafzimmer hinüber, wo das Handy zum Aufladen auf der Frisierkommode stand. Das Display zeigte an, dass eine SMS eingegangen war. Neugierig rief sie die Nachricht ab: „Auf geht's, Adventure-gIRL! Sei in einer Viertelstunde im Auto."

Er hielt sich für so schlau, dieser Jacob! Ignorierte alles, worüber sie gestern Abend gesprochen hatten. Nach zwei Flaschen Wein waren so ziemlich alle Hemmungen verschwunden, und jetzt bedauerte er vermutlich, was er da gesagt hatte – sofern er sich überhaupt daran erinnern konnte. Wäre das nicht wieder mal ganz bezeichnend für ihr Glück mit den Männern, wenn sein ganzes Gerede über seine Gefühle für sie nichts weiter gewesen wäre als betrunkenes Geschwätz?

Überhaupt, wieso maß sie dem Bettgeflüster so viel Bedeutung bei? Bett war schließlich … Bett. Sex. Viel wichtiger war doch, worüber sie sprachen, wenn sie was anhatten. Nur dass Jacob dann nicht viel redete, wenigstens nicht über die Dinge, die sie für wichtig hielt. Außer gestern. Gestern hatte er sie zum ersten Mal in sein Innerstes blicken lassen. Doch als ihm klar wurde, wie viel er von sich preisgab, hatte er sich natürlich sofort wieder verschlossen – typisch Mann!

Aber ein Mann, dem sie immer mehr verfiel. Sein Humor, seine Ansichten, seine Beobachtungsgabe … Der Gedanke, ihn nicht mehr jeden Tag im Büro zu sehen, durch einen Kontinent von ihm getrennt zu sein, erschien ihr unerträglich. Sie konnte sich nicht vorstellen, ohne ihn zu leben, und dabei hatte sie sich erst vor zwölf Stunden geschworen, dass sie an dieser Affäre nur der Sex interessierte.

Wieder klingelte das Telefon. Sie rief die Nachricht auf. „Feigling!“ lautete die Botschaft. Das war’s dann. Beleidigen ließ sie sich nicht! Nicht von einem Kerl, der noch feiger war als sie selbst.

11. KAPITEL

Es war kein Problem, Jacobs Wegbeschreibung, die nach und nach per SMS eintraf, zu folgen. Melanie hatte zwar fünfundvierzig statt der geforderten fünfzehn Minuten benötigt, bevor sie im Auto saß, aber es war ihm sicher auch lieber, dass sie besser duftete als zu der Zeit seines ersten Anrufs.

Als sie losfuhr, war es beinahe Mittag. Sie hatte nicht geahnt, dass er gar nicht weit entfernt von ihr wohnte, in einem ehemaligen Lagerhaus östlich des Stadtzentrums, nur ein paar Schritte vom Minute Maid Park entfernt. Ob er häufig beim Baseball war?

Mithilfe seines Sicherheitscodes öffnete sie das Tor zu seiner Garage, parkte das Auto neben seinem Geländewagen und stieg aus. Durch eine Stahltür gegenüber gelangte sie in eine Werkstatt, wo sich der Aufzug befand. Ob sie ihn überhaupt finden würde bei all der Geheimnistuerei? In dem Moment hörte sie, wie sich eine Kamera heranzoomte. Es gelang ihr sogar, nicht hineinzusehen, während sie mit dem Aufzug in den ersten Stock fuhr. So leicht würde dieser Spion sie nicht drankriegen.

Der Aufzug öffnete sich auf einen höhlenartigen Raum, dessen Boden mit großen schwarz-weißen Fliesen ausgelegt war. Und da wagte *er, ihr* zu raten, mehr Farbe ins Leben zu bringen! Halt, da lagen auch rote Fliesen, bemerkte sie, als sie weiter vordrang, und violette. Aber sonst war da nicht viel.

An einem Ende befand sich die Kochnische, die direkt aus dem Raumschiff Enterprise zu stammen schien: Leuchtschienen schwebten über einer Kochinsel aus Edelstahl, und über weißen Schränken mit schwarzen Zierleisten hing eine Reihe von Bildschirmen. Jetzt noch der passende Soundtrack, und man kommt sich vor wie in einem Szeneklub, dachte Melanie. Dann kam sie zum letzten Monitor und sah sich selbst darin – live, eine Aufnahme von einer Überwachungskamera, so wie im Aufzug.

Sie drehte sich um, hörte, wie eine andere Kamera auf sie zoomte, ignorierte auch die und machte sich auf den Weg in das, was man als den Wohnbereich bezeichnet hätte, wäre es möbliert gewesen. War es aber nicht, wenigstens nicht im landläufigen Sinn.

Es gab zwei Sofas, die ihre Existenz als Rückbänke in einem Auto begonnen hatten, ehe sie einem Designer in die Hände gefallen waren. Der niedrige Tisch dazu stammte von der Ladeklappe eines Lieferwagens, als Beine dienten die Standflächen von Wagenhebern. Stehlampen waren an strategischen Punkten entlang der langen Ziegelmauer verteilt. Auf der gegenüberliegenden Seite des Raums führte eine Wendeltreppe ins nächste Stockwerk.

Darauf steuerte sie jetzt zu. Unterwegs überlegte sie, was das für ein Mann sein musste, der weder einen monströsen Fernsehapparat noch eine überdimensionierte Stereoanlage besaß. Natürlich einer wie Jacob, der nicht analysierte, sondern sich für das Gesamtkonzept interessierte. Nun, dieses Gesamtkonzept präsentierte sich eigenartig kahl und irgendwie befremdlich. Aber da sie ihn ja nicht verstehen musste, grübelte sie nicht weiter darüber nach.

Die Windschutzscheibe an der Wand neben der Treppe zeigte die Einspielung einer weiteren Kamera. Und dieser Kerl behauptete allen Ernstes, er könne die Arbeit vom Rest seines Lebens trennen? Von wegen! Eine Tour durch sein Loft bekräftigte Melanies Theorie, dass sein Leben nur aus dem Filmen bestand. Wie gut sie ihn doch kannte! Und wie traurig, dass der Mann, den sie am besten kannte, niemals fester Bestandteil ihres Lebens sein würde.

Mit einem tiefen Seufzer stieg sie, von ihrem eigenen Bild beobachtet, die Treppe hinauf. Doch die Verwirrung, die sie dabei empfand, war nichts verglichen mit dem Schock, der sie erwartete, als sie oben ankam.

Die Fenster entlang der langen Wand waren völlig verdeckt von einem Bildschirm, nein, von einer kompletten Video-Installation, die ein riesiges Bild zeigte – Melanie, auf Raumhöhe vergrößert und in ein Dutzend Quadrate zerstückelt.

Sie trat vor. Die Kamera zoomte so nahe an sie heran, dass sie in der oberen rechten Ecke gerade noch ihren Mund, unten links eine Schulter ausmachen konnte. Das Zentrum des Bildschirms wurde eingenommen von dem Grübchen an ihrem Hals – und vom nervösen Pulsieren ihrer Schlagader.

Wo war Jacob? Rufen kam nicht infrage. Er würde sich schon melden, wenn er es für angebracht hielt, und sie war gespannt, ob sie seine Gedanken erraten konnte, indem sie die Kameraführung genau beobachtete. Doch auch nach mehreren Sekunden bewegte sich das Bild nicht. Inzwischen überzog ein zarter Schweißfilm ihre Haut.

Gebannt beobachtete sie die Monitore. Keine Sekunde wollte sie sich entgehen lassen, um ihre Vorfreude nicht zu zerstören. Anscheinend befand sie sich in seinem Schlafzimmer, und sie würden mit Sicherheit im Bett landen. Aber sie war noch nicht bereit für das Finale, sie wollte noch ein paar Vorrunden.

In diesem Moment bemerkte sie hinter sich eine Bewegung. Sie sah ihrem Videobild über die Schulter. Jacob hatte die Szene betreten, und sofort überlief sie ein schier unerträgliches Prickeln. Er nutzte ihren Körper als Schild, sodass sie nur einen flüchtigen Blick auf ihn erhaschte. Immerhin erkannte sie, dass seine Schultern – und wahrscheinlich auch alles Übrige – nackt waren. Kurz sah sie seine Hüfte und die langen Oberschenkel, dann verschwand er hinter ihr.

Auf einmal ertönte Musik, derselbe Mix, den sie für ihren Strip benutzt hatte, und mit einem Schlag heizte sich die Atmosphäre auf wie vor einem Gewitter. Melanie konnte Jacob noch immer nicht sehen! Er stand genau hinter ihr, seine Hände lagen jetzt auf ihren Schultern. Dann veränderte er seine Position leicht, und sie entdeckte ein Headset mit Mikrofon. „Kamera eins, Zoom“, sprach er hinein, und sofort erschien die Ansicht ihres Oberkörpers auf den Monitoren.

„Was machst du da?“, flüsterte sie und konnte sehen, wie sich ihr Kehlkopf dabei bewegte.

„Das Band wolltest du ja nicht. Trotzdem möchte ich dir zeigen, was ich sehe, wenn du dich ausziehst.“

„Das weiß ich doch, schließlich kenne ich das Zubehör.“

„Die Einzelteile – das Ganze siehst du nicht.“

Die alte Leier! Diesmal aber hatte sie keine Lust zu streiten, denn seine Hände machten sich an der langen Reihe von Knöpfen zu schaffen, großen, runden sonnenblumengelben Knöpfen an ihrem Top in der gleichen Farbe. Ob er es bemerkt hatte?

„Kamera zwei, Zoom“, sagte er ins Mikrofon, als alle Knöpfe offen waren. Jetzt füllte Melanies Torso das Bild. Wieder erschien Jacobs Hand und streifte ihr das Top ab, sodass die zarte elfenbeinfarbene Spitze des BHs und darunter die rosigen Knospen ihrer Brustspitzen zu sehen waren. Er öffnete den Haken und schob ihr die BH-Träger halb über die Arme. Dadurch rutschten die Körbchen hinunter und verfingen sich an den Spitzen ihrer Brüste.

Melanie war hin- und hergerissen. Sie konnte nicht sagen, was sie mehr aufwühlte: das, was sie sah, das, was sie fühlte, oder die Tatsache, dass sie sehen konnte, was sie fühlte. Auf jeden Fall war sie erregt, unglaublich erregt.

Jacob legte beide Hände um ihre Brüste und massierte die Spitzen, die immer noch von den Körbchen verdeckt wurden. Mit großen Augen verfolgte Melanie die Bewegungen seiner feingliedrigen, maskulinen Hände auf ihrer zarten, femininen Haut. Bald konnte sie das Rauschen ihres Blutes nicht mehr vom Rhythmus des Beats unterscheiden.

Hier oben war es nicht besonders hell, aber die Beleuchtung war geschickt arrangiert. Es herrschte ein ständiges Wechselspiel zwischen Licht und Schatten, als würde ein Stroboskop über die Bildschirme tanzen. Melanie war völlig gefangen im Bann der Bilder, ein Voyeur ihrer eigenen Verführung.

Nun schob Jacob beide Hände unter die Körbchen. Der BH fiel zu Boden, die Monitore zeigten ihren nackten Oberkörper und seine Hände. Sie lehnte den Kopf an seine Schulter und schloss die Augen. Jetzt wollte sie nur noch fühlen. Jacob liebkoste ihre Brüste. Er streichelte die zarte Haut, strich über die Spitzen und fing dann wieder von vorn an. Aber dann wanderten seine Hände tiefer. „Zoom aus, Kamera eins, Kamera zwei“, befahl er ins Mikrofon.

Melanie schlug die Augen auf und sah sich nun wieder von der Schulter bis zur Taille, nur war sie inzwischen nackt bis auf den knappen, tief sitzenden Jeansrock und das Kettchen um ihre Taille. Dorthin glitten jetzt Jacobs Finger. Er schob sie unter die Kette – ihr Gefangener.

Es war ein genialer Einfall! Die Lichter, die Musik, Jacobs Hände auf ihrer Haut, und der sichtbare Beweis ihrer Gefühle ausgebreitet über eine ganze Wand … wer würde da nicht rasend werden vor Leidenschaft? Und dann noch Jacobs deutlich spürbare Erregung und das Wissen, dass er ganz nackt hinter ihr stand.

„Kamera eins, Zoom nach unten.“ Im Bild erschienen Bauchkettchen und Rock, aber Jacob öffnete sofort den Reißverschluss und streifte den Rock hinunter, bis Melanie nur mit einem elfenbeinfarbenen Stringtanga bekleidet dastand. Der durchscheinende Stoff verbarg nichts. Sie sehnte sich nach Jacobs Berührung. Trotzdem sah sie ungerührt, fast unbeteiligt zu, wie Jacob das hauchdünne Material zur Seite schob und sie zwischen den Schenkeln berührte.

Sie keuchte leise und spreizte die Beine, und dann war er da! Er liebkoste ihre empfindsamste Stelle, zog sich aber jedes Mal schnell zurück, ehe sie mehr tun konnte, als erleichtert zu stöhnen.

Als er die Hand ganz wegzog, seufzte sie frustriert. „Zieh den Tanga aus“, befahl er, und sie gehorchte eilig, auch wenn sie dabei rot wurde. Ihre geheimste Stelle in Großaufnahme zu sehen, war mindestens ebenso verstörend wie erotisch. Auf einmal hörte sie das Ratschen von Plastikfolie, und Jacob kommandierte: „Streichle dich.“

Wie? Sich vor der Kamera zu berühren war eine Sache, aber sich selbst dabei zu beobachten und zu wissen, dass Jacob hinter ihr stand und zusah? Langsam legte sie die Hände auf die Brüste und begann, sie zu streicheln, und allmählich regte sich ihre Fantasie. Jacob hatte die Knie ein wenig gebeugt. Er hielt ihre Hüften umschlungen und drängte sich von hinten zwischen ihre Beine. Der Anblick seiner von einem Kondom geschützten Männlichkeit raubte ihr schier den Atem.

Sie wollte ihn fühlen, und seine rauen Atemzüge verrieten ihr, dass auch er sich nach ihr sehnte. Dennoch machte er keinerlei Anstalten, sie zum Bett zu ziehen. Also lehnte sie sich mit ihrem ganzen Gewicht an ihn und ließ die Hände tiefer gleiten. Sie öffnete sich und konnte nun alles sehen, was Jacob bereits gesehen hatte. Ein heißer Schauer überlief ihren Körper.

Plötzlich fing Jacob an, sie ebenfalls zu liebkosen, und sie überließ sich willig seinen kundigen Händen. Nichts, was sie hätte tun können, kam nur im Entferntesten an das heran, was er mit ihr anstellte. Aber schließlich war auch das nicht mehr genug. Sie drehte sich herum, schlang die Arme um seine Taille und schmiegte sich an ihn.

„Was tust du da?“, stieß er hervor.

„Ich nehme mein Abenteuer selbst in die Hand.“ Sie begann, ihn zu küssen. „Gibt es hier irgendwo ein Bett? Oder müssen wir es auf dem Fußboden tun?“, murmelte sie, an seinen Hals gepresst.

Er lachte. „Ich habe ein Bett.“

„Könnten wir uns dann eventuell dorthin begeben? Oder versetzt es dir einen speziellen Kick, wenn du mit dem Rücken auf einem eisigen Fliesenboden liegst?“

„Bett ist doch langweilig.“

„Das ist mein Abenteuer.“ Sie gab ihm einen kleinen Klaps aufs Hinterteil. „Vorwärts! Und setz das Ding ab.“ Sie wies auf das Headset. „Liebe mit einem Roboter – das grenzt schon an Geschmacklosigkeit.“

Er musterte sie lange. Seine Augen funkelten auf diese ganz spezielle Weise, bei der sie immer ganz weiche Knie bekam, und sie fragte sich, worüber er so lange nachdachte. Plötzlich lächelte er. „Habe ich richtig gehört, *Liebe?*“ Doch bevor sie antworten konnte, befahl er: „Kamera eins, Zoom nach rechts“, riss sich das Headset vom Kopf und schleifte sie förmlich ins Bett.

Was sollte sie dazu sagen? Sie machte sich schon längst nichts mehr vor. Es ging nicht mehr nur um Sex, wenigstens nicht für sie. Zwar war sie gefühlsmäßig noch nicht so weit, das Wort mit „L“ bewusst in den Mund zu nehmen, aber die Befriedigung ihrer Lust war auf einmal nicht mehr so wichtig. Sie wollte geben, nicht nehmen, und, ja, sie wollte die Kontrolle aufgeben.

Er warf sie auf das weiche Baumwolllaken und stürzte sich auf sie. Ein längeres Vorspiel wollte sie nicht abwarten. Sie öffnete die Schenkel und nahm ihn mit einem leisen Entzückensschrei in sich auf. Ein Schauer überlief ihn, das spürte sie, doch noch hielt er sich zurück. Aber das war nicht nach ihrem Geschmack. Sie wollte nicht länger warten, wollte ihm gar nicht erst die Chance geben, wieder zur Besinnung zu kommen.

Also grub sie die Finger in seinen Po und drückte ihn an sich. Um seinen leisen Protest kümmerte sie sich nicht. „Es ist mein Abenteuer", wiederholte sie und tat das, wonach ihr im Moment am meisten war: Sie schlang die Beine um seine Hüften, nahm sein Gesicht in beide Hände – und küsste ihn.

Er schmeckte nach Melancholie, nach Geheimnissen. So schmeckte ein Mann, der nur selten küsste, weil er nicht sicher war, ob er erwünscht war. Sein Zögern brach ihr das Herz, das sie ja eigentlich – das hatte sie sich geschworen – aus dieser Sache raushalten wollte. Aber er zögerte nur kurz, und seine Melancholie verflog in dem Moment, als seine Zunge in ihren Mund glitt.

Sie fielen übereinander her, als würde jeder in dem anderen ein längst verloren geglaubtes Teil seiner selbst suchen. Etwas Vergleichbares hatte Melanie noch nie erlebt. Jacob verschlang ihren Mund förmlich. Er hielt ihren Kopf fest zwischen beiden Händen und genoss. Doch plötzlich zog er sich zurück. „Es geht nicht mehr, Melanie", keuchte er, am Ende seiner Beherrschung, „es geht nicht mehr." Und dann kam er.

Melanie wandte den Kopf zur Videowand und beobachtete ihn. Sie sah, wie er mit einem Hunger in sie eindrang, den sie noch nie bei ihm erlebt hatte. Sie sah sein Gesicht, sah, wie er die Augen schloss und die Sehnen an seinem Hals hervortraten. Sie sah, wie sich die Muskeln auf seinem Rücken anspannten und sein Becken sich mit rhythmischen Bewegungen hob und senkte.

Und dann war auch sie so weit. Sie stützte sich auf die Ellenbogen, stemmte die Füße in die Matratze und bog sich ihm entgegen. Jeden Stoß beantwortete sie mit einer Gegenbewegung. Als sie kam, schloss sie die Augen. Sie warf den Kopf in den Nacken und sah nur noch das eine Bild in ihrem Kopf – Jacob bei ihrer ersten Begegnung.

Dann verschwand alles in einem Wirbel von Gefühlen, und sie musste die Zähne zusammenbeißen, um nicht in Tränen auszubrechen. Leugnen war zwecklos: Jacob war mehr als ihr Lover. Er war ihr Leben.

Montagmorgen. Melanie stand am Fenster und beobachtete den hektischen Mittagsverkehr auf dem Southwest Freeway, um dem Filmteam, das das Interview vorbereitete, nicht in die Quere zu kommen.

Heute Morgen hatte sie extrahart trainiert, davor eine halbe Stunde meditiert und anschließend so lange heiß geduscht, bis ihr Heißwasservorrat erschöpft war. Der beruhigende Effekt hatte auch eine Weile angehalten, aber dann hatte sie das Büro betreten und festgestellt, dass Jacob schon vor ihr da gewesen war. Er hatte zwei fest montierte Kameras und seine Beleuchtungsausrüstung dagelassen – der frühe Vogel auf der Jagd nach dem Wurm. Dabei wollte das arme Würmchen nichts wie raus aus diesem Dampfkochtopf!

Wie sollte sie nach diesem Wahnsinnskuss, in den sie ihr ganzes Herz gesteckt hatte, in der Lage sein, dazusitzen und vor seinen Augen noch mehr von sich preiszugeben? Als er das Wort *Liebe* gebrauchte, hatte er nur wiederholt, was ihr herausgerutscht war, mehr nicht. Sie konnten niemals ein Paar werden – nicht, solange für sie nur gIRL-gEAR und für ihn nur die Kamera wichtig war.

„Miss Craine?“

Melanie fuhr aus ihren Gedanken hoch.

Ann Russell, die Moderatorin der Dokumentation, begrüßte sie und setzte sich so, dass sie im besten Licht erscheinen konnte. Dann klopfte sie einladend auf den zweiten Stuhl. Melanie wäre lieber da geblieben, wo sie sich befand. Aber in diesem Moment betrat Jacob den Raum. Ob sie wollte oder nicht, das Interview hatte bereits begonnen.

Sie konnte nur einen flüchtigen Blick auf ihn werfen. Er wirkte konzentriert und professionell. Falls er sie angesehen hatte, hatte sie es nicht bemerkt. Und das tat verflixt weh! Wieder mal sah er umwerfend aus.

Er trug seine typischen Arbeitsklamotten, ein topmodisches, perfekt sitzendes schwarzes Marken-T-Shirt, heute zu Baggy Pants aus schwarzem Leinen. Melanie presste die Nägel in die Handflächen, damit sie ihn nicht in den Po kneifen oder das Haar zerzausen konnte, das, wie sie wusste, gleichzeitig dicht und dennoch ganz fein war.

Dieses Interview würde total in die Hose gehen. Nur ein Wunder konnte verhindern, dass sie Dinge ausplauderte, die ihn nichts angingen. Zum Beispiel die unbedeutende Tatsache, dass sie sich in ihn verliebt hatte.

Ohne ihm noch einen Blick zu gönnen, setzte sie sich in den zugewiesenen Stuhl. Ann flüsterte ihr noch ein paar beruhigende Worte zu, tätschelte aufmunternd ihr Knie – und los ging's.

Melanie atmete tief durch und setzte das gIRL-gEAR-Gesicht auf, das sie sich längst zu eigen gemacht hatte. Die Antworten auf Fragen nach gIZMO- und gOODIE-gIRL bewältigte sie spielend. Sie erläuterte ihre Vision, die Wünsche der Kunden ungeachtet ihres Alters oder Einkommens zu erfüllen, erzählte von ihrer frühen Faszination für technisches Spielzeug und ihrem zweiten Zuhause, dem Computerraum. Als sie den Rausschmiss aus der Cheerleadertruppe erwähnte, erntete sie schallendes Gelächter.

Ann warf einen Blick auf ihre Notizen. „Sagen Sie uns eines, Melanie“, begann sie. „Wie wirkt sich der enorme Einsatz für dieses einzigartige Start-up-Unternehmen auf Ihr Privatleben aus? Haben Sie Geschwister?“

Melanies Gedanken überschlugen sich. Sie suchte bereits nach Antworten auf die intimeren Fragen, die mit Sicherheit folgen würden. In Jacobs Gegenwart musste sie sich in Acht nehmen. Doch zunächst war die Antwort noch einfach. „Nein, ich bin ein Einzelkind und wurde – um Ihre nächste Frage vorwegzunehmen – von einer sehr starken Mutter und einer mindestens genauso starken Großmutter aufgezogen.“

„Also keine männliche Autoritätsfigur in Ihrem Leben?“

„Nein. Die habe ich auch nicht vermisst, dank der weiblichen Vorbilder, mit denen ich aufgewachsen bin. Meine Mutter wie auch meine Großmutter haben mein Leben geprägt. Sie haben mir beigebracht, dass ich das erreichen kann, was ich mir vornehme. Alles, was ich bin, verdanke ich ihrer uneingeschränkten Unterstützung.“

Ann lächelte in die Kamera, aber sie wirkte aufrichtig. „Alles, was Sie sind, aber sicher nicht alles, was Sie haben, oder?“

Melanie lachte. „Nein, Fleißarbeit und Überstunden habe ich schon selbst übernommen.“

„Überstunden ...“ Ann legte eine gekonnte Pause ein. „Wie geht Ihr Lebensgefährte mit dem Druck um, dem Sie durch gIRL-gEAR ausgesetzt sind?“

„Ehrlich gesagt, mache ich mir den meisten Druck selbst.“ Keine direkte Antwort geben, eine ausgesprochen bewährte Taktik – und darüber hinaus erfolgreich.

„Sie sind Perfektionistin?"

Melanie nickte. „Und Workaholic."

Ann tippte mit dem Stift auf ihren Notizblock. Die Spannung stieg. „Dass Sie von zwei alleinstehenden Frauen aufgezogen wurden, hat doch sicher Ihre Einstellung zu Männern beeinflusst, unabhängig davon, ob Sie sich einen Mann in Ihrem Leben vorstellen können oder nicht."

„Träumen wir nicht alle von einem Mann in unserem Leben?" Ausflüchte, eine noch bessere Taktik, und auch sie geglückt, denn Melanie hörte das Lachen der Partnerinnen, die draußen vor der Tür horchten.

Ann hatte das ebenfalls bemerkt. „Ich höre Zustimmung draußen auf dem Flur. Nun, wie stehen Sie zur Heirat von Lauren Neville, vormals Hollister?"

Achtung! Melanie wusste zwar nicht, worauf die Fernsehfrau hinauswollte, aber ihren Freundinnen würde sie nicht in den Rücken fallen. „Ich war total von den Socken! Ich habe Lauren noch nie so glücklich erlebt. Man kann nur noch mit Sonnenbrille an ihrem Büro vorbeigehen, so strahlt sie." Lauter Protest erscholl aus dem Korridor.

Ann jedoch hakte ungerührt nach. „Auch andere Mitglieder von gIRL-gEAR sind vor Kurzem feste Beziehungen eingegangen. Haben Sie den Eindruck, dass Sie mehr Arbeit aufgebürdet bekommen als die verheirateten beziehungsweise anderweitig gebundenen Partnerinnen?"

Melanies Magen schlug Purzelbäume, aber sie zwang sich zu einem lässigen Achselzucken. „Niemand zwingt mich zu irgendwas. Natürlich arbeite ich länger, aber meine Situation erlaubt das auch."

Ihr Gegenüber zog die Augenbrauen hoch. „Ohne Groll?"

Kein Groll – nur die Angst, dass die totale Veränderung der Partnerinnen die Existenz der Firma gefährdete. „Weswegen sollte ich ihnen grollen? Wir sind Partner. Jede hat ihre Stärken, jede hat aber auch Verpflichtungen außerhalb der Firma. Aber eines steht fest: Wir werden immer für die anderen da sein, egal was sonst geschieht."

„Dann sind Sie also glücklich mit Ihrem Job verheiratet?"

„Im Moment?" Melanie konnte nicht anders, sie warf Jacob – beziehungsweise der Kamera – einen Blick zu. „Ja, sehr glücklich", verkündete sie und unterstrich die Behauptung mit einem breiten Lächeln, auch wenn sie keine Ahnung hatte, wen sie damit überzeugen wollte: Jacob oder – sich selbst.

12. KAPITEL

Später am Nachmittag, auf dem Weg durch den Korridor, brütete Melanie missmutig über ihrer Liste für gIZMO-gIRL. Mindestens die Hälfte der Artikel war unbrauchbar, an die andere Hälfte konnte sie sich, ehrlich gesagt, kaum mehr erinnern. Dabei lief ihr die Zeit davon. Lauren brauchte die Grafiken für die Website, die Druckerei wartete auf den Text für den Katalog. Doch Melanie konnte sich nicht einmal zwischen Handytaschen in Tarnfarben oder im Leoparden-Print entscheiden. Sie war wirklich eine große Hilfe für gIRL-gEAR!

Das Einzige, was sie genau wusste, war, dass sie Jacob Faulkner, die Ursache für ihre augenblickliche Verfassung, eigenhändig erwürgen würde. Ihr Leben und ihr Job wären so viel einfacher, wenn sie ihn nicht lieben würde. Denn sie hatte keine Ahnung, wie sie damit umgehen sollte.

Leises Blätterrascheln aus dem Konferenzraum erregte ihre Aufmerksamkeit, und sie warf einen Blick hinein. Am Kopfende des langen Tisches saß Rennie Faulkner. Sie balancierte einen Stapel Papier auf dem Schoß, starrte geistesabwesend aus dem Fenster und zappelte mit den Füßen. Gleich zu gleich gesellt sich gern, dachte Melanie. Sie trat ein. „Hast du immer noch kein eigenes Büro?"

Rennie erschrak, aber dann winkte sie ab. „Ich bin es gewohnt, so zu arbeiten. Für das bisschen Zeit, das ich hier verbringe, brauche ich wirklich kein eigenes Büro."

„Du kannst meines benutzen, wenn ich nicht da bin." Das war das Mindeste, was Melanie der Frau, die unter günstigeren Umständen ihre Schwägerin geworden wäre, anbieten konnte. „Soll ich dir einen Laptop besorgen?"

„Hab ich. Ich bin gerade dabei, die Termine für die Beratungsgespräche zu planen.“ Rennie nahm die Papiere von ihrem Schoß und legte sie zu denen, die bereits über den ganzen Tisch verstreut waren. „Trotzdem danke für das Angebot, dein Büro zu nutzen. Aber wie du siehst …“, sie deutete auf das Chaos, „… bin ich nicht gerade die Ordnung in Person.“

Interessant! Für Melanie war Rennie mit ihren Twinsets, den langen Röcken und flachen Schuhen immer ein Muster an Perfektion gewesen. Sie zog einen Stuhl heran und setzte sich. „Jeder macht mal eine chaotische Phase durch.“

Rennie verzog das Gesicht. „Nett von dir, aber das nehme ich dir nicht ab. In deinem Büro liegt nie auch nur ein Bleistift schief.“

Melanie grinste verlegen. „Ich gelobe Besserung.“

„Wieso? Man ist, wie man ist. Was ist falsch daran, sein Büro in Ordnung zu halten?“

„Wenn es zu einer Manie wird, die sich nicht nur aufs Büro, sondern auf das ganze Leben erstreckt …“ Sie deutete auf den Stapel Papier, den sie als den Fragebogen identifizierte, den die Mädchen, die sich für das gUIDANCE-gIRL-Programm interessierten, ausfüllen mussten. „Stress?“

Rennie schüttelte den Kopf. „Nein. Mein Problem kommt von einer anderen Seite. In einer bestimmten Sache weiß ich nicht recht, wie ich mich verhalten soll.“

„Magst du darüber reden? Ich bin zwar keine Psychologin, aber ich höre dir gern zu, einfach so, von Frau zu Frau.“

Rennie überlegte. Dann lächelte sie, und Melanie hatte das Gefühl, gerade eine Freundin gewonnen zu haben. „Dann überrascht es dich sicher nicht, wenn ich beichte, dass es sich um einen Mann dreht.“

Melanie seufzte. „Warum sollte es dir besser gehen als allen anderen?“

„Wie? Du auch?“

Melanie nickte.

„Jacob? Das darf doch nicht wahr sein!“ Rennie warf den Kopf zurück und lachte. „Das ist ja großartig! Ich freue mich wahnsinnig!“

Na, wenigstens eine, dachte Melanie. Laut meinte sie: „Freu dich nicht zu früh.“

„Wieso? Das ist das Beste, was passieren konnte. Jacob braucht eine starke Frau an seiner Seite. Er ist wahrlich kein einfacher Mensch.“

Melanie räusperte sich. „Das ist nicht das Problem.“

„Sondern?“ Rennie runzelte die Stirn. „Weiß er nicht, was du für ihn empfindest?“

„Doch, aber wir sind beide beruflich viel zu sehr eingespannt. Traurig, aber wahr: Keiner von uns ist momentan in der Lage, eine ernsthafte Beziehung zu führen.“

Rennie schnaubte. „Versuch mal, eine Beziehung über eine Entfernung von dreihundert Meilen zu führen.“

Dreihundert Meilen? Houston ... San Antonio? „Aidan Zuniga?“

„Kannst du hellsehen?“

Melanie kicherte. „Auf Chloes Party habt ihr euch sehr gut verstanden.“

Rennie schloss die Augen. „Ich hätte die Kurve kratzen sollen, als ich hörte, wo er lebt. Ich hätte es wissen müssen! Aber stattdessen habe ich mich mit ihm auf einen Kaffee getroffen, und dann hat er mich geküsst und ... Ich habe mir geschworen, mich nie mit einem Kerl einzulassen, der nicht jeden Abend zu mir nach Hause kommt. Genau wie Jacob geschworen hat, sich von seinem Beruf nicht vereinnahmen zu lassen. Und nun schau uns an!“ Sie schlug die Augen auf. „Und? Was machen wir jetzt?“

„Da fragst du die Falsche. Ich weiß keinen Rat. Aber wenn dir was einfällt, könntest du mir ja einen Tipp geben.“

Melanie kehrte der Arbeit auf dem Schreibtisch den Rücken und starrte aus dem Fenster. So spät am Abend war das Gebäude wie ausgestorben. Ihre Partnerinnen saßen längst zu Hause bei ihren Männern. Sogar Kinsey, eine der wenigen, die sich noch als Single durchs Leben schlugen, hatte sich mit Doug Storey fürs Kino verabredet. Was Poe trieb – keine Ahnung, ihr Privatleben war immer noch ein Rätsel.

Und Melanie hatte nicht mal eines, nur Arbeit, Sex, ein bisschen Sport und danach wieder Sex. Sie hatte zwar einen Mann, zu dem sie vermutlich sogar nach Hause gehen konnte, aber dann auch wieder nur für Sex. Das, was Chloe und die anderen darüber hinaus mit ihren Männern verband, das gab es für sie und Jacob nicht. *Und wessen Schuld war das?*

Nachdenklich zwirbelte sie den Bleistift zwischen den Fingern. Nicht, dass sie sich nach so einer Art von Beziehung sehnte. Schließlich war sie sehr glücklich verheiratet – mit ihrem Job.

Sie war offenbar auch die Einzige, die sich um die Zukunft von gIRL-gEAR sorgte. Es war nicht auszuschließen, dass auch ihre Firma unterging, wenn sie die Stürme das E-Business allzu heftig beutelten. Dabei war das Unternehmen, das sie und ihre Freundinnen in einer eiskalten Novembernacht gegründet hatten, Melanies Lebenswerk.

Plötzlich fühlte sie sich hundeelend. Tapfer schluckte sie die Tränen hinunter und beobachtete den Feierabendverkehr, der auf dem Southwest Freeway vorüberkroch. Die ganze Zeit rühmte sie ihre Unabhängigkeit und prahlte damit, dass der Beruf sie völlig ausfüllte. In Wirklichkeit war sie nur neidisch auf ihre Partnerinnen! Sie beneidete sie, weil sie einen Grund hatten, abends nach Hause zu gehen, weil sie sich geliebt fühlen konnten und einen besten Freund hatten, der zugleich ihr Lover war. Natürlich wollte sie die unabhängige

Frau sein, zu der man sie erzogen hatte, aber viel mehr noch wollte sie schlicht und einfach geliebt werden.

Sie zog die Nase hoch, und auf einmal packte sie blinde Wut – auf alles und jeden. Nur wilder Sex konnte ihre Laune jetzt bessern. Sie würde Jacob anrufen und ihn zu einer heißen Nacht einladen. Aber selbst bei ihm spürte sie seit Kurzem eine Veränderung. Zwar war er im Bett so fantasievoll wie immer, trotzdem wirkte er irgendwie abgelenkt, als hätte er zu viel um die Ohren – das Manko des Workaholics. Aus diesem Grund würde Doc Melanie ihnen beiden jetzt eine lange, stürmische Nacht verordnen.

Sie wollte gerade zum Telefon greifen, als sie sich an die Webcam-Verbindung in seinem Büro erinnerte. Schnell rief sie die Seite auf. Da war er, und nicht allein. Zusammen mit einem anderen Mann saß er am Schreibtisch und blickte gebannt auf den Fernseher, der in einer Ecke des Büros stand. Erst sah Melanie nur Farbkleckse und verschwommene Bewegungen – bis Jacobs Besucher sich zurücklehnte und den Blick auf den Bildschirm freigab.

Das tiefviolette Dekor konnte man nicht verwechseln – es handelte sich um eine Szene aus dem gIRL-gEAR-Büro. Melanies Neugier war geweckt. Sie kniff die Augen zusammen und schob die Brille hoch, um besser sehen zu können.

Jetzt erkannte sie Chloe. Sie saß in ihrem bonbonfarbenen Büro vor einem Spiegel und hatte den Inhalt ihrer Kosmetiktasche um sich verstreut. Seltsam! Hatte Melanie sich nicht bei Jacob darüber beklagt, dass sich ihre Freundin jeden Abend herausputzte, bevor sie nach Hause fuhr?

Mit einem unguten Gefühl beobachtete Melanie weiter, wie Jacob zu einer anderen Szene vorspulte. Lauren rekelte sich in ihrem Schreibtischstuhl und kritzelte auf einem Block herum, während sie redete. Ein ganz privates Gespräch, nach ihrem verträumten Gesichtsausdruck zu urteilen. Die Lämpchen, die am Telefon blinkten, ignorierte sie einfach. Auch darüber hatte Melanie sich bei Jacob beschwert.

Plötzlich begriff sie. Jacob hatte sie verraten. Wie hatte sie so naiv sein können? Er hatte ihr Insiderwissen ausgenutzt, um Szenen zu filmen, die das Interesse des Publikums wecken würden. Aber anstatt das Image der Firma in diesem von Männern dominierten Markt zu verbessern, würde dieser Film sie zum Gespött der Branche machen.

Zum Beispiel die nächste Szene, die Sydney im Konferenzraum zeigte, wo sie Angebote von Hochzeitsplanern und Prospekte von Flitterwochenreisen studierte. Wenn sich herumsprach, dass sich nicht einmal die Vorstandsvorsitzende um das Geschäft kümmerte – ihr Ruf wäre ein für alle Mal dahin.

Melanie ließ den Kopf auf die Arme sinken und seufzte gequält. Diese Bilder durften nicht an die Öffentlichkeit gelangen. Morgen hatten die Partnerinnen einen Termin bei Avatare, wo Ausschnitte aus der Dokumentation vorgeführt werden sollten. Vielleicht war das der Grund für diese Preview-Party: Jacob und sein Kumpan wollten sich auf etwaige Vorwürfe vorbereiten – und sich obendrein kräftig ins Fäustchen lachen.

So tief konnte man sinken, wenn man den Beruf über alles stellte. Der Gedanke ließ Melanie nicht mehr los. So etwas hätte sie Jacob nie zugetraut. Sie hatte sich in seine Geradlinigkeit, seine Kompromisslosigkeit verliebt. Es lag ihm fern, Menschen auszunutzen oder zu manipulieren. Das hatte sie geglaubt. Bis heute.

Schniefend erhob sie sich. Sie musste verhindern, dass Jacob ihre Freundinnen bloßstellte. Ihre persönlichen Gefühle konnten einstweilen zurückstehen. Zuerst würde sie sich Jacob Faulkner vorknöpfen, und zwar bevor irgendjemand dieses Material zu Gesicht bekam.

Im Studio von Avatare brütete Jacob unterdessen über seinem Filmmaterial und überlegte, wie er den Konflikt zwischen seinem Herzen und seinem Verstand lösen sollte. Genau das schätzte er so am Filmen. Mit der Kamera konnte er sich präzise ausdrücken. Er konnte immer genau beurteilen, wann er Mist gebaut, Gefühle verletzt oder etwas Wichtiges unterschlagen hatte. Hier harmonierten Herz und Verstand. Aber über das Streben nach Perfektion hinter der Kamera hatte er sein Privatleben total vernachlässigt. Jetzt war er auf dem besten Weg, so karrieresüchtig zu werden, wie er es immer hatte vermeiden wollen.

Wie auch nicht, wenn sich dadurch solche Chancen auftaten wie jetzt mit Equity Beat? Er hatte noch keine Ahnung, was er antworten würde, falls sie ihm einen Platz im Team anboten. Viel lieber malte er sich aus, dass sie ihn nur als freien Mitarbeiter engagieren wollten oder vielleicht gar nicht. Dann nämlich brauchte er sich keine Gedanken darüber zu machen, wie sein Leben ohne Melanie aussehen würde.

Vor einem Monat noch war er überzeugt, die Qualität seiner Arbeit nicht mehr verbessern zu können. Aber er hatte sich gesteigert und bei mehr als einer Gelegenheit geäußert, dies liege an der Dokumentation. *Quatsch!* Es lag an Melanie! Indem sie ihn wie einen Versager behandelt hatte, hatte sie ihn gezwungen, ihr das Gegenteil zu beweisen.

Noch nie war es ihm gelungen, derart feine Nuancen, derart provokative Bilder einzufangen. Ihm, der stets behauptete, eine Frau sei nur ein Klotz am Bein. Im Gegenteil! Sie hatte ihm die Augen für neue Möglichkeiten geöffnet und mit ihrer Anerkennung sein Selbstvertrauen gestärkt. Die Bettgeschichte war ganz nett, aber im Grunde nur Nebensache. Viel bemerkenswerter waren Melanies unglaubliches Engagement und ihre Zielstrebigkeit, die ihn ermunterten, sich selbst die gleichen hohen Ziele zu stecken.

Und sie besaß so viel Mitgefühl. Sogar Renata hatte sie unter die Fittiche genommen, als ob seine Schwester das nötig hätte. Moment mal! Vielleicht hatte sie es nötig, nur hatte er einfach nicht bemerkt, was Melanies weibliche Intuition erfasst hatte.

„Hey, Faulkner, deine gIRLS sind da", rief Harry ihm von der Tür zum Schneideraum her zu.

„Sekunde!" Die Dokumentation war bei Weitem noch nicht perfekt, aber Sydney hatte darum gebeten, eine vorläufige Fassung zu sehen, und Jacob hatte nichts dagegen. Er beendete, woran er gerade gearbeitet hatte, und wollte gehen, als er zu seinem Entsetzen bemerkte, dass Melanie in der Tür stand. Nur gut, dass sie nicht Gedanken lesen kann, beruhigte er sich und lächelte ihr liebevoll zu.

Sie sagte kein Wort. Stumm stand sie da in schwarzen Pumps, schwarzen Hosen und einem ärmellosen schwarzen Top. Sie trug eine schwarze Brille und Schmuck aus Onyx, und sogar ihre Stimmung war schwarz. Sie erinnerte ihn an eine schwarze Katze, die die Krallen ausgefahren hatte, aber er musste zugeben, dass sie auch ganz in Schwarz eine tolle Figur machte.

Er schaltete das Licht aus und wollte abschließen, aber Melanie hatte andere Pläne. Sie drängte ihn in den dunklen Schneideraum zurück und schloss die Tür hinter sich. „Ich muss mit dir reden."

Das klang nicht nach einer erfreulichen Unterhaltung. Dennoch trat Jacob einen Schritt auf sie zu. Er wollte sie gerade an sich ziehen, als sie abwehrend die Hand hob. „Ich bin nicht wegen Sex hier. Auch wenn du es dir kaum vorstellen kannst, aber ich beschäftige mich auch mit anderen Fragen als der, wie ich dich ins Bett bekomme."

In dem geisterhaften Licht, das von ein paar Apparaten, die

noch liefen, verbreitet wurde, konnte er sehen, dass sie die Lippen zusammenkniff. Das tat sie immer, wenn sie nicht wusste, was ihm durch den Kopf ging. Gut so, dachte er, denn er hatte selbst keine Ahnung, was ihn erwartete.

Er lehnte sich also gegen die Tür und stützte sich mit einer Hand knapp über Melanies Schulter am Türblatt ab. Er stand so dicht bei ihr, dass er einen Hauch ihres frischen Parfüms roch. Er hätte sie küssen oder mit ihrem wunderbar weichen Haar spielen können, stattdessen berührte er mit dem Finger sanft ihre Lippen. „Wenn du den Mund so zusammenpresst, bringst du keinen Ton heraus“, meinte er. Aber da sie offenbar überhaupt nichts sagen würde, ehe er nicht die Hand fortnahm, ließ er sie los.

Sofort wandte sie auch noch den Kopf ab. Sie drückte die Handtasche fest an sich und sagte: „Ich will nicht, dass du das Video vorführst. Du darfst meine Freundinnen nicht verletzen.“

Er runzelte die Stirn. „Sie wissen doch, dass der Film noch nicht komplett überarbeitet ist. Ich bin überzeugt, dass keine sich gekränkt fühlen wird, nachdem sie gesehen haben, was wir bisher gemacht haben.“

„Da bin ich anderer Meinung, und ich *habe* es gesehen.“

Verblüfft schüttelte er den Kopf. „Wann hättest du unser Material zu Gesicht bekommen sollen? Meinst du die DVD, die ich auf der Party dabeihatte?“

Ihr Kopf schnellte zu ihm herum. „Nein, ich meine das, was ich gestern Abend gesehen habe.“

„Gestern Abend?“ Wo war er da gewesen? Wann hätte sie den Film sehen können? Plötzlich fiel es ihm wie Schuppen von den Augen. Er hatte mit Asa im Büro gesessen und die unbrauchbaren Szenen herausgeschnitten. Wie hatte Melanie …? „Die Webcam!“ Seine Faust donnerte gegen die Tür.

Melanie erschrak. „Das Bild war nicht ideal, aber ich habe genug gesehen. Diesen Schrott wirst du meinen Freundinnen nicht vorführen."

Schrott! Jacob durchquerte den Raum und stellte sich vor die abgedunkelten Fenster. Nur weg von Melanie. Sie hatte nur die schlechten Szenen gesehen. Er hatte sie Asa gezeigt, um seine Meinung bestätigt zu bekommen. Schrott waren auch sie nicht. Sie zeigten ein ehrliches Bild von den attraktivsten und engagiertesten Frauen, die er kannte, und er war ganz schön eifersüchtig auf die Männer, bei denen sie sich von ihrem Stress erholten. Er träumte davon, derjenige für Melanie zu werden, aber wenn sie ihm nicht traute …

Wieder krachte seine Faust gegen die Wand. Wie kam sie bloß auf diese Schnapsidee? Sie konnte doch nicht wirklich glauben, dass er diese Szenen in den Film einbauen würde! Anerkennung, Mitgefühl – von wegen! Erschüttert senkte er den Kopf. „Ich zeige keinen Schrott."

„Das ist sowieso nicht deine Entscheidung", versetzte sie steif.

„Oh doch!"

„Falsch, Faulkner. Zugegeben, es war falsch, dass ich dir an Laurens Hochzeit dreinreden wollte, aber hier geht es nicht um eine Hochzeit, es geht um meine besten Freundinnen und ihren Ruf. Es hat nichts mit deiner Künstlerfreiheit zu tun oder damit, dass alles nach meiner Pfeife tanzen muss. Es geht darum, dass du unrecht hast und ich recht."

„Nein, es geht um viel mehr! Es geht um Vertrauen!" Mit großen Schritten kam er auf sie zu. Er kochte vor Wut. „Ich könnte dir jetzt sagen, dass ich das Material, das du gesehen hast, nicht zeigen werde. Aber das werde ich nicht. Ich sage nur: Mach, dass du in den Vorführraum kommst. Die Show fängt gleich an."

Viel zu spät – um ein Uhr morgens, und das an einem Werktag – kam Melanie nach Hause. Sie war kein Partygirl und brauchte ihre sieben Stunden Schlaf, um die Batterien für den folgenden Tag aufzuladen. Aber nach der Auseinandersetzung mit Jacob hatte sie es nicht übers Herz gebracht, allein nach Hause zu gehen. Zusammen mit den Freundinnen hatte sie im Paddington's Ford auf den Erfolg der Dokumentation angestoßen. Nur war ihr überhaupt nicht nach Feiern zumute. Sie hätte sich am liebsten unter den Tisch verzogen, um zu sterben.

Jacob hatte Unglaubliches geleistet. Die Partnerinnen konnten nicht aufhören, sein Loblied zu singen, und Melanie musste dabeisitzen, während sie insgeheim immer wieder den Streit mit Jacob durchspielte. Gestritten hatten sie eigentlich nicht. Sie hatte ihm Anschuldigungen an den Kopf geworfen, zu denen er sich nicht einmal geäußert hatte. Er hatte ihr nur geraten, sich um ihren eigenen Kram zu kümmern.

Eben das hatte sie ihrer Meinung nach getan – sich um gIRL-gEAR gekümmert. Nur dass der Film von der ersten bis zur letzten Einstellung bewies, dass das absolut überflüssig war. Anstatt Jacob das Einzige zu geben, worum er sie je gebeten hatte – ihr Vertrauen –, war sie voll ins Fettnäpfchen getreten. Vertrauen, Grundlage jeder Beziehung und etwas, was ihr bedauerlicherweise völlig abging. Sie hatte nach dem Augenschein geurteilt, obwohl sie es besser hätte wissen müssen. Nie hätte es Jacob mit seinem Berufsethos vereinbaren können, seine Akteure in schlechtem Licht zu zeigen.

Er hatte die Partnerinnen nicht, wie Melanie glaubte, als Dummchen dargestellt, sondern sie als kompetente, aber betont weibliche Unternehmerinnen porträtiert. Ja, Sydney saß am Konferenztisch und brütete über Brautmagazinen – in einer Szene über ein gIRL-gEAR-Special zum Thema Hochzeit. Ja, Lauren kritzelte auf ihrem Block herum, während sie sprach, aber die Kritzeleien entpuppten sich als neue Ideen für die grafische Gestaltung der Website. Und ja, Chloe donnerte sich gewaltig auf, aber ihr gegenüber saß eine Gruppe von Mädchen, die sich für Schminktechniken interessierten.

Alles, was Melanie gesehen hatte, war wahr, und doch hatte sie Jacob beschuldigt, eine Lüge fabriziert zu haben. Sie hatte sich auf die Augen verlassen anstatt auf das Herz. Während die Partnerinnen in dem abgedunkelten Vorführraum Tränen lachten, hatte sie geweint. Sie hatte alles zerstört, weil sie nicht erkannt hatte, was wirklich wichtig war – das Vertrauen zu dem Mann, den sie liebte.

Sie verließ den Vorführraum als Letzte. Es fiel ihr unendlich schwer, erhobenen Hauptes hinauszuspazieren, denn sie wusste, was sie für immer hinter sich ließ. Jacob stand draußen im Gang. Er sagte kein Wort, sondern schien entschlossen, sie schmoren zu lassen. Was die Sache noch schwieriger machte, war die Tatsache, dass er ihr ein Video aufnötigte, Material aus der Dokumentation, das er speziell für sie zusammengestellt hatte, wie er ihr gelassen mitteilte.

Seine Unerschütterlichkeit hätte ihr beinahe den Rest gegeben, und sie wusste nicht, ob sie das Band je sehen wollte. Selbst zu Hause, wo sie es sofort in den Videorekorder eingelegt hatte, schwankte sie noch. Warum sich noch mehr quälen? Es wäre höchstens möglich, dass er ihren Gefühlen darauf den Todesstoß versetzte, sodass sie eines Tages wie der Phönix aus der Asche zu neuem Leben erwachen konnten.

Leider glaubte Melanie nicht, dass sie je wieder für einen Mann Feuer fangen würde. Dann würde sie ihre Energie eben für gIRL-gEAR einsetzen und die Firma auf Vordermann bringen. Gleich morgen früh würde sie mal ordentlich Schwung in den Laden bringen.

Aber würden die anderen mitmachen? Wann würde es endlich in ihren Schädel gehen, dass gIRL-gEAR noch aus jeder Veränderung gestärkt hervorgegangen war! Die Partnerinnen hatten ihr Ziel erreicht und sich zu Vorbildern für viele junge Frauen gemausert, ganz wie Jacob es in seinem Film so brillant herausgearbeitet hatte. Nur sie hatte versagt, weil sie von ihrem Job so besessen war, dass sie dem Mann, den sie liebte, nicht vertraut hatte.

Sie tastete nach der Fernbedienung – sie saß im Finsteren – und drückte die Play-Taste. Bereits nach den ersten drei Minuten fiel es ihr schwer, die Tränen zurückzuhalten. Wenn Jacob ihr mit dem Band etwas beweisen wollte, dann seine Liebe. Die Ausschnitte zeigten Melanie in Situationen, die ihn auf irgendeine Art berührt hatten und nicht mehr losließen.

Er teilte ihr mit, dass es keiner Frau zuvor gelungen war, Schwarz zu seiner Lieblingsfarbe zu machen. Dass, wenn sie sich einmal gehen ließ und aus vollem Hals lachte, der Klang ihrer Stimme noch tagelang in seinen Ohren nachhallte. Dass er ihre Augen auch hinter den Brillengläsern liebte und ihren Körper auch dann, wenn er bekleidet war. Dann erzählte er, wie er sie bei der Arbeit beobachtet hatte und wie ihn das angespornt hatte, sich selbst zu übertreffen.

Und schließlich – inzwischen kullerten die Tränen ungehemmt über Melanies Wangen, ihre Nase lief und ihr Herz schmerzte – sprach er über eine gemeinsame Zukunft, weil er sich nicht vorstellen konnte, auch nur einen Tag ohne sie zu verbringen.

Das Band war zu Ende, aber sie spulte es zurück, um es sich noch einmal anzusehen. Den dritten Durchlauf musste sie auf halbem Weg abbrechen, weil sie das Gefühl, kläglich und unwiderruflich versagt zu haben, nicht länger ertragen konnte. Sie kauerte in der Dunkelheit und ließ ihrem Kummer freien Lauf.

Morgen zur Arbeit zu gehen erschien ihr unmöglich. Sie konnte sich nicht vorstellen, wie es sein würde, wenn Jacob *nicht* aus dem Nichts auftauchte, als hätte er geahnt, dass sie an ihn dachte. Gab es noch eine Möglichkeit, den ganzen Schlamassel wieder in Ordnung zu bringen?

Die Stille in der Wohnung umfing sie eiskalt. Fröstelnd wickelte sie sich in eine dicke Wolldecke, die Granny ihr geschenkt hatte, und beschloss, heute auf dem Sofa zu schlafen. Alles andere überstieg ihre Kräfte.

Wenig später, sie war gerade am Einnicken, hörte sie Musik, ihre Songs, zu denen sie für Jacob gestrippt hatte und zu denen sie sich in Jacobs Loft geliebt hatten. Das war kein Traum, die Geräusche kamen von irgendwoher in der Wohnung. Ihr Herz raste. In die Decke gehüllt, schlich sie durch den Flur. Es war stockdunkel, nur die LCD-Anzeige ihres Weckers, das Nachtlicht im Bad und der Monitor im Fitnessraum verbreiteten ein gedämpftes Licht.

Jacob saß im Fitnessraum auf dem Boden. Seine dunklen Augen leuchteten auf, als sie den Raum betrat.

„Was machst du da? Wie lange bist du schon hier?“, fuhr sie ihn an.

„Was soll ich zuerst beantworten?“, fragte er zurück.

Melanie zog die Decke fester um die Schultern und ging auf ihn zu. Im Grunde beschäftigte sie nur eine einzige Frage. „Wozu das Video? Warum hast du mir nicht einfach gesagt, dass ich alles in den falschen Hals bekommen habe? War es dir denn ganz egal, was ich von dir denke?“

Seine Mundwinkel zuckten. „Noch mal drei Fragen.“

„Dann fasse ich sie zu einer zusammen.“ Sie kam noch näher. In ihrem Herzen regte sich ein Fünkchen Hoffnung, ein klitzekleiner Funke zwar, aber selbst das war besser als gar nichts, verglichen mit der nackten Verzweiflung von vor ein paar Minuten.

Er schüttelte den Kopf. „Was hast du denn von mir gedacht?“ Ohne sie aus den Augen zu lassen, stand er auf. Die Musik war leise und verführerisch geworden, und auch Jacobs Stimme war leise. „Sag es mir.“

Vertrauen! Melanie zuckte die Achseln. Jetzt durfte sie nicht um den heißen Brei reden. „Ich war nicht ganz klar im Kopf, sonst hätte ich erkennen müssen, dass du nie in der Lage wärst, das zu tun.“

„Was denn?“

„Den Film ins Reißerische zu verkehren, gIRL-gEAR als Mittel zum Zweck zu missbrauchen, ohne Rücksicht darauf, dass das für uns das Aus bedeuten könnte.“

Während sie sprach, kam er auf sie zu. Seine Schritte dröhnten laut auf dem Parkett. Er wirkte traurig, so traurig, dass ihr Herz wie wild zu schlagen begann. Es ist doch nicht aus, sonst wäre er nicht hier, dachte sie. Er ist viel zu intelligent und kennt mich zu genau, um nicht längst erraten zu haben, wie es zu diesem Ausrutscher kam. Bei genauerem Nachdenken war ihr selbst kaum begreiflich, dass es dazu hatte kommen können.

Sie hatte sich bedroht gefühlt und ihn auf der Stelle verurteilt. Wie dumm von ihr! Denn als sie ihn jetzt ansah, als sie das Lächeln bemerkte, das sie so lieb gewonnen hatte, und das Funkeln seiner espressobraunen Augen, sah sie darin nur Verständnis anstelle von Vorwürfen.

„Wie bist du denn auf die Idee gekommen?“

Sie starrte auf ihre Zehen, die unter der Decke hervorlugten. „Weil du mehr als einmal erwähnt hast, wie wichtig dieses Projekt für deine Karriere ist.“

„Aber eigentlich weißt du, dass das nicht der wahre Grund ist, oder?“

Sie sah zu ihm auf, aber Tränen verschleierten ihre Augen,

und sie konnte ihn kaum erkennen. „Für mich ging es immer nur um die Firma. Ich war der Meinung, dass ich ohne gIRL-gEAR mit nichts dastünde."

„Manche Dinge muss man eben allein herausfinden."

„Und was hast du herausgefunden?", flüsterte sie.

„Komm her!" Er legte den Arm um sie, und sie lehnte den Kopf an seine Brust und schluchzte. Er drückte sie fest an sich. „Der Gedanke, dass du mir so etwas zutraust, hat mich fast wahnsinnig gemacht."

„Schsch!" Sie legte die Finger auf seinen Mund. „Ich war so blöd! Hab immer die Firma an erste Stelle gesetzt, anstatt meinem Herzen zu vertrauen." Zärtlich berührte sie seine Wange.

Er küsste ihre Handfläche. „Es ist nicht leicht, plötzlich auf etwas zu hören, das man sein Leben lang nur als lästiges Beiwerk betrachtet hat. So war das wenigstens für mich."

Sie legte die Hand auf seine Brust und fühlte, dass sein Herz genauso wild klopfte wie ihr eigenes. „Dieses Herz zum Beispiel?"

Er lachte und schmiegte sich noch fester an sie. „Genau dieses! Es gehört jetzt dir, Melanie, ganz und gar."

Ihr stockte der Atem. Er hatte ihr sein Herz geschenkt! Tief bewegt barg sie den Kopf an seinem Hals. Er duftete so warm und süß, dieser Mann, den sie besser kannte als jeden anderen, ihr bester Freund, ihr Geliebter, und sie würde ihn nie wieder gehen lassen. „Ich liebe dich auch."

„So?", meinte er und verlagerte sein Gewicht unbehaglich von einem Fuß auf den anderen. „Und was machen wir jetzt?"

Sie liebte ihn für dieses Zeichen von Nervosität. „Weißt du, was ich wirklich gern täte? Auch wenn es dich zu Tode erschrecken wird?"

„Was?"

„Reden." Sie blickte zu ihm auf und berührte wieder sein

Gesicht. Sie konnte einfach nicht genug bekommen von ihm. Dass sie so glücklich sein konnte, hätte sie nie geglaubt. „Reden, pausenlos, tagelang. Es gibt so viel, was ich noch über dich wissen muss."

„Das Allerwichtigste weißt du doch schon: Ich liebe dich."

„Ach Jacob, ich liebe dich auch." Sie küsste ihn. „Trotzdem, wie wär's mit einem Wochenende in einem ruhigen Bed-and-Breakfast? Zufällig habe ich da noch einen Gutschein."

Er überlegte einen Moment, dann meinte er scherzhaft: „Aber nur, wenn wir uns das Frühstück aufs Zimmer liefern lassen. Ich habe nämlich nicht vor, das Bett zu verlassen."

„Gebongt – solange du mich nur nicht verlässt!"

– ENDE –

Alison Kent
Weiber after work
Band-Nr. 25225
6,95 € (D)
ISBN: 978-3-89941-342-7
496 Seiten

Carly Phillips
Dumm gelaufen, Darling
Band-Nr. 25293
7,95 € (D)
ISBN: 978-3-89941-478-3
320 Seiten

Carly Phillips
Hochzeit auf griechisch
Band-Nr. 25226
6,95 € (D)
ISBN: 978-3-89941-343-4
336 Seiten

Tori Carrington
Adonis auf Abwegen
Band-Nr. 25285
7,95 € (D)
ISBN: 978-3-89941-466-0
368 Seiten

Nora Roberts
Liebesmärchen in New York
Band-Nr. 25248
7,95 € (D)
ISBN: 978-3-89941-407-3
304 Seiten

Nora Roberts
Die Sehnsucht der Pianistin
Band-Nr. 25227
6,95 € (D)
ISBN: 978-3-89941-344-1
304 Seiten

Nora Roberts
Fänger des Glücks
Band-Nr. 25238
6,95 € (D)
ISBN: 978-3-89941-388-5
304 Seiten

Nora Roberts
Die O'Haras 1
So nah am Paradies
Band-Nr. 25290
7,95 € (D)
ISBN: 978-3-89941-474-5
304 Seiten

Jennifer Greene
Alle lieben Merry
Band-Nr. 25272
7,95 € (D)
ISBN: 978-3-89941-425-7
432 Seiten

Linda Howard
Das Land der Mackenzies
Band-Nr. 25260
7,95 € (D)
ISBN: 978-3-89941-426-4
320 Seiten

Linda Howard
Das Geheimnis
der Mackenzies
Band-Nr. 25269
7,95 € (D)
ISBN: 978-3-89941-437-0
304 Seiten

Linda Howard
Die Ehre der Mackenzies
Band-Nr. 25284
7,95 € (D)
ISBN: 978-3-89941-465-3
304 Seiten

Gordon / Hamilton / George
Liebesreise in die Toskana
Band-Nr. 15023
8,95 € (D)
ISBN: 978-3-89941-511-7
448 Seiten

Carter / Gregor / Proctor
Liebesreise nach Afrika
Band-Nr. 15022
8,95 € (D)
ISBN: 978-3-89941-510-0
432 Seiten

Wentworth / Field / Mayo
Liebesreise auf die
Kanarischen Inseln
Band-Nr. 15019
8,95 € (D)
ISBN: 978-3-89941-509-4
416 Seiten

Reid / Graham / Marton
Liebesreise in 1001 Nacht
Band-Nr. 15011
8,95 € (D)
ISBN: 978-3-89941-375-5
432 Seiten